Nuovi delitti di lago

Antologia di racconti gialli
a cura di Ambretta Sampietro

MORELLINI
MORELLINI EDITORE

I diritti d'autore dalle vendite di questo libro saranno interamente devoluti al FAI (Fondo Ambiente Italiano) Delegazione Verbano Cusio Ossola

ENZIMI

Copyright 2016 © Morellini Editore
by Enzimi Srls
via Ambrogio Alciati 7 – 20146 Milano
tel. 02/45491653
www.enzimilab.com
info@enzimilab.com

www.morellinieditore.it
facebook.com/morellinieditore

Grafica e impaginazione: CreaLibro di Davide Moroni
Grafica di copertina: Ma.Go.
Immagine di copertina: Ambretta Sampietro
Revisione editoriale: Valeria Forte

ISBN: 978-88-6298-439-3
Data di pubblicazione: marzo 2016

Indice

Prefazione

L'antologia *Nuovi Delitti di Lago* propone un ventaglio di venti racconti selezionati tra i centotré che hanno partecipato all'edizione 2015 del premio letterario "Gialli sui Laghi" (ex "Giallostresa") che si conferma sempre più come appuntamento di prestigio per autori emergenti e già noti che vogliono cimentarsi con il genere giallo. Uno dei racconti è stato scritto su invito e il vincitore ne propone un altro. Venti stili diversi per autori dalla diversa personalità, da esordienti di talento a autori di fama consolidata che compongono una piacevole antologia da centellinare, racconto per racconto.

Il Lago Maggiore è stato prediletto come scena del delitto: molte le località descritte, da Angera a Brissago, passando per Stresa, Santa Caterina del Sasso, Lesa, Laveno, Pallanza, Biganzolo, Luino e Maccagno. Altri racconti sono stati ambientati sul Lago di Mergozzo, sul Lago d'Orta a Pettenasco, Gozzano, Orta e Armeno, che si trova sulle alture che lo circondano. Un racconto è ambientato sul Lago di Ghirla e un altro sul Lago di Lugano, a Porto Ceresio. Tutte località affascinanti, con l'auspicio che il lettore sia invogliato a visitarle.

I laghi con i loro paesaggi e colori mutevoli che vanno dall'azzurro scintillante al nero più cupo passando per il blu intenso, l'argento invernale e il verde scuro sono continua fonte di ispirazione per chi scrive racconti gialli. La gente di lago è operosa e riservata ma a volte cela anime tormentate, menti malvagie e pericolosi assassini dietro l'apparenza tranquilla.

Il fine dell'antologia è condurre il lettore in un viaggio ideale sulle bellissime sponde dei laghi prealpini. Anche quest'anno i diritti d'autore vengono interamente devoluti al FAI, delegazione Verbano Cusio Ossola, impegnato a preservare i luoghi belli patrimonio della nostra storia.

Ambretta Sampietro

Trompe-l'oeil

di Erika Adale

Quando arrivò a Villa Piccinelli, appena sopra Maccagno, Alessandro dubitò che la donna che lo attendeva all'ingresso fosse davvero la signora Bertoni. In jeans, maglietta e stivali da cavallerizza, i capelli candidi raccolti in uno chignon, non poteva certo avere ottant'anni. Gli tese una mano sottile, brillante di diamanti.

«Buongiorno signora, io sono Alessandro. Anzi, Ale».

La donna lo squadrò da capo a piedi, come fosse un cavallo da valutare.

«Mica male. Io mi chiamo Annalisa e, per carità, lascia stare il "signora". Non provarci a darmi del lei. Mi hanno detto che sei molto bravo, anche più di Cosimo».

Il ragazzo sorrise imbarazzato. Era fuori corso alla facoltà di Storia dell'Arte e, visto che la carriera universitaria andava per le lunghe, aiutava il nonno Cosimo nella bottega d'imbianchino e decoratore.

«Mio nonno è il migliore, solo che con gli anni che avanzano la vista non è più quella di una volta e salire sulle scale...».

«Attento a quello che dici: io e Cosimo abbiamo circa la stessa età. Lo ricordo da ragazzo».

Ale, imbarazzato, alzò gli occhi sulla villa, alla ricerca di un altro argomento di conversazione. La dimora era una meraviglia in stile liberty, a picco sul Lago Maggiore.

«È favolosa».

«Parli della casa o mi stai ancora dando del lei?» Ridacchiò. «Vedi, ci sono cose vecchie che incantano sempre. Adesso andiamo, che ti mostro cosa vogliamo da te».

Ale la seguì in silenzio, sperando di non essere arrossito troppo.

Salirono lungo una scalinata di marmo e raggiunsero il corridoio del primo piano. La donna lo condusse in una stanza luminosa, con una grande vetrata che si apriva sul Verbano. Era una giornata limpida e Ale lasciò correre lo sguardo lungo la superficie chiara dell'acqua, percorse il contorno delle Prealpi e poi si spinse più in là, fino a indovinare le cime delle Alpi ancora bianche di neve.

«Non male il panorama, vero? Tu dovrai dargli le spalle, perché questa è la parete da affrescare».

Il muro di fronte alle finestre era coperto da una carta da parati a grandi fiori arancio.

«Devi riprodurre lo stesso paesaggio che si vede dalla finestra: il lago, le montagne, il cielo azzurro. Voglio che si abbia l'impressione che su questa parete ci sia un grande specchio che rifletta il panorama».

«Un trompe-l'oeil?»

«Esatto. Cosimo al telefono mi ha detto che sono la tua specialità».

Ale annuì. Anche la sua tesi di laurea verteva su quei dipinti ingannatori, che simulano la realtà con tale perizia da confondere l'osservatore. Ne aveva realizzati tanti, in villette e appartamenti: rondini che sembravano entrare da finestre immaginarie, porte che si aprivano su giardini da sogno, botole che collegavano a soffitte inesistenti. Non gli avevano mai commissionato un lavoro tanto complesso e ambizioso, ma era felice di raccogliere la sfida.

Si avvicinò alla parete da affrescare e vi passò la mano aperta: tappezzeria anni sessanta, ben conservata.

«E questa?».

«Orribile, toglila tutta».

«C'è gente che va matta per queste cose vintage...». Ale si morse la lingua, conscio di essersi avventurato in un terreno scivoloso.

«Vuoi che proprio io non lo sappia?», gli lanciò un'occhiata maliziosa. «Tienila pure, fanne quello che vuoi».

«Davvero posso tenerla?». Ale era incredulo.

«Sarà felice di sentirsi addosso le mani di un così bel giovane, dopo tanto tempo».

Concentrato sulla carta da parati, non badò all'ennesimo ammiccamento della donna.

Sarebbe stato necessario staccare i fogli con attenzione e delicatezza, magari con l'aiuto del vapore. Almeno venticinque metri quadri di autentica tappezzeria d'epoca: l'avrebbe subito messa in vendita su *Ebay*. Con un po' di abilità ne avrebbe ricavato una bella cifra, oltre alla commissione dell'affresco. Magari sarebbe riuscito a fare una vacanza vera.

Annalisa interruppe le sue fantasie.

«Tutto chiaro? Vieni, ti do l'assegno dell'anticipo. Dovrai comprare del materiale, immagino».

Ale seguì la donna fino a una sala del piano terra, aperta sul parco. Nonostante la temperatura primaverile, il grande camino di marmo era acceso. Su una poltrona di velluto sedeva un uomo anziano, intento a leggere un libro.

«Rinaldo, questo è il giovane che affrescherà la stanza di sopra» cinguettò Annalisa.

Rinaldo alzò gli occhi dal libro e li guardò disorientato.

«Eh?».

«La stanza di sopra. L'affrescatore» gridò Annalisa, con una sfumatura di impazienza nella voce.

«Ah, ecco. La stanza di sopra. Piacere ragazzo. Scusa se non mi alzo, ma le mie gambe non sono più quelle di una volta».

Al contrario della moglie, il signor Bertoni dimostrava tutta la sua età: incartapecorito nella poltrona, sembrava cogliere solo brani della conversazione.

«Possedete una casa splendida. Con dei magnifici quadri» urlò Ale, indicando i due grandi ritratti appesi sopra il camino. Avevano attirato la sua attenzione appena entrato nella stanza: rappresentavano entrambi la stessa ragazza dai capelli rossi, seduta sulla terrazza con il lago alle spalle. Lo scenario, la posizione e l'abbigliamento erano i medesimi, eppure i dipinti non erano identici, come in quei giochi enigmistici in cui si cercano le differenze fra due immagini appaiate. In quello a destra la modella aveva le spalle un po' curve, un sorriso appena accennato, un cagnolino sulle ginocchia. Nel quadro alla sinistra del camino era eretta, rideva spavalda e stringeva un mazzo di dalie.

«Hai buon gusto. Ci hanno offerto una fortuna per comprarli ma, per il nostro cuore, non hanno prezzo, vero Rinaldo?» disse Annalisa.

«Sono particolari, si assomigliano eppure ci sono sottili differenze. Come se il pittore avesse voluto immortalare due diversi moti dell'animo della modella».

Annalisa sembrava deliziata dall'osservazione.

«Hai sentito, Rinaldo? A distanza di sessant'anni c'è ancora qualcuno che ci casca. Non si tratta della stessa modella. A sinistra sono io, a vent'anni. Mica male, nevvero?».

Ale fissò il volto rappresentato: gli stessi zigomi alti, gli occhi azzurri, il sorriso sfrontato. Sì, era una giovane Annalisa, cui doveva essere stato assai difficile resistere e tenere testa.

Anche Rinaldo sorrise.

«Era difficile distinguerle anche dal vivo, se tacevano. Invece quando parlavano era facilissimo, Annalisa era una forza della natura, sempre pronta allo scherzo, alla battuta di spirito. Annalaura invece era più riservata».

«Riservata? Un vero strazio, raccontala tutta. Si annoiava persino il cane, guarda che espressione ha nel quadro...». Annalisa scoppiò a ridere.

Anche Ale non riuscì a reprimere un sorriso: effettivamente anche il cagnolino era stato ritratto con un'espressione dimessa.

«Cara, un po' di rispetto per i morti» disse Rinaldo, cercando di apparire scandalizzato.

«Era mia sorella gemella Annalaura. Morì pochi mesi dopo che fu dipinto questo ritratto».

Il volto della donna parve rabbuiarsi ma solo per un istante. Afferrò il libretto degli assegni, una Mont Blanc e ne mordicchiò il cappuccio.

«Allora, di quanto hai bisogno per iniziare?».

«Com'è andata?» chiese Cosimo non appena Ale rientrò nella bottega. L'anziano artigiano stava dorando una cornice, uno di quei piccoli lavori che l'età ancora gli permetteva di svolgere con perizia.

«Bene. Portiamo a casa una cifra a tre zeri, stavolta. E rimedio anche una bella tappezzeria usata da mettere su *Ebay*».

«Su che?».

«Niente, la metto all'asta. Bel tipo la Bertoni».

Il nonno ridacchiò senza sollevare lo sguardo dal lavoro.

«La Piccinelli intendi? Era il suo cognome da signorina. Ci ha provato anche con te? Dovevo metterti in guardia, povero ragazzo».

«Non proprio, è solo molto... seduttiva».

«Se è seduttiva adesso che è una vecchia scopa, pensa quando l'ho conosciuta io».

«Era bella?».

Cosimo appoggiò il pennello e si raddrizzò sulla sedia.

«Fantastica. Più che brillante, spudorata. Portava delle camicette così scollate che le contavi tutte le lentiggini, le gonne così strette che... ce la siamo sognata tutti, la Piccinelli. Lei e la sorella sbucavano dalla villa e passeggiavano lungo il porticciolo di Maccagno. Noi fingevamo di pescare, ma guardavamo loro».

«Com'era la sorella?».

«Le somigliava parecchio, ma andava in giro vestita come una suora, spaventata che neanche un coniglio. Entrava svelta nella chiesa di San Materno, mentre la sorella restava appoggiata al parapetto del lago e si sporgeva verso l'acqua, apposta perché le guardassimo il sedere».

«Che cosa capitò alla sorella timida?».

«Cadde da cavallo, mi pare».

«E tu? Con la sorella viva, intendo».

Cosimo rise e gli puntò contro il petto il pennello.

«Questi non sono fatti tuoi, ragazzino. Comunque, ti avverto: non parlare della Piccinelli di fronte alla nonna».

Il mattino successivo Ale si presentò presto a Villa Piccinelli. Il cancello fu aperto dal maggiordomo, curvo e canuto, anziano quanto i padroni di casa.

«La signora è nella stalla, occupata con i cavalli. Mi ha ordinato di accompagnarla di sopra. Per qualunque bisogno, chieda pure a me. Mi chiamo Adriano, per servirla».

Si fece mostrare il bagno più vicino alla stanza dell'affresco, per avere un rubinetto per riempire il secchio d'acqua che aveva portato con sé. Licenziò il maggiordomo, imbarazzato di dover approfittare dei servigi di un vecchio che poteva avere l'età di suo nonno. Adriano si allontanò strascicando i piedi e borbottando fra sé.

La toilette era un tripudio di marmo di Carrara e ferro battuto; Ale si sentì quasi in colpa a utilizzarlo per delle operazioni tanto grossolane. Riempì il catino e vi versò dell'aceto; poi trascinò il composto nella stanza della vetrata e, con una spugna, inumidì la carta da parati. Alle sue spalle, oltre la finestra, il lago s'illuminava dei colori dorati del mattino. Attese che la colla si sciogliesse, domandandosi oziosamente se anche il vecchio Adriano avesse una storia da raccontare a proposito della padrona di casa.

La carta da parati si ammorbidiva e Ale riuscì a staccarne un pezzo con una spatola. Lo tirò a sé, soddisfatto della facilità con cui si era sciolta la colla: era più semplice di quanto avesse creduto. Tirò ancora, ma un rumore lacerante lo informò del fatto che aveva fatto un guaio.

«Porca...».

La carta si era strappata, si ritrovava per le mani un foglio di un metro.

Sbuffò e lo guardò da vicino, per capire l'entità del danno. Girò il foglio e si stupì nel vedere che era coperto di segni. Era come se qualcuno avesse usato la carta da parati per scrivere una lettera, una fitta selva di righe scritte con una calligrafia sottile e delicata.

Ale cercò di leggere, ma gli risultò impossibile. Se a media distanza sembrava una scrittura normale, da vicino era incomprensibile. Eppure le lettere parevano quelle dell'alfabeto, c'erano delle *a*, delle *elle*.

Passò una mano sull'intonaco da cui aveva estirpato la carta. Era ancora sporco di colla, che grattò con un'unghia, fino scoprirne la base. La scrittura azzurrina c'era anche qui ma, sul muro, lesse chiaramente la parola *nalisa*. Rifletté un istante, afferrò la carta da parati e andò nel bagno. Sopra il lavandino di marmo troneggiava uno specchio gigantesco, sormontato di decorazioni fiorate: nel riflesso lesse chiaramente quanto scritto sulla tappezzeria:

«mi odia perché le assomiglio, perché sono bella, Rinaldo ha detto anche di più, l'ho sentito... lui mi guarda e non mi vede, non vede il mio amore. Solo questo muro del pianto è testimone del mio dolore».

Il cuore di Ale batteva in fretta, era affacciato a una botola che conduceva al passato, quegli anni cinquanta a proposito dei quali il nonno era tanto reticente.

Tornò nella stanza dell'affresco, deciso a staccare con cura tutta la carta da parati, non solo per rivenderla ma, soprattutto, per scoprire il passato di quelle creature che ora vedeva fragili e canute.

Il sole si levò alto sul lago, mentre Ale, sudato e concentrato, staccava metri e metri di tappezzeria, attento a non produrre nuove lacerazioni. Lasciava asciugare i fogli appoggiati al pavimento, poi, appena possibile, li arrotolava e li impacchettava in fogli di giornale. Aveva deciso di non perdere tempo a leggere il retro della carta mentre era nella villa: non voleva rischiare che qualcuno si accorgesse della scoperta e gli portasse via dalle mani un simile tesoro. Sarebbe stata una bella perdita di soldi e la curiosità non gli avrebbe dato pace. Non avrebbe saputo dire cosa gli sarebbe dispiaciuto di più.

A mezzogiorno la porta si aprì e Ale fece appena in tempo a coprire con un telo un foglio su cui era scritto, a grandi caratteri svolazzanti, «*anirdlaugs alleuq*». Sulla soglia comparve Adriano, che cercò invano di raddrizzare le spalle per annunciare che il pranzo era servito.

«Grazie, ma preferisco continuare a lavorare» disse a malincuore Ale. Lo stomaco gli borbottava da ore.

«La signora mi ha detto di avvertirvi che se non la onorerete della vostra presenza a tavola, perderete il lavoro. E che c'è un'ottima pasta al forno».

«Se la mettete così, non mi date scelta. Una curiosità: a cosa serviva questa stanza?».

L'anziano maggiordomo s'illuminò.

«È rimasta chiusa per anni. I signori la usavano come sgabuzzino. Un vero peccato, se mi è consentito, con una vista simile avrebbe meritato un uso migliore».

«Ma in origine per cosa veniva utilizzata? Camera per gli ospiti?».

«Oh no, era la camera da meditazione della povera signorina Annalaura. Vi teneva un inginocchiatoio, libri sacri, rosari. Non voleva entrasse nessuno».

«Doveva essere molto pia, la signorina».

«Era un angelo. Sono passati tanti anni, ma non mi sembra ancora vero che non ci sia più».

Lo sguardo acquoso del maggiordomo si perse nel panorama oltre la finestra, poi la luce che lo aveva addolcito si spense.

«Le faccio strada fino alla sala da pranzo» aggiunse inespressivo.

Alessandro lo seguì lungo il corridoio, ma si arrestò di fronte a una serie di fotografie in bianco e nero appese alla parete. Un'amazzone saltava ostacoli in groppa a uno splendido cavallo bianco, riceveva coppe, stringeva mani dalla vetta del podio. Vi erano anche alcuni ingialliti articoli di giornale, ritagliati e incorniciati.

«*La giovane Piccinelli, amazzone di rara grazia e destrezza, si conferma raggio di speranza dell'equitazione italiana*». «*Annalisa Piccinelli al galoppo verso le Olimpiadi di Helsinki*».

I titoli dei quotidiani erano affiancati da foto sbiadite, in cui la giovane sorrideva trionfante.

«*Annalisa Piccinelli conclude il percorso al Gran Prix di Montecarlo, nonostante una caduta durante il riscaldamento le abbia provocato una brutta ferita al braccio. "Sono pronta a ogni sacrificio per la vittoria" ha commentato l'indomita giovane mentre il medico applicava i punti alla pelle delicata...*».

Con un discreto colpo di tosse, Adriano distrasse Ale dall'articolo: la signora stava aspettando. Il giovane si allontanò a malincuore, ripromettendosi di tornare a leggere.

La tavola era apparecchiata per due, le posate rilucevano d'argento.

«Benvenuto. Ho pensato che potessi gradire un piatto sostanzioso».

Ale augurò buon appetito e si gettò con entusiasmo sulla pasta al forno. Annalisa rosicchiava svogliata un grissino e lo osservava sorridendo.

«Non ti manca l'appetito. Sei sportivo?».

«Mica tanto. Lei invece è un'amazzone. Stamattina è uscita a cavallo?».

«Dammi del tu, te l'ho già detto. Non cavalco più da anni. Ho smesso quando mancò la povera Annalaura».

«Era anche lei un'atleta?».

Annalisa ridacchiò, nascondendo la bocca dietro il tovagliolo.

«Figuriamoci. Era una tale paurosa che non voleva salire in groppa... di nulla, non so se mi spiego».

Ale bevve un sorso di vino per darsi coraggio: se la signora non si faceva remore a metterlo a disagio, avrebbe ricambiato togliendosi qualche curiosità.

«Eppure mi hanno raccontato che cadde da cavallo».

«Amava i cavalli, ma non li montava. Forse quel giorno voleva attirare l'attenzione di Rinaldo, chissà: il mio fidanzato le piaceva, come a tutte. Era un vero fusto».

«Come avvenne?».

Il viso di Annalisa sembrò invecchiare, la bocca assunse una piega amara che la imbruttiva.

«Avevamo convinto mio padre ad acquistare Byron, uno stallone splendido. Papà riteneva fosse ancora troppo lunatico perché io lo montassi, ma quel pomeriggio volevo insegnargli le buone maniere. Non era nella stalla, allora andai verso la recinzione e lo vidi, con al suo fianco Annalaura. Io e mia sorella eravamo state avviate all'equitazione da bambine ma, alla prima lezione, lei aveva strillato tanto da convincere mio padre a lasciarla smettere. Eppure i cavalli le piacevano: li accarezzava, li accudiva. Era terrorizzata dall'altezza. Pensai che Anna volesse coccolare Byron, nulla più».

«Il signore gradisce un dolce?» intervenne Adriano, che era rimasto alle loro spalle come un gufo impagliato.

«No, grazie».

«Allora, se mi è permesso, mi ritirerei».

«Certo, vai pure» disse Annalisa.

«Per Adriano è sempre un dolore ascoltare questa storia. Penso fosse un po' innamorato di mia sorella, è sempre stato bigotto come lei. Credo abbia perfino una sua foto nel portafoglio».

«Cosa successe ad Annalaura nel recinto?».

«Salì in groppa a Byron. Corsi per fermarla, ma lei gridò che Rinaldo doveva vederla a cavallo e affondò i talloni nella pancia dello stallone. Byron si sollevò sulle zampe posteriori e mia sorella cadde all'indietro. Il tempo di arrivare e giaceva morta per terra, mentre lo stallone trotterellava nel recinto. Cadendo aveva picchiato la testa contro un sasso del terreno».

Annalisa si accese una sigaretta ed esalò una nuvola di fumo verso il soffitto affrescato.

«Rinaldo arrivò più tardi da una galoppata nei boschi e ci trovò così, Annalaura esanime al suolo, io inginocchiata al suo fianco».

Il giovane immaginò le due ragazze, una scomposta a terra, un rivolo di sangue fra le labbra e l'altra identica china sulla salma, come fosse l'anima esalata dal cadavere.

«Strano che Annalaura, così paurosa, sia salita su una bestia selvaggia».

Annalisa schiacciò il mozzicone nel piatto e lo fissò gelida.

«Ora è meglio che tu torni al lavoro».

Ale risalì pensieroso alla stanza da affrescare. Il riflesso del sole sul lago riempiva la sala di luce e il giovane riprese di buona lena: verso le cinque del pomeriggio, aveva staccato quasi tutta la carta da parati.

La porta si socchiuse.

«Posso?».

«Ciao nonno, cosa ci fai qui?».

Cosimo entrò nella stanza, guardò il muro con occhio clinico e appoggiò la mano a saggiare l'intonaco.

«Volevo vedere che figura mi fai fare. Stanza luminosa, non avrai problemi con i colori. L'intonaco però è una schifezza, fai attenzione».

«Ho tolto quasi tutta la tappezzeria. Per stasera la parete sarà libera e penserò all'intonaco. Hai visto i Bertoni?».

«Ho incontrato Rinaldo. Imbecille era, imbecille è rimasto: almeno adesso ha la scusa di essere vecchio».

«Non ti è simpatico?».

«Era solo un bellimbusto con la fissa dei cavalli e delle carte, non ha mai avuto voglia di lavorare. Se non sposava la Piccinelli, chissà che fine faceva».

Ale rise. «Ammettilo, nonno, sei geloso. Si è portato via la più bella e ricca del paese. Volevi fare tu il padrone della villa?».

Cosimo sbuffò e scosse la testa.

«Neanche per sogno. Sono felice con tua nonna, anche se ho lavorato come un somaro e abbiamo abitato in due stanze, con gli stucchi e le pitture anche in cucina. La Piccinelli era una testa matta, ha avuto più uomini che scarpe. Se Rinaldo era contento di dividersela con tutto il paese, fatti suoi».

«Addirittura tutto il paese. Magari erano solo più moderni di voi, sono stati contenti così».

L'uomo afferrò un secchio vuoto, lo girò e vi si sedette, facendo al nipote segno di avvicinarsi.

«Ascolta, non è la prima volta che vengo in questa villa. Chi pensi abbia restaurato gli affreschi della sala da pranzo? Una mattina arrivo presto, per avere più luce, e salgo sul trabattello, almeno a quattro metri da terra. Entra la Piccinelli, non mi vede e ci prova con quella cornacchia di Adriano, t'immagini?».

«Io avevo capito che ad Adriano piacesse l'altra sorella».

«Infatti lui all'inizio si rifiutò».

«E alla fine?».

«L'occasione fa l'uomo maiale».

«Secondo te Rinaldo sapeva di essere cornuto?».

«Forse, chissà. Certo non poteva fare troppo il difficile, gli piaceva giocare e c'è gente che, se non paghi i debiti, ti chiude in un sacco e ti butta nel lago come un gatto. Una moglie ricca non si trova in tutti gli angoli. Dicono che la dote della Piccinelli sia finita tutta in mano agli strozzini. Non erano certo due lire, comprendeva anche quella della sorella morta. Per lui quella caduta da cavallo è stata un affare».

Ale rifletté un istante, afferrò i rotoli di tappezzeria e andò in bagno. Alle spalle udì il nonno borbottare il suo nome. Prese un foglio a casaccio e lo mise davanti allo specchio.

«Mi ha chiesto se voglio fare la missionaria, visto che prego sempre. Così la mia dote la tiene lei, vuole prendersela per girare il mondo con Rinaldo. Vuole prendere tutto».

Afferrò un altro rotolo e lo aprì.

«Incinta! Forse dello stalliere, forse di quel ragazzo di Milano che è venuto al maneggio il mese scorso. Anche Adriano è nel suo carnet, persino lo stuccatore. Ma questa volta non mi limiterò a piangere e scrivere, lo racconterò a tutti. A papà, a Rinaldo. L'erede di Villa Piccinelli non può essere un bastardo».

Alessandro si accorse che gli tremavano le mani. Tornò dal nonno e gli disse di aver cura della tappezzeria.

«Hai paura che Adriano la rubi?» chiese Cosimo ironico.

«Dobbiamo consegnarla ai carabinieri. È una prova».

«Una prova di cosa?».

«Sul muro Annalaura teneva una specie di diario. Le scritte sono rimaste appiccicate alla tappezzeria. Prova a leggerla allo specchio. Per me, quei due l'hanno ammazzata».

Il ragazzo si precipitò giù dalle scale, raggiunse il piano terra e si girò verso l'uscita, senza accorgersi di Rinaldo che si affacciava a passo incerto dalla stanza adiacente. Si scontrarono e il vecchio rovinò a terra con un gemito. Ale si chinò per aiutarlo, ma Rinaldo annaspava scomposto, senza cercare di alzarsi.

«Cosa fate?».

Sulla porta era comparsa Annalisa.

«Correvo, ci siamo scontrati».

«Aiuto, la mia gamba...» mormorò Rinaldo, pallido come uno straccio.

«Se gli hai rotto il femore la pagherai cara, ragazzino» ringhiò Annalisa afferrando il cellulare. Digitò tre numeri in fretta.

«Sono Annalisa Bertoni, telefono da Villa Piccinelli. Mio marito è caduto, credo si sia rotto una gamba. Ottantaquattro anni. Sì, è sveglio, si lamenta». Ripeté l'indirizzo preciso e chiuse la comunicazione.

«Adriano!».

Il maggiordomo arrancò nella stanza, lanciò un'occhiata a Rinaldo a terra e guardò Annalisa, in attesa di ordini.

«Il signore si è rotto una gamba. Ho già chiamato i soccorsi».

Poi Annalisa si rivolse ad Ale.

«Dovrei chiamare anche i carabinieri e sporgere denuncia per lesioni».

Il giovane guardò la donna e avvampò di rabbia.

«Chiamali, se hai il coraggio. Magari gli racconto anch'io qualcosa».

«Cosa vuoi dire?».

«Che siete due assassini. Avete ammazzato quella povera ragazza per farla tacere e rubarle la dote».

Annalisa si portò una mano al petto, aprì la bocca ma non disse nulla.

«Non fare scene con me. Quella poveretta scriveva i suoi pensieri sul muro e ho letto. Aveva scoperto che eri incinta».

La donna si aggrappò alla ringhiera della scala e sembrò scossa da un conato. Poi sollevò il capo e lo fissò negli occhi.

«Cosa vuoi che cambi, ormai. Non pensavo che quelle scritte da matta si vedessero ancora, sotto la tappezzeria. Solo una povera pazza può fare una cosa simile, vero? Scrivere sul muro le proprie emozioni e non gridarle al mondo. Pregare invece che vivere. Annalaura era una povera pazza».

«L'avete ammazzata».

«Sì, ho ucciso Annalaura e tutte le sue paure».

La donna guardava Ale fiera, gli occhi luminosi, le spalle erette.

«La odiavi».

«Mi era indifferente, come odiare una simile nullità? Era lei a odiare me. Mi invidiava».

Ale strinse i pugni nelle tasche per resistere all'impulso di prenderla a schiaffi. Si voltò verso Adriano che indietreggiava barcollando:

«E tu, vecchio maiale, non hai rimorsi a servire gli assassini della donna che amavi? Mi vuoi far credere di non avere mai sospettato?».

La voce di Cosimo risuonò alle sue spalle.

«Adriano ha sempre servito la donna che amava».

Cosimo era a metà scala, appoggiato alla ringhiera, un rotolo di tappezzeria in mano.

Annalisa rise isterica.

«Ecco l'altro santarellino. Anche tu hai fatto il tuo giro di giostra, a suo tempo, vero?».

Cosimo si sedette sui gradini.

«Può darsi. Ma tu, Annalaura, che ne sai?»

La donna aprì la bocca, ma non disse nulla.

«Annalisa era incinta, ma i Bertoni non hanno mai avuto figli. Un aborto? Può darsi. Annalaura era terrorizzata alla sola idea di montare a cavallo, ma salì in groppa a uno stallone bizzoso. Davvero strano. Dopo la sua morte, Annalisa era così scossa che rinunciò persino alle Olimpiadi. Da allora si è limitata ad accudire i cavalli, allevarli, vezzeggiarli. Proprio come faceva Annalaura. Non è curioso, Ale?».

«Strano per una donna pronta al sacrificio per la vittoria, così appassionata da affrontare una gara anche con una brutta ferita» mormorò il ragazzo. «A proposito, vedo che il brutto incidente non ha lasciato cicatrici sulle braccia di Annalisa, la pelle è perfetta. Indossa magliette da ragazzina.»

Le spalle della donna s'incurvarono, gli occhi si riempirono di lacrime.

«Era una puttana. Se lo meritava. Andai al maneggio e la trovai che sellava Byron. Volevo parlare della sua gravidanza, l'avrei detto a papà. Appena mi vide disse che aspettava Rinaldo, avrebbero fatto l'amore nella stalla. Mi chiese persino se volevo guardare, così avrei testimoniato che il figlio era suo. Non ci vidi più dalla rabbia, raccolsi un sasso e la colpii. Cadde a terra, e non si mosse più».

In lontananza si udì la sirena dell'ambulanza in arrivo.

«E lui?» fece Cosimo indicando Rinaldo che gemeva a terra.

«L'idea fu sua. Arrivò al maneggio poco dopo. Io ero rimasta come intontita a fianco del cadavere. Fissavo Annalisa e mi domandavo se non fossi morta io. Gli raccontai tutto, ma ero terrorizzata, pensavo mi avrebbe denunciata. Invece era più preoccupato di aver perso la dote che la fidanzata: aveva troppi debiti. Mi guardò negli occhi e mi baciò sulle labbra, come nessuno aveva mai fatto. Nessuno se ne sarebbe accorto, disse. Mio padre sarebbe stato troppo abbattuto dal dolore e Adriano, se anche avesse avuto dubbi, mi venerava e non avrebbe aperto bocca. Per il resto del mondo avrei solo dovuto cambiare atteggiamento».

Annalaura s'inginocchiò accanto a Rinaldo e gli accarezzò la fronte madida di sudore.

«La signora ha bisogno di qualcosa?» biascicò Adriano, che negli ultimi dieci minuti sembrava invecchiato di dieci anni.

«Vai al cancello ad aspettare l'ambulanza e conduci qui i soccorritori».

«Andiamo anche noi, Ale» disse Cosimo mettendo una mano sulla spalla al nipote, «in questa casa non hanno più bisogno di trompe-l'oeil».

Il prigioniero dell'Ade

di Cristina Bellon

Alberto cominciò ad amare Luigi Brunetti quando lo vide morto.

Dopo una notte di baldoria, Alberto stava ancora sonnecchiando nel suo elegante appartamento di Milano, quando era arrivata la telefonata. Si era vestito, era uscito con la sua Audi nera e ora sfrecciava sull'autostrada, in corsia di sorpasso, diretto verso Varese.

Il cancelletto dell'obitorio dell'Ospedale di Circolo era aperto. Dopo un attimo di esitazione, Alberto varcò la soglia, oltrepassando il confine, lontano dalle cose dei vivi.

All'interno, davanti alla reception, due uomini lo stavano aspettando. Il medico legale e il tenente dei carabinieri strinsero la mano all'atteso visitatore e lo guardarono con curiosità.

Il giovane Alberto indossava un abito grigio fumo, una camicia bianca e una cravatta di seta. Era ben pettinato e persino abbronzato, come se fosse tornato da una vacanza fuori stagione. Sembrava che il visitatore avesse sbagliato indirizzo e fosse diretto a un ricevimento.

Un addetto della sala mortuaria li attendeva davanti all'ascensore per accompagnarli al piano interrato, nel gelido limbo delle celle frigorifere. Nei pochi secondi che scandivano la discesa della cabina, nessuno parlò. Quando sul quadro luminoso comparve «–1», le porte si spalancarono e l'addetto fece loro cenno di seguirlo.

Camminarono lungo un corridoio con pareti verdi e asettici neon che facevano una luce triste. Arrivati in fondo, l'addetto cercò nel mazzo di chiavi quella giusta e aprì la porta.

Appena Alberto mise piede nell'oscurità, la cella frigorifera si illuminò. Al centro della sala c'erano due barelle vuote circondate da alte pareti in acciaio, dove si trovavano sei congelatori, divisi in celle.

«Deve firmare qui» disse il medico legale porgendo il registro. «È il regolamento».

Alberto firmò senza dire nulla.

L'addetto cercò la sigla del morto, la stessa che risultava sul registro, e individuò la cella corrispondente. Era situata nella parete di fronte, la prima in basso, verso destra.

«Il corpo è qui da molto tempo» disse il medico legale. A quel punto il suo tono si fece incerto, perché il seguito riguardava la ragione di quella visita in quelle prime ore del pomeriggio.

Alberto si schiarì la voce, forse avrebbe voluto dire qualcosa, ma non lo fece, e tornò il silenzio.

«È stato pescato nel lago, a Porto Ceresio, come le ha già detto il tenente. Non aveva documenti e nemmeno chiavi di casa. Nessuno aveva fatto denuncia di scomparsa».

Il medico fece una pausa per guardare la reazione del visitatore. Ma il giovane non mostrava nessun turbamento.

«Questo tipo di morti» continuò abbassando la voce «io li chiamo *i prigionieri dell'Ade*: attendono che qualcuno si presenti per liberarli, dando loro un nome».

Dal tono con cui Alberto iniziò a parlare, il tenente dei carabinieri intuì che il segreto conservato dentro la cella frigorifera andava ben oltre il riconoscimento del cadavere.

«Voglio vederlo!».

Il medico legale attese un cenno di approvazione del tenente. Solo allora ordinò all'addetto di aprire la cella. Quella sequenza di numeri iscritta nel registro dei morti stava per scomparire di fronte alla vera identità del cadavere.

Quando Alberto vide il corpo, esitò a riconoscerlo. Era passato molto tempo dall'ultima volta. Poi lo sguardo gli cadde sul petto e sulla cicatrice al centro dello sterno. Fu allora che scoppiò a piangere come un bambino.

«Papà... papà».

Ora il prigioniero dell'Ade era libero. Aveva un nome.

Luigi Brunetti era stato riconosciuto.

La strada s'inerpicava sulla collina, sempre più ripida, e s'infilava tra gli alberi, sino a raggiungere un pianoro. Alberto aveva abbandonato il trenino sul sedile della macchina. Ora guardava fuori dal finestrino, compiaciuto. Gli piaceva rubare attimi alla velocità e fissare frammenti di immagini.

Da lassù, la superficie del lago Ceresio brillava come una lastra di ghiaccio trasparente, in pieno mese di agosto.

Madre e figlio non si erano detti molto dall'inizio del viaggio.

Quando la baita in pietra grigia era apparsa in lontananza, la donna l'aveva raggiunta, aveva parcheggiato, era scesa dalla macchina e aveva scaricato la piccola valigia. Poi aveva aperto la portiera posteriore dalla quale era balzato giù il figlio di sette anni.

Quel giorno, la mamma di Alberto gli aveva fatto indossare una maglietta a righe bianca e blu, dei pantaloncini corti e delle scarpe bianche da ginnastica. Così vestito sembrava un piccolo marinaio.

«Alberto, sai dove stiamo andando, vero?».

Il bambino aveva continuato a guardare il lago.

«Sì, me lo ha detto il nonno».

«E sei contento?».

«Mamma, mamma, guarda le barche, laggiù, fanno dei disegni sul lago… guarda, mamma!».

Con gli occhi fissi verso la valle, Alberto aveva messo fine alle intenzioni della madre di proseguire la conversazione. Un'altra madre avrebbe insistito per scoprire i sentimenti del figlio. Un'altra madre avrebbe proposto di tornare indietro, avrebbe lottato per ostacolare l'incontro, che di lì a breve sarebbe avvenuto. Ma quella madre era persuasa di aver perso la battaglia più importante della sua vita.

Quante volte era stata in quella baita in pietra negli ultimi sette anni? Era la terza volta. La seconda volta, era stata nove mesi dopo la prima, quella in cui aveva trascorso la notte con l'unico uomo che aveva amato.

Dalla baita di pietra uscì un uomo trasandato, dai capelli grigi. Indossava jeans e una camicia a quadri, slacciata fino a metà petto. Rimase un attimo sulla soglia. Poi alzò la mano per salutare. Né Alberto né sua madre risposero, ma attesero che lui si avvicinasse. Allora l'uomo affrettò il passo e sorrise, contento di vederli.

«Ciao, Alberto! Ma sei davvero un bel bambino. Ancora più bello che nelle foto».

Alberto rimase immobile, come un soldatino.

L'uomo salutò anche la madre, ma lei abbassò gli occhi, forse per nascondere le lacrime.

«Nella valigia troverai tutto» gli disse.

«Grazie, Maria».

L'uomo prese per mano Alberto e lo condusse verso la baita.

Il bambino obbedì malcontento, ma si ricordò delle parole del nonno. Gli aveva detto che ci sono cose che non si possono capire a sette anni e che i grandi servono per questo, a risolvere i problemi che i bambini non possono affrontare.

Alberto salutò con la manina la mamma e voltò le spalle alla strada dalla quale era arrivato.

Appena entrati in casa, l'uomo disse: «Io vivo qui. Vedrai, insieme, faremo cose meravigliose!».

Alberto si guardò attorno e vide un vecchio tavolo di legno con due sedie, una credenza bucherellata dai tarli, piena di oggetti ammucchiati uno sopra l'altro. Di cose meravigliose non ne vedeva, ma c'era un particolare che lo attraeva: la cicatrice che quell'uomo aveva sul petto.

«Come te la sei fatta?» gli chiese il bambino.

«Con la motosega... tanto tempo fa. Sono vivo per miracolo».

Luigi Brunetti si slacciò i restanti bottoni della camicia, e gli mostrò il petto. Ma Alberto ora guardava il lampadario, pieno di ragnatele.

«Avrai fame... adesso ti do una cosa buona da mangiare!». Luigi prese mezza forma di formaggio e ne tagliò un pezzo. «Questo l'ho fatto io con le mie mani. Assaggia!».

«Non ho fame e non mi piace quella roba».

«Vuoi un bicchiere di latte di capra?».

«No, non mi piacciono le capre».

L'uomo si sedette su una sedia di legno e gli disse: «Vieni qui, sulle mie ginocchia...».

«No!» esclamò il bambino, che si era dimenticato le raccomandazioni del nonno.

«Alberto, non devi avere paura. Io sono tuo padre, dobbiamo imparare a conoscerci».

La prima volta che Alberto aveva chiesto di suo padre era più o meno a tre anni, quando alla festa dell'asilo aveva visto le famiglie formate da una mamma e un papà e dai fratelli. Alcuni suoi compagni non avevano fratelli, erano figli unici come Alberto, ma tutti avevano due genitori. La prima domanda che aveva posto alla madre era stata:

«Ma anch'io ho un papà?».

«Sì, hai un papà che vive molto lontano» gli aveva risposto la mamma.

Poi, Alberto aveva sentito che il nonno aveva sgridato la mamma, e aveva visto che la mamma aveva pianto.

Un po' di tempo dopo, Alberto era tornato sull'argomento, e questa volta era stato il nonno a rispondergli: «Alberto, sarò io tuo padre. Non c'è nessun altro padre che ti vuole bene come te ne voglio io».

Ma Alberto era incuriosito dalla bugia del nonno e fantasticava su di essa. Cercava in ogni occasione di rubare informazioni come se queste potessero cambiare il suo destino. Gli interrogativi si erano susseguiti. Era come se, pezzo dopo pezzo, Alberto stesse cercando di ricomporre l'immagine del padre. Per un bambino piccolo era un'attività spossante, che gli aveva causato una serie di problemi psicologici.

Maria si sentiva in colpa nei confronti del figlio e in debito nei riguardi del padre, che l'aveva accolta nella sua casa e aveva cresciuto Alberto. Ma non poteva impedire ad Alberto di sentirsi un buon figlio, e i bravi figli hanno un rapporto con il padre. Il nonno era nettamente in contrasto con l'idea di Maria, tuttavia dovette cedere alle richieste sempre più pressanti del nipote. Forse era destino che si facessero i conti col passato. O forse Alberto gli stava comunicando che non si poteva ignorare quello che era successo, perché altrimenti lui non sarebbe nato.

Adesso Alberto era nella baita di pietra con suo padre, ma non era contento. Per tanto tempo aveva desiderato conoscerlo e ora lo sentiva estraneo, proprio come quella casa, brutta, sporca e povera, molto diversa da quella del nonno.

«Dove dormo io?».

«Nella stanza accanto».

Alberto si assentò un attimo ed entrò nella camera.

Uscì subito dicendo: «Puzza e ci sono delle bestie che strisciano sul pavimento! Che schifo!».

«Non ti preoccupare, adesso apriamo le finestre e mandiamo fuori le bestie a strisciare sulla terra. Va bene?».

Il bambino non rispose. Osservava, registrando tutto quello che vedeva.

«Alberto, se fai il bravo, domani mattina facciamo un giro in barca».

Lo invitò a guardare fuori dalla finestra il lago, trafitto dai raggi del sole allo zenit.

«Domani scendiamo laggiù e ti insegno a remare. Tanti anni fa, ho insegnato a remare anche a tua madre».

Ma Alberto non guardò il lago, ma la polvere che si era depositata sui bordi dell'infisso.

«Non mi interessa andare in barca».

«E cosa vorresti fare?».

«Domani voglio tornare a casa dalla mamma e dal nonno».

«Perché fai così? Non mi dai nemmeno una possibilità?».

«No, voglio chiamare il nonno».

Luigi Brunetti prese il telefono e compose il numero. Poi lo passò al figlio.

«Nonno, voglio tornare a casa subito!»

Il nonno gli parlò, ma non per convincerlo a rimanere. Luigi sentì solo una frase, che lo segnò più di mille pugni: «Ti sei convinto? Te l'avevo detto che Luigi Brunetti era un uomo rozzo!»

Una pioggia monotona cadeva sulla superficie del lago Ceresio, formando dei cerchi che si intersecavano fra di loro.

Prima del funerale, Alberto era stato sul luogo dove il cadavere di suo padre era stato ritrovato. Proprio vicino a quella bella spiaggetta, di fronte al parco giochi dei bambini. Accanto a lui, la madre in lacrime mormorava delle frasi senza senso. Con l'ombrello firmato Gucci nella mano, appoggiava la testa bionda sulla spalla del figlio.

«Mamma, tu lo amavi?».

«Sì, l'ho amato, ma le cose non vanno sempre come vuoi».

«Colpa del nonno?».

Lei esitò un istante prima di rispondere. Guardò i monti verdi davanti a sé e le nuvole basse che ne coprivano la cima.

«No, è colpa della vita».

Maria estrasse dalla borsetta un fazzoletto con le sue iniziali ricamate a mano e si tamponò delicatamente le guance per non rovinarsi il trucco. Poi, pensando a suo padre, che si era rifiutato di venire al funerale, disse:

«No, Alberto, mi sono sbagliata. Non è colpa della vita. È colpa di noi uomini che non abbiamo il coraggio di affrontarla».

«Fino a quando continuerai a rimpiangere il passato?».

«Purtroppo gli errori si pagano per sempre e sempre se ne fanno di nuovi».

«Mamma, adesso che papà non c'è più, dobbiamo buttarci il passato alle spalle. E anche il nonno dovrebbe farlo».

«Hai ragione, vedrai che il nonno si tranquillizzerà ora che il problema si è risolto...».

«Mio padre, vuoi dire?»

«Sì, lo sai, era lui la spina nel fianco».

Alberto la strinse a sé. Poi si abbassò, prese un sasso e lo tirò lontano, dove l'acqua era alta. Forse nel punto in cui suo padre, ubriaco, era annegato. Tradito dall'alcool, che gli scaldava il cuore, aveva fatto il bagno in una mattina di marzo. I vestiti e una bottiglia vuota di rum sulla spiaggia, e lui in mezzo al lago, nudo. Un turista tedesco lo aveva visto nuotare e poi sparire dalla superficie del lago, e scendere giù nella sua gola profonda.

Rolf Müller aveva chiesto aiuto, ma ormai era troppo tardi.

«*Drüben... drüben...*» aveva detto ai sommozzatori, quando erano intervenuti con i carabinieri a ripescare il corpo dello sconosciuto. Ma quel corpo, senza vita, era stato ritrovato dopo tre ore. E ci erano voluti sei mesi per riconoscerlo.

Nei vestiti, rimasti sulla riva, non avevano trovato né documenti né indizi che potessero far risalire alla sua identità. Un volto senza passato e senza legami, orfano di una società che lui detestava. Viveva come un eremita in una baita di sasso a pochi chilometri da Porto Ceresio, e poi più niente, solo il bosco intorno e il lago sotto di lui. Non aveva contatti con le persone, viveva di caccia illegale e di prodotti della terra. Al momento del ritrovamento, Luigi Brunetti pesava meno di sessanta chili.

Tutto era accaduto alle prime luci dell'alba del 13 marzo, quando Rolf Müller, uscito dal Residence Ville Lago Lugano nel quale soggiornava per il fine settimana, aveva fatto jogging seguendo la riva, fino ad arrivare alla spiaggetta, vicino al parco giochi. E in quel tratto, aveva visto una testa e due braccia muoversi nelle acque gelide del lago.

Alberto cercava di ricostruire la scena e di immaginare quali motivazioni avessero spinto suo padre a buttarsi nel lago, così com'era risultato dalla ricostruzione dei fatti. E conoscendo la storia di Luigi Brunetti, fatta di rifiuti e di solitudine, intuì quello che credeva fosse successo.

Il funerale venne celebrato nella cappella dell'obitorio dell'Ospedale del Circolo a Varese, in un piovoso giorno di settembre.

L'ultimo saluto era stato dato dal figlio e dalla donna che Luigi Brunetti aveva amato, in una notte, ventuno anni prima. Maria e Alberto si tenevano la mano sulla prima panchina della cappella, mentre il sacerdote incensava la bara di legno.

Non c'erano né amici né parenti. Luigi Brunetti aveva vissuto troppo silenziosamente.

«Perché le persone mentono?» chiese il capitano dei carabinieri di Varese, Giuseppe Dallavalle, al tenente, ritto in piedi davanti a lui. Salvatore Carrozza era nuovo della zona. Proveniva da una stazione di Milano, dalla quale era stato trasferito alla fine di agosto.

«Le persone mentono per coprire le loro malefatte»

rispose Carrozza, sfregandosi le mani per il freddo. «Sarebbe meglio chiedersi perché una persona commette un delitto? Per odio, per avidità, per gelosia… Quale passione umana lo spinge? Passioni che abbiamo tutti dentro di noi».

«Lei crede che i criminali siano uomini come tutti gli altri?».

«Sì, credo che tutti noi possiamo diventare criminali. Per esempio, da quando sono stato trasferito a Varese, io ammazzerei la vicina di casa che abita al piano superiore, perché tutte le sere, all'ora in cui vado a letto, fa partire la lavatrice, che fa vibrate tutta la soletta».

«E c'è bisogno di ammazzarla? Basterebbe che lei salisse, le suonasse il campanello e gentilmente si offrisse di regolare i piedini della lavatrice e poi magari le chiedesse di anticipare l'orario della lavatrice. Ha già provato a parlarle?».

«No» rispose il tenente Carrozza. «Tanto non servirebbe a niente».

«Invece, un omicidio sarebbe risolutivo?».

«Sì, in un attimo si spazza via la causa del problema».

«E le conseguenze?».

«Se non ci fossero le conseguenze, sarebbe così facile…».

«Scherzi a parte, Carrozza, due mesi fa le ho affidato il caso Luigi Brunetti. Un uccellino mi ha dato conferma che si tratta di un omicidio e che lei sa chi è il colpevole».

Il tenente sorrise compiaciuto. «La morte di Luigi Brunetti non è stata un suicidio e nemmeno un incidente, come lei aveva già intuito. Me ne sono accorto il giorno che ho conosciuto il figlio Alberto, all'obitorio dell'Ospedale di Circolo».

«Mi dica di più».

«Ci sono delle coincidenze strane nella vita... lei pensi che l'anno scorso mentre bevevo un caffè a Milano ho riconosciuto il fratello di un mio compagno di classe, quando vivevo a Bari, che si era trasferito in Costa Rica e ora ha aperto un negozio in piazza San Babila».

«Sono contento per lei e per il suo amico, Carrozza, ma arriviamo al dunque... mi parli delle coincidenze del caso».

«Allora, partiamo dall'inizio: quella banda di ladruncoli che occupava abusivamente la baita di Luigi Brunetti, credendo che fosse abbandonata, ha confessato al maresciallo dei carabinieri di Porto Ceresio di aver trovato una lettera sotto il materasso, nella quale risultava che Luigi Brunetti aveva un figlio. Nessuno sapeva che avesse un figlio. Nemmeno il maresciallo che presta servizio in quel paese da più di dieci anni! A dire il vero, nessuno sapeva nulla di lui. Brunetti era un tipo riservato, non aveva contatti con nessuno, tant'è vero che sono passati sei mesi prima che fosse identificato».

«E fino a qui ero a conoscenza dei fatti, motivo per cui abbiamo rintracciato il figlio, Alberto Brunetti, chiedendogli di riconoscere il cadavere».

Il tenente sospirò, e fu come dargli ragione. «Quando il figlio è venuto in obitorio era completamente indifferente. Insomma, ognuno è fatto a suo modo, ma si trattava di suo padre. Per riconoscerlo ci ha impiegato un sacco di tempo. E se non fosse stato per quella ferita al petto, forse non avrebbe saputo dire chi fosse. Da lì ho capito che non c'erano rapporti tra di loro! Alla fine, ha pianto, sì, ma io non mi sono fatto commuovere».

«Poi cosa è successo?».

Carrozza prese fiato. «In quella lettera, datata ventun anni fa, il nonno di Alberto, Francesco Ripamonti, offriva a Luigi Brunetti un'ingente somma di denaro a patto che lui non riconoscesse la paternità del figlio».

Il sopracciglio del capitano Dallavalle si incurvò dubbioso. «E con questo?»

«C'era qualcosa di strano in quella trinità, figlio-padre-nonno, che tutto sembrava, fuorché santa. Ho pensato che il nonno fosse un buon punto da cui far partire le indagini».

Il tenente cercava di non far trasparire quanto la storia lo avesse turbato. «Ma adesso le spiego la coincidenza: Francesco Ripamonti è un noto industriale milanese che si è confidato con un amico, il quale ha riferito a un personaggio losco, per coincidenza mio informatore su Milano, che prima o poi gliel'avrebbe fatta pagare a quello zoticone del Brunetti, perché la sua esistenza gli rovinava il buon nome della famiglia. Voleva farlo sparire dalla circolazione e aveva chiesto se qualcuno potesse occuparsene al posto suo».

Il tenente si concesse una pausa e intanto guardò fuori dalla finestra la neve che cadeva.

«Quello è stato il primo indizio su cui ho indagato, così ho subito interrogato Francesco Ripamonti. La mattina del delitto, Ripamonti ha detto che si trovava a casa sua, a Milano. Ma il portiere del palazzo ha dichiarato di avergli tirato fuori la macchina dal garage alle ore diciotto, della sera prima, e di averla riposta alle undici del giorno dopo. Se lo ricordava bene perché era il giorno del suo compleanno. Quando gli ho detto se avesse notato qualcosa di strano, lui ha risposto che nella macchina c'erano degli stivali per pescare e un dépliant di un centro nautico per il noleggio barche.

Anche questo se lo ricordava perché il nome del proprietario del centro nautico era lo stesso di quello di suo figlio. E bingo!».

«Vada avanti...».

«Quando ho verificato, al centro nautico risultava un contratto per il noleggio di una barca a favore di Francesco Ripamonti».

«Vuole forse dire che Francesco Ripamonti è il colpevole?» chiese automaticamente.

Il tenente sorrise, e gli passò la cartellina che aveva nelle mani.

Dallavalle la fissò.

«Faccia con calma».

Il capitano finalmente l'aprì e disse: «E queste, cosa sono?».

«Fotografie scattate un mese fa. Lo sa chi è quest'uomo?».

«No, me lo dica lei».

«Rolf Müller, il tedesco, testimone oculare del fatto» spiegò Carrozza. «E la donna che lo abbraccia, la riconosce?».

Dallavalle guardò con attenzione le fotografie. «Sì, riconosco quella donna».

«E non è tutto...» continuò Carrozza, «la notte del delitto, quella donna è stata vista all'imbarcadero».

Dallavalle sollevò la testa dalle foto. «Lei! Chi l'avrebbe mai pensato... ma c'è una cosa che manca: il movente. Perché avrebbe commesso l'omicidio?».

Il tenente si allontanò dalla scrivania del capitano: «Il movente è chiaro come i riflessi del lago in un giorno di sole, ma glielo scriverò nel rapporto, dopo aver ultimato...».

Non terminò la frase, ma Dallavalle ne intuì il senso.

Il tenente salutò con un cenno del capo. Stava per uscire dalla stanza.

«Carrozza...» lo richiamò il capitano.

Si voltò.

«Lei farà molta carriera».

Quando Carrozza chiuse la porta, il capitano dei carabinieri allungò i piedi sulla scrivania e sospirò, guardando la neve, che scendeva copiosa fuori dalla finestra.

C'era ancora luce, fuori.

E c'era anche una donna, appena entrata in un hotel, a quell'ora dolce della sera. Indossava un abito, fatto di niente, che accarezzava le sue gentili forme e si fermava sopra le ginocchia.

La porta girevole la introdusse nel Residence Ville Lago di Lugano di Porto Ceresio. Maria Ripamonti ebbe l'impressione di non essere entrata semplicemente in un hotel, ma in un mondo di ricordi. Erano percezioni, frutto di un'ansia incontrollabile e della necessità di attribuire un senso, anche assurdo, a ciò che nei mesi precedenti era accaduto fra quelle mura.

L'ambiente conservava la sua disumanità. Era il retaggio degli amplessi clandestini di amanti e del passaggio di migliaia di vite in quelle stanze, gente che aveva dormito, oppure aveva dato sfogo ai propri istinti. Ogni volta poi si riassettavano i letti, si pulivano i pavimenti, si cambiavano gli asciugamani, ma restavano comunque le tracce invisibili di una primitiva umanità.

Là, i due amanti s'incontrarono ancora una volta, per trascorrere qualche ora di pace lontano dal chiasso della città. Si erano conosciuti un anno prima. Le telefonate erano diventate regolari. Chiacchieravano per una ventina di minuti. Poi si accordavano su quando vedersi.

Erano diventanti complici di una vita che non poteva essere vissuta insieme: lui lavorava saltuariamente in un bar e non aveva nemmeno un diploma, e lei aveva un padre ricco e potente che si era sempre intromesso nella sua vita, fino al punto di scegliere per lei anche il compagno ideale. E l'uomo che lei aveva scelto era un altro errore, simile a quello che aveva commesso ventun anni prima.

Come clandestini, chiudevano la porta della stanza e rimanevano a confabulare e a parlare di un futuro che non potevano avere. Poi un giorno Maria ebbe un'idea precisa, letale: liberarsi di un passato scomodo, che ancora incatenava lei e il figlio, per riconquistarsi il bene del padre. Senza dubbio eliminando quell'orribile errore, come lo definiva Francesco Ripamonti, tutti avrebbero vissuto meglio. Alberto si sarebbe finalmente liberato dalla vergogna che macchiava le sue origini. Il padre avrebbe smesso di rinfacciare alla figlia il passato. Cancellato l'errore, si sarebbe fidato di lei: le avrebbe intestato qualche proprietà, le avrebbe messo a disposizione un piccolo capitale e avrebbe smesso di controllare i suoi movimenti. E Maria avrebbe ricoperto d'oro il suo amante, prima di presentarlo in famiglia.

La donna aveva ideato tutto: aveva chiesto al padre una barca a noleggio e la complicità del suo amante.

Così la notte del 12 marzo lei aveva incontrato per l'ultima volta Luigi Brunetti, ingannandolo con la promessa di una vita insieme. Poi, con mille moine, lo aveva portato sulla spiaggia, dicendogli che là avrebbe trovato il figlio. E una volta sulla spiaggia, in attesa di Alberto, che non li avrebbe mai raggiunti, Maria lo aveva colpito in una delle sue debolezze, quella dell'alcool. Luigi, ubriaco fradicio, si era accasciato, senza sensi, vinto dai fumi del rum e sbalordito dalle parole di quella donna che non aveva mai smesso di amare. Lei lo aveva spogliato e, grazie all'aiuto del suo amante, lo aveva caricato sulla barca – la stessa noleggiata dal padre – che nel pomeriggio Maria aveva portato vicino alla spiaggia. Mentre la donna remava per allontanarsi dalla riva, l'amante aveva buttato il corpo in acqua. Luigi Brunetti aveva agitato per qualche istante le braccia e poi si era arreso, come sempre aveva fatto in vita. Maria aveva riportato l'amante sulla spiaggia e aveva proseguito da sola fino all'imbarcadero, dove aveva ormeggiato la barca.

Rolf Müller, in tuta da ginnastica e scarpe da corsa, aveva atteso sulla strada, accanto alla spiaggetta, la telefonata di lei, seduta a bordo dell'auto che l'avrebbe portata a Milano. Poi, alle prime luci dell'alba, Rolf aveva chiamato aiuto, dicendo di aver visto una persona nuotare nelle acque e sparire.

Era rimasto a disposizione dei carabinieri ed era ritornato in albergo in attesa della telefonata di Maria, pensando a quello che avrebbero finalmente costruito insieme.

Il vento mulinava la polvere nel cortile dell'albergo. La stessa polvere che Rolf Müller credeva avrebbe sepolto i misfatti di quell'alba tersa.

Ma il vento delle ore prima era caduto. Ora splendeva un sole violento.

La difesa scandinava

di Emiliano Bezzon e Cristina Preti

Varese, 26 luglio 1964

Quando, in una noiosa domenica pomeriggio, il mio compagno di gioco Gualtiero Dossetti rispose alla mia usuale prima mossa – pedone in e4 – posizionando il proprio pedone in d5, rimasi a dir poco sorpreso da quella apertura ormai così poco praticata, nota tra gli appassionati come *difesa scandinava*; la sortita prematura della Donna rappresenta, è vero, un tentativo di ottenere un gioco attivo con i pezzi sul centro, ma è notoriamente connessa a una perdita di tempo che può ripercuotersi sensibilmente sulla partita. Il gioco era quantomeno stimolante e Gualtiero lo conduceva da par suo, con piglio intraprendente e sicuro. Arrivato però a un certo punto, in evidente difficoltà, mi chiese di interrompere per proseguire il giorno dopo, perché era stanco. Acconsentii senza replicare.

Sorseggiando la nostra consueta grappa, non potei fare a meno di chiedergli il perché di quella scelta così poco usuale.

«Da qualche giorno ho in mente la Scandinavia» mi rispose, enigmatico. «Terra di fiordi e ghiacciai, fiumi, laghi e cascate, betulle e renne».

«Regina degli sport invernali» conclusi io, colpito da un pensiero improvviso. «Lì è nato il pattinaggio su ghiaccio, disciplina che tanto è legata al nostro caro lago di Ghirla. Proprio su questo lago si svolsero nel 1914 i primi campionati italiani di pattinaggio sul ghiaccio».

«Li vinse Giuseppe Peck» precisò Gualtiero, finendo di sorseggiare la grappa. Eravamo nel giardino della sua casa, che dava proprio sul lago; un posto tranquillo, quieto, silenzioso, l'ideale per chi come noi aveva passato la vita in mezzo alla gente e alla confusione, e adesso ambiva soltanto a riposarsi in santa pace.

«Giuseppe Peck» ripetei, ricordando vagamente quel nome. «Mi dice qualcosa, ma non saprei dire esattamente che cosa».

«Lei, colonnello, non era certo qui con noi nel 1914» precisò Gualtiero, versandosi un altro dito di grappa. La moglie era ben lontana. «Quando è venuto la prima volta in Valganna?».

«Nel 1939. Alla vigilia della guerra, quando da capitano ero di stanza a Varese e venivo in Valganna nei fine settimana, un po' per servizio un po' per diletto, quando d'estate le case dei milanesi si riempivano di villeggianti».

«Ricordo. Abbiamo più o meno la stessa età, noi due. Quando ci furono i campionati di pattinaggio sul ghiaccio ero un ragazzo. Gli atleti alloggiavano tutti qui, da noi».

La casa della famiglia Dossetti era stata fino a pochi anni prima un albergo, l'Albergo Milano. Durante la guerra era diventato sede del comando militare per la costruzione della linea Cadorna, poi era tornato a essere frequentato dai turisti fino al secondo dopoguerra, quando era stato dismesso e suddiviso in vari appartamenti. Il mio amico e la moglie abitavano in quello più piccolo, ma il giardino era tutto loro. Del resto, degli altri abitanti della casa nessuno avrebbe avuto la pazienza di prendersene cura.

«Giuseppe Peck era un validissimo atleta» proseguì Gualtiero finendo la sua grappa. «Aveva un modo di pattinare così elegante, ineguagliabile. Ed era velocissimo. Non a caso, divenne campione italiano, il primo nella storia del nostro Paese».

«E adesso? Dov'è finito?» Immaginai fosse vecchio anche lui, come noi; forse aveva aperto un negozio di articoli sportivi che i figli non avevano voluto continuare a gestire, e che aveva svenduto a qualche atleta di un paio di generazioni più giovane di lui, anch'egli alla ricerca di qualcosa da fare dopo aver smesso di gareggiare.

«In realtà, nessuno ha mai saputo che fine abbia fatto il povero Peck».

«Che vuol dire?».

«Che a un certo punto è scomparso. Pochi mesi dopo aver conquistato il titolo di campione italiano, è sparito nel nulla».

«Forse è questo che ricordo, di Giuseppe Peck» conclusi alzandomi per congedarmi dal mio amico. «Ricordo che quando arrivai a Valganna ne parlavano come di una figura quasi mitologica, che non si capiva bene se fosse esistita davvero o no».

«È esistito, eccome. Ed è stato un grande campione».

Quella sera ripresi il mio manuale di scacchi e rilessi qualcosa sulla difesa scandinava. Gualtiero era stato davvero temerario a lanciarsi in una simile sfida, e non avevo quasi dubbi di riuscire a batterlo. Alla radio, il «Gazzettino Padano» parlò delle indagini condotte nel lago di Ghirla da un gruppo di archeologi subacquei, alla ricerca di reperti di una enorme palafitta preistorica. Gli archeologi avevano rinvenuto, oltre a selci, punte di frecce, raschiatoi e utensili vari, anche uno scheletro incagliato sul fondale del lago, poco profondo ma molto melmoso.

«Uno scheletro preistorico» pensai, andando a dormire, già pregustando il proseguimento della partita che mi attendeva il giorno dopo.

In un rito che si ripeteva da quando sia io che Gualtiero eravamo in pensione, nel periodo di vacanza che passavo a Valganna, ci ritrovavamo ogni giorno alla stessa ora – le quattro del pomeriggio – per stare in giardino sul lago a giocare a scacchi.

Durante le nostre partite non parlavamo; sono in pochi a saperlo, ma il gioco degli scacchi è considerato uno degli sport più violenti che esistano.

«*Scià matt*» vuol dire «Il Re è morto». E quando detti *matto* al povero Gualtiero, mi sentii davvero un assassino; avevo ucciso il Re, ma anche il mio avversario, la sua intelligenza, la sua logica, la sua strategia, la sua improponibile difesa scandinava. La sconfitta gli bruciava, al punto che rifiutò la grappa che la moglie ci aveva portato, come ogni giorno. Mi trovai a bere da solo, con Gualtiero che guardava pensieroso in un punto imprecisato davanti a sé.

«Ho sentito delle ricerche condotte nel lago» dissi, tanto per rilanciare la conversazione che, decisamente, languiva. «Hanno ritrovato di tutto su quel fondale. Persino uno scheletro».

Gualtiero si riscosse.

«Ho sentito anch'io la notizia. Sarà uno scheletro preistorico?».

«Non mi intendo di archeologia. In effetti ci ho pensato e mi pare improbabile... non credo che uno scheletro abbia potuto resistere e conservarsi per tremila e passa anni».

«Quindi risale a un tempo più vicino».

«Probabilmente».

«Ma non hanno detto niente di più preciso?»

«No»

«Colonnello, non ha mai nostalgia delle indagini che svolgeva quando era in servizio?».

Non risposi. Ma in effetti Gualtiero aveva ragione; sì, ne avevo nostalgia. In quel momento, per esempio, morivo dalla voglia di andare a fare una chiacchierata con l'ispettore della soprintendenza archeologica che coordinava le ricerche nel lago. E mentre salutavo il mio amico, ancora provato dalla sua bruciante sconfitta, mi dissi che, se non era il caso che me ne andassi a Milano alla soprintendenza, almeno qualche notizia in giro potevo chiederla.

Mi rivolsi alla bibliotecaria del paese, che sapevo stava curando l'allestimento di un piccolo museo della valle, con i diversi reperti rinvenuti nel tempo. Mi disse che lo scheletro non aveva nulla di preistorico ed era stato inviato all'Istituto di medicina legale per i dovuti approfondimenti. In realtà non era stato così semplice avere quella notizia, che mi era costata un paio di pomeriggi passati ad ascoltare vere e proprie lezioni di storia locale, ma anche di geografia, idrologia, geologia della valle e delle sue piccole ma incantevoli frazioni, incastonate tra i due laghi di Ghirla e Ganna, il monte Poncione e la conca di Smeraldo. Ma non era stato affatto spiacevole ascoltare le storie della bibliotecaria, e comunque era servito a capire dove cercare qualche notizia in più sullo "scheletro di Ghirla": ormai tutti lo chiamavano così.

Il comando dei carabinieri di Varese aveva sede in una villa all'interno dei Giardini Estensi, nel cuore della città, sul lato di via Copelli; ci avevo trascorso gli ultimi anni del mio servizio e lì avevo ancora parecchie conoscenze. Non fu difficile sapere qualcosa di più sullo scheletro, che dopo i dovuti esami era stato tumulato in uno dei quattordici cimiteri cittadini, tra i senza nome. L'appuntato che si occupava dei corpi di reato non aveva fatto alcuna difficoltà a mostrarmi il referto del medico legale.

Si trattava di uno scheletro di individuo di sesso maschile, rimasto pressoché intero sotto la melma del fondo lacuale per un periodo di tempo che si stimava andasse dai cinquanta ai settant'anni. Poco o nulla si poteva dire della morte dell'individuo, se non che la probabile causa era da individuare in un fortissimo trauma cranico, desumibile dalla evidente e profonda frattura della scatola cranica, non certo attribuibile alla caduta in acqua, vista la tipologia del fondale. Per il resto il medico non aveva potuto annotare granché, se non l'assenza dell'ultima falange di ben quattro dita della mano destra.

Troppo poco per arrivare a identificare lo scheletro; infatti il fascicolo era stato rapidamente archiviato e le ossa tumulate anonimamente; nemmeno il quotidiano locale «La Prealpina» ne aveva minimamente accennato.

Qualche giorno dopo, prima di cominciare la partita, Gualtiero tornò a parlare del pattinaggio sul lago ghiacciato, che negli anni era diventata una vera passione per gli abitanti e per i numerosi turisti che arrivavano fin lì proprio per questa grande attrazione che, addirittura, era pubblicizzata nella piazza del Duomo di Milano, da dove partivano le corriere per la Valganna. Gualtiero ricordava soprattutto le ragazze provenienti dalla città, bellissime nei loro completi invernali, pronte a volteggiare sulla superficie ghiacciata di Ghirla. Quanti amori erano nati sui pattini, e quante storie continuavano poi anche d'estate, quando la valle tornava a riempirsi di villeggianti e i più arditi facevano addirittura il bagno nelle acque sempre molto fredde.

«Sa che anche Giuseppe Peck si era innamorato qui in Valganna?».

«Ma non mi aveva detto che era sparito nel nulla, tanto da diventare una sorta di leggenda?».

«Certo, ma nell'estate del 1914, quella dei campionati, era tornato qui per qualche giorno e si diceva che lo avesse fatto per incontrare la ragazza di cui si era perdutamente innamorato, che veniva qui in vacanza con la famiglia».

«E chi era questa fanciulla?».

«Si chiamava Annalisa Robecchi. Bellissima, anzi, più che bellissima, se possibile! Me la ricordo ancora nei suoi giri in bicicletta con le amiche, con il codazzo di spasimanti, che erano tutti per lei. Anche per noi ragazzini il suo arrivo in valle era una notizia, era davvero come vedere una principessa. Tanto che l'avevamo soprannominata proprio così».

«Caro Gualtiero, mi sta incuriosendo. Adesso deve raccontarmi tutta la storia».

«Volentieri. Annalisa Robecchi ha sempre passato le sue vacanze estive e invernali nella villa di famiglia, qui a Ghirla. Il padre era un notaio milanese piuttosto facoltoso e la madre era originaria della Svizzera tedesca; la coppia aveva avuto tre figli, e Annalisa era la più grande. Si diceva che i genitori, soprattutto il padre, avessero una vera adorazione per la primogenita, bellissima, raffinata e colta. La soffocavano d'amore e la costringevano a vivere in una specie di gabbia dorata. Annalisa trovava qui le amiche e le occasioni di svago che a Milano, invece, le erano negate, ed era bellissimo incontrarla, sempre sorridente e felice di vivere ogni giornata nei boschi, al passeggio sui monti, in riva al lago o per le vie del paese...».

«E tra i cuori spezzati dalla bella Annalisa ci sarebbe stato anche quello del giovane campione di pattinaggio?».

«Beh, colonnello, così si diceva ai tempi. Io, poi, ero davvero un ragazzino. Ma ricordo i discorsi delle nostre mamme, che parlavano di questa passione d'amore scoppiata in paese tra il campione e la villeggiante che, pare, sia stata bruscamente interrotta dall'intervento del padre di lei. Si disse che il notaio avesse addirittura minacciato il povero Peck, intimandogli di stare lontano dalla figlia...».

«E il giovane campione sarebbe scomparso senza più fare ritorno a Valganna per questo motivo? Perché scacciato dal padre di Annalisa?».

«Da allora nessuno ha più saputo nulla di lui, almeno qui in paese. Forse ha continuato a pattinare, e adesso chissà dove sarà».

Una storia d'altri tempi; al mio amico piaceva di tanto in tanto abbandonarsi a questi racconti. E io lo ascoltavo volentieri, senza però dimenticare il motivo per cui ci trovavamo assieme.

«Adesso possiamo posizionare i pezzi sulla scacchiera, e cominciare la partita».

«Si è fatto un po' tardi per me, colonnello». Gualtiero sembrava davvero stanco; pensai che la sconfitta della sua strategia scandinava lo stesse ancora facendo soffrire. «Magari rinviamo a domani o dopodomani. Tanto, a noi, il tempo ormai serve solo a colmare la distanza da qui alla fine della corsa. Non c'è motivo per affannarsi e mettersi fretta, giusto?».

«Giusto. A domani».

Nella pensione dove, come ogni estate, avevo preso alloggio, la signora Anna, padrona di casa, era intenta a preparare la cena che avrebbe proposto anche ai suoi inquilini stagionali: minestrone di verdure lasciato raffreddare col ghiaccio e cotoletta alla milanese con le patate dell'orto, lessate e condite con olio, sale e prezzemolo. Per il mio appetito era più che sufficiente, e poi la signora Anna cucinava bene ed era ottima commensale, soprattutto nelle sere, come quella, in cui a cena restavamo solo io e una coppia di svizzeri, sempre molto discreta e poco incline alla conversazione.

Approfittando del silenzio degli altri ospiti, chiesi ad Anna se ricordasse la storia del pattinatore Peck e della bella Annalisa.

«Colonnello, mi scusi, ma com'è che si interessa a queste storie che, detto tra noi, sono proprio faccende da donne?». Rise sbarazzina, nonostante l'età. «A noi donne piace tanto parlare delle grandi storie d'amore, e quella lo fu davvero! Purtroppo fu bruscamente interrotta dalla scomparsa del bel pattinatore, svanito nel nulla. Avrebbe dovuto vederla, la povera Annalisa, una bellezza straordinaria spenta in un istante. Non usciva più di casa, non incontrava nessuno, anzi, qui in Valganna non volle nemmeno più venirci».

«Davvero non venne più?».

«Per la verità, colonnello, ci tornò molti anni più tardi, con il marito e i figli piccoli. E andò proprio nella villa che era stata dei suoi genitori, e che ora è stata venduta».

«E adesso dov'è la signora? Immagino viva ancora a Milano...».

«Ma perché si interessa così tanto a questa storia, colonnello? Ormai se la sono dimenticata tutti, dopo così tanti anni...».

«Non proprio tutti. Oggi me ne ha parlato Gualtiero, il mio compagno di scacchi».

«Certo, quello non ha nulla a cui pensare, ha ereditato un sacco di quattrini e ora, invecchiando, è più pettegolo di una serva!». La signora Anna rise, falsamente bonaria. Si capiva benissimo che Gualtiero non le stava per niente simpatico.

Proseguì: «Comunque – e questo Gualtiero non lo sa – la signora Annalisa è morta da qualche anno, divorata da non so quale malattia che l'ha consumata in breve tempo. Il marito, invece, è ancora vivo, almeno credo, e fa il notaio a Milano, proseguendo l'attività dello studio che era stato del suocero».

«E scommetto che lei sa anche chi sia il vedovo della povera Annalisa».

«Certo che lo so! Eccome! Si chiama Alberto Colonna. Anche lui, da giovane, frequentava questi posti in villeggiatura con la famiglia, ed è qui che ha conosciuto Annalisa. Ma non è stato un grande amore, sa? Pare proprio che il matrimonio sia stato combinato dal padre di lei. Annalisa non ne voleva assolutamente sapere, ma finì per assecondare i desideri del padre dopo la scomparsa improvvisa del bel campione».

«Grazie, Anna, per la cena e anche per i suoi racconti».

«Si figuri, signor colonnello. Per me è un divertimento ritornare ai bei tempi della nostra gioventù».

L'indomani presi di buon mattino la corriera per Varese. Dopo il caffè in corso Matteotti, dove era sempre piacevole passeggiare circondati dalle belle ed eleganti signore di città, mi ero diretto alla biblioteca comunale, nella centralissima via Sacco, per spulciare le vecchie annate del quotidiano locale, alla ricerca di qualche notizia in più sul campione scomparso. A quell'ora del mattino la biblioteca era frequentata giusto da qualche pensionato intento a leggere riviste e quotidiani, per cui nella sala consultazioni al pianterreno del palazzo estense non c'era praticamente nessuno e la consultazione dei voluminosi raccoglitori del quotidiano risultò piuttosto agevole.

Nella stampa locale non si parlava mai della scomparsa dell'atleta e su di lui, oltre all'articolo della vittoria sulla superficie ghiacciata del lago di Ghirla, compariva solo un altro trafiletto, a commento della foto in cui Peck era ritratto al momento del ritiro di un riconoscimento cittadino a Milano. Il cronista si soffermava sul fatto che il campione indossasse degli eleganti guanti di seta nera, non certo per vezzo, ma per celare la mutilazione subìta a seguito di una caduta in allenamento; parte delle dita della mano destra era stata letteralmente tranciata dalle taglienti lame dei pattini di un collega di squadra.

Avrei tanto voluto avere a disposizione una di quelle macchine da poco inventate all'estero, che si diceva fotografassero i fogli di carta riproducendoli fedelmente e rapidamente, ma si sarebbe dovuto attendere ancora per vederle all'opera nelle biblioteche pubbliche… C'era comunque sempre il fedele taccuino, su cui annotai ogni cosa.

Il rientro a Ghirla con la corriera di mezzogiorno mi permise di ammirare, all'imbocco della Valganna, lo splendore liberty del birrificio incastrato tra le montagne, con le cupole ramate luccicanti sotto il sole; certo era molto meglio prima, fino al 1954, quando a Ghirla si arrivava col tram, che si inerpicava tra le valli e passava proprio dentro gli stabilimenti, sotto i quali scorre ancora il fiume Olona, che nasce da sei diverse sorgenti tra i monti varesini per poi arrivare giù fino a Milano. Decisi seduta stante che durante la partita del pomeriggio, invece della solita grappa, mi sarei concesso una bella birra ghiacciata.

Per pranzo, come spesso accadeva, decisi di fermarmi alla Taverna del Pescatore, in fondo stavo quasi lavorando e mi meritavo qualche piacevole gratificazione; appena entrato, mi accolse il caro Mario, che mi fece accomodare a un bel tavolo verso il lago, interrompendo una fitta conversazione con Altiero che, con la moglie Erminia, gestiva il bar Giglio, che faceva anche da rivendita di giornali per tutta la valle.

Alle sedici Gualtiero aveva già predisposto i pezzi sulla scacchiera, pronto per la prima mossa, che sarebbe toccata a lui, e forse smanioso di rivincita dopo l'umiliante sconfitta dei giorni precedenti.

«Buongiorno, colonnello, come sta oggi? Pronto ad affrontare una nuova disfida?».

«Ma certo, caro Gualtiero, sarà un piacere».

«Ha saputo qualcosa, poi, dello scheletro del lago? Scommetto che si è messo a indagare come ai vecchi tempi...».

«Ma niente affatto. Non mi pare ci sia proprio nulla da indagare e poi ci penserebbero, semmai, i colleghi in servizio attivo, che non hanno certo bisogno di un vecchio ufficiale come me. Allora, cominciamo la partita?».

A Gualtiero non sembrò vero di avermi sconfitto in così poco tempo. In realtà quel pomeriggio coltivavo ben altri pensieri che non le mosse e contromosse da attuare sulla scacchiera e avevo deciso di lasciar vincere, senza che fosse troppo evidente, il mio avversario, in modo da potermi liberare presto.

Sulla strada verso la pensione feci tappa alla ferramenta Manzoni, l'unica di Ghirla e dell'intera Valganna, sperando di trovare in bottega il vecchio Marco, che l'aveva ereditata dal padre e la gestiva da oltre cinquant'anni, ora aiutato dal figlio maggiore. L'anziano commerciante era un tipo davvero scrupoloso e annotava su grossi registri tutto ciò che entrava e usciva dal suo negozio, segnando accuratamente il prezzo e il nome di chi comprava ogni singola vite o chiodo, così come la provenienza delle merci in arrivo.

Il vecchio Manzoni provava una grande ammirazione per me, fin da quando, giovane capitano dei carabinieri di Varese, avevo catturato gli sciagurati ladruncoli che, salendo dalla Valcuvia, erano entrati nella sua bottega mettendogliela sottosopra alla ricerca dell'incasso della giornata, che, tra l'altro, non avevano nemmeno trovato.

Sapevo, quindi, che non avrebbe mosso obiezioni alla mia richiesta, e che per lui cercare i registri delle vendite del 1914 sarebbe stato un vero piacere e un onore, visto che a chiederglielo ero io.

Egregio dottor Colonna, notaio in Milano, ecco come ho potuto scoprire che lei ha assassinato il povero Giuseppe Peck, colpendolo a morte con un pesante martello acquistato nella ferramenta del paese e gettandolo nel lago, dopo una discussione animata e resa infuocata dalla sua gelosia per la povera

Annalisa, incolpevolmente innamorata del giovane campione e non di lei, che pure dovette sposare per volere paterno.

Si è rivelata una decisione imprudente quella di chiamare il sig. Altiero del bar Giglio, chiedendogli di tenerle da parte, per una settimana, una copia della Prealpina che avrebbe mandato poi a ritirare; non è stato difficile per i carabinieri della stazione di Marchirolo individuare, su mia segnalazione, il suo tirapiedi e avere poi conferma di quello che avevo sentito dal titolare del bar con rivendita di giornali. D'altro canto aveva sentito anche lei al Gazzettino Padano del ritrovamento dello scheletro in fondo al lago e si era allarmato, tanto da volersi tenere informato sugli sviluppi, non potendo immaginare che la cronaca locale non si sarebbe minimamente occupata della vicenda. E così, visto anche che di sviluppi non ce ne sono stati, lei si è tranquillizzato.

Ora quello che lei tentò di seppellire negli abissi della sua coscienza è tornato a galla, liberato dal fondale melmoso del lago di Ghirla.

Dopo che avrà letto queste mie pagine, non si affanni a fuggire; i carabinieri del Comando Duomo, che sta a pochi passi dal lussuoso palazzo che ospita il suo studio e il suo appartamento, arriveranno presto alla sua porta per accompagnarla alla sua definitiva dimora, in via Filangieri, in quel carcere che, per uno scherzo del destino, porta lo stesso nome del Patrono della città da cui le scrivo questa lettera.

Con deferenza.

Colonnello Nunzio Dragonetti

Danza macabra

di Angela Borghi

Quella mattina, affacciandosi alla finestra della foresteria, aveva avvertito che il tempo sarebbe cambiato. Dal lago saliva un odore greve di legno bagnato e l'aria era immobile. Era scomparsa all'improvviso la brezza dei giorni precedenti che gli aveva un poco sollevato la pesantezza dell'animo, con i giochi di spuma bianca sulle onde e lo stormire delle foglie dei carpini.

Nei primi giorni del suo arrivo al convento di Santa Caterina del Sasso, il sole lo aveva accolto e aveva illuminato di blu la superficie dell'acqua, anche se lui non era giunto in quel luogo impervio per godere della sua bellezza, ma per guarire. Per guarire il corpo dalla ferita al fianco che ancora gli bruciava come se avesse un tizzone di fuoco conficcato dentro e da quella, ben più dolorosa, che aveva nel cuore e che gli avvelenava ogni giorno e ogni notte in cui tornava a rivivere il momento della morte di suo figlio.

Facevano parte della scorta del podestà di Varese quando erano stati attaccati da quattro briganti a colpi di archibugio. Il podestà si era salvato e i quattro erano stati catturati e subito impiccati ma lui era rimasto ferito e suo figlio, giovane ufficiale, era stato ucciso da un colpo nel petto.

Alloggiava nella foresteria dove i frati accoglievano, per pochi scudi di offerta, qualche viaggiatore o qualche anima alla deriva come la sua. Dal suo arrivo aveva scambiato poche frasi con il priore, un uomo per nulla affabile dai gesti bruschi e il passo che suggeriva un passato militare, e con il frate portinaio che si occupava dell'accoglienza, dal viso sorridente e paffuto. Gli altri frati erano stati solo presenze discrete, sempre indaffarati nel convento, e lo avevano lasciato al suo silenzio e alla sua tristezza.

Passeggiava sugli stretti terrazzamenti costruiti sulla roccia ascoltando le voci del lago, faceva correre lo sguardo fino alla sponda opposta, fitta di boschi e sovrastata dai monti dell'Ossola, seguiva il traffico di barchette intorno all'Isola dei Pescatori, guardava per ore gli affreschi della chiesa e cercava di distrarsi prestando attenzione alle storie che questi gli narravano. E la notte non dormiva, tormentato dagli incubi. In silenzio scendeva allora la scala che dalla foresteria portava alla sala capitolare, attraversava il portico fino alla chiesa, dove si sedeva accanto al corpo del beato Alberto Besozzi. Qui non pregava ma gli sembrava di discorrere, ed era sicuro che il beato, nel suo saio bianco rilucente nell'oscurità, comprendesse e lo confortasse.

Gettava appena uno sguardo alla *Danza macabra* affrescata da pochi mesi sotto al portico del convento meridionale, che i frati gli avevano mostrato con orgoglio. Alla luce della candela la Morte, con il sorriso disegnato sul teschio, faceva ancora più paura.

Quella sera, come l'umidità della mattina aveva promesso, era scesa la nebbia. Anzi, una cortina grigia e fredda era salita dal lago e aveva avvolto i pochi edifici aggrappati alla roccia e la fila dei frati che tornavano dai Vespri, rendendoli degli spettri.

Quella notte si era svegliato ancora più all'improvviso, madido di sudore. Non ricordava il sogno ma sapeva che in questo si era insinuato un rumore agghiacciante, forse un urlo soffocato. Nessun altro era sveglio nella foresteria, che accoglieva la comitiva di un alto prelato in viaggio, ma lui non badò se tutti i giacigli fossero occupati. Scese, senza neppure mettersi il mantello: voleva seguire l'eco di quel grido.

La nebbia sfumava tutti i contorni e rendeva invisibile il mondo intorno. Camminò cercando di respirare con meno affanno fino al minuscolo cortile dove i frati tenevano degli attrezzi e un grosso torchio per pigiare le uve e le olive. Sentì un odore dolciastro che lo attirò vicino al torchio.

E poi lo vide. Anche se era solo un'ombra capì che era un uomo, schiacciato sotto la massiccia trave che costituiva il corpo principale dell'attrezzo. Un cadavere, orrendamente deformato, con il sangue che imbrattava una ricca veste verde e oro ma con il viso, contornato da una barbetta bianca, risparmiato, anche se agghiacciato da una smorfia di terrore. Era il prelato ospite del convento.

Il giorno dopo non aveva che ricordi confusi dei momenti successivi al ritrovamento. Aveva dato l'allarme, svegliando il priore, e c'era stato un frenetico viavai di figure in saio che avevano rimosso la salma ricomponendola pietosamente e pulito il torchio. Ma non rammentava tutte le esclamazioni e i discorsi che aveva udito, gli sembravano ancora far parte di un sogno. Il priore aveva cercato di convincere se stesso e lui, a cui riconosceva una certa autorità come ufficiale del podestà, che si fosse trattata di una morte accidentale. Ma come riuscire a credere che il monsignore avesse azionato da solo la grossa vite che sollevava la trave? Non aveva certo motivo di farlo, così come non era possibile che avesse rimosso i travicelli che la bloccavano mentre si trovava sotto di essa. Era stato un delitto.

Nessuno sapeva spiegarsi e spiegare l'accaduto. Non il segretario del prelato, un giovane spaurito dall'evento che sosteneva di essersi coricato presto, prima del suo superiore, e di non aver udito nulla. Non il frate portinaio, che raccontava di aver lasciato il monsignore a tarda sera ancora raccolto in preghiera in chiesa. E non molti altri ammettevano di averlo visto dopo la cena consumata nel refettorio.

Fu nel pomeriggio che notò il riquadro affrescato della *Danza macabra*. La Morte, con lo scheletro dalle lunghe gambe e la falce in spalla, portava via un alto prelato dal mantello verde e oro e dalla bianca barbetta a punta. Rabbrividì per quella coincidenza, ma non si soffermò troppo, distratto dal nuovo arrivo al convento di un commerciante stanco della cavalcata nella foschia.

La cena fu più silenziosa del solito. Le preghiere e i canti che aveva ascoltato dalla chiesa, ovattati dalla nebbia, sembravano aver esaurito le voci dei frati.

Fu una notte di sonno ancora agitato per lui, ma fino all'alba non aveva lasciato il giaciglio, come se avesse timore di affrontare quella nuvola di oscurità palpabile che avvolgeva il convento. Al rintocco della campana per le Laudi si vestì e scese sulla terrazza. Anche quella mattina non avrebbero visto il sole.

I frati erano tutti in chiesa e toccò a lui, ancora una volta, scoprire un nuovo orrore. Sul retro della sala capitolare giaceva a terra un corpo che riconobbe subito come quello del commerciante giunto appena la sera prima. Il viso era gonfio e scuro e intorno al collo aveva una sciarpa di quelle che vendeva, che lui stesso gli aveva mostrato. Il rosso brillante e la lucentezza della seta facevano un contrasto terribile con i colori della morte.

Si ripeté allora il rituale doloroso del giorno prima ma ora si avvertiva, visibile come la nebbia che li avvolgeva, l'angoscia nei gesti e nelle parole dei frati. E negli occhi del priore era comparsa una luce nuova, di preoccupazione.

«Si sta ricordando dell'altra volta» gli sussurrò poi il frate cantiniere che lo aveva raggiunto sulla panchina di pietra nel cortiletto. Si era seduto un attimo a mettere ordine alle idee, impazzite come foglie sollevate dal vento, e questi lo aveva raggiunto con passo furtivo. Si guardava intorno e teneva la voce bassa mentre proseguiva:

«È già accaduto qualche mese fa, appena terminata la *Danza macabra*, quando abbiamo trovato morto un viaggiatore, con il capo sfondato da una pietra. Ma il priore ha voluto credere alla caduta accidentale del sasso dalla roccia. Non vuole che la voce si diffonda. Però io avevo sentito strani discorsi di un frate, e questi mi avevano messo paura...».

Intanto si tirava il cappuccio sulla testa e si alzava in fretta.

«Aspettate! Quale frate?».

Ma lui non rispose e scomparve nella foschia.

Scosse la testa, sconfortato. Perché nominare la *Danza macabra*? Quale ruolo poteva mai avere? Tornò a guardare l'affresco portandosi una candela ed esaminandolo con occhi attenti. Ecco, tra gli altri un riquadro della Morte con una lunga veste azzurra che strangolava con una sciarpa un uomo attempato. E pure turchina era la giubba dell'uomo, proprio come quella che aveva visto indossare dal commerciante ucciso.

Cercò di resistere a quell'inquietudine che lo invadeva: non voleva pensare che la Morte stessa fosse calata al convento di Santa Caterina del Sasso per espletare il suo crudele officio. Doveva esserci una spiegazione e lui doveva saperne di più.

Era giunto il momento di affrontare il priore e costringerlo a cambiare atteggiamento riguardo ai delitti.

Ma quel colloquio, che era riuscito a ottenere dopo i Vespri, non lo aveva aiutato molto. Di utile aveva saputo solo che l'affresco di una *Danza macabra* era stato fortemente voluto da un gruppo di frati, i più severi nel seguire le regole e i più entusiasti del *memento mori* che l'affresco rappresentava. Il pittore aveva eseguito il suo lavoro con maestria e tutti i frati erano stati contenti.

Nel refettorio non vide il frate cantiniere e si preoccupò. Forse si era attardato nella sua cella, o in chiesa a pregare. Ma non attese l'ora della Compieta per cercarlo alla luce di una lanterna che il frate portinaio, ora anche lui spaventato, gli aveva procurato. La notte, ancora più oscura delle precedenti, non lo aiutava in quel compito.

Dopo aver attraversato come l'ombra inquieta di un fantasma tutti gli edifici e gli spazi intorno al convento, si affacciò verso il lago. L'acqua non era visibile ma la si sentiva da un odore denso di alghe e di umido trasportato dalla foschia. Una scaletta di pietra conduceva a un terrazzamento sulle rocce dove era stata piantata una croce di ferro. Si avventurò per i primi gradini, ma erano scivolosi e infidi, e il suo passo era ancora reso incerto dalla recente ferita. Sollevò allora la lanterna e si sporse il più possibile per tentare di vedere il resto della scala e la terrazza di roccia.

Sapeva già che l'avrebbe vista: una figura immobile come abbracciata alla croce, con il saio strappato e allargato, come fosse l'ala di un uccello rimasto impigliato in volo.

Non fu sorpreso la mattina dopo, con la luce, di vedere un riquadro della *Danza macabra* con un frate condotto per mano dallo scheletro dal lungo passo. Questa volta gli sembrò che la linea rossa sottostante agli affreschi fosse sbavata, come se grondasse sangue.

Questa storia doveva avere un termine, pensò, cercando di opporre una certa determinazione all'angoscia e all'orrore che si insinuavano nel suo animo, e che sapeva avrebbero invaso tutti gli abitanti del convento. Tranne l'assassino. Se lo sentiva che era un uomo in carne e ossa, e la morte del frate cantiniere subito dopo aver parlato con lui ne era la dimostrazione. Forse erano stati visti, o uditi, e il frate era stato ridotto al silenzio.

Quali oscure ragioni potevano esserci dietro ad atti così crudeli, se non la follia? E come riconoscerla negli occhi dei frati che lui aveva letto, forse con un poco di ingenuità, come miti, sereni?

Già stava giungendo al convento un altro gruppo di viaggiatori, ignari delle tragedie che vi si erano consumate. Doveva escogitare qualche specie di piano per fermare la mano assassina, senza parlarne a nessuno. Neanche al priore, a questo punto non poteva fidarsi neppure di lui.

E fu proprio la *Danza macabra* a suggerirgli le mosse, ad aiutarlo a indovinare chi sarebbe stata la prossima vittima.

La foschia si era dispersa e il cielo grigio si confondeva con il colore del lago. Grigio come il corpo ossuto della Morte, come i visi sull'affresco di coloro che venivano condotti via. E se la giornata non si fosse rasserenata, la sera sarebbe stata ancora una volta senza la speranza della luce della luna. Ma lui sarebbe stato pronto.

In uno dei riquadri la Morte sollevava la sua falce senza peso verso un uomo. Dagli stivaloni, il cappello piumato e l'archibugio non c'erano dubbi: era un soldato, un ufficiale. Era lui stesso. Cercò di non badare all'inquietudine che quell'affresco gli provocava. Da sotto il suo giaciglio della foresteria estrasse il piccolo pugnale che portava sempre con sé. L'aveva nascosto, convinto che non gli sarebbe servito in quel luogo di pace. Se lo mise nella cintura sotto la giubba, a portata di mano. Poi uscì nella notte, ad aspettare quello che il destino gli avrebbe riservato.

La Morte tentò di sorprenderlo proprio mentre era accanto al corpo del beato Alberto Besozzi, in fondo alla chiesa. Un soffio d'aria aveva spento le poche candele accese e lui si era trovato all'improvviso immerso nel buio. In un silenzio di ghiaccio si sentì ghermire alle spalle con forza ma, abituato alla lotta seppure indebolito dalla ferita, reagì colpendo alla cieca dietro di sé, con pugni e calci disperati e riuscì ad afferrare il pugnale. Ora il silenzio era rotto da respiri pesanti e qualche gemito, che provenivano, senza alcun dubbio, da una creatura terrena.

L'assassino era più alto e prestante di lui e stava per sopraffarlo ma, nella colluttazione, si spinse troppo vicino al corpo del beato. Forse proprio per intercessione del sant'uomo, inciampò nella salma, si sbilanciò e, impedito dal lungo saio che indossava, cadde sul pavimento di pietra. Ormai a corto di respiro, lui fece appello alle ultime forze, gli fu sopra, riuscì a immobilizzarlo e, finalmente, gli tirò indietro il cappuccio scoprendone il viso.

Il resto della notte trascorse in fretta per lui, per il priore e qualche altro frate che lo avevano aiutato a imprigionare l'assassino e a rinchiuderlo in una cella vuota. Gli animi erano certo più sollevati dalla fine di quell'incubo orrendo, ma sul volto del priore e degli altri era facile leggere lo sconcerto e la tristezza per le azioni di un loro confratello.

Colui che aveva impersonato, o si era creduto veramente, la Morte, non aveva fornito molte spiegazioni, trincerato entro un silenzio sdegnato. Era un frate molto giovane che lui aveva visto all'arrivo ma che non gli aveva mai rivolto la parola, con i modi e i gesti di chi è infastidito dai pellegrini e dai visitatori che giungevano dall'esterno. Il priore infatti gli confermò che faceva parte di quel piccolo gruppo che voleva che i frati fossero più distaccati dal mondo, dediti molto alla preghiera e poco alle opere, e soprattutto che non accettassero offerte e denaro da chi giungeva fino in quel luogo portandovi le passioni e i mali del mondo. Tutti questi pensieri, impastati con il rancore e la presunzione di essere nel giusto, si erano aggrovigliati sempre più nella sua mente fino a farla scoppiare in un delirio di morte.

Gli affreschi della *Danza macabra* si erano, per una strana ventura, sovrapposti alla vita reale e il giovane frate si era sentito fatalmente spinto ad agire come la Morte, da quel muro, gli aveva suggerito.

Prima dell'alba, con la stanchezza che gli appesantiva i movimenti, si sedette sulla panchina di pietra per riposare il corpo e riprendere le forze e il coraggio. Dal lago si era sollevata di nuovo la brezza che spingeva via le ultime nuvole. Il cielo iniziava a tingersi di rosa.

Aspettò la prima luce che, in un momento, scavalcò le rocce e illuminò il convento di Santa Caterina del Sasso restituendogli la sua pace.

Connessioni pericolose

di Mercedes Bresso

Carla si alzò dalla scrivania sulla quale era appoggiato il computer portatile e andò alla finestra per socchiudere le imposte: quella bellissima giornata primaverile faceva entrare nella stanza luce troppo viva, che le impediva di vedere bene lo schermo del computer. Gettò un'occhiata verso il lago scintillante sotto il sole, che invitava a uscire di casa e a fare una passeggiata, magari a bere un caffè in uno dei numerosi bar di Stresa che iniziavano a portare fuori sedie e tavolini.

La tentazione di continuare la conversazione con l'interlocutore sconosciuto, che le aveva chiesto l'amicizia su *Facebook* era troppo forte... si era fatta prendere in un gioco ambiguo a cui non riusciva sottrarsi.

Tornò al computer e rilesse l'ultima frase che aveva scritto: «Non sono una persona felice, il rapporto con mio marito è in crisi da tempo. L'insofferenza reciproca cresce: ieri sera, dopo una cena in silenzio, è uscito improvvisamente, senza dare spiegazioni, rabbioso, come se fosse colpa mia se non comunichiamo!».

La risposta non tardò: «Lascialo perdere e affidati a me. Rilassati, spogliati ed esegui i miei ordini. Ti farò godere come mai hai immaginato!».

Carla aveva il viso in fiamme, il cuore che batteva forte, le gambe molli. Non aveva mai creduto di poter cedere alle tentazioni dell'erotismo online, ma l'idea la eccitava: la sua vita era così piatta... e poi che cosa faceva di male?

Quando chiuse il collegamento, dopo aver provato il suo primo orgasmo a distanza, aveva mal di testa. Si riscosse: ma che cosa stava facendo? Spense il computer e per un po' si affaccendò per la casa, scacciando i cattivi pensieri. Un sentimento gradevole di vendetta si era insinuato dentro di lei... ma sì! Quel marito così indifferente, quei suoi sguardi cattivi... se lo meritava. Le sarebbe piaciuto incontrare il suo amante del web.

Anche lo sconosciuto chiuse la comunicazione sul suo tablet, chiedendosi chi fosse la signora frustrata dalla sua vita coniugale, che aveva ceduto così facilmente ai suoi desideri.

«Starà certamente pensando di incontrarmi!». Ridacchiò. Non ne aveva la minima intenzione, doveva già gestire la sua vita fra una moglie esigente e la sua segretaria Ada, un'amante che avanzava continue pretese, molto brava sul lavoro, ma quando entrava in ufficio e vedeva i suoi occhioni adoranti e pieni di rimproveri, l'avrebbe strozzata! Si alzò e chiuse a chiave la porta dell'ufficio, poi si recò da Ada che aveva già intuito e che era pronta a soddisfare i suoi desideri.

Mentre la prendeva, pensava alla sua corrispondente web: la mescolanza reale-virtuale lo eccitava molto di più delle donne in carne e ossa, così noiose, in fondo!

Subito dopo si era rimesso al lavoro, appagato fisicamente e mentalmente. Quando l'ultimo cliente arrivò, era allegro e disponibile anche a fare degli sconti pur di chiudere con un buon contratto quella giornata positiva.

Carla aveva inviato alcuni messaggi al suo amico del web nei quali raccontava di sé, della sua vita, delle frustrazioni del mestiere di insegnante che le dava poche soddisfazioni, ma soprattutto del marito, dapprima descritto come un po' distratto e privo di attenzioni nei suoi confronti e poi come violento e cattivo. Non che la picchiasse, questo no, ma la trattava con disprezzo, rispondeva in malo modo, era insopportabile!

Il suo interlocutore era apparso un po' infastidito, non sembrava interessato alla sua vita coniugale, che lei invece raccontava con piacere, quasi a giustificarsi.

Quel pomeriggio i messaggi dell'uomo si fecero più aggressivi, il suo desiderio si manifestò violento e urgente, gli ordini che le diede la spinsero quasi a farsi male e finirono per spaventarla. Provò un piacere intenso, che la lasciò ansimante, Poi, quasi a placarla, giunsero richieste che non le aveva mai fatto: raccontami di te, che cosa vedi dalla finestra, di che colore hai gli occhi e i capelli... E Carla raccontò di sé, più di quanto la prudenza avrebbe richiesto. Senza rendersene conto, descrisse lo splendido panorama lacustre che vedeva dalla sua finestra, con le tre Isole Borromee allineate, raccontò che era bionda con gli occhi verdi, esagerando un po', perché in realtà il biondo era il frutto di un bravo parrucchiere e il colore degli occhi era piuttosto un grigio tendente al verde. Chiudendo la conversazione, aggiunse che l'indomani avrebbe avuto un impegno fino a tardi e che quindi non si sarebbero sentiti.

Non poteva evidentemente vedere il sorriso beffardo dell'uomo: «Ancora una rompiscatole – si disse – mi ricorda qualcuna che conosco... ma dev'essere un bel pezzo di figliola», che alimentava i sogni erotici a distanza.

Carla guardò l'ora: erano quasi le sette. Le ore passate al computer erano volate e tra poco sarebbe stata ora di cena! Ugo, suo marito, le aveva telefonato per avvertirla che sarebbe rientrato mezz'ora prima perché aveva un appuntamento di lavoro dopo cena. Corse in cucina, ispezionò il frigorifero e decise che avrebbero dovuto accontentarsi di una omelette al prosciutto, un'insalata, un po' di formaggio. Mentre sbatteva le uova e metteva a lavare la lattuga, aprì una bottiglia di vino e se ne versò un goccio, per tirarsi un po' su. La cena fu però un disastro: l'omelette si era sgonfiata, l'insalata era troppo condita e il suo timido tentativo di chiedere come fosse stata la giornata fece esplodere l'irritazione dell'uomo.

Ugo rispose che dopo una giornata dura trovare da mangiare la schifezza che aveva davanti e vedere il suo muso era troppo! Accese la televisione, ascoltò per un po' le notizie mentre finiva il formaggio, poi si alzò e salì per andare a cambiarsi.

Arrivato in cima alle scale, fu attratto dalla luce del computer acceso nello studio: si avvicinò silenziosamente, fece scorrere le pagine aperte. Poco dopo, indossata una camicia pulita e un giubbotto sportivo, usciva di casa per recarsi dalla sua amante. «Per fortuna – si disse con una smorfia – la cena era proprio scarsa, visto che tra poco dovrò sedermi di nuovo a tavola».

L'uomo accese il tablet, aprì la sua mail riservata che usava con uno pseudonimo.

«Eccola qua! – esclamò – adesso la cucino un po'... sono sicuro che è online alla ricerca di qualche consolazione!». E cominciò a chattare con la sua misteriosa corrispondente.

Quando spense il tablet, il suo abituale sorriso si era trasformato in un ghigno inquietante.

Carla vide uscire Ugo quasi con piacere: sapeva bene che non andava a lavorare, ma per quieto vivere aveva sempre fatto finta di niente. Adesso, poi, la sua uscita le permetteva di provare a mettersi in contatto con il suo corrispondente. Si sentiva eccitata: infilò un vestitino corto e aderente e biancheria intima di pizzo.

Si avvicinò al computer. Il cuore le fece un balzo in gola: la pagina che aveva davanti non era quella su cui si era fermata quando era scesa a preparare la cena! Voleva risalire a spegnerlo, ma presa dall'ansia per il ritardo della cena se ne era dimenticata.

Ripercorse mentalmente i movimenti del marito al piano superiore. Aveva sentito la sua voce quando le aveva chiesto una camicia pulita, ma prima? Non riusciva a ricostruire i tempi. Quanto era stato su? un quarto d'ora? venti minuti? Poteva avere avuto il tempo di frugare nel suo computer?

Le pareva difficile e poi – si disse – se avesse letto qualcosa, lo avrebbe visto precipitarsi dabbasso in preda al furore! Probabilmente aveva visto il computer e aveva provato a smanettare, ma nervoso com'era non doveva esserci riuscito. Questo spiegava anche la sua irritazione quand'era uscito. E comunque... se anche avesse avuto dei dubbi? Con tutto quello che le faceva subire... Doveva solo provare a rimproverarla!

Si calmò, si sedette più comoda e si mise alla ricerca del suo amico. Alcuni minuti e riuscì a contattarlo. Aveva poco tempo, le disse. Ascoltò con piacere le notizie sul vestitino audace e sulla biancheria eccitante e con pochi ordini esperti procurò a entrambi un piacere intenso e travolgente.

Quando tutto fu finito, Carla restò a lungo seduta davanti al computer, immaginando un incontro con quell'uomo così intrigante. D'improvviso ricordò che il giorno dopo doveva andare a un convegno a Lugano con una collega, insegnante di geografia come lei, e un professore dell'Università di Pollenzo. Si chiamava Claude Müller ed era arrivato sul lago da qualche giorno: sarebbero andate in auto con il professore. Era anche un bell'uomo, si disse mentre si preparava per andare a dormire. Se il suo amico online fosse stato come lui!

Ugo salì quasi di corsa i gradini della scala esterna della villetta della sua amante, osservando la bella vista sul lago. Guardò l'ora: aveva quasi un'ora di ritardo, suonò e si preparò alla sfuriata.

La serata non si annunciava gradevole: Ada era irritata, la cenetta romantica dovette essere riscaldata e gli toccò subire le pressanti richieste di lasciare la moglie. Sentì la rabbia crescere, la bestia violenta che sonnecchiava dentro di lui si risvegliò all'improvviso. Propose alla giovane un gioco erotico: le legò le mani alla sponda del letto e la imbavagliò per farle provare l'ebbrezza di essere violentata. Lo fece più volte, in una sorta di delirio di addio.

Il lato freddo della sua mente rifletteva: nessun altro, tranne la moglie che probabilmente sospettava soltanto, sapeva della sua relazione. Nessuno lo aveva visto entrare. La sua auto era parcheggiata dietro la casa sul retro, in un luogo senza luci e poco visibile dalla strada. Doveva solo crearsi un alibi...

La bestia ebbe il sopravvento: quella voglia di uccidere che aveva dentro fin da piccolo, quando impiccava i gatti o scuoiava le lucertole e, poco più grande, aveva violentato e ucciso una ragazzina, colpevole di averlo deriso per le sue orecchie a ventola, lo sommerse. Bendò gli occhi dell'amante, le promise nuove eccitanti esperienze, andò in cucina, trovò un coltello robusto e affilato, tornò in camera e con un colpo preciso al cuore la uccise.

La vista del sangue che sgorgava lo portò all'estasi: cautamente per non lasciare tracce ne leccò persino un po'... quel sapore, da quando aveva ucciso quella bambina, non lo aveva più abbandonato. Altre due volte ci era ricascato, quando, diventato adulto, aveva iniziato una doppia vita, quella seria e tranquilla di un professionista sposato e quella nascosta di pericoloso seduttore. Aveva ucciso due donne con cui nessuno lo poteva mettere in relazione. Aveva distrutto tutto ciò che avrebbe potuto tradirlo. Improvvisamente tornò in sé: questa volta era diverso, aveva ucciso la sua segretaria, doveva cancellare ogni traccia, per fortuna aveva usato i preservativi!

Mise i piatti nella lavastoviglie e l'avviò. Tolse i lacci e le bende sul viso di Ada per farlo sembrare un comune omicidio, pulì con cura tutto quanto aveva toccato, preparò mentalmente le risposte a eventuali domande: avrebbe raccontato di essere passato alle ventuno a ritirare delle carte e che la segretaria stava preparando la cena per un ospite. No, non sapeva nulla della sua vita privata: era molto riservata.

Uscì con cautela, fuori non c'era nessuno. Raggiunse l'auto e si diresse verso l'autostrada. Uscì a Gravellona, dove aveva il suo ufficio, e si recò al bar dove di solito prendeva il caffè.

«Ciao Franco, è passato per caso qualcuno a cercarmi? Avevo appuntamento in ufficio alle ventuno e trenta con un cliente, ma non si è presentato... mi chiedevo se si fosse fermato qui da te...».

«No, nessuno ha chiesto di te».

«Non importa, provo a cercarlo...». E si fece servire una bibita.

Cercò un po' sul suo cellulare, trovò il numero di un cliente che doveva vedere la mattina seguente e gli mandò un messaggio: «La mia segretaria aveva detto che sarebbe venuto in ufficio questa sera alle 9.30. Si è sbagliata?». Dopo qualche minuto il cliente rispose che l'appuntamento era il mattino dopo, alle nove e trenta.

Tornò a casa. Mentre si infilava nel letto, disse alla moglie:

«Quella scema della mia segretaria me ne ha combinata un'altra. Ha confuso le nove e trenta con le ventuno e trenta. E così ho aspettato in ufficio per quasi due ore! Sarà innamorata, stasera aveva un appuntamento galante».

La moglie sorrise rassicurata. I suoi timori erano quindi sbagliati. La segretaria che aveva temuto potesse portarle via quel marito un po' strano ma in fondo innocuo, era innamorata di un altro! Si girò e si addormentò tranquilla.

Carla era uscita di casa molto presto assieme a Ugo, che l'aveva lasciata a casa dell'amica. Müller era già lì, con la sua Giulietta rossa: presero il caffè e si avviarono verso Lugano. Il tema del convegno era la tutela dell'ambiente alpino e lacustre, soggetto di grande interesse per Claude Müller che insegnava teoria del paesaggio. Mentre viaggiavano, discussero piacevolmente delle rispettive esperienze didattiche, della Convenzione sul paesaggio alpino, che il professore criticava apertamente e delle diverse percezioni del territorio da parte di popoli o epoche diversi.

Passata la frontiera, il discorso cambiò improvvisamente.

Paola disse alla collega: «Sai che il professor Müller è anche un esperto criminologo? Qui sul lago ha già risolto un paio di misteri e anche nelle Langhe ha affrontato un caso difficilissimo!».

La conversazione fu dirottata sui delitti che Müller aveva contribuito a risolvere e le due amiche si divertirono a interrogare il collega sul suo ruolo e su come faceva a essere così perspicace.

«È molto semplice, care signore» fu la risposta. «Bisogna avere il dono di saper porre le domande e ascoltare le risposte. Troppi investigatori non ascoltano davvero l'interlocutore. E poi... in realtà l'assassino è quasi sempre una persona vicina alla vittima!».

Paola aggiunse: «Oggi, con internet e gli smartphone è sempre più difficile non farsi scoprire».

Claude stava per commentare ma nel frattempo erano arrivati a Lugano. L'osservazione sulla possibilità di controllare chiunque attraverso i propri contatti internet aveva preoccupato Carla. Si chiese se non fosse stata imprudente a lasciarsi andare in quel modo con lo sconosciuto.

La mattina si presentava difficile per Ugo. Lasciata Carla, si diresse in ufficio pensando a come gestire la situazione. Questa volta doveva evitare in qualunque modo di essere coinvolto nella morte della sua vittima e temeva di fare degli errori.

Era tornato la persona fredda e calcolatrice di sempre: conosceva bene quei *raptus* che lo coglievano all'improvviso: qualcosa faceva scattare la belva che era sempre in agguato dentro di lui. Ma questa volta era stato diverso, molto più pericoloso. E quel che è peggio, aveva provato un piacere particolarmente intenso, sentiva che sarebbe stato sempre più difficile trattenersi!

Poi, ricevendo il cliente, gli disse: «Mi scuso ancora per ieri sera, ma vede... Non ci si può fidare di queste ragazze! Stamattina la segretaria non si è presentata, sarà ancora a letto e non da sola. Ecco dove aveva la testa ieri!».

Il cliente ridacchiò e si chinarono sul contratto.

Aspettò che se ne fosse andato per chiamare Ada, prima sul cellulare, poi a casa. Verso le dieci e trenta le inviò anche un sms piuttosto irritato nel quale le ricordava di rispettare l'orario d'ufficio. Poi scese al bar, comandò un macchiato e chiese se avessero visto la sua segretaria.

«Stamattina non è venuta al lavoro e non mi ha avvisato. Strano, è così precisa… Mi chiedo che cosa le sia successo... ieri aveva un appuntamento galante, capisco un po' di ritardo, ma ormai sono le undici passate!».

Il barista rispose che non la vedeva da ieri, quando erano passati insieme a prendere il caffè. E aggiunse con un sorrisetto:

«Quanto all'amichetto… pensavo che fossi tu il suo segreto!».

Il sangue gli montò alla testa ma riuscì a controllarsi.

«Oh no, con mia moglie che è peggio di Otello, di farmela non ci ho proprio pensato!».

«Già» commentò l'altro, «non sarebbe facile dividersi fra moglie e segretaria. Peccato. Avessi saputo, ci avrei provato io!».

«Devo andare. Se la vedi, dille che sulla sua scrivania c'è un sacco di posta da aprire!».

Gli era venuta una buona idea: passare a trovare

qualche negoziante per proporre formule di contratto innovative. Così avrebbe avuto una scusa per non dover denunciare troppo presto la scomparsa di Ada. Per un po' dimenticò i suoi problemi, riuscendo persino a fare qualche affare.

A chiamare la polizia ci aveva già pensato la vicina. Alle otto e trenta era passata da Ada per consegnarle un pacco che il postino le aveva lasciato il giorno prima. Pensava di trovarla in casa, ma nessuno aveva risposto. Eppure l'auto era lì, poco distante. Le parve strano ma pensò che stesse ancora dormendo e non insistette.

Verso le dieci e trenta però, uscendo vide che l'auto era ancora allo stesso posto. Provò di nuovo a suonare, ma nulla. Cominciò a preoccuparsi. Rientrò in casa, prese la chiave che Ada le aveva lasciato per i casi di emergenza ed entrò in casa.

Qualcosa non andava: luci accese, in sala da pranzo tracce di una cena; cautamente andò in camera... e la vide! In un lago di sangue rappreso, seminuda sul letto... una scena raccapricciante che la fece urlare di terrore! Guardandosi intorno nel timore che l'assassino potesse essere ancora in casa, arretrò verso l'ingresso e corse a chiamare la polizia.

«Correte, per favore» gridò all'agente, «la mia vicina è stata uccisa!».

Poco dopo una volante con sirena spiegata arrivò nel placido quartiere di villette sopra Baveno. La scena era davvero raccapricciante: furono chiamati dei rinforzi e in breve tempo arrivò anche il dottor Manconi, comandante della stazione di Verbania.

Gli uomini iniziarono a fare i rilievi; il medico legale stabilì l'ora della morte fra le ventuno e le ventitré del giorno precedente e dispose il trasferimento del cadavere all'ospedale di Verbania per l'autopsia. Intanto Manconi aveva iniziato a interrogare la vicina, che riferì di aver visto Ada rientrare verso le diciannove, ma non era in grado di dire se avesse ricevuto visite. Disse però che spesso un uomo veniva a trovarla, ma faceva in modo di non farsi vedere, e sul tema la giovane era sempre stata molto riservata.

Mentre parlavano il poliziotto sentì suonare un cellulare nella borsa della vittima. Era il suo principale. Si era assentato per lavoro e appena tornato aveva scoperto che la segretaria non era andata in ufficio. Informato della scoperta, mostrò sconcerto e fu invitato a presentarsi al posto di polizia il giorno dopo.

Manconi guardò la vicina e le chiese a bruciapelo: «Sa qualcosa dei rapporti fra la sua amica e il suo principale?».

Ada sembrava soddisfatta del suo capo. Rapporti fra di loro? Non le aveva fatto confidenze, era una ragazza molto riservata. Non molto da scoprire.

Era ormai pomeriggio avanzato, i poliziotti presero il computer e il cellulare della vittima, apposero i sigilli e rientrarono in sede. L'indomani sarebbe arrivata la Scientifica per l'esame minuzioso della casa.

Quando parcheggiò davanti alla caserma, Manconi fu preso dalla voglia di bere qualcosa dopo quella difficile giornata. Si sedette al bar a un tavolino del dehors, ordinò un caffè e un bicchiere d'acqua, ci aggiunse un dolce rendendosi conto di aver saltato il pranzo: aveva proprio bisogno di una pausa!

Mentre si godeva lo spuntino, una Giulietta rossa accostò al marciapiede e ne scese il professor Müller, che aveva già collaborato con lui in un paio di indagini.

«Buonasera, posso sedermi? Sembra che sul lago i crimini efferati stiano aumentando, o sono io che li attiro quando vengo qui?».

«Ben arrivato professore, si sieda, sono lieto di vederla ma se scopro che è lei ad attirarli, la faccio bandire da questo angolo di paradiso!».

Claude, che aveva saputo del delitto dalla radio locale mentre riaccompagnava a casa le colleghe, era incuriosito e aveva deciso di passare a trovare Manconi. Non gli pareva vero di averlo trovato seduto al bar e disposto a fare una chiacchierata. Si sedette, parlarono per una buona mezz'ora e si accordarono per risentirsi il giorno dopo.

Come arrivò nella bella casa di Levo, prestatagli da alcuni amici, accese la televisione: il telegiornale locale, ovviamente, era incentrato sulla notizia del misterioso omicidio.

Rientrata dal convegno e saputo della morte della segretaria, Carla cercò telefonicamente il marito. Era in ufficio, scioccato per l'omicidio, preoccupato per il lavoro che ricadeva tutto su di lui. Le disse che sarebbe quindi tornato molto tardi. In realtà Ugo, dopo il colloquio con la polizia, stava cercando nel computer della segretaria eventuali elementi che potessero rivelare i loro rapporti. Voleva anche verificare accuratamente i suoi cassetti, per essere sicuro che tutto fosse sotto controllo. A casa di Ada era sicuro di aver eliminato ogni traccia: adesso doveva pensare all'ufficio.

Dopo aver controllato i due locali, si sentì abbastanza tranquillo. Non aveva trovato nulla di compromettente, il che gli faceva pensare che la giovane fosse stata prudente anche con le amiche. Anche lui era sempre stato molto attento a non lasciare tracce.

Aprì il computer, andò nello spazio segreto delle sue relazioni erotiche, cancellò tutte le tracce tranne una. Decise di concedersi qualche momento di distrazione, aveva bisogno di scaricare la tensione ma anche di controllare qualcosa.

Provò a connettersi con la sua amica virtuale che gli aveva parlato del lago. Aveva sospettato che fosse Ada la sua corrispondente: sarebbe stato un disastro se nel computer della donna avessero trovato tracce di una relazione erotica e fossero riusciti a collegarla a lui.

Tremava mentre cercava di mettersi in contatto: non ci riusciva, accidenti! Poi, d'un tratto, eccola! Era viva, non era Ada! Sollevato, decise di concedersi un po' di piacere: ne aveva un disperato bisogno dopo la tensione di quella giornata.

Chattò per una mezz'ora: la donna era particolarmente disponibile e gli raccontò molte cose di sé e della propria giornata. D'un tratto, capì che era sua moglie! Doveva fermarsi. Ma il desiderio, dopo che aveva capito, era troppo forte. La eccitò fino al parossismo lasciandosi andare come non mai.

All'improvviso ritrovò il controllo e chiuse. Aveva uno strano sorriso, mentre distruggeva con cura ogni traccia di quella conversazione e di tutta la lunga relazione fra loro. Poi si rilassò sulla poltrona reclinabile e si mise a riflettere.

Doveva liberarsi di lei? Conosceva quella voglia di violenza, quella paura di permettere a una donna di scoprire i suoi desideri più intimi. Si era spinto troppo in là, ormai.

Ma come eliminarla? Dopo l'omicidio di Ada, una seconda morte, così vicino a lui? Doveva far attribuire alla moglie l'assassinio della segretaria per motivi di gelosia e poi simulare un suicidio per il rimorso.

Man mano che la possibile storia si delineava nella sua mente, lo invadeva il seme della violenza, il desiderio di vedere lo sguardo di terrore della moglie... quel gioco del gatto col topo che precedeva il momento supremo... la vita di una persona nelle sue mani... il piacere selvaggio...

Capì improvvisamente che non sarebbe più riuscito a trattenersi: doveva farlo. Poi, trascorso un po' di tempo e terminate le indagini, si sarebbe trasferito, avrebbe cambiato vita e mestiere.

Programmò per bene gli avvenimenti: la mattina seguente, mentre la moglie sarebbe stata a scuola, doveva manometterle il computer. Intanto, in ufficio poteva già fare qualcosa. Ci pensò a lungo, poi prese dalla scrivania della segretaria delle note scritte a mano, le imitò un po' e preparò un foglietto, breve, nel quale gli diceva di avere ricevuto una telefonata minacciosa dalla moglie e gli chiedeva di parlarle. Infilò il foglio nel cassetto sotto un mucchietto di altre carte, poi ne scrisse un secondo, in cui si scusava di disturbarlo durante una riunione, ma di nuovo la moglie aveva chiamato per accusarla di volerle rubare il marito. Chiedeva perché non le aveva ancora parlato. Entrambi i fogli erano senza firma, come se fossero stati consegnati a mano. Mise anche questo nel cassetto, un po' più in alto.

Decise di tornare a casa, ma prima di uscire inviò un sms alla moglie: «Mi spieghi perché eri così gelosa di Ada? Aveva paura di te. Una volta mi ha persino detto che l'avevi minacciata! È vero? Stai attenta se la polizia ti interroga. Torno fra poco».

Quando rientrò la moglie era già a letto e apparentemente non aveva letto il messaggio. Si coricò a fianco della moglie e, quasi senza svegliarla, la prese con violenza eccitato dalla prospettiva del prossimo omicidio, anche se sapeva che non avrebbe potuto assistervi.

La mattina dopo finse di essere molto stanco e non si alzò per colazione.

Mentre usciva da casa, Carla lesse il messaggio, tornò indietro, lo scosse mentre dormiva e gli disse:

«Ma sei matto? Certo che ero gelosa ma non l'ho mai minacciata!».

«Cosa vuoi che ne sappia!». E si girò dall'altra parte.

Era tardi. Carla rinviò la spiegazione e si precipitò fuori di casa.

La guardò uscire dalla finestra, poi andò nello studio, dove la donna teneva il computer: la password era semplice, aveva usato il nome della suocera. Cercò lo scambio di missive erotiche protette in modo piuttosto ingenuo, cancellò tutto e preparò una lettera di confessione dell'omicidio-suicidio che non inviò ma lasciò invece come bozza salvata.

Poi iniziò a guardarsi intorno: doveva preparare la scena del suicidio. Qualche tempo prima la moglie aveva usato un potente veleno per topi, che trovò nello sgabuzzino. C'era una Coca Light in frigo: la beveva solo la moglie, attenta alla linea. Lesse le istruzioni per il dosaggio, mescolò il veleno alla bevanda e la rimise in frigo. Tolse l'acqua minerale dal frigo, ne bevve un bicchiere e vuotò la bottiglia. Così aumentavano le possibilità che al ritorno Carla bevesse la bibita.

Poi si recò in ufficio da dove mandò una mail alla moglie avvertendola che stava andando a Milano per lavoro e sarebbe tornato molto tardi.

Il dado era tratto: adesso aveva bisogno di un po' di fortuna. Restò seduto a riflettere, preparandosi ai prossimi difficili giorni. Era eccitato, come sempre quando stava per uccidere!

Quella mattina il professore si alzò abbastanza presto e scese a Stresa per prendere i giornali e leggere le notizie sull'assassinio. Insieme a foto raccapricciante c'erano degli articoli sulla giovane, commenti dei vicini, descrizioni della scena del delitto. Un'amica ipotizzava un crimine passionale. L'articolista raccontava che la vittima lavorava a Gravellona presso un assicuratore e ne faceva il nome.

Claude sussultò: era il marito di Carla, la professoressa conosciuta il giorno prima. Decise di andare a trovare Manconi, che proprio in quel momento stava per iniziare l'interrogatorio dell'assicuratore e gli propose di ascoltarlo insieme.

«Non credo che sia implicato» gli disse. «Ma non si sa mai, potrebbe sempre darci delle informazioni importanti... però, mi raccomando, non dica nulla».

Claude si dispose ad ascoltare con molta attenzione.

L'interrogatorio non sembrava fornire informazioni interessanti: Ugo sapeva poco della vita della segretaria e alla richiesta se ci fossero stati rapporti "privati", rispose quasi con sdegno che non confondeva mai lavoro e vita privata.

Il poliziotto, che aveva sentito voci su una loro relazione, provò ad andare più a fondo.

A quel punto l'uomo scattò: «Non faccia come mia moglie, commissario, che mi accusa di avere relazioni con tutte le donne che frequento per lavoro! Qualche giorno fa aveva accusato la mia povera segretaria di cercare di farsela con me!», aggiunse.

Claude, seduto in disparte, lo osservava con attenzione. Qualcosa di quell'uomo non gli piaceva: sembrava un attore che recita una parte. E quando aveva parlato della moglie, sembrava quasi volerla accusare. Pensò a Carla: non ce la vedeva nel ruolo della moglie che aggredisce la segretaria.

Ugo era un osso duro: non disse nulla che potesse suscitare dei sospetti su di sé e Manconi lo lasciò andare, raccomandandogli di restare a disposizione.

Poco dopo, davanti a un caffè, i due discutevano di quello che avevano sentito.

«Quell'uomo non mi piace» disse il poliziotto, «ma non ci ha fornito nessuna ragione per incriminarlo. E poi, se anche fosse stato l'amante della sua segretaria, perché ucciderla?».

«Ha ragione, certo. Eppure gli ho visto uno sguardo strano, quando parlava della moglie...».

Decisero di riservare il giudizio e, mentre il poliziotto tornava alle sue occupazioni, Claude, ottenuto il numero dall'amica, provò a chiamare Carla. Stava rientrando a casa, aveva appena finito le lezioni e lo invitò a prendere un aperitivo.

«Grazie mille, volevo chiederle alcune cose, sarò da lei fra una mezz'ora» disse Claude annotando l'indirizzo.

Carla era contenta di vedere il professore. Guardò in frigorifero e vide che c'era una bottiglia di vino bianco piuttosto buono. Mise due bicchieri su un vassoio, e salì a dare un'occhiata alle mail.

Non c'era nulla di interessante: le sue dita cercarono, quasi senza rendersene conto, le mail con il suo "amante virtuale"… e non riusciva più a trovarle! Perplessa, provò a contattarlo… ma che cosa stava capitando? Era scomparso dal sito attraverso cui corrispondevano! E con lui tutti i messaggi!

In quel momento suonarono alla porta: scese lasciando il computer acceso.

Claude si accorse che qualcosa non andava: la donna aveva le gote rosse e l'aria agitata. Lo condusse in salotto e stava per avviarsi verso la cucina, quando improvvisamente cambiò idea.

«Ho bisogno di un consiglio, professore, sono preoccupata, ho appena scoperto che una corrispondenza online a cui tenevo molto è scomparsa, come volatilizzata».

Si fece ancora più rossa: «Sa, erano cose un po' riservate, mi chiedo se mio marito possa avere frugato nel mio computer... ma perché avrebbe dovuto distruggere le mail?».

«Posso vedere? Magari riesco a recuperarle, a volte ci si agita e non si riesce più a ragionare…».

Carla lo guidò verso lo studio, lo fece sedere alla scrivania e, molto agitata, gli fece promettere di non leggere nulla. Gli spiegò che cosa faceva di solito, ripeté le manovre, provarono e riprovarono.

A un certo punto Claude alzò lo sguardo su di lei.

«Mi sembra chiaro che qualcuno ha manomesso il suo computer, ma perché ha anche cancellato tutto? Che cosa c'era in quelle mail?».

Carla era sempre più imbarazzata: «Niente di importante... È possibile cancellarle a distanza?» chiese d'un tratto.

«No di certo! La cosa più probabile è che le sue mail siano state manomesse da suo marito. Erano così, diciamo, inadatte alla lettura? Non capisco, però, perché cancellarle... aspetti, qui c'è qualcosa».

Nell'esaminare ancora una volta le mail era andato, per caso, nella casella delle bozze. E aveva trovato una cosa strana. La lesse e il sangue gli si raggelò.

«Carla, si sieda e legga, qui c'è una cosa molto grave. Ha scritto lei questa lettera?». La guardò attentamente: doveva sapere, assolutamente, se era stata lei a scrivere quelle parole.

Carla si mise a tremare, non capiva ma si rendeva conto di essere in pericolo. Non era l'autrice della lettera e questo significava che qualcuno stava cercando di addossarle l'omicidio.

«Mio marito! È stato lui a scrivere questa lettera! Ma perché? Mi vuole uccidere? E come pensa di fare?».

Claude si sforzava di pensare: un suicidio simulato di una donna come Carla... e il marito non poteva essere in casa... Prese il computer e lo mise nella custodia per portarlo alla polizia.

«È meglio che lo facciamo vedere a un esperto». La guardò: «Si rende conto che questo getta una luce del tutto diversa sull'assassinio della segretaria?».

La donna impallidì: «A questo non avevo pensato... ma allora? Con chi ho vissuto in questi anni? Andiamo, ma prima mi faccia bere qualcosa».

Carla si diresse in cucina mentre il professore entrava in soggiorno. Prese il vassoio e aprì il frigorifero. Oltre alla bottiglia di vino, vide anche quella della Coca e se ne versò un grande bicchiere.

«Che cosa le servo?» chiese a Claude dalla cucina. Il professore scelse il vino e la donna arrivò con i bicchieri.

«Mi sento accaldata e ghiacciata al tempo stesso. Che cosa farò adesso? È impossibile che quello che ci appare sia vero!».

Portò il bicchiere alle labbra e stava per bere, quando Claude all'improvviso la fermò:

«Aspetti! Non beva! La risposta alla sua domanda è: veleno! E quello» indicando la Coca-cola «mi sembra il modo più adatto per farglielo prendere! Sa, le donne si suicidano quasi sempre con il veleno… ma mi dica, ha aperto lei la bottiglia del vino?».

Avuta la conferma, andò verso il frigo, lo aprì, non trovò altre bevande in cui l'assassino avrebbe potuto nascondere il veleno.

«Se di veleno si tratta, dovrebbe proprio essere nella Coca-cola. Prendiamo la bottiglia e facciamola controllare dalla polizia».

Mentre uscivano, disse alla donna che ancora sembrava non capire:

«Venga Carla, in macchina le spiegherò tutto».

All'incrocio delle parallele

di Andrea Dallapina

Il mondo è riemanniano
Albert Einstein

Gli occhi al cielo. La bocca spalancata. La lingua arrotolata. Il capo reclinato. E le cuffie alle orecchie. Avevo trovato Chicco morto sotto il fico del giardino dei nonni due settimane fa. E ora sono qui. Un dito sul grilletto. Il sudore che si fa freddo contro il metallo. Sparo?

Sapevo che Federico aveva sofferto nell'adolescenza di crisi epilettiche, ma ormai era riuscito a controllarle. Da quando l'avevo conosciuto, dieci anni fa, quando dopo due mesi di corpi incrociati tra cambi e sedili d'auto eravamo andati a vivere insieme sulla collina sopra Verbania, non l'avevo mai visto stare male. E lui ne parlava come di uno spettro lontano. E invece quel pomeriggio è sceso in giardino. «Vado ad ascoltarmi una chicca», mi dice. Io esco, vado al supermercato. E al ritorno: le borse sul tavolo, il freezer aperto. Prima metto via il gelato, e la frutta la lascio fuori o la metto in frigo? Chissà se Federico vuole una pesca? Lo chiamo dalla finestra. È luglio. Le giornate più calde del normale: 35 gradi e afa qui sulle rive del Lago Maggiore. Avrà cercato riparo all'ombra di un tronco. Scendo in giardino. Giro attorno al ciliegio. Guardo dietro l'acero. E infine ne scorgo la sagoma appoggiata al fico. Ma cosa fa? È teso, contratto, il capo all'indietro. Corro urlando verso di lui. Lo scuoto. L'abbraccio. Singhiozzo, ma i nostri corpi si son già capiti. La sua rigidità. Non sei più qui. Sei andato via. E fisso la nera fila di formiche che sale in processione verso i rami alti: un ordinato corteo funebre.

I parenti, gli amici, mani sudate, dita callose, pelli ruvide, e guance alla crema che si alternano a quelle senza rasoio. Tutti a fare le condoglianze alla vedova, a me. Anche quel prete mai visto, con gli occhi a fessura tra palpebre gonfie e il cranio lucido, con una voglia ovale sopra la tempia destra, che mi prende le mani, mi sorride e mi dice: «Tutto concorre al bene di coloro che amano Dio».

Si volta e se ne va. Lo seguo con la coda dell'occhio, mentre una zia schiaccia il suo seno contro il mio: «Coraggio, Ninni. Su, Anna». E il prete tira dritto, si gira solo quando vede Alberto, lo fissa per un istante, e lui restituisce lo sguardo. Poi il sacerdote tarchiato, con l'andatura da gibbone, scompare.

Raggiungo Alberto, il miglior amico di Chicco: «Chi è quel prete?».

«Boh, non so chi sia, anche se il volto mi è familiare. Ma sai che la specialità dei preti è benedire dove è stato maledetto».

«Ci fosse stato Chicco ti avrebbe detto: quando citi almeno dillo».

Alberto porta la sua mano sulla mia guancia. Mi accarezza.

«Eravate una grande coppia. E tu sei una grande donna».

È un complimento? Non me ne aveva mai fatti. Alberto e Chicco erano cresciuti assieme correndosi dietro sui prati della Pastura. Prima che le villette unifamiliari colonizzassero la collina. E se vai assieme a caccia di maggiolini nelle sere d'estate quando hai sette anni, poi anche se uno diventa punk, e l'altro bocconiano, te lo ritrovi amico per tutta la vita. E così avvenne. Avvenne che Alberto, figlio del notaio Bramati, fece il "classico" privato dai preti. E che Chicco, figlio di un impiegato e di un'insegnante col sogno piccolo-borghese di vedere il figlio scalare la gerarchia sociale, fu iscritto alla stessa scuola. Salvo lasciare dopo un anno. Scappare in Inghilterra e tornare dopo dieci. Senza un titolo di studio. Ma se cercavi qualcuno che riparasse uno stereo, un *ampli*, o facesse un *check-sound* come Dio comanda, dovevi chiamare Chicco. Lo conobbi a un concerto nel quale Bregovic suonava con Capossela e lui faceva il tecnico del suono.

Alberto invece era andato avanti, si era laureato, aveva iniziato il *master* in Inghilterra, quando Chicco era tornato. E per questo si prendevano in giro: «Ti ho spianato la strada io», lo sfotteva Federico.

Poi Alberto era entrato in una di quelle banche dal doppio cognome, di quelle che speculano coi soldi altrui, e se falliscono il conto lo paga qualcun altro. Ma non mancava mai a un Natale a casa nostra. Con una moglie diversa. Ora era nella pausa tra il terzo e il probabile quarto matrimonio.

Prendo il suo polso, fermo la sua mano che sta scendendo sulla mia guancia. Lo fisso. Fisso le sue sopracciglia senza un pelo fuori posto, la sua pelle di pergamena, la fossetta prodotta dal suo sorriso smorfia.

«Tu e Chicco eravate amici. Non io e te».

Gli lascio il polso e mi dirigo verso l'auto. Sola, voglio stare sola.

Cerco le chiavi nella borsa, le mie dita tastano tra *kleenex*, lucidalabbra, portamonete, biro e fogli di carta. E questo? È il cellulare di Chicco. Quello che stava ascoltando quando è morto. Lo estraggo. Guardo la cronologia. Cerco tra gli ultimi brani sentiti. È *Horses*. Infilo le cuffie. Schiaccio il pulsante dell'apertura automatica della portiera. Mi metto alla guida. Adorava Patti Smith. Guido per un paio di chilometri, la musica fluisce, mi sento leggera, le palpebre si chiudono. *Beeeeeep*! Un colpo di sonno! Stavo andando contro a un Suv. Accosto, mi fermo. Non mi era mai capitato.

Passato, presente. Tutto si mischia. So che sono arrivata a casa, mi sono distesa e risvegliata il giorno dopo. Apro il frigo, sento l'eco tra i ripiani vuoti e vado al supermercato. Entro. E dal bancone del bar sento una voce chiamarmi. «Anna! Anna!». Mi volto. È l'ispettore Roccoforte.

«Ero via. Giù al paese. Son tornato oggi. Ho saputo di Chicco, ma com'è possibile?».

E per l'ennesima volta racconto. Di lui che esce con gli auricolari, io che vado a far la spesa, che torno, che lo chiamo, che non risponde, che è morto.

«Quindi una crisi epilettica?» mi dice l'ispettore col suo pizzetto brizzolato, le labbra sottili che porgono ogni domanda come una banale curiosità, mentre i suoi occhi nocciola e rapidi, che cercano di decifrare i movimenti del volto di chi risponde, tradiscono che per lui non si tratta solo di chiacchiere. Quell'uomo è malato, direbbe forse uno specialista della mente: cerca sempre una verità nascosta.

«Sì, crisi epilettica», rispondo.

«Magari qualcosa che l'ha emozionato?».

«L'altro giorno dopo il funerale ho provato a risentire cosa stava ascoltando. Ma era solo una versione di *Horses*».

«*Horses*?»

«Sì, Patti Smith, la sua preferita. Una versione *live*, ma è un brano che avrà sentito milioni di volte. Anzi, a momenti mentre l'ascolto mi addormento al volante».

Roccoforte si porta la mano al mento da tasso. Poi scatta aprendo le mani davanti a me come se dovessero tenere un pallone. E dice: «Ferma, ferma. Sentivi la musica che ascoltava Chicco e ti stavi addormentando. E Chicco è morto per una crisi epilettica che non aveva da tempo. Lasciami il cellulare di Federico che lo faccio vedere a un amico mio».

Roccoforte e Chicco si erano conosciuti per lavoro. Per sbobinare le intercettazioni l'ispettore della polizia giudiziaria aveva bisogno di un orecchio fino e di qualcuno che gli togliesse i disturbi audio. E Chicco era il mago che cercava. Federico lo prendeva in giro perché ogni volta Roccoforte diceva che lui aveva capito tutto, che se anche il caso non era suo, lui aveva già trovato la pista giusta. Ma nessuno gli credeva. E tutti gli dicevano di farsi gli affari suoi. E così era andato in pensione convinto di sapere chi erano i responsabili, impuniti, di decine di delitti.

Ma quello che scopre su *Horses* riesce a sconvolgere persino una donna che ha appena perso l'uomo con cui aveva condiviso gli ultimi dieci anni della sua vita.

Dall'incontro al bar passano un paio di giorni. Il telefono suona.

«Pronto Anna, sono Ruggero».

«Scusa, chi?».

«Roccoforte».

«Scusami, ero sopra pensiero. Allora?».

«Allora abbiamo trovato l'arma del delitto».

«Cosa dici?».

«Vediamoci al bar».

Se doveva parlare di cose riservate, Roccoforte dava sempre appuntamento in un bar affollato. Il rumore di sottofondo rendeva impossibile che qualcuno registrasse la conversazione.

«Cosa prendi?», mi chiede.

«Schiumato, grazie».

«Uno schiumato e un macchiato freddo, grazie» dice rivolto al barista.

«Allora?».

«Allora, sai cos'è la musica subliminale?».

«No, ma penso qualcosa che agisce a tua insaputa».

«Esatto. Lavora utilizzando gli infrasuoni. Quelli sotto i 20 hertz di frequenza, non percepibili dal nostro orecchio».

«E quindi?».

«Quindi si può anche provocarla facendo sentire all'orecchio destro una frequenza, per esempio, di 505 hertz e al sinistro una di 495. Il nostro cervello non lo sa, ma registra questa differenza».

«E cosa succede?».

«Che ti rilassi. E se sei alla guida rischi di uscire di strada».

«E che c'entra con la morte di Chicco».

«La versione di *Horses* che stava ascoltando era stata registrata con due diverse frequenze per l'uscita destra e quella sinistra. Musica subliminale, controindicata per gli epilettici: può scatenare crisi».

«Noooo!».

«Sì, penso che qualcuno che sapeva del passato di Chicco, ha voluto indurre una crisi epilettica. L'hanno ammazzato».

«Ma chi?».

«Ovviamente avendo un amico alla polizia postale ho fatto fare delle ricerche sulla sua casella di posta elettronica. Il file che Chicco stava sentendo risulta inviato dalla mail pattiselasca@gmail.com».

«E chi è?».

«Nella mail c'è scritto solamente: "Forse non mi perdonerai mai. Ma credo che questa registrazione di *Horses* inedita e registrata in un *live* a New York nel 1977 ti piacerà"».

«Ma si potrà risalire a chi l'ha inviata?».

«Aspetta. Ho fatto fare delle ricerche e la casella risulta creata in un Internet point di Intra lo stesso giorno in cui è stata inviata la mail. Il giorno prima della morte di Chicco».

«Allora se ne sta occupando la procura?».

«Calma, calma. Se vado dai miei ex colleghi e inizio a parlare di musica subliminale quelli mi guardano come un marziano. Se ti fidi, è meglio che per ora l'indagine la portiamo avanti noi».

«E come?».

«Andando all'Internet point».

Mi ritrovo così a dover recitare la parte della socia dell'ispettore. «Reggimi il gioco», mi dice. Ed entra in un locale, un corridoio con cinque o sei separé e altrettanti computer. Seduto dietro una scrivania c'è un africano. Avrà una trentina d'anni. Ha una sigaretta appoggiata sull'orecchio e una maglietta gialla col numero 600.

«Scusa» gli dice Roccoforte. «Tu sei sempre qui?».

«Sì, perché?».

«Ti ricordi chi c'era giovedì scorso verso le 11...».

«E che ne so?».

«Vabbé, amico, non mi sembra che ci sia la coda per smanettare».

«Sì, ma io mica conosco tutti quelli che entrano. E non ho più l'obbligo di registrare i dati».

Roccoforte alza lo sguardo. Fissa una telecamera sopra la porta.

«E le riprese dove finiscono?».

«Le registrazioni durano solo ventiquattro ore, poi vengono cancellate».

Roccoforte sbuffa, corruccia la fronte. Non mi viene in mente niente per aiutarlo.

«Tieniti pronto. Torneremo», dice l'ispettore, anzi ex. Poi usciamo.

«E adesso?» chiedo.

«E adesso seguiamo la moda vecchia. Andiamo a farci un giro a Selasca».

Selasca è un minuscolo agglomerato di case affacciato sul Lago Maggiore. Ma per Chicco non era un luogo come un altro. Era meta di pellegrinaggio. Vuole infatti la leggenda paesana, che Patti Smith un giorno sia giunta sino a Selasca per portare fiori sulla lapide del matematico Bernard Riemann, là morto il 20 luglio 1866.

Quando Chicco lesse la notizia sulle cronache locali, scoprì che in effetti tra le eclettiche passioni della poetessa punk, come la definiscono alcuni, vi era anche il tedesco che rivoluzionò la matematica e che morì a nemmeno quarant'anni mentre cercava di curarsi la tisi con il clima a sud delle Alpi.

E da allora Chicco si buttò non tanto nello studio della geometria non euclidea, quanto a cercare di ricostruire il soggiorno sul lago del genio che influenzò anche Einstein. Scoprì che prima che a Selasca, Riemann fu ospite da amici sempre nell'allora comune di Arizzano e siccome la casa dei miei nonni, che avevo ricevuto in eredità, era a Biganzolo, sulle colline verbanesi, decise che ci saremmo trasferiti lì per le sue ricerche. Ogni giorno tornava a casa con bauli di roba vecchia recuperata in cantine e soffitte della zona. Sognava di trovare qualche nuova testimonianza del passaggio di Riemann.

Una sera di maggio, quando tornò a casa, gli occhi gli brillavano. Aveva la salopette impolverata. I capelli stopposi come sempre. «Roba grossa, Ninni. Forse ci sono».

Poi non me ne aveva più parlato. E quando avevo cercato di virare sul discorso, era stato sempre elusivo. «Per ora meno sai e meglio è».

E così mi ritrovo a Selasca senza sapere perché. Parcheggiamo davanti al cimitero.

«Chicco veniva spesso qui» spiego a Roccoforte. «Anche una settimana prima di morire mi aveva detto che era passato di qui». Mi fermo. Un pensiero apparso all'improvviso mi blocca. «È vero. L'avevo rimosso. Quando era tornato, aveva detto: "Pensavo non l'avrei più rivisto, e invece...". Avevo chiesto: chi? "Non ti preoccupare, questa volta se si fa rivedere lo denuncio"».

Entriamo dal cancello. A sinistra le fosse comuni. A destra le colombaie. Quasi tutte vuote. Ormai vogliamo dispensare da fatiche anche l'ultimo viaggio. Praticità ci vuole. Un monolocale ci aspetta anche nell'aldilà. Dall'alto, sotto la chiesa, gli archi delle tombe di famiglie sembrano osservare i visitatori. Mi volto. E indico una lapide posta sul muro alla sinistra del cancello.

«Quella è la lapide di Riemann. È rimasta quella. I resti finirono nella fossa comune dopo l'esumazione».

«È in tedesco. Cosa c'è scritto?».

«Che qui riposa in pace Riemann, professore, nato a... il..., morto a... il..., eccetera».

«E l'ultima frase?».

Sforzo i miei ricordi, cerco tra le poche nozioni di tedesco che conosco, ripenso alle volte che Chicco mi aveva ripetuto quella frase:

«*Tutto concorre al bene di coloro che amano Dio*... Il prete! Il prete al funerale. È la frase che mi ha detto quando si è avvicinato».

«Quale prete?»

«Non lo so, non l'avevo mai visto».

«Dobbiamo rintracciarlo».

Usciamo dal cimitero. Ci avviciniamo all'auto. Dall'altra parte della via vedo una sagoma dirigersi verso un cancello. È lui, il prete. Inizio a correre. «Si fermi, si fermi...».

Lo raggiungo.

«Mi scusi. L'altro giorno al funerale mi ha fatto le condoglianze. Conosceva Chicco?».

Cerco di capire se ha un moto di sorpresa indagando nelle fessure che nascondono gli occhi, ma è difficile decifrare l'abisso. Lui mi prende le mani e inizia ad accarezzarle coi suoi palmi sudati.

«Mia cara. Ero stato un suo professore, tanti e tanti anni fa, e la notizia della sua scomparsa mi ha particolarmente addolorato».

«Ma, mi scusi, la frase che mi ha detto al funerale. Perché proprio quella?».

«Quale? Quella su *tutto concorre al bene*... Non so. Forse l'ho letta da qualche parte. È un augurio. Chi ama Dio, è salvo».

Mostra il suo sorriso sdentato. «Sa, noi preti abbiamo

questa missione, di portare la parola di Dio a tutti. Mi scusi ma ora devo lasciarla».

Si volta e si infila dentro la villa.

Mi giro. Roccoforte è alle mie spalle. Alza il pollice: «Andiamo. L'ho fotografato col cellulare mentre parlavate. Adesso ci penso io».

Passa una settimana. Cerco di ritornare alla normalità. A convivere con l'assenza. Con quella sagoma vuota che mi segue. Lì sarebbe stato seduto Chicco. Ora sarebbe fuori sul balcone a fumare una sigaretta. E ora sarebbe fuori a provare con la *band*. E ora starebbe bestemmiando perché qualcuno mentre ero in montagna è entrato in casa, ha distrutto tutto e rubato inutili soprammobili.

Il telefono suona. È Roccoforte.

«Cose grosse. Vediamoci al bar».

Ordiniamo il solito schiumato e macchiato freddo. Poi lui inizia.

«Il tuo amico sacerdote si chiama don Anacleto Spallanzani, ha 72 anni, è nato nel Polesine, ed è vero che ha insegnato nella scuola privata dove andava Chicco. Poi ne ha girate diverse. Finché tre anni fa è stato denunciato per violenza sessuale su minori. Le sue lezioni private si pagavano in natura. Ed è per questo che è a Villa Iride a Selasca. È una comunità di recupero per preti "difficili"».

«Brutto porco». Ci penso un attimo e riprendo. «Ma allora Chicco si riferiva a lui quando diceva tornando dal cimitero "se si riavvicina lo denuncio..."».

«Probabile. Vista la vicinanza tra Villa Iride e il cimitero è facile che si siano incrociati. Ma non è tutto. Sono tornato dal nostro amico dell'Internet point. E...».

«E...?».

«E ha riconosciuto la foto del don. Ormai è quasi certo, è lui che ha spedito il file che ha ucciso Chicco. E non credo sia stato un caso».

«Beh, allora, sei andato dal procuratore?».

«Aspetta, prima che si mettano di mezzo con richieste, ordinanze e via dicendo. E l'uccellino capisca che sta per finire in gabbia e voli via, cerchiamo di incastrarlo. Fissi un incontro con lui e poi gli fai capire che sai tutto. Lui parlerà, e tu registrerai. Ci penso io a spiegarti come fare».

Sento una mano appoggiarsi sulla mia spalla, scatto.

«Anna, come stai?». Mi volto. È Alberto. Prosegue: «Scusatemi se vi ho interrotto».

«Bene, sto bene. Grazie. È dura, ma piano piano».

«Di qualsiasi cosa avessi bisogno, sai che puoi contare su di me».

«Lo so, lo so. Ma sai che sono una testarda e preferisco fare da sola».

Roccoforte si alza. Alberto si abbassa di scatto e urla: «Fermo!». Raccoglie una moneta da venti centesimi. Si rialza. L'appoggia sul tavolo. Guarda i nostri volti sbigottiti. «Scusate», saluta e si dirige verso la cassa.

«Ma mister doppiopetto è tutto lui?» dice Roccoforte.

«È un amico d'infanzia di Chicco. Han fatto le scuole assieme... Ehi, un momento. Ma allora anche lui avrà avuto don Anacleto come insegnante. Che strano. Al funerale ha detto di non conoscerlo. Beh, qualche anno è passato. Non l'avrà riconosciuto, in fondo mi ha detto che aveva per lui qualcosa di familiare...».

«Dai» m'interrompe Roccoforte, «adesso concentriamoci sulla trappola».

Chiamo Villa Iride, mi faccio passare il don spacciandomi per una parente e quando l'ho all'altro capo del telefono, dico: «Le ho scritto su *pattiselasca* ma non mi ha risposto».

Lui bofonchia: «Ma chi è lei?».

«Sono la compagna di Chicco. So tutto. Vediamoci al cimitero oggi alle cinque e troveremo una soluzione che vada bene a tutti». E seguendo le istruzioni di Roccoforte riattacco senza aspettare risposta.

L'ispettore mi ha preceduto al camposanto. E si è nascosto tra le tombe ai piani superiori. Io alle cinque salgo sull'ultimo terrapieno, davanti agli archi delle cappelle di famiglia. Ho gli occhiali con videocamera e registratore che mi ha dato Roccoforte. Dopo un paio di minuti la sagoma di don Anacleto entra dal cancello e inizia a salire i gradini verso di me. Siamo soli nel cimitero.

Parto decisa: «Buongiorno, perché ha ucciso Chicco?».

«Ma cosa dice?».

«Lei sapeva delle sue crisi epilettiche. Per questo gli ha mandato un file di musica subliminale».

«No, non capisco».

«La crisi che l'ha ucciso è stata indotta dal messaggio che gli ha spedito».

«Ma si figuri. Gli ho mandato quel file per cercare di farmi perdonare il male che gli avevo fatto. L'ho capito rivedendolo qui dopo anni. Nei suoi occhi c'era terrore. Solo ora sto capendo che la mia perversione ha provocato dolore in molti fanciulli. E speravo di porre rimedio facendogli in regalo una rarità. Avevo saputo che era un fan di quella cantante».

«E come faceva ad avere quella registrazione di Patti Smith? A sapere che piaceva a Chicco?».

«Me l'ha data il suo am...».

Si sente un suono sordo, la testa del prete si flette all'indietro, la bocca si apre in una smorfia. E cade a terra. Alle sue spalle si staglia la sagoma di Alberto. Ha in mano una pistola con il silenziatore.

Sento urlare: «Fermo!». È Roccoforte che è spuntato alle mie spalle e punta una pistola verso Alberto.

«Ragioniamo. Una soluzione si può trovare», dice il giuda.

«La soluzione è: metti giù la pistola», dichiara Roccoforte.

«Guardate che anche Chicco avrebbe voluto ammazzare questo porco. Con il suo odore schifoso mentre si struscia su di te che non va più via. Quando mi sveglio la mattina io lo sento ancora. Come quando ci svegliava lui abbassandosi i pantaloni. E lo sentiva ancora anche Chicco quell'odore. Il giorno che l'ha visto qui mi ha subito chiamato. Ansimava. Con lui c'era andato pesante».

«E allora perché hai complottato con lui, con il prete?».

«Io non ho complottato. Io l'ho utilizzato per uccidere Chicco. Gli ho dato il file con gli infrasuoni, l'email di Chicco, gli ho spiegato che era un fan di Patti Smith e che quella rara registrazione gli sarebbe piaciuta. Gli avrebbe fatto un gran regalo. Forse lui non lo avrebbe poi perdonato, ma l'avrebbe fatto felice».

Urlo: «Perché, bastardo?». Scatto verso di lui. Roccoforte allunga il braccio, mi strattona per la spalla. Una frazione di secondo in cui perde il bersaglio. Il suo bersaglio non perde lui. E spara. L'ispettore emette un rantolo. Si aggrappa a me. Mi trascina a terra. Il sangue esce dal suo addome. Non riesco a muovermi. Le mie gambe sono bloccate dal suo busto. La pistola gli è caduta, è a un paio di metri. Gira il capo. Si trascina verso di me. Gli occhi spalancati. S'avvicina al mio orecchio.

Sussurra: «Sotto la giacca, dietro la schiena». Poi il suo capo s'abbandona sul mio petto. Alberto si tiene a cinque metri con la pistola puntata.

«Abbiamo fatto troppo rumore» dice. «Alzati, andiamo via».

«Non riesco a spostarlo. Mi schiaccia».

«T'aiuto ma niente scherzi, o ammazzo anche te».

Si avvicina e intanto la mia mano destra fruga sotto la giacca, sento cuoio, poi metallo. Aveva un'altra pistola con sé. Una piccola pistola. La impugno. Sono pronta a sparare. Alberto prende Roccoforte per i piedi e inizia a trascinarlo. Ma si sente lo stridere dei freni all'ingresso del cimitero.

«Via, via. Andiamo via!» urla Alberto, mi trascina con un braccio. Con l'altro riesco a estrarre la pistola. Lui non si è accorto, corre, mi dà le spalle. Sto per sparare ma sento il rumore di passi di corsa sulla ghiaia del vialetto d'ingresso. Infilo la pistola nella borsa e mi metto a correre anch'io.

Alberto sta scavalcando il muro di cinta, mi porge la mano. Mi aggrappo. Un proiettile finisce a un metro da me su una colonna di granito. Sparano, ma riesco a scavalcare. Finiamo in una vegetazione incolta. A fatica ci facciamo largo. Sbuchiamo davanti al sagrato della chiesa. Il portone è chiuso. Alberto prova con l'entrata laterale. È aperta. Ci infiliamo dentro. Siamo in sacrestia. Chiudiamo dall'interno col chiavistello.

«Chi cazzo sono?» urlo.

La mano aperta di Alberto si abbatte sulla mia mano. «Zitta, *ssshh*». Si porta l'indice alla bocca. Sentiamo dei passi sulla strada. Sentiamo scuotere le maniglie delle porte della chiesa. Poi è silenzio.

«Chiamo il 113», dico mentre estraggo il cellulare.

Alberto mi blocca il polso. «Senz'altro qualcuno l'avrà già chiamato con tutti questi spari. Meglio che noi non ci facciamo vedere nemmeno dagli sbirri. Dovremmo spiegare troppe cose».

«No, tu devi spiegare perché hai ammazzato Chicco e Roccoforte».

«Perché Chicco scherzava col fuoco. Hai visto i tizi fuori?».

«Ma cosa c'entrano con Chicco?».

«Sai cos'è l'*ipotesi Riemann*?»

«Chicco me ne aveva parlato, c'entra coi numeri primi, vero?».

«Sì, secondo il nostro matematico qui sepolto ci dev'essere una funzione in grado di prevedere la frequenza dei numeri primi. È uno dei grandi problemi matematici irrisolti. La soluzione vale un milione di euro, ma è una mancia rispetto a quello che frutterebbe in mano a un criminale. Perché tutto il nostro sistema di crittografia bancaria si basa sul fatto che questi numeri primi non possono essere previsti, che anche i calcolatori più potenti ci metterebbero troppo tempo per decifrarli. Ma se qualcuno risolvesse l'ipotesi Riemann? Chissà, se il genio crucco fosse scampato qualche anno in più, forse l'avrebbe risolta. O magari nei suoi appunti c'era già la soluzione».

«Il baule?».

«Brava, bingo. Si dice che i suoi appunti siano andati persi. Si dice li abbia buttati la cameriera. Ma invece, magari, si trovano in qualche soffitta, che un collezionista che spera di conquistare Patti Smith attraverso un souvenir di Riemann ritrova un giorno. E ne parla con un suo amico che lavora in banca e che capisce che quel fricchettone, rockettaro, ha trovato il tesoro dei tesori, l'apriti sesamo di ogni conto».

«Figlio di...».

«Calma, calma, stai calma. Anna tu non capisci. Tu non hai ancora capito il potere di Mammona, ma se starai con me...».

«*Mammo che?*».

«Mammona, il denaro, l'hai letto il Vangelo. Non si può servire Dio e Mammona. E infatti è molto meglio servire Mammona. Se ti guardi in giro, è l'unico servito e riverito. E allora perché non adorarlo apertamente. E perciò ho fondato la religione di Mammona».

«Tu sei pazzo».

«No, una volta che avrò l'ipotesi Riemann manderò in *tilt* tutti i sistemi crittografici e così si dovrà tornare al contante. Nella mia religione non è tollerato che il denaro diventi virtuale, noi vogliamo il corpo di Mammona».

«Tu sei pazzo Alberto. Hai bisogno di uno psichiatra».

«No, ho bisogno dei quaderni di Riemann. Sono entrato a casa vostra. L'ho messa sottosopra ma niente. Dove li teneva?». Lo dice puntandomi contro l'arma.

«Non lo so. Non lo so. Magari non esistono. Sono un'invenzione di Chicco».

«No, mi ha dato le fotocopie di alcune pagine e le ho fatte periziare. Chicco mi ha subito detto che avrebbe cercato il miglior offerente. Un cartello di banche o di mafiosi, chiunque per avere la soluzione avesse pronte valigie di contanti».

«Hai avuto paura che li cedesse e hai deciso di ammazzarlo».

«Già, *coincidenze*, direbbe qualcuno. Il don e Chicco che si rivedono. E allora basta un'arma del delitto perfetta e un sicario inconsapevole. Linee parallele: le vite mie, di Chicco, del don. Ognuno ha fatto la sua strada, poi però le parallele si sono incrociate. Fatalmente. O fortunatamente. O come in ogni spazio curvo, direbbe Riemann. Anch'io ho ripassato la geometria non euclidea ultimamente». Alberto lo dice con un ghigno forzato.

«E allora le due parallele con la pistola che abbiamo incrociato fuori? Chi sono?».

«Mafiosi? agenti segreti? sicari? mercenari? C'è qualcuno che non ammazzerebbe per quei quaderni?».

In quel momento udiamo un boato. Volgiamo lo sguardo all'ingresso. Un Hummer ha sfondato il portone principale della chiesa. Mi rifugio dietro il banco della sacrestia, Alberto apre il chiavistello dell'entrata laterale. Tenta la fuga, ma il suo corpo viene respinto indietro da una raffica. Finisce contro il muro. Poi si accartoccia a terra. Il suo gessato crivellato si copre di sangue. Sento il rumore delle suole di cuoio avanzare verso il mio nascondiglio. Estraggo la pistola dalla borsa. Si avvicinano. Anche loro mi vogliono viva? Il dito sudato preme sul grilletto. Sparo? Ora o mai più.

Cycas

di Patrizia Fanchini Pasteris

Poteva dirsi felice? Se volgeva lo sguardo al passato, il bilancio gli sembrava positivo. Era il futuro quello a cui guardava con un sorriso solo lievemente accennato. Superati i novant'anni non si possono fare progetti, ma solo contare i momenti in cui il sole sfiora la pelle, riportando alla mente giorni lontani. L'infanzia felice nella villa di famiglia a Dresda, le lunghe passeggiate sulle spiagge di Sylt con le partite a golf e un *Blue Blazer*, rigorosamente in versione *Sutter*, centellinato ascoltando il flusso ininterrotto e carezzevole dei racconti delle famiglie blasonate che eleggevano l'isola a residenza estiva. Intere generazioni si susseguivano, sempre uguali a se stesse, certe di radici solide che temevano un qualsiasi scompiglio nel procedere dei giorni.

Certo poi c'era stata la guerra: il suo amico Aaron, con le sorelle dagli occhi scuri e le trecce raccolte intorno al viso, non potevano più occupare le *Strandkorbe* in spiaggia, il cui accesso era stato impedito agli ebrei, e lui si ritrovava solo a riflettere e a leggere quotidiani dai toni sempre più deliranti e cupi.

Poi era arrivata la *sua* guerra, e il sangue, quello vero, viscido e mortale. Gli amici che non davano più notizia di sé, quei telefoni che squillavano a vuoto, le serate con sempre meno ospiti e con sempre più frasi vuote, di mera cortesia. Venivano a mancare, prima che gli oggetti, la fiducia e la sincerità, l'oggi e il domani, con i granelli del tempo che scorrevano comunque inesorabili, ma privi di senso.

E infine l'Italia! Così diversa, calda e accogliente anche se l'inferno era ovunque, in ogni casa, in ogni vita in quegli anni di confusione, di nemici a ogni angolo, di ritorsioni personali che assumevano gli orribili tratti dell'antisemitismo e della lotta civile.

Era stato proprio il calore, che ricordava così bene, a convincerlo a lasciare la residenza di famiglia nel prestigioso quartiere di Goldstaubviertel per passare un'estate – l'ultima? vai a sapere – sul Lago Maggiore. Ricordava quelle rive, intraviste nascosto in un anfratto o fra i rovi di un cespuglio, dai tempi della guerra; il luccichio dell'acqua e i mille riflessi verdi di colline aspre come le montagne attraversavano i suoi occhi, si materializzavano nei momenti più inaspettati o servivano da panacea ai dolori quando si ritrovava la sera a contare gli assenti, oggi come ieri, chi, in un modo o nell'altro, se n'era andato.

Internet non esisteva per lui e sicuramente i figli non avrebbero mai lontanamente intuito che gli serviva un certo luogo per continuare a vivere, come un polmone artificiale che gli permettesse se non di dormire – l'insonnia gli faceva compagnia da troppo tempo ormai – almeno di continuare a respirare contando solo sull'attimo presente.

Aveva contattato personalmente al telefono un'agenzia immobiliare di Meina, e aveva capito che il titolare era la persona giusta con cui condividere la ricerca. Dopo varie telefonate, scambi di fotografie e planimetrie, aveva selezionato tre ville: ben esposte, con un parco non troppo vasto da consentire un'equilibrata intimità.

Manfred si recò al lago in una giornata invernale, quando il paesaggio era così bello da togliere il respiro: pulito il cielo, poco traffico sulla statale del Sempione, mille sfumature nelle acque del lago. Gli ritornarono alla mente quei giorni di guerra affannati, con le strade assolate dove razzolavano solo bambini e galline, qualche vecchio diffidente scostava piano le tende per vedere se quei nemici erano ancora esseri umani, le donne chinavano il capo e si facevano invisibili. Quanta differenza! Nessuno poteva capire meglio di lui la pace di quel giorno, per gli altri uguale a mille altri.

La prima villa che visitarono era appartenuta a un famoso direttore d'orchestra che aveva creato grandi spazi per ospitare le prove dei suoi concerti e una grande sala per la registrazione. Quegli spazi enormi e vuoti rimbalzarono nel cuore di Manfred e lo riempirono di tristezza. No, decisamente erano necessari spazi di misura minore per non avere orizzonti troppo lontani, per contenere, una a una, le pagine della sua vita, per non vedere oltre quello che già conosceva o anche solo immaginava. La seconda aveva avuto come ultimi proprietari degli stranieri che avevano riempito le sale da bagno della villa con mastodontiche vasche idromassaggio e la terza... meglio lasciar perdere quel pazzo che aveva inondato ogni spazio con decorazioni *trompe l'oeil* a sfondo esotico!

Al semaforo di Lesa, l'agente gli propose una proprietà un po' malandata ma che forse, almeno per curiosità, potevano visitare. Svoltarono a destra e, oltrepassato il ponte della ferrovia, si trovarono davanti all'ingresso padronale che si apriva su di un prato con alberi secolari. La casa era invisibile dalla strada e il cancello in ferro battuto venne aperto con fatica. I due percorsero un breve viale. *Eccola!* pensò il cuore prima ancora che la mente di Manfred. La facciata, di un giallo antico e rosa polvere, aveva un timpano centrale con le tipiche modanature in legno che gli ricordavano lo chalet di Saas Fee dove per tanti anni aveva trascorso gli inverni. Benché si trovasse al centro del paese, era lontana da sguardi indiscreti e garantiva quella riservatezza che contraddistingueva da sempre la vita di Manfred. I proprietari vennero contattati e si dichiararono ben felici di trarre un guadagno da quella scomoda eredità ricevuta negli anni sessanta. Anzi proposero, con una certa timidezza, tipica della gente del luogo, di vendergliela, ma Manfred scartò l'idea e ritornò all'hotel des Iles Borromées di Stresa. La cena solitaria fra specchi e vetrate gli riportò in mente la proposta di vendita e iniziò a fantasticare su cosa avrebbe significato per lui un'impresa di quel genere. Pian piano l'idea si insinuò nella sua mente e non lo lasciò per tutta la serata neanche quando centellinava un armagnac *Francis Darroze*, «20 anni di invecchiamento» lesse sull'etichetta. «Se avessi vent'anni di meno non ci penserei troppo, ma ora? Se mi vedessero il dottor Scherrer o i miei figli mi prenderebbero per pazzo. Ma loro non ci sono e sono solo io a decidere della mia vita». Era sempre stato solo ai bivi della vita: la moglie, Eleonor, se n'era andata con il suo *personal trainer* lasciandogli due figli che lui aveva affidato subito a una tata. Non era stato un buon marito (la sua omosessualità celata non era sfuggita alla moglie) e neanche un buon padre, più propenso a metter mano al portafoglio che al cuore. Gli amici, e gli amanti, erano sparsi per il mondo o soltanto frammenti sfocati di avventure lievi e fugaci a cui non ci si poteva certo affidare per scelte importanti.

Il mattino dopo, davanti a un buon espresso, la decisione era presa. Ricontattò l'agente e i proprietari e si misero velocemente d'accordo sulle modalità di acquisto.

Ai primi di marzo, con un taxi dalla Malpensa, arrivò a Lesa accompagnato dall'architetto con cui aveva condiviso giornate e serate osservando le planimetrie, per poi decidere di riservare il restauro interno solo ad alcune stanze dell'enorme villa, quelle più luminose e in buono stato. Idraulici ed elettricisti avevano nel frattempo ripristinato i locali di servizio e i muratori avevano riportato all'antico splendore le volte che mostravano ancora timide tracce di affreschi a ricordare antichi fasti. Le stoffe e i tendaggi di Rubelli, i lampadari di Murano e i marmi erano stati riportati a nuovo con un accurato restauro. Solo su un aspetto era stato intransigente: al giardino, o meglio al parco, ci avrebbe pensato da solo, avvalendosi dei consigli del mastro giardiniere di Casa Borromeo con cui aveva chiacchierato a lungo in occasione del prestigioso riconoscimento conferitogli dalla Royal Horticular Society. Con lui progettò come risistemare il grande parco dove ortensie, camelie e alberi centenari crescevano ormai senza limiti, avvoltolandosi gli uni con gli altri, scalando querce e palme secolari. I suoi viaggi nel mondo e la sua passione per la botanica lo avevano portato a visitare Stowe, Giverny, Kenroku e Kirstenbosch di cui aveva cercato di assimilare lo spirito. Ma il suo cuore vagava nei palmeti africani, in quella girandola di colori e profumi che era il Majorelle di Marrakech dove aveva passeggiato tante volte con il suo amico Yves discorrendo di arte, di Proust e di teatro. A Lesa vedeva finalmente realizzarsi uno dei suoi sogni più segreti. Un parco tutto per sé dove avevano dimora piante esotiche e dove il sole, che un tempo indorava la sua pelle, si faceva strada fra le foglie mosse da un dolce vento costante.

La prima notte trascorsa alla villa la passò seduto davanti alla grande porta-finestra che dava sul parterre ad ascoltare le voci del buio e a ricordare. L'alba lo sorprese immerso nel dormiveglia e a svegliarlo furono i merli, gli usignoli e le tortore. Si vestì, attraversò il parco ancora impregnato di rugiada, e si diresse in paese. Era giovedì e la piazza del piccolo mercato era già piena di massaie, pensionati e qualche turista. Mele, kiwi arance e insalata finirono nella capiente sporta che si era portato, con qualche michetta e il giornale. Una macchia di sole su una bancarella lo spinse ad avvicinarsi: nespole! Le osservò incantato, erano piccole ma luminosissime. La signora prima di lui ne comprò un chilo con gli occhi che brillavano.

«Finalmente» gli disse, «le nespole per me significano che l'inverno sta finendo e per avere un anticipo d'estate sono disposta a spendere un po' di più».

«Strano – pensò sorridendole – non deve essere di qui. È troppo espansiva e con un marcato accento piemontese». Posò la spesa a casa e decise di incontrare il giardiniere consigliatogli per iniziare i lavori: prima di tutto era necessario provvedere a ripulire le parti in ombra e a rasare la zona destinata a prato. Impartiti gli ordini, chiamò un taxi per raggiungere uno dei vivai che si occupavano della coltivazione di camelie: voleva crearne una siepe in una zona stranamente non invasa da vegetazione. Scendendo verso il lungo lago scorse, nel giardino di una casa fresca di ristrutturazione, una meravigliosa *sasanqua hime botan* e, seduta a leggere su una chaise longue, la signora incontrata al mercato. Con un leggero colpo di tosse attirò la sua attenzione; lei alzò lo sguardo, lo riconobbe e si avvicinò al cancello.

«Buongiorno, ci ritroviamo a quanto pare».

«Sì, mi scusi, ho visto la sua splendida camelia e non ho potuto fare a meno di fermarmi».

«Ah sì» disse voltandosi leggermente, «del giardino si occupa mio marito».

«È molto bravo, anche la cycas non è facile da coltivare. In vaso poi!» .

«È un vaso di cotto dell'Impruneta. Pare che questa particolare terra toscana sia la migliore per questo tipo di piante».

Chiacchierando venne a sapere che anche la sasanqua veniva dal vivaio dove lui si stava recando. Si salutarono rinviando a un incontro nel fine settimana per uno scambio di conoscenze e di indirizzi affidabili.

Il vivaista era veramente un esperto: vincitore di numerosi premi a livello mondiale, aveva portato in ogni dove, Australia compresa, le meravigliose qualità di camelie del Lago Maggiore, contribuendo anche a far conoscere questa piccola parte d'Italia. Preso dall'entusiasmo e dalla varietà di quei bellissimi fiori dai colori fiammeggianti, denominati in mille modi, Manfred non si era accorto di un anziano collaboratore del vivaista, il quale aveva seguito, con uno sguardo cisposo, il suo andirivieni e con maggiore attenzione il momento in cui Manfred aveva dato il suo indirizzo di Lesa. Si accordò per la consegna e la messa a dimora e, entusiasta della giornata positivamente trascorsa, Manfred ritornò a Lesa dopo essersi fermato al Gigi Bar di Stresa per un aperitivo e l'acquisto di una scatola di burrose Margheritine da offrire alla signora il sabato successivo.

«Come sempre in piazzetta il sabato non c'è posto» disse il marito di Laura che era tornato a casa per il fine settimana. «Ci sono novità?».

La classica domanda, ma questa volta Laura aveva davvero una novità: in quel sonnolento paese l'arrivo di quel distinto signore tedesco non era certo passato inosservato, come non erano passati in sordina i lavori di ripristino della villa e soprattutto del parco. E lei aveva chiacchierato proprio con lui ricevendone per conto del marito i complimenti e l'accordo per un appuntamento alle 17 in villa. All'ora convenuta i due si recarono alla villa ammirando i lavori già portati a termine e la nuova siepe appena collocata. Nessuno però rispose alla scampanellata, né dal portone principale né dall'entrata di servizio.

«Strano» osservò Laura, «non mi sembrava un tipo inaffidabile».

«Non è questione di inaffidabilità. Probabilmente si è dovuto assentare per qualche motivo» disse Marco. «Domani riproviamo. Adesso scendiamo sul lungo lago. Ho bisogno di un caffè».

«E io di un gelato biologico!». Laura aveva un concetto tutto suo della dieta.

Il mattino dopo ritornarono, ma nuovamente nessuno rispose. Costeggiando la cancellata, Marco si fermò all'improvviso.

«Che strano» disse, «ieri non ci avevo fatto caso. Chissà come mai hanno lasciato tutti questi vasi vuoti e questi imballaggi in mezzo alle camelie. Potevano almeno pulire!».

Laura si volse e il suo sguardo fu richiamato da un pezzo di stoffa, all'apparenza di finissimo cachemire cammello, una nota decisamente stridente in quel luogo. A ben guardare, però, la stoffa apparteneva a un corpo:

il cumulo di rifiuti aveva travolto il povero Manfred, nascondendolo a uno sguardo poco attento. La loro posizione non permetteva in alcun modo di intervenire.

«Chiamiamo qualcuno, entriamo, probabilmente è svenuto o ferito» disse Laura spaventatissima. «Chiamo il 118».

«Sì, però è meglio avvisare anche i carabinieri» disse Marco, «almeno per aprire il cancello. Non possiamo certo scavalcare!».

«Sembra svenuto, probabilmente non si è accorto che la catasta era in bilico» osservò Laura, «o magari ha cercato di spostarla per non rovinare le piante».

Nel frattempo si era radunato un capannello di persone, vicini di casa, ragazzini, ognuno con una propria teoria sull'accaduto. Fortunatamente sia la Croce Rossa sia i carabinieri arrivarono velocemente e, con l'aiuto di un fabbro, riuscirono ad aprire la vetusta serratura del cancello. Arrivati vicino al corpo ebbero la conferma immediata che per l'anziano signore non c'era più nulla da fare e i più pensarono a un infarto. Il capitano dei carabinieri prese in mano la situazione e chiamò la Scientifica per i rilievi del caso. La notizia si diffuse velocemente in paese e i curiosi affluirono numerosi, tanto che un telo fu steso sulla cancellata per permettere agli agenti di rilevare le tracce e spostare la catasta di vasi senza interferenze.

Il medico legale si chinò sul corpo che, prono sul terreno, aveva il cranio spaccato ma non mostrava altre ferite sul resto del corpo.

«È molto strano» disse osservando il cadavere il dottor De Lisi, «questi vasi in plastica non sono così pesanti da provocare una lesione di questo genere, né tantomeno la morte di qualcuno».

Vennero chiamati gli addetti alle pompe funebri e il corpo venne trasferito all'obitorio mentre il terreno intorno veniva setacciato palmo a palmo per trovare eventuali tracce. C'erano tutti i presupposti per avvalorare l'ipotesi di un omicidio e non di una fatalità o di un malore.

Il dottor Marchi venne incaricato delle indagini e per prima cosa acquisì il fascicolo dal medico legale: un corpo contundente, molto pesante, era stato violentemente calato sul capo di Manfred almeno cinque volte e la morte risaliva al venerdì sera, in una fascia oraria che andava dalle 18 alle 22.

«Sicuramente si tratta di un colpo inferto da dietro, vista la posizione del corpo, e poi l'assassino potrebbe aver utilizzato la catasta per coprire il cadavere in attesa magari di spostarlo in un altro momento» disse il medico. «Ma di una cosa siamo sicuri: in mano, stretto nel pugno, ho trovato questo pezzetto di carta». Tese a Marchi un frammento di carta quadrettata.

«*pino 43*» lesse Marchi «ma cosa significa?».

«Non ne ho la minima idea. Forse è una pianta che doveva essere messa in una certa zona, oppure 43 pini ma da mettere dove? Nel parco non ci stanno di sicuro!» osservò De Lisi.

Marchi decise di recarsi da Laura e Marco, che raccontarono la versione che lui già conosceva senza aggiungere nulla di nuovo, per cui decise di parlare con i proprietari della villa prospiciente il parco. I signori Bellei lo fecero accomodare e dissero che il venerdì mattina era arrivato il camion del vivaio verso le 8 e 30 e, alla presenza di Manfred e del giardiniere, era iniziato il lavoro. Il giardiniere era poi uscito verso le 10 – erano sicuri dell'ora perché lo avevano salutato mentre stavano andando a prendere la nipote in stazione – e aveva detto loro di essere atteso da amici comuni per andare a un funerale a Feriolo.

«Il signor Keller guardava gli operai e spiegava come posizionare le piante. Quando noi siamo rientrati verso le 23 non c'era nessuno nel parco, sembrava tutto in ordine».

La tappa successiva fu al vivaio: il proprietario, Paolo Diana, era stato avvertito di chiamare tutti gli operai che avevano lavorato a Villa Keller e Marchi aveva fatto venire anche il giardiniere di casa. Tutti furono concordi nell'affermare che il lavoro era terminato verso le 13, seguendo le indicazioni del capo giardiniere – i cui amici avevano già confermato il fatto del funerale a Feriolo – e del signor Manfred. Al termine dei lavori tutti gli imballi erano stati rimessi sul camion e portati via.

«Non ci saremmo mai permessi di lasciare un lavoro a metà. Non è nella tradizione della nostra azienda».

«E allora quei vasi e quegli imballi da dove venivano?».

«Non da noi sicuramente. Venga fuori con me. Guardi, quelli sono i vasi utilizzati per le camelie che provengono dal nostro vivaio». E indicò una sfilza di vasi del tutto simili a quelli trovati nel parco.

Uno degli operai che aveva lavorato nel parco si avvicinò: «Scusate, non so se è importante, ma volevo solo dire che il signor Keller aveva anche ordinato due cycas, ma ci ha detto di lasciarle da parte perché non aveva ancora deciso cosa farne».

«Due cycas? Non lo sapevo. Chi vi ha detto di portargliele? Non le avevamo caricate giovedì sul camion!» esclamò il proprietario del vivaio con aria tra l'infastidito e il perplesso.

«Ce le ha fatte caricare il Felice» disse l'operaio indicando un uomo anziano che stava esaminando alcune piante con fare esperto, «venerdì mattina».

«Felice ha più di 90 anni» disse Paolo «ed è un'istituzione. Sa tutto sulle camelie, è nato in questo vivaio che era della sua famiglia, e se ne è allontanato solo per un breve periodo per lavorare alla Siai Marchetti di Sesto. Ha combattuto con i partigiani, ma poi è tornato qui e qui penso che voglia morire. Venga, glielo presento e gli chiediamo delle cycas».

«Sono una varietà di camelie?» chiese Marchi, che non aveva il pollice verde.

«No, sono delle piante simili a prima vista alle palme, ma in realtà più affini alle conifere, diffusissime all'epoca dei dinosauri tanto da essere considerate dei fossili viventi. Noi non le trattiamo direttamente ma le teniamo perché sono piante molto preziose e molto belle» spiegò Paolo mentre si dirigevano verso l'anziano.

«Certo che lei ha scelto un lavoro proprio bello». Marchi aveva deciso di prendere il discorso alla larga per capire con chi aveva a che fare. «Ma quante sono le varietà di camelie? Da dove vengono? Come si coltivano?».

Non lo avesse mai fatto! Felice iniziò a parlare come un fiume in piena contento di avere trovato un interlocutore così interessato. Marchi lo lasciò dire e poi buttò lì, come nulla fosse: «Lei se ne intende anche di cycas? Sa, ne ho una nel giardino ma mi sembra che abbia patito l'inverno».

«*Cycas? So mia mi*». Lo sguardo di Felice si era fatto sospettoso e sfuggente.

«Eppure lei ha fatto caricare sul camion diretto a Villa Keller due cycas. Come mai?»

«*Ricordi no*».

«Ma come, Felice?» intervenne Paolo. «Lo ha detto il Maurizio. Venerdì hai fatto mettere sul camion due cycas».

«E allora?» esordì il vecchietto. «Quel tedesco mi stava simpatico, guardava le cycas, gli ho chiesto se gli interessavano e lui mi ha detto che non sapeva dove metterle, ma ne voleva comunque due. Mi ha dato i soldi e io glieli ho dati alla Maria».

«Maria è la cassiera» spiegò Paolo «che questa settimana è in ferie, ma venga, controlliamo gli scontrini».

Il controllo rilevò l'esattezza delle parole di Felice e Marchi se ne andò chiedendosi se le cycas centravano qualcosa in quella storia o se erano solo un particolare strano, ma irrilevante.

Il giorno dopo decise di recarsi nel parco per vedere se qualcosa poteva essergli sfuggito e che fine avessero fatto le due famose cycas. Si era documentato via internet e aveva capito che cosa doveva cercare: ecco, infatti, vicino a una porta-finestra del pianterreno una cycas di dimensioni ragguardevoli, ma la seconda?

Ispezionò il perimetro della villa, ma della pianta nessuna traccia. Partendo dal punto di ritrovamento del corpo, si diresse allora verso una zona più incolta e, in mezzo alle sterpaglie, trovò il vaso rovesciato della seconda cycas con le foglie in parte rotte. Guardando meglio, qualcosa attirò la sua attenzione: nel pane di terra che rivestiva le radici c'era qualcosa. Infilò i guanti in lattice e cominciò pian piano a rimuovere il terriccio, raccogliendolo in una busta di plastica, accorgendosi così che una grossa pietra era nascosta nel pane fra la terra e le radici. Perplesso vide che, scostando leggermente le radici, la pietra era come macchiata sui bordi.

Chiamò la stazione dei carabinieri, si fece portare un grosso telo in nylon e mandò il tutto a un collega della Scientifica.

Cosa significava quel ritrovamento? Che senso poteva avere e chi poteva avere interesse a uccidere il tedesco? Sicuramente quella pietra non faceva parte del pane della pianta, ma se era così chi l'aveva nascosta? Finalmente alcuni giorni dopo arrivarono i risultati delle analisi: la pietra era beola, un materiale che veniva estratto nella zona ed era utilizzato per l'edilizia. Le macchie sui bordi erano tracce di sangue dello stesso gruppo sanguigno di Manfred e le ferite sul suo cranio coincidevano esattamente con le slabbrature della pietra.

Marchi si mise a pensare ai personaggi che facevano parte della scena. Scartò immediatamente i vicini, che non erano in casa all'ora del delitto, il giardiniere di casa e gli operai del vivaio. Tutti avevano un alibi di ferro. Marco e Laura sembravano capitati per caso sia a Lesa sia nella vita di Keller. Gli venne in mente invece una coincidenza, forse di nessun valore, ma quantomeno singolare: Manfred e Felice erano quasi coetanei ed entrambi estremamente lucidi e intraprendenti. Manfred era venuto a Lesa con l'idea di rimanerci solo per l'estate, ma poi, improvvisamente, aveva deciso addirittura di comprare la villa per una cifra tutto sommato considerevole anche per un milionario come lui. Felice si era mostrato cordialissimo e competente parlando di camelie, ma molto restio riguardo le cycas.

Era possibile che i due avessero un qualche legame fra loro, qualcosa che andava oltre l'amore per le piante? Sembrava di no, ma tanto valeva approfondire la questione partendo dagli anni della guerra, visto che i due si erano ritrovati su fronti opposti ma, guarda caso, nella stessa zona. Difficile trovare dei testimoni oculari: troppo tempo era passato e anche le menti dei pochi sopravvissuti con cui riuscì a parlare erano offuscate. O forse, come spesso accade quando i ricordi sono troppo dolorosi, la mente li rimuove passando sopra una spugna che si inzuppa di lacrime. Dopo lunghi colloqui infruttuosi venne però a sapere che Felice aveva un fratello, Mario, di poco più giovane, ucciso dai tedeschi nel 1943. I giorni che seguirono l'Armistizio erano stati caotici: i due fratelli lavoravano entrambi a Sesto e un mattino avevano saputo, dal padre di un loro amico, che i tedeschi avevano bloccato la strada e stavano rastrellando i giovani per deportarli nei campi di concentramento. Erano così fuggiti sulle alture circostanti con alcuni amici e si erano rifugiati fra i gruppi partigiani che operavano nella zona. A questo punto l'interesse di Marchi si spostò sul ruolo di Manfred durante la ritirata rovinosa e cruenta dalle vallate alpine. Da approfondite indagini venne a sapere che il reparto comandato da Keller si era reso autore di una rappresaglia nei confronti di alcuni civili della zona che avevano rifornito di vettovaglie i partigiani.

Con la morte nel cuore, Marchi tornò al vivaio dove sapeva avrebbe trovato Felice: lo vide, in maniche di camicia, stivali di gomma, il viso cotto dal sole. Si avvicinò guardandolo negli occhi e quando vide che il suo sguardo non si abbassava, ma rimaneva in attesa delle sue parole, ebbe la certezza che il colpevole fosse veramente lui. Una sola cosa non gli era ancora chiara e lasciava perplessi: il biglietto strappato con quelle quattro lettere e quel numero, anche se immaginava si riferisse all'anno di guerra.

«Perché quel nome falso sul biglietto?» chiese a Felice. «Non posso pensare che una persona che ha combattuto, ha pianto, ha urlato la propria rabbia per una giovinezza mancata non abbia il coraggio di firmare con il proprio nome».

«Al biglietto manca questa parte» disse Felice, estraendo un pezzo di carta dalla camicia di lavoro.

Marchi lo prese e vide che combaciava perfettamente con quello ritrovato a Lesa.

«*Felice e Peppino 43*» lesse a voce alta. «Cosa significa?».

«Noi tre eravamo inseparabili. Sempre insieme, senza soldi, con tanta voglia di vivere, di cantare, di bere». Lo sguardo appannato di Felice guardava lontano.

«Ci alzavamo presto, facevamo i lavori nella stalla e poi in bicicletta andavamo a lavorare. La domenica, dopo una brodaglia con un osso dentro che non riusciva a dare sapore, ci rigiravamo in bocca uno stuzzicadenti per far vedere che avevamo mangiato carne. Ma eravamo contenti: venivamo a Stresa a vedere i signori con le loro macchine lucenti e i nostri amici che, in guanti bianchi, servivano nei grandi alberghi. Poi è arrivata la guerra, non ci hanno presi perché lavoravamo in un'industria bellica, ma sono arrivati i tedeschi: io e Peppino ci siamo salvati, ma Mario no... Scappavamo, Mario inciampò e una raffica di mitra lo ferì. Keller si avvicinò e lo finì con un colpo alla testa. Da allora giurammo che lo avremmo perseguitato fino alla morte.

Seppi che aveva comprato casa da queste parti e per caso me lo ritrovai qui: l'avrei riconosciuto fra mille. L'ho ucciso io, è vero. Ho approfittato che i ragazzi lasciassero la villa per entrare e ho atteso, nascosto, l'imbrunire. Mi sono avvicinato a Malfred mentre era in ginocchio davanti alle camelie, col biglietto in mano. L'ho colpito alle spalle con una pietra, poi l'ho nascosta fra le radici della cycas lì accanto e ho gettato la pianta fra i rovi. Ho strappato il biglietto e sono fuggito via chiudendomi il cancello alle spalle. Non me ne importa di andare in galera. Quello che dovevo fare per mio fratello è fatto. A me non resta molto da vivere ma finalmente posso onorare il mio nome».

Marchi si girò: non aveva ancora fatto un rapporto ufficiale e pensava di poter mettere tutto a tacere o di far in modo che Felice, vista l'età, non avesse delle ripercussioni troppo pesanti. Stava quasi oltrepassando il cancello del vivaio quando ritornò sui suoi passi.

«Una cosa ancora: chi è Peppino? Anche lui è coinvolto in questa storia?».

«Era il nostro amico» rispose Felice «con cui abbiamo condiviso tutta la giovinezza. Poi lui se n'è andato ad abitare a Torino e io sono rimasto qui. Tre anni fa è morto, ma la moglie non ha voluto seppellirlo nella nostra terra. Laura è sua figlia, ma non c'entra nulla in questa storia e non dovrà mai sapere».

Mise la mano in tasca, prese una manciata di pillole e le ingoiò prima che Marchi potesse fermarlo.

I soldi della famiglia Lazise

di Massimiliano Govoni

L'enorme pallone arancione riemerge in superficie ed Elisabetta sa che di lì a poco assisterà anche all'affiorare del cadavere.

«Fortuna che l'abbiamo ritrovato oggi» dice il pompiere del reparto sommozzatori, «domani molti si sarebbero dati per malati».

Elisabetta sorride; per lei non cambia nulla se domani è Natale, al massimo può sperare nella telefonata di Riccardo per gli auguri. Quando è stata segnata per il turno del venticinque, non ha avuto nulla da obiettare. «Siete sicuri che sia il corpo di Lazise?».

«La descrizione degli abiti corrisponde, questo è tutto ciò che so. Stanno arrivando anche i carabinieri, chiedi a loro».

Elisabetta si porta sullo spiazzo dove è stata ritrovata l'auto di Lazise. Distano almeno un chilometro dal paese, però c'è una piccola folla ad assistere al recupero. Deve farsi largo tra la calca, ma quando le persone notano la sua divisa da finanziere si scostano in fretta. La balconata si affaccia sulla spiaggetta sottostante come se fosse la galleria di un teatro. Il cadavere, avvolto nell'imbracatura gialla, sta affiorando ora e alcuni sommozzatori lo tengono alle estremità per controllarne le oscillazioni. Quando il pallone viene sgonfiato, il gommone si avvicina. Il cadavere viene issato a bordo e dallo spiazzo qualcuno comincia ad applaudire, forse per il lavoro dei pompieri o forse perché nessuno vorrebbe decomporsi in fondo a un lago.

Elisabetta scende le scale, poiché nel frattempo sono arrivati i carabinieri. Si avvicina al tenente Filoccari.

«Buonasera, tenente».

«Vedo che è stata avvisata tempestivamente».

«Sì, tenente. Mi chiedevo se non…».

«Le ricordo, maresciallo Roi, che lei è qui solo per una cortesia. Lei stava indagando su una presunta truffa al fisco… Tutto questo ha ben poco a che fare con le tasse».

Elisabetta avrebbe voglia di spiegare al tenente che i soldi sono sempre stati un'ottima ragione per ammazzare, però manda giù e sorride.

«Sì, tenente Filoccari, è probabile che non ci siano collegamenti; vorrei solo esserne certa».

Il tenente si gira verso il cadavere che in quel momento viene trasportato sui sassi della riva. Mentre si avvia in quella direzione, dice: «Esegua pure i suoi controlli, maresciallo, ma non faccia perder tempo ai miei uomini».

Elisabetta conta fino a cinque, poi si avvicina al cadavere. Quando lo liberano dall'imbracatura ha un conato di vomito: i pesci si sono mangiati gli occhi e dal naso esce una schiuma marrone.

«Ha le scarpe» osserva il medico legale.

«Non significa nulla» ribatte il tenente Filoccari. Elisabetta sa che quando qualcuno si suicida in acqua, il più delle volte, prima di buttarsi si toglie le scarpe, come se andasse a fare un bagno qualsiasi e non volesse rovinarle.

«In ogni caso, non riscontro altre evidenti ferite. Sembra che la causa del decesso sia l'annegamento. Si vedrà dopo l'autopsia» dichiara il medico.

Il tenente indica una serie di massi a picco sull'acqua. «Potrebbe essersi buttato da là, qui l'acqua diventa profonda subito».

«Certo tenente, non si può mai escludere nulla» dice il medico legale alzando le sopracciglia.

Elisabetta sospetta che Filoccari sia uno di quegli stupidi che battezzano una tesi e poi ignorano tutte le prove che la invalidano. Se il tenente si è messo in testa che si tratta di suicidio, di sicuro trascurerà tutti i riscontri opposti come quello delle scarpe. Elisabetta fissa il cadavere di Giacomo Lazise e tenta di immaginarlo da vivo, com'era fino alla settimana scorsa, quando veniva intercettato e la sua voce allegra discuteva con il fornitore francese della successiva spedizione di merce.

Filoccari si allontana verso i massi e il medico legale le porge la mano: «Visto che il tenente non ci ha presentati... Io sono Furci».

«Anche per lei si tratta di un suicidio?».

«Non mi faccia dire ciò che non posso sapere, maresciallo».

Arrivano anche i RIS e adesso Elisabetta si sente davvero di troppo. Saluta Furci e si avvia verso l'auto.

Elisabetta si inerpica con l'auto sul piccolo promontorio che si affaccia sul Lago Maggiore. Quando scorge la villa di Elena Lazise, si chiede attraverso quale curiosa modalità siano stati ottenuti i permessi per costruire in quel luogo esclusivo. Non è un'esperta di architettura, però l'edificio le ricorda lo stile di Frank Lloyd Wright.

Al citofono a colonna si presenta come il maresciallo Roi della Guardia di Finanza e le aprono il cancello automatico senza proferire una parola. Parcheggia in uno spiazzo abbastanza grande da ospitare una ventina di auto e quando si incammina verso l'edificio nota un uomo che l'attende all'entrata. Elisabetta spera che il tenente Filoccari abbia già avvisato i familiari del ritrovamento del cadavere, ma non ci conta troppo.

«Piacere, maresciallo Roi» dice stringendo la mano all'uomo alto e abbronzato che l'accoglie.

«Piacere, io sono Andrea Ronco, il marito di Elena Lazise. È qui per il fratello, vero?».

«In effetti, è così» dice Elisabetta cercando di capire se Ronco sappia già qualcosa.

«Ci sono novità? L'avete ritrovato?».

Elisabetta si concede una lunga inspirazione e toglie il cappello. «Possiamo sederci?».

«Sì sì, certo». L'uomo ha già capito quello che Elisabetta sta per dirgli, ne è sicura, però si accomodano nel soggiorno. Siedono su un divano posto innanzi a una vetrata a precipizio sul lago.

«Purtroppo devo comunicarle una brutta notizia...». Elisabetta si interrompe, perché da dietro arriva qualcuno.

«Elena» dice Ronco alzandosi in piedi, «stai bene?».

«È morto, vero?».

Elisabetta si alza in piedi e si avvicina alla donna che ha gli occhi azzurri umidi di lacrime. «Purtroppo, signora Lazise, poco fa è stato ritrovato un corpo nel lago. L'ho veduto personalmente e credo che sia suo fratello Giacomo».

Elena Lazise va a sedersi sul divano; raccoglie i lunghi capelli biondi su un lato e fissa il lago, lo stesso lago che si è preso il fratello.

A Elisabetta pare di essere venuta lì a fare la guastafeste, a turbare la serenità di quella ricca coppia con i fatti dozzinali delle vite comuni.

«Dov'è stato ritrovato?» chiede il marito.

«A quaranta metri di profondità, poco distante dal luogo dove aveva parcheggiato l'auto. Nei prossimi giorni sarà eseguita l'autopsia e forse capiremo meglio ciò che è accaduto».

Indugiano in silenzio per qualche istante, poi Elisabetta ci prova: odia farlo, ma sa che le risposte che otterrà ora saranno quelle più sincere, le uniche prive di filtri e costruzioni.

«Io, mi scuso subito, ma visto che voi eravate le persone più vicine, devo porvi qualche domanda».

«Maresciallo...» dice Ronco muovendo le dita in aria come per afferrare un pensiero.

«... Roi» aggiunge Elisabetta aiutandolo a ricordare il suo cognome.

«... sì, maresciallo Roi, non mi sembra il caso di importunare mia moglie questa sera».

«No, ponga pure le domande che desidera, maresciallo. Tanto sapevo già che mio fratello era morto. Non si sarebbe mai allontanato senza informarmi».

Elisabetta estrae dalla tasca un taccuino e dopo aver appuntato luogo e data scrive: «*Tra fratello e sorella c'era un forte legame?*».

«Signora Lazise, posso chiederle cosa sapeva degli affari di suo fratello?».

«Beh, il papà morendo aveva lasciato l'azienda di famiglia a entrambi, ma solo lui se ne occupava. Io avevo preferito frequentare l'università. Nei fatti ero un socio di capitale e lui mi coinvolgeva solo per le decisioni importanti».

Elisabetta prende appunti, ma quando sta per porre un'altra domanda Andrea Ronco la interrompe.

«Perché è venuta lei della Guardia di Finanza ad avvisarci?».

Elisabetta dapprima è incerta, poi si decide a dire la verità, perché l'unico indiziato adesso è deceduto.

«Suo fratello, signora Lazise, aveva attirato la nostra attenzione a causa di alcuni movimenti di denaro poco chiari. In parole povere, stavamo indagando su una frode dell'imposta sul valore aggiunto. Ora l'indagine seguirà il suo corso naturale e spero che lei, come erede, non ci ostacolerà».

«Io credo che questa discussione debba concludersi immediatamente, maresciallo. Mia moglie non è tenuta a rispondere ad alcuna domanda».

Elisabetta osserva la donna e insiste. «Signora Lazise, suo fratello aveva mai pensato al suicidio?».

La donna la fissa sbigottita, poi i suoi occhi diventano gelidi come l'acqua del lago.

«Mai».

Il marito interviene: «Vede maresciallo, nella nostra famiglia ci sono poche tradizioni e una di queste è la cena della vigilia di Natale. Un paio di settimane fa mio cognato mi aveva detto che alla cena avrebbe portato una donna. Aveva già quarantadue anni, ma non l'aveva mai fatto. Secondo lei era un uomo che meditava il suicidio?».

Elisabetta guida verso Luino. Col buio il lago è un cratere scuro che inghiotte le luci dei paesi che lo circondano. La presenza dei monti si intuisce solo per le luci delle vie che salgono e scendono i pendii. Prima di ricominciare con le escursioni in montagna dovrà attendere qualche mese, però sta già pianificando tutti i percorsi che la terranno impegnata da marzo a settembre. Il primo itinerario la porterà fino alla cima del Monte Lema, dove potrà ammirare sia il lago di Lugano che il Lago Maggiore. Sospira e spera che la primavera arrivi in fretta.

Elisabetta sapeva che svariate donne ronzavano attorno a Lazise, non sapeva che una fosse più presente delle altre. Durante l'indagine ha esaminato solo le trascrizioni nelle quali Giacomo Lazise dialogava con l'esportatore francese, però nei tabulati c'erano altri numeri che non sembravano pertinenti all'indagine; forse tra questi c'è quello della compagna di Lazise, forse lei sa qualcosa che gli altri ignorano.

Giunge alla caserma e parcheggia la sua DS4 in piazza Risorgimento. Se va in giro sola preferisce utilizzare l'auto personale, piuttosto quella appariscente di servizio. Saluta Ennio che sta chiudendo l'edicola per andare a cena e si rende conto di essere affamata; però non ha tanta voglia di cucinare e decide che prima di rientrare passerà dal Pescatore Ubriaco per un piatto da asporto.

Entrando nell'edificio di epoca fascista della caserma, l'appetito svanisce di colpo.

«Buonasera, dottore» dice Macrì accompagnando le parole rispettose a un tono che non lo è per nulla.

«Buonasera» risponde lei ignorando la provocazione. Si chiede per quanto tempo ancora dovrà pagare per ciò che è accaduto l'anno precedente a Bologna.

Sale al piano superiore e prima di accomodarsi alla scrivania nota la stampa che qualcuno ha posato sul ripiano: è un fotomontaggio del suo volto sovrapposto al corpo di una porno attrice che imbraccia un fucile d'assalto. In fondo, a caratteri maiuscoli, c'è scritto *LA MARESCIALLA*.

Sta per strapparlo, poi invece lo prende e col nastro adesivo lo fissa alla parete in modo che chiunque entri possa vederlo bene. Sorride soddisfatta e si dirige all'archivio; lì recupera una parte del faldone su Giacomo Lazise.

Scorre i tabulati telefonici e controlla gli intestatari delle utenze chiamate di frequente. Il primo numero è quello di Elena Lazise.

La seconda utenza chiamata di frequente è quella del cognato, mentre la terza è di una certa Sonia Fini.

«Buongiorno dottor Furci, sono il maresciallo Elisabetta Roi. Ci siamo conosciuti l'altro giorno a Stresa».

«Sì, mi ricordo di lei e della sua bella voce: era la finanziera che il tenente Filoccari non poteva soffrire. Ma non si dolga di questo, la maggior parte delle persone non sopporta lui».

Elisabetta soffoca una risata. «Dottor Furci, mi chiedevo a che punto fosse l'autopsia di Giacomo Lazise».

«Maresciallo, sa bene che non posso dirle nulla...».

«Rimarrà tra noi, non c'è bisogno di...».

«Lei ha troppa fretta, maresciallo. Non avevo ancora terminato la frase. Stavo dicendo che lei sa bene che non posso dirle nulla, ma in nome della comune antipatia che abbiamo per il tenente Filoccari... le dirò ciò che ho appurato».

«Io non so come ringraziarla».

«Giacomo Lazise è morto affogato...».

Elisabetta prova una sorta di delusione, forse ha cercato un mistero dove non c'è altro che disperazione. «La ringrazio molto...».

«Ah, ma allora non vuol proprio imparare, maresciallo! Non avevo ancora terminato. Le stavo dicendo che Giacomo Lazise è morto affogato, ma solo dopo avere ricevuto un colpo in testa e aver perso i sensi. Insomma... forse è scivolato e ha battuto la testa contro una roccia prima di finire in acqua, ma vista la frattura del cranio propenderei per un colpo inferto con un oggetto contundente. Magari un bel sasso».

Elisabetta resta in silenzio, aspetta che Furci dica altro.

«È ancora in linea o è svenuta?»

«No, sono qui».

«Nella relazione scriverò ciò che le ho riferito, ma so già che le sue conclusioni saranno affatto diverse da quelle del tenente Filoccari».

«Grazie dottor Furci, non ha idea di quanto mi sia stato utile».

«Lo immagino, lo immagino. Arrivederci, maresciallo, e non sia frettolosa di giungere alle conclusioni. Mai».

Sonia Fini entra nell'ufficio di Elisabetta al seguito del finanziere Macrì.

Elisabetta le va incontro e le stringe la mano. Macrì indugia nell'ufficio e lei ordina di lasciarle sole. Lui risponde col saluto militare, ma lo fa con la schiena un po' troppo piegata in avanti, come se la prendesse in giro. Poi se ne va senza chiudere la porta ed Elisabetta deve farlo da sé.

«Prego signora Fini, accomodiamoci qui» dice indicando due sedie, una di fronte all'altra. Elisabetta non ama parlare alle persone quando c'è una scrivania di mezzo; in caserma giudicano bizzarra questa sua piccola mania.

«Si sarà chiesta il motivo della convocazione...».

Elisabetta nota che Sonia Fini cerca di non mostrarsi nervosa e mantiene mani e gambe immobili; però lo sguardo vaga in ogni direzione e intercetta il fotomontaggio della *Marescialla.*

«Buffo, vero? I colleghi mi immaginano così. Forse dovrei esserne lusingata...».

Elisabetta attende un commento che non arriva e allora procede oltre. «Giacomo Lazise» dice scandendo bene le parole. «Come avrà saputo, Giacomo Lazise era scomparso nei pressi di Stresa e tre giorni fa il suo cadavere è stato ritrovato. Lo conosceva, vero?».

La donna esita a rispondere e allora Elisabetta cerca di metterla a suo agio. «Posso offrirle un caffè? La macchinetta è qui nel corridoio».

«No, la ringrazio».

«La capisco, non c'è da fidarsi del distributore automatico di una caserma della finanza: metta che non le rilasci la ricevuta fiscale...».

Sonia Fini sorride e lei tenta di ricominciare da capo. «Dunque, la situazione è questa: diciamo che erano in corso alcuni controlli sulle transazioni commerciali della "Lazise Import/Export". E diciamo che la morte del titolare ci ha colto di sorpresa e...».

Sonia Fini comincia a piangere. Elisabetta si alza in piedi e le porge un fazzoletto di carta. Poi pone una domanda che non ha niente a che fare con l'indagine, perché quando vede la sofferenza la riconosce: «Da quanto tempo andava avanti la vostra relazione?».

La donna cerca le parole con gli occhi al pavimento. «Da circa un anno. Non è stato un colpo di fulmine, ma un paio di settimane fa Giacomo mi aveva chiesto di andare a vivere da lui».

«La domanda che sto per porle potrà apparire stupida e offensiva, ma la prego di rispondermi ugualmente. Negli ultimi tempi Giacomo le sembrava depresso? Le pare che si stesse allontanando da lei o dai suoi interessi?».

Sonia Fini alza lo sguardo e la fissa come se non avesse compreso la domanda.

«La prego, rifletta bene. Giacomo Lazise si stava in qualche modo trascurando? Aveva qualche preoccupazione?».

«Sì».

Elisabetta non si aspettava una risposta precisa e attende la successiva spiegazione trattenendo il respiro.

«Lo stavano ricattando».

Elisabetta è seduta di fronte al tenente Filoccari. A capo della tavola il pubblico ministero Casari prende la parola.

«Ho riletto l'incartamento su Giacomo Lazise e vi comunico che concluderò le indagini sul suicidio».

«Bene, dottore» risponde Filoccari.

«Dottoressa Roi. *Mors omnia solvit.* A lei chiedo di concludere al più presto l'indagine fiscale, in quanto il sospettato è deceduto e i suoi reati penali si sono estinti».

Per il PM Casari la riunione è conclusa. Raccoglie le carte e fa per alzarsi, ma lei ha da dire ancora qualcosa.

«Dottor Casari, nei giorni scorsi ho avuto modo di parlare con la sorella e con la compagna dell'indagato…».

«Cosa ha fatto?» chiede con un tono di voce un po' troppo acuto Filoccari.

Elisabetta prosegue l'esposizione ignorandolo: «Secondo le testimonianze raccolte, Giacomo Lazise non era depresso e non aveva alcuna ragione per uccidersi. Non era nemmeno a conoscenza dell'indagine delle Fiamme Gialle».

«Lei non aveva alcun diritto di effettuare questi interrogatori!» esclama Filoccari trascurando quanto esposto. «Lei sta perdendo tempo e sta sprecando i soldi dei contribuenti».

«Lei, tenente Filoccari, non ha mai voluto iniziare alcuna indagine» replica Elisabetta.

Casari alza le mani in un gesto che vuol richiamare i convocati all'ordine.

«Dottoressa Roi, vogliamo tutti chiudere le indagini quanto prima. Per favore ci esponga quanto ha appreso durante gli interrogatori; gli interrogatori che non era tenuta a effettuare intendo».

Elisabetta si sta giocando non solo l'indagine, ma anche la credibilità. Cerca di pronunciare le parole in modo controllato e senza ansia.

«Erano molti mesi che indagavo su Lazise, seguivo i suoi affari in Lombardia e ascoltavo le intercettazioni; mai, dico mai, la sua voce mi è apparsa meno che tranquilla. Giacomo Lazise era una persona che stava frodando il fisco, ma aveva molto denaro e tanti amici con i quali passare le serate».

«E con ciò? Molte persone insospettabili scelgono la strada del suicidio» la incalza Filoccari.

«Mi è apparso subito poco credibile che una persona come lui si fosse ammazzata. La sua vita, per come la conosciamo noi, era piena di interessi e soddisfazioni».

«Maresciallo Roi» osserva Casari, «la natura umana, il più delle volte, è insondabile».

«Ha ragione dottore, ed è proprio per questo che ho parlato con la sorella e con la compagna. Nessuna delle due aveva il minimo sentore di un gesto estremo. Non c'erano i presupposti».

«Le faccio notare che non ci sarebbe comunque alcun mistero, l'autopsia ha rilevato un ematoma cranico compatibile con una caduta accidentale» sottolinea Casari rileggendo il rapporto del medico legale. «Cadere sulle rocce bagnate dal lago può essere fatale. La gente di qui lo sa bene».

«Sì, è vero dottore, però Lazise potrebbe essere stato

colpito da qualcuno, prima di cadere nel lago e morire affogato».

«Ciò che afferma è privo di fondamento. Lei stessa ci ha riferito che Giacomo Lazise coi suoi traffici non dava fastidio ad alcuno... Non esiste alcun movente» dice il tenente Filoccari.

Elisabetta spera con tutto il cuore che prima o poi sarà il tenente Filoccari a scivolare nel lago.

«Sì, però qualcuno stava infastidendo lui. La fidanzata era preoccupata, secondo lei qualcuno stava estorcendo del denaro a Lazise. E qui purtroppo il filo che stiamo seguendo si perde in mezzo al garbuglio. Dobbiamo continuare le indagini...».

«Dottor Casari» riprende Filoccari, «è assurdo sprecare altre risorse in queste indagini. Credo che sia opportuno sollevare il maresciallo dall'incarico. Il maresciallo Roi a Bologna è diventato tristemente famoso per la sua allergia alla catena di comando...».

«Come si permette?» interviene Elisabetta alzandosi in piedi e provocando un ghigno sulla faccia di Filoccari. Fatica a controllare la sua rabbia e si chiede per l'ennesima volta se un giorno tutti quanti troveranno un altro bersaglio e si dimenticheranno di lei.

«La prego, maresciallo, si rimetta comoda» dice Casari.

«Dottore, forse lei non è ancora a conoscenza della grave insubordinazione di cui si è resa protagonista Elisabetta Roi a Bologna...».

«Tenente Filoccari» lo interrompe Casari, «per favore stia zitto ora!».

Lui fa per ribattere, ma Casari alza il palmo della mano per prevenirlo: «Maresciallo Roi, le concedo un'altra settimana, dopodiché chiuderemo le indagini».

Elisabetta e Filoccari riprendono a parlare insieme, ma Casari alza la voce. «Basta così, fra poco dovrò recarmi in tribunale e non ho più tempo per i vostri battibecchi».

Elisabetta chiude la porta della sala di ascolto e accende il computer. Ancora pochi giorni e le indagini dovranno concludersi. Forse è giusto così, ma è convinta che tutto sia filato un po' troppo liscio. Eccetto che per il deceduto, ovviamente.

Deve ricontrollare il materiale delle indagini, deve cercare qualcosa che in un primo momento era apparso irrilevante. Immette le sue credenziali nella rete Intranet ed esamina la lista delle intercettazioni del caso Lazise: circa tre ore al giorno per quindici giorni, quarantacinque ore totali. Elisabetta ha ascoltato solo quelle che avevano a che fare con l'indagine per frode fiscale, quelle nelle quali Lazise dialogava con il fornitore francese; ora però deve ascoltare anche le altre. L'orologio alla parete segna le 18:45. Si rassegna a fare nottata in caserma e indossa le cuffie. Le telefonate di Giacomo Lazise che non erano state giudicate pertinenti con l'indagine erano avvenute con la fidanzata, un paio di amici, il dentista, un'autofficina e la sorella. Individua una decina di telefonate intercorse con la fidanzata e ascolta di seguito tutti gli mp3 fino a quando non si imbatte in quello delle 19:58 del 18 dicembre.

Telefonata tra Sonia Fini (S) e Giacomo Lazise (G)

G: Ciao!
S: ... ciao. Ancora in ufficio?
G: Sì.

S: Ne hai per molto?

G: Non so... Perché?

S: Pensavo che stasera potevi passare da casa mia... puoi pure fermarti a dormire, se ti va.

G: (pausa)

S: Che c'è, va tutto bene?

G: Certo, certo. È solo il lavoro. Ho qualche guaio da sistemare...

S: È quella cosa di cui mi hai parlato?

G: ... lascia stare.

S: Hai pensato di rivolgerti alla polizia?

G: ... sai che... Ti ho detto che non mi va di coinvolgerli. Non voglio che si mettano a ficcanasare dappertutto.

S: ... e allora?

G: E allora ci rifletterò. La prossima volta che devo lasciare il pacchetto, mi nascondo per scoprire che faccia abbia lo stronzo.

S: Lascia stare... Non hai idea della reazione che può o che... possono avere.

G: (pausa) ... se non faccio troppo tardi passo da te.

S: Va bene. Io sono qua. Al massimo mi troverai addormentata sul divano.

G: Va bene, dai. A dopo.

S: A dopo.

Elisabetta si rende conto che questa telefonata non porta a nulla di concreto, ma è la prova che Giacomo Lazise era vittima di un'estorsione. Giunge alla telefonata tra lui e la sorella del 21 dicembre e comprende di essere vicina a qualcosa di importante.

Telefonata tra Elena Lazise (E) e Giacomo Lazise (G)

G: Pronto.
E: Ciao, sono Elena.
G: Dimmi.
E: Che voce gelida!
G: Senti… Non ho cambiato idea.
E: Giacomo per favore. Lo sai che non è un periodo facile per Andrea e la sua azienda. Ma ha degli ordini che dovrebbero arrivare a gennaio, è solo questione di tempo.
G: Non ho fatto che dargli tempo e soldi negli ultimi due anni.
E: … ed è per questo che devi sostenerlo ancora. Per non perdere tutto quello che hai investito.
G: Io ce l'ho già un modo per recuperare tutto quello che gli ho prestato e…
E: Non starai parlando delle mie azioni?
G: Sto parlando delle azioni che tu hai depositato in garanzia per i debiti di tuo marito.
E: Tu non lo farai.
G: Lo farò eccome. E adesso buonanotte.

Elisabetta rilegge una, due volte le trascrizioni. Poi cerca informazioni sull'azienda manifatturiera di Andrea Ronco. Capisce di avere tra le mani la chiave per risolvere l'omicidio, perché di sicuro non si tratta di un gesto estremo. Deve verificare le immagini del traffico attorno a Stresa il giorno della morte, ma è come se… È come se i conti tra le persone dovessero sempre quadrare, non solo per i soldi dati e ricevuti, ma anche per l'amore e l'odio.

Ormai sono le due di notte: deve andare a dormire perché al mattino presto dovrà convincere il pubblico ministero a seguire la sua linea di indagine. E non sarà facile.

Quando si trovano a circa un chilometro dalla villa della sorella di Lazise, Elisabetta aziona la sirena.

«Ma non dovremmo arrivare a sirene spente, maresciallo?» chiede Germi, il finanziere seduto sul sedile posteriore.

«Già, maresciallo. Questa non è gente che scappa, ma forse era il caso di arrivare là senza troppo clamore...» aggiunge il finanziere Morra scalando la marcia per affrontare la salita verso il promontorio.

«Avete ragione ragazzi, però questa volta la sirena ci occorre...» risponde lei senza fornire ulteriori spiegazioni. Germi e Morra sono arrivati a Luino solo da qualche mese, però i compagni li stanno convincendo che è meglio non avere troppo a che fare con *la Marescialla,* lo capisce dalle obiezioni.

Quando arrivano, scorgono Elena Lazise dietro una finestra del primo piano. Lasciano l'auto in mezzo alla strada come per bloccare una via di fuga e si presentano al cancello della villa insieme, Elisabetta in mezzo agli altri due. Il cancello si apre e tutti e tre camminano spediti verso l'entrata. La porta viene aperta dopo qualche secondo ed Elisabetta si trova di fronte sia la sorella che il cognato di Lazise.

«Andrea Ronco, devo eseguire un'ordinanza di custodia cautelare per l'omicidio di Giacomo Lazise. Se lo desidera può avvisare un avvocato di fiducia. Colleghi, potete perquisirlo e ammanettarlo».

«Cosa?» chiede spaesato Ronco.

«Ora la condurremo alla caserma di Luino dove il pubblico ministero la interrogherà prima del trasferimento in carcere».

«Ma voi siete pazzi! Mio marito non avrebbe mai compiuto un atto del genere... Giacomo si è ammazzato» dice Elena Lazise strattonando il finanziere Germi con una forza insospettabile.

Il marito ha lo sguardo assente e mantiene i polsi in avanti come se dovessero ancora chiudergli le manette.

«Voi non potete farlo, non potete» grida la donna.

Elisabetta si avvicina a Elena Lazise e le blocca le braccia dietro la schiena. In una situazione normale tranquillizzerebbe i parenti del fermato, ma qui deve rincarare la dose.

«Suo fratello non si è suicidato, era ricattato da suo marito che sapeva della frode fiscale sulla quale la Guardia di Finanza stava indagando. Il medico legale ha confermato che Giacomo Lazise ha ricevuto un violento colpo alla nuca. Giacomo aveva scoperto che era il cognato a ricattarlo e aveva deciso di denunciarlo, ma non ha fatto in tempo, perché suo marito ha perso la testa e l'ha ammazzato. Andrea Ronco aveva il movente e l'opportunità per uccidere suo fratello. L'azienda di suo marito è piena di debiti, è stata un fallimento totale fin dall'inizio e solo grazie ai soldi ricevuti da suo fratello è riuscita a sopravvivere fino a oggi. Tutti i problemi di suo marito si sarebbero dissolti, se Giacomo Lazise fosse morto; non ci sarebbero stati più ostacoli tra lui e i soldi della famiglia Lazise. E inoltre quel giorno l'auto di suo marito è stata ripresa da una telecamera del traffico mentre si dirigeva verso Stresa in un orario compatibile con quello dell'omicidio».

Andrea Ronco finalmente accende di nuovo lo sguardo e fissa la moglie. È affranto, ha capito tutto. «Portatemi via» dice.

«No, no, no!» urla ancora la moglie.

«Per l'omicidio volontario la pena è di almeno ventun anni» dichiara Elisabetta domandandosi quanto ancora dovrà insistere.

«No, non è stato lui...».

«Stai zitta» la interrompe il marito.

«Non è stato lui, dovete portare via me».

«Basta!» sbraita Andrea Ronco, «portatemi via e facciamola finita».

Elena singhiozza, sembra ripensarci, poi schiarisce la voce: «Io. Sono stata io. Non voleva ascoltarmi. Si stava prendendo tutto, non ci avrebbe lasciato nulla».

«Giacomo ha scoperto che era lei a ricattarlo e ha detto che l'avrebbe denunciata, vero?».

«Basta» dice ancora il marito senza convinzione.

«Sì, è così. Lui mi ha sorpresa mentre recuperavo la busta piena di soldi da un cestino dei rifiuti. Abbiamo discusso e Giacomo a un certo punto si è messo a fissare il lago. Non mi ascoltava più e restava in silenzio. Io ho raccolto una pietra e l'ho colpito. Lui è caduto in acqua».

Elisabetta ha udito ciò che voleva. Ordina ai colleghi di togliere le manette ad Andrea Ronco. Poi cinge le spalle della donna e l'accompagna fuori all'auto di servizio.

Germi e Morra restano per un momento interdetti, poi la precedono di corsa verso l'auto. Morra si porta al volante e Germi apre una delle portiere posteriori. Quando Elisabetta ha fatto accomodare Elena Lazise, Germi richiude la portiera e le fa il saluto militare.

Anche lei porta la mano destra alla visiera. Attende un secondo più del necessario, e dice: «Ora andiamo».

L'innocenza negli occhi

di Alessandra Guzzonato

Jacopo guardò la donna ferma sulla spiaggia, a poche decine di metri da lui. Il lago brillava della luce bianca delle prime ore del mattino, in contrasto con i toni scuri delle acque profonde. Gli dava le spalle, lo sguardo rivolto verso l'Isola Bella, i capelli raccolti in uno chignon sulla nuca, e i riccioli ribelli danzanti nella brezza primaverile. Jacopo attese che si voltasse, per poi farle un cenno con la mano.

Si sentiva, come sempre, inadeguato di fronte a lei. Lui, con l'abito in piega, l'auto di pregio e il cellulare di ultimo modello; con il titolo di specialista in psichiatria e psicopatologia forense incorniciato in bella vista nel suo studio a Stresa; con la sicurezza e la mente brillante che lo avevano accompagnato nelle analisi di tante situazioni in cui gli era stato richiesto di affiancare la polizia; ecco, di fronte a lei tutto questo cadeva miseramente, e lui tornava a essere il ragazzo timido e insicuro che era stato alle superiori, per cui quella ragazza così diversa da tutte le altre a scuola aveva rappresentato un necessario punto di riferimento.

«Elise» la salutò quando lei gli fu vicina. «Credevo non saresti venuta».

La donna lo osservò e sorrise, e una rete di rughe sottili le si disegnarono intorno agli occhi, ancora azzurri e luminosi.

«Ti ho sempre spronato ad avere fiducia nella capacità che ha l'uomo di stupire il suo prossimo» rispose. «E comunque, mi hai detto che era importante. Per cui, eccomi qui».

Jacopo sapeva che, cercandola, si sarebbe spinto su un terreno poco sicuro. È vero, in passato aveva conosciuto Elise molto bene. Adesso invece lei era proprio come le acque del lago, all'apparenza innocue, ma sotto la superficie troppo torbide per vederne il fondo. Eppure quando gli avevano sottoposto il caso di Placido Bonsecchi, l'unica persona che a Jacopo era venuta in mente alla quale chiedere un aiuto era stata proprio lei: la sua ex moglie. Elise.

«Non sei cambiata» le disse.

«Nemmeno tu. Però hai scelto un bel posto per vivere. Vedi che, dopotutto, anche tu puoi stupirmi: non pensavo avresti mai lasciato Milano».

Si avviarono sulla passeggiata del lungolago, ancora poco frequentata. Erano solo le otto e mezzo, l'aria era refrigerante e portava con sé il profumo dei fiori appena sbocciati e dei giardini tagliati di fresco.

«Quanto puoi rimanere?» le chiese.

«Credo che deciderò dopo che mi avrai raccontato il motivo per cui mi hai fatto venire» rispose.

«Giusto. Allora posso offrirti la colazione mentre parliamo?».

Elise fece un rapido cenno di assenso e Jacopo le indicò il Lido Blu, situato appena dopo il parco giochi comunale. Lei lo precedette sul sentiero che portava alla terrazza, e scelse uno dei tavoli in fondo, affacciati sul lago. Sedettero uno di fronte all'altra. Ordinarono un caffè lungo e un tè verde.

Solo quando le bevande fumanti furono servite, Jacopo cominciò a raccontare.

Placido Bonsecchi era un uomo semplice, dagli occhi azzurri e vacui e dalla mente un po' infantile. Soprattutto era un uomo buono, così avevano detto tutti. Eppure adesso Placido si trovava in stato di fermo per omicidio.

Jacopo se lo era trovato davanti in una stanza asettica, illuminata da una gelida luce al neon, che faceva apparire le cromature del tavolo e delle sedie taglienti come lame affilate. L'uomo sedeva compostamente, le mani giunte, lo sguardo perso nel vuoto. Non aveva detto che frasi di poco senso logico da quando lo avevano portato nella sede della questura di Verbania, e il vicequestore cominciava a sentire la pressione dei *media*.

Jacopo si era seduto di fronte a lui, lo aveva salutato con garbo e, con voce calma e ferma, gli aveva chiesto se sapeva perché si trovasse lì. Questa era la prassi: valutare rapidamente lo stato mentale dell'indiziato con una semplice domanda in grado di aprire una porta sul suo mondo interiore.

Placido aveva rivolto i suoi occhi annacquati su di lui e aveva risposto: «C'erano le azalee fiorite, il rododendro in boccio. E c'era la signora Mariani caduta sotto il rosmarino».

Jacopo aveva letto l'incartamento a riguardo. Angela Mariani era stata ritrovata alle ore venti al circolo velico di cui era socia, presso il quale Bonsecchi lavorava come giardiniere. Giaceva riversa nel prato che costeggiava la piscina, con un paio di cesoie infilate nella schiena, cesoie su cui le uniche impronte rilevate erano quelle del Bonsecchi stesso, che, peraltro, si trovava a pochi passi dal corpo. L'ora del decesso determinata dal medico legale si aggirava intorno alle diciotto dello stesso giorno, cioè all'incirca due ore prima del ritrovamento, motivo per cui Placido si trovava in stato di fermo.

Jacopo trasferì queste informazioni a Elise, nel modo in cui le aveva ricevute lui, dettagliate, tecniche e poco emozionali. Voleva che avesse prima di tutto un quadro chiaro della situazione, una sorta di mappa, in cui andare a collocare tutto quello che sarebbe venuto dopo.

«Sei certo della sua innocenza» fu la sua unica asserzione. Jacopo si stupì di quanto piacere potesse dargli il fatto che lei si fidasse ancora del suo giudizio.

«Non esiste movente e, per quanto mi riguarda, l'idea del raptus è improbabile parlando di quest'uomo. Si trovava semplicemente nel posto sbagliato al momento sbagliato».

«Però pensi abbia visto qualcosa».

«Ne sono sicuro. È vero, Placido Bonsecchi presenta alcune difficoltà di espressione e apprendimento, nonché una natura psicologica piuttosto complessa. Ma ha sempre vissuto dignitosamente, lavorava, ha accudito la madre anziana e quasi cieca fino alla sua morte, cucinando, occupandosi della casa, leggendo per lei. Chi lo conosce bene lo descrive come un uomo mite e un po' lento, non un ritardato mentale. Eppure da quando lo stanno trattenendo, non è stato in grado di dire quello che per tutti è evidente, cioè che era lì perché stava lavorando». Jacopo fece una pausa per finire il suo caffè. «Sono convinto che questa sia la sua reazione all'evento traumatico a cui ha assistito. D'altro canto...».

«Lui stesso potrebbe avere commesso l'omicidio, e adesso la sua mente starebbe vivendo il conflitto tra razionale e irrazionale. La storia dopotutto ci insegna che tanti uomini con il medesimo profilo sono diventati assassini da un giorno all'altro» aggiunse Elise.

«Vero. Questo è il motivo per cui Placido Bonsecchi si trova in stato di fermo. Tuttavia c'è qualcosa in lui che mi spinge a credere nella sua innocenza. E se sei d'accordo ti farei fare un piccolo giro turistico nella realtà di quest'uomo. Voglio che tu veda con i tuoi occhi».

Jacopo pagò la colazione e, fianco a fianco a Elise, s'incamminò sul viale principale.

«Posso chiederti...» accennò spiandola con la coda dell'occhio, «come stai?».

Elise guardò il lago. «Me la cavo. La malattia di mio padre ha interrotto la mia vita per un po', ma adesso lui non c'è più e io in qualche modo devo ricominciare».

«Avrei voluto esserti stato più vicino».

«Ma lo hai fatto. Sei stato una presenza silenziosa, e io l'ho molto apprezzato».

«Vivi ancora nella sua casa?».

Lei annuì. «Non potevo permettermi di tenere due appartamenti, ho dovuto rinunciare al mio quando lui si è ammalato».

«E adesso, cosa intendi fare?».

«Non lo so ancora, ma quel che è certo è che non appena sarò riuscita a mettere insieme i pezzi, me ne andrò da quella casa, e vivrò in un posto bello, un posto proprio come questo».

Jacopo seguì il suo sguardo lungo le linee increspate delle acque, laddove erano attraversate dai battelli di linea; sul profilo dolce dei monti che, non ancora illuminati dal sole e con i loro colori foschi, facevano da fondale perfetto per le Isole Borromee; sui giardini curati, di un bel verde brillante, e sull'esplosione delle fioriture, le cui tinte vivide rendevano vibrante il paesaggio.

Jacopo si sorprese di come un tempo, quando la carriera e il denaro erano stati le sue uniche priorità, questi pensieri non lo avrebbero nemmeno sfiorato. Poi quando Elise se n'era andata, qualcosa in lui era cambiato, tanto da lasciare la città per un posto più tranquillo, dove riavvolgere i fili della sua vita.

E adesso che lei era lì e che Jacopo aveva finalmente imparato a guardare con occhi diversi, un'altra consapevolezza si era fatta strada nel suo animo malconcio: nessuna auto di lusso, nessun apparecchio tecnologico di ultima generazione, nessun pezzo di carta avrebbero mai dato un senso alla sua vita. E allora si vergognò di far salire Elise sulla Bmw nera acquistata solo un anno prima, che aveva parcheggiato davanti al lussuoso hotel Des Iles Borromées. E non mancò di cogliere lo sguardo di lei mentre anche lui saliva.

Guidò fino allo svincolo che si diramava da un lato verso la stazione ferroviaria di Stresa, dall'altro verso il lido di Carciano. Prese la strada successiva, quella che portava al centro del paese, superò la ferrovia, la parrocchia e la graziosa chiesetta di San Biagio, e lì sulla destra, parcheggiò. Si addentrarono a piedi per le viuzze strette e ombrose del paesino, fino ad arrivare davanti a una casa di modeste condizioni, con le persiane di legno stinte, e un balconcino, al primo piano, dalla ringhiera arrugginita.

Jacopo estrasse un mazzo di chiavi dalla tasca dei pantaloni e aprì la porta. All'interno vi era una sorta di piccolo atrio scuro e freddo di umidità, nel quale sostava una vecchia bicicletta nera. Poco oltre si dipanava una scaletta di pietra, che conduceva a un'altra porta. Jacopo fece strada a Elise fino a quest'ultima, e una volta entrati permise a lei di passare oltre.

«Questa è la casa in cui vive Placido Bonsecchi. Vorrei che dessi un'occhiata in giro».

Elise annuì e, con passo lieve, accontentò Jacopo.

Non c'era molto da vedere.

L'appartamento si componeva di una saletta con pochi mobili, uno scaffale pieno di oggettini di varia natura e una serie di vecchi libri gialli, un divano e una televisione ancora a tubo catodico. Su di un tavolino coperto da un centrino c'erano alcune foto in bianco e nero. Altre erano appese alle pareti su cui la carta da parati, negli angoli superiori, aveva ceduto da tempo il posto alla muffa.

Dirimpetto alla sala si apriva un cucinino di piccole dimensioni, con i pensili color verde menta e il lavabo in ceramica sbeccata. Sul fondo dell'appartamento c'erano due stanze da letto gemelle, divise da un bagnetto lungo e stretto, piastrellato di bianco e nocciola.

«Si direbbe la casa di un uomo molto solo» disse Elise tornando sui suoi passi.

Jacopo entrò in cucina e si diresse verso la porta-finestra sul fondo.

«Indubbiamente vero. Però dai un'occhiata anche qui».

Elise comprese immediatamente cosa intendesse dire.

Sotto di loro c'era un piccolo giardino inaspettato e meraviglioso: curato oltre ogni dire, rigoglioso di piante di varietà diverse. I fiori si amalgamavano tra di loro in perfetto equilibrio di colore, e niente era fuori posto, non un ramo, o una foglia secca. Il profumo era inebriante.

«È davvero splendido» disse Elise.

«Denota sensibilità» aggiunse Jacopo.

Lei annuì.

«Adesso capisci perché penso sia innocente?».

«Questo giardino è il suo mondo e queste piante sono come figli. Le tratta con amore».

«Non farebbe del male a nessuno».

«E popolano il suo quotidiano. Sta comunicando attraverso di loro».

Jacopo sorrise. «Bene. Siamo sulla stessa lunghezza d'onda. Ora è il momento di trovare il vero assassino».

«Dove andiamo adesso?» domandò Elise, mentre uscivano dalla casa di Placido Bonsecchi.

«Andiamo sul luogo del delitto e, se sei d'accordo, ti ci porterei a piedi. Non è molto distante, e mentre camminiamo, ti racconterei la seconda parte di questa storia».

Jacopo si sfilò la giacca e se la buttò sopra una spalla. Percorsero una stradina secondaria, che costeggiava alcune case. Lo sguardo di Elise fu subito rapito dall'ultima in fondo, una vecchia villa fatiscente, che dava le spalle a una fitta boscaglia.

«È abbandonata» disse.

«Come molte altre da queste parti. Queste antiche dimore sopravvivono solo al tempo, ormai».

«Che peccato. È davvero molto bella. E così fiera».

Jacopo era passato così tante volte davanti a quella casa da conoscerne ogni dettaglio, e un giorno, trasgredendo al divieto di accesso, si era spinto fin dentro al giardino incolto, per dare un'occhiata più da vicino. Elise aveva ragione: l'incedere del tempo sembrava non intaccarne la facciata anteriore, e la casa manteneva un aspetto dignitoso, anche se in rovina.

Scesero su un viottolo di sassi e tornarono sulla strada asfaltata.

«Allora, qual è la seconda parte della storia?» chiese Elise.

«Riguarda Angela Mariani, la vittima. Secondo le indagini della polizia, non era uno stinco di santa».

«Accuse precedenti?».

«Non proprio. Ma si vociferava che facesse una vita molto al disopra delle sue possibilità, economicamente parlando. Dai suoi conti bancari emergono versamenti non del tutto trasparenti. Inoltre in casa sua sono stati trovati dei quaderni con annotazioni di cifre e date. Ovviamente nessun nome, solo una serie di iniziali. Qualunque cosa facesse, sapeva farla con il dovuto accorgimento».

«Ricatto?».

«Molto probabile».

«Un ottimo movente».

Jacopo estrasse da una busta che aveva in mano una serie di fotografie, e le passò a Elise.

«Queste sono foto scattate il giorno dell'omicidio. Era il giorno dell'apertura stagionale del club nautico dove ti sto portando, e avevano organizzato un pranzo per tutti i soci, tra cui anche Angela Mariani. Secondo gli accertamenti degli alibi, si può escludere la presenza di gran parte di loro per l'ora del delitto».

«Quanti sospettati abbiamo?».

«Otto, escluso il Bonsecchi».

«Non sono pochi».

«Sì. E le indagini su di loro non hanno portato a niente. In apparenza sono tutti irreprensibili cittadini».

Elise guardò attentamente ogni foto, perché come anche Jacopo aveva intuito, il mistero doveva trovarsi in quelle immagini. Il delitto appariva come un atto di natura troppo violenta, e la stessa arma usata per uccidere la Mariani si trovava sul luogo, quindi si poteva escludere la premeditazione.

Le indagini avevano anche dimostrato che negli ultimi tre mesi prima del delitto non si erano registrati movimenti bancari, né contatti telefonici che potessero associare in alcun modo la vittima con uno qualsiasi dei soci del club.

Jacopo ed Elise erano nel frattempo giunti sul tratto di statale che collegava Stresa a Baveno. Il Club Nautico si trovava proprio su quel tratto, ed era individuabile dall'ingresso, una rientranza a lago delimitata da un cancello su cui si avvisava che l'ingresso era consentito solo ai soci.

«Puoi escludere che un estraneo sia potuto entrare non visto?» chiese Elise a Jacopo.

«La siepe di lauro che vedi è molto fitta, e corre per tutto il parcheggio. Non ci sono varchi, la polizia ha controllato scrupolosamente. Ciò significa che chiunque sia stato, deve essere passato per la segreteria, che controlla l'accesso al club. Sono molto rigidi a riguardo. Dopotutto questo circolo è uno dei più antichi, e rimane tutt'oggi anche uno dei più esclusivi».

A causa di quello che era successo, il club era momentaneamente chiuso, ma Rita Betthelmayer, che presidiava la segreteria, rimaneva solerte al suo posto. Jacopo spiegò a Elise che era stata proprio la donna, una robusta sessantenne di origine tedesca, a fornire le informazioni su Angela Mariani e sugli altri soci presenti. La donna aveva inoltre compilato un registro delle presenze di quel giorno, e ricordava perfettamente l'ora in cui ogni socio aveva lasciato la sede.

«Nessuno avrebbe potuto quindi rientrare a sua insaputa».

«Ha dichiarato di essersi assentata per una decina di minuti verso le cinque e mezza per controllare che tutto in giro fosse a posto, e per dare istruzioni al Bonsecchi sul lavoro da fare appena tutti gli ospiti avessero lasciato il club. Ma non era un'assenza programmata, e come ha detto lei, è raro che lasci il suo posto. Quindi l'assassino non poteva sapere che verso quell'ora avrebbe avuto via libera».

Parlando erano finalmente giunti all'entrata del club, e non appena la siepe di lauro permise alla vista di spaziare oltre, Elise rimase per un attimo senza fiato: i suoi occhi incontrarono prepotentemente il lago dalle acque verdi e le Isole, che adesso apparivano incredibilmente vicine.

Sotto di loro una terrazza lastricata ospitava l'edificio del circolo, in cui si trovava il ristorante con i suoi tavoli rivestiti di bianco e di blu, racchiusi in una cornice di candide camelie nel pieno della fioritura. Sulla destra si estendeva un bel prato all'inglese, dominato da una grande canfora dalla chioma ombrosa, e delimitato da cespugli di azalee color rosa lacca e rosso rubino. Oltre, era visibile la piscina, lateralmente alla quale correvano piante di rododendro dai grappoli di fiori purpurei; ancora più in là un prato costellato di palmizi svettanti e bassi arbusti che creavano una zona più appartata, e di nuovo azalee in differenti tonalità di rosa.

Un posto così Elise ammise di non averlo mai visto.

«Placido Bonsecchi fa tutto questo da solo?» chiese.

Jacopo annuì. «Notevole, vero?».

Notevole e *sublime*, se Elise avesse dovuto dare un aggettivo a quel posto, perché non si trattava solo di cura e ordine, ma di armonia, armonia con la A maiuscola.

Jacopo la guidò dentro quest'armonia, dissacrata dai nastri rossi della polizia, che su quell'ultima parte di prato delimitavano il luogo in cui si era consumato l'efferato delitto: Elise ritrovò tutti gli elementi citati da Bonsecchi, le azalee, i rododendri, persino il rosmarino odoroso. Davvero un peccato macchiare un posto così incantevole.

Tornati sui loro passi, si fermarono al ristorante e occuparono uno dei tavoli, su cui disposero le foto.

«Hai detto che la signora Betthelmayer si è assentata dal suo posto per dare istruzioni al Bonsecchi su quello che doveva fare non appena tutti i soci se ne fossero andati. Ciò significa che c'era ancora gente nel club. Solo mezz'ora prima dell'ora presunta dell'omicidio».

«Esatto». Jacopo indicò a Elise sulle foto le otto persone che erano andate via per ultime, e per questo imputabili del crimine.

«Simone Senzi e Rebecca Benini. Secondo la testimonianza della Betthelmayer, quando lei scese stavano parlando con Riccardo Valli, il presidente del circolo. Ai tavoli s'intrattenevano Massimo Attusi, Renato Forti e Cristina Senziani. E infine Arianna ed Ester Sospiri, due sorelle che a quanto pare erano amiche della vittima».

Jacopo dispose l'ultima foto con le donne appena menzionate sul tavolo, sotto lo sguardo di Elise.

«Tu credi che Placido Bonsecchi abbia visto una di queste persone?».

«Per la sua salvezza, mi auguro di sì».

Elise passò in rassegna per l'ennesima volta tutte le foto, cercando i volti che adesso le erano noti tra i tanti scatti della giornata: Simone Senzi e Rebecca Benini insieme (come le aveva spiegato Jacopo, erano prossimi alle nozze), ancora Rebecca Benini sul prato a leggere un libro di Agatha Christie, Riccardo Valli ripreso in ogni angolo del circolo e in compagnia di persone diverse (compresa la vittima), Massimo Attusi che osserva attentamente la piscina, Renato Forti al cellulare, la Sanziani che prende il sole sulla terrazza, e infine le due sorelle sedute al tavolo della Mariani, prese in quella che sembra un'accesa discussione.

«Potrebbe essere un litigio?» chiese a Jacopo.

Lui scosse il capo. «Secondo le testimonianze raccolte, hanno chiacchierato animatamente per quasi tutto il pomeriggio, ma nessuno ha avuto la sensazione che stessero litigando».

Elise esaminò anche le foto contenute nell'incartamento dell'omicidio, in cui si vedeva il corpo martoriato della Mariani steso sull'erba. Volse poi lo sguardo al di là della piscina, verso quell'angolo di prato contrassegnato dal nastro della polizia.

«Mi puoi ripetere le esatte parole che ti ha detto Bonsecchi?» chiese.

Jacopo annuì. «*C'erano le azalee fiorite, il rododendro in boccio. E c'era la signora Mariani caduta sotto il rosmarino*» recitò.

Elise si alzò con una delle foto in mano, e seguita da Jacopo si avvicinò a quello che secondo l'immagine era l'esatto luogo dove la vittima era stata ritrovata.

«Cos'hai visto?» le domandò.

Elise prese tempo prima di rispondere. «Forse non è niente», disse poi. «Ma secondo questa foto Angela Mariani *non* è stata ritrovata sotto la pianta di rosmarino. Guarda tu stesso».

Era vero. Jacopo aveva sempre pensato che la frase pronunciata da Bonsecchi contenesse un indizio, con quell'elenco minuzioso di piante, così fuori luogo in quella situazione. Eppure non aveva mai pensato che la realtà fosse diversa da come l'uomo gliel'aveva descritta. Aveva visto con le sue parole, ma non con i suoi occhi. Adesso, guardando la grande pianta di rosmarino che sorgeva all'inizio del prato, si rese conto che si trovava troppo lontana dal luogo del ritrovamento, e che Placido, così preciso com'era, non avrebbe mai dato un'indicazione tanto approssimativa.

«Quindi il rosmarino...» cominciò.

«Il rosmarino ci indica il colpevole». finì Elise per lui. «E adesso io credo di sapere chi è».

Ester Sospiri giunse al club alle sei e mezza, e si diresse verso la piscina, camminando attentamente sul bordo. Una donna con un foulard e occhiali scuri sedeva su uno dei lettini in fondo. Quando la vide si alzò.

«Solo una cosa non capisco. Perché?» le chiese quando fu vicina.

Ester fece un mezzo sorriso. «Vuole davvero che le racconti di me e Angela?» domandò a sua volta.

«Sapevo che eravate amiche».

«E adesso si chiede fino a che punto».

La donna col foulard si morse un labbro e si tolse gli occhiali. «Era qui quella sera».

«Certo».

«L'ha vista venire da questa parte e l'ha seguita».

Ester diede un'alzata di spalle, come a intendere che sì, pressappoco era andata così.

«E poi?».

«Non le sembra chiaro?».

La donna si fece più vicina. «Quello che mi sembra chiaro è che non posso permettere che una persona come lei possa andare in giro come se nulla fosse».

«E che cosa intende fare, signorina Benini? Uccidermi come ha fatto con la povera Angela?».

Rebecca Benini a quel punto fece una smorfia di disprezzo.

«Non mi ha lasciato scelta! Sapevo che i soldi non sarebbero mai stati abbastanza, voleva dire a Simone chi ero, rovinare il matrimonio che mi avrebbe tirato fuori dal fango in cui ho vissuto fino adesso. Non potevo permetterglielo, e d'un tratto mi sono ritrovata quelle cesoie in mano... Era una donna così avida... Potevo forse permetterle di fare i suoi comodi a mie spese?» domandò con rabbia nella voce.

«No, che non poteva» intervenne Jacopo uscendo dai cespugli sull'altro lato della piscina. «Vero Rebecca? O forse dovrei chiamarla Anna?».

Contemporaneamente, da entrambi i lati si fecero avanti il maresciallo dei carabinieri seguito da quattro agenti.

«Perché in realtà il suo vero nome è Anna Davi, non è vero? Ha rubato l'identità di un'altra donna per far credere al suo fidanzato, Simone Senzi e alla sua famiglia, che lei era diversa da quello che, in realtà, è: una truffatrice con precedenti penali, e soprattutto con un altro matrimonio alle spalle, da cui non si è mai legalmente svincolata».

«Rebecca!» esclamò Simone Senzi, che fino a quel momento era rimasto nell'ombra. «È la verità?» chiese con sgomento.

Rebecca Benini, alias Anna Davi, si tolse il foulard con un gesto di disgusto.

«Sarebbe andato tutto bene, se lei non avesse ficcato il naso dove non doveva!» disse rivolta a Ester. Guardandola socchiuse gli occhi, come se stesse riflettendo. «Eppure sono convinta che quando incontrai la Mariani, lei era seduta con sua sorella. Stavate giocando a carte, me lo ricordo bene adesso!».

«È vero, non ero a conoscenza dei loschi traffici in cui Angela era coinvolta. Io non sapevo nulla di lei, signorina Benini, o come si chiama. Fino a che questi signori non mi hanno chiesto di recitare la parte della ricattatrice».

Rebecca Benini sgranò gli occhi, rendendosi conto in quel momento di avere confessato un omicidio per cui non c'erano testimoni.

«Come avete saputo allora...».

«Placido Bonsecchi. Lui l'ha vista. Stava lavorando dietro ai rododendri. Per questo le sue cesoie erano vicino alla piscina».

«Sapevo che era qui da qualche parte» sbottò, «avevo fatto attenzione a seguire la Mariani. Non c'era più nessuno al circolo, tranne le sorelle Sospiri, e tu Simone che stavi parlando col nuovo gestore mentre mi aspettavi, perché ti avevo fatto credere di essere andata in bagno. Invece sono uscita dalla porta di servizio della cucina, ho fatto il giro dalla spiaggia e sono risalita senza che nessuno facesse caso a me. Placido era l'unica incognita, ma di questo mi sono resa conto solo dopo avere ucciso quella megera. Comunque, le sue stranezze avrebbero giocato a mio favore. Sarebbe stata la sua parola contro la mia».

«Invece adesso abbiamo la sua piena confessione» concluse il maresciallo. «Portatela via» ordinò ai suoi agenti.

Il trambusto fu breve, la polizia sgombrò velocemente la scena, e il lago tornò a regnare con la sua serafica calma.

Era l'ora del tramonto, la luce inondava con le sue tinte aranciate il profilo dei monti a ovest, donando alle isole un'aura dorata. Jacopo raggiunse Elise, che era rimasta seduta a un tavolo del ristorante, in disparte.

«Adesso puoi dirmi come hai fatto?» le chiese.

«Agatha Christie» rispose.

«Agatha Christie?».

«Sì. Sei stato proprio tu a dirmi che Placido Bonsecchi leggeva per la madre, e gli unici libri che c'erano in casa sua erano tutti gialli, molti proprio di Agatha Christie. Nelle foto che mi hai mostrato, il giorno della riapertura, Rebecca Benini è stata inquadrata appunto mentre leggeva un libro, *Il giorno dei morti* di Agatha Christie. Placido deve averlo notato, e nel momento in cui ha visto la Benini pugnalare la vittima, la sua mente ha fatto l'associazione di idee per lui più semplice, quella con la protagonista della storia, Rosemary».

«È caduta sotto il *rosmarino*, cioè è stata uccisa da *Rosemary*! Incredibile!».

«Poteva anche essere un'intuizione senza alcuna importanza, ma per smascherare il vero assassino avevamo bisogno di almeno una traccia, e Placido è stato bravo a darcela».

«E tu a scoprirla. Sei stata meravigliosa, anche se io già lo sapevo».

Elise sorrise. «Tu avevi già fatto il grosso del lavoro. Placido è stato fortunato a trovare qualcuno che credesse in lui fino a questo punto».

«Forse così anche tu riuscirai a vedermi con occhi diversi».

«Intanto ti vedo adesso, e sono orgogliosa di te».

«Allora non ti seccherà accompagnarmi a cena, vero? Ho già prenotato un tavolo sull'Isola dei Pescatori, e una barca ci sta aspettando giù al pontile».

Elise non protestò, e accettò l'invito di buon grado.

In fondo avevano molto di cui parlare. Ora che il lago aveva donato loro un modo nuovo di vedere la vita.

Il Gigante e la bambina

di Aldo Lado

Lunedì, 17 agosto, ore 7
Una leggera bruma ricopre la superficie del lago davanti ad Angera come una coltre di bambagia. Dalle cime degli alberi dell'oasi della «Bruschera» si alza all'improvviso una nuvola di storni spaventati. Si sentono richiami concitati, abbaiare di cani, rami spezzati. Una ventina di uomini armati di fucili, forconi, bastoni battono la foresta, distanziati uno dall'altro come per una caccia al cinghiale. Il terreno è scivoloso per un temporale notturno ma tutti hanno stivali di gomma e solide scarpe. Picchiano su ogni arbusto, frugano in ogni tana decisi a scovare la loro preda. Sono capeggiati da un cinquantenne dai riccioli brizzolati che incorniciano una Faccia d'Angelo. Sembra conoscere a menadito quei luoghi e grida: «Di qua! Deve essere andato da questa parte!».

Un omone sporco, il Gigante, abiti lisi e stracciati, fugge spaventato, come un animale braccato, incurante dei rovi e dei rami che lo graffiano. Una trentina d'anni ma un volto di bambino seminascosto da una barba ispida e incolta. Ansima per la corsa e il sudore gli cola dalla fronte mescolandosi alle lacrime che gli riempiono gli occhi. Un tizio alto che agita tra le mani una mazza da baseball, il Francese, ha la faccia sfatta e sconvolta e continua a inveire ad alta voce: «*Maudit! Qu'il soit maudit*». Accanto a lui, un uomo con una guancia deturpata da una bruciatura, l'Ustionato, sembra il più inferocito di tutti e incita gli altri: «Non ci può scappare!» Gli inseguitori scorgono tra la tifa quella sagoma scura da grosso orso e Faccia d'Angelo si mette a urlare: «Là! Eccolo!». Il Gigante nella sua fuga disperata e frenetica inciampa. Agita le braccia facendo movimenti scomposti, ma si blocca di colpo. Davanti a lui, solo il canneto che emerge dal lago, da cui si alza in volo una coppia di aironi.

Gli inseguitori arrivano ansanti agitando le loro armi improvvisate. Il Gigante si gira impaurito. Precedendo gli altri di un passo, il Francese lo colpisce con violenza con la sua mazza urlando: «*Maudit! Assassin!!*». Il Gigante guaisce come un cane ferito e piagnucola come un bambino. Sotto di lui si allarga una pozza di piscio. Gli sono tutti addosso. Faccia d'Angelo è il più violento. Un colpo con il calcio del fucile e il sangue sgorga dalla testa del Gigante che riesce solo a balbettare «Mino buono… Mino buono…» prima di cadere in ginocchio. Ma i colpi continuano ad abbattersi su di lui con scricchiolii di ossa spezzate, urla animalesche mescolate alle grida e agli insulti dei presenti. Sangue che schizza da tutte le parti in quello che appare come un vero e proprio linciaggio. Un violento getto di sangue imbratta il viso del Francese che viene colto da un conato e si gira a vomitare. Il volto del Gigante è ormai una poltiglia sanguinolenta di carne a brandelli, bianche ossa scoperte e il suo corpo ormai inerte giace a terra mentre continuano a piovere randellate, calci e insulti: «Maledetto assassino… verme schifoso…». Alcuni dei presenti disgustati distolgono lo sguardo da quell'orrore.

Il Gigante giace rattrappito in posizione fetale mentre i presenti improvvisamente sgomenti per quanto è accaduto, lo contemplano in un silenzio diventato agghiacciante. Faccia d'Angelo sputa sul cadavere mentre un cane si avvicina per annusare il sangue. Poi con i piedi, l'uomo spinge il corpo nel lago e il Gigante piomba nell'acqua tra le canne, e quel tonfo sordo si ripercuote con un'eco in tutta la brughiera.

Domenica, 16 agosto, ore 20
Lampi violenti squarciano il cielo plumbeo creando un effetto spettrale. I rari lampioni sono spenti per un probabile *black-out*. Piove a dirotto sul lago e sulle barche nel porto. Alla fioca luce di una candela, una vecchia vestita di nero siede immobilizzata su una sedia a rotelle e con gesti lenti si porta alla bocca cucchiaiate di minestra. Improvvisamente dietro al vetro sporco della finestra appare il volto zuppo di pioggia del Gigante che guarda voglioso la vecchia che mangia. Il volto sparisce e la porta si apre con un cigolio. Il Gigante entra nella cucina senza che la vecchia abbia la minima reazione e con la mano in cui stringe una Barbie cerca di togliersi l'acqua che gli cola dalla barba incolta. Prende la pentola della minestra, si accuccia accanto alla vecchia e mangia con avidità.

Improvvisamente si sentono i rintocchi di una campana a morto e la vecchia si fa il segno della croce. Il Gigante è incuriosito e si affretta a finire la minestra sbrodolandosi tutto come un bambino. Dalla porta della chiesa aperta si scorge la luce tremula di molte candele e si sentono voci sommesse recitare delle preghiere: «*Ave Maria, gratia plena*...». All'interno sono riunite una quarantina di persone. Tutti hanno l'aria afflitta e triste, la fronte china sulle mani giunte nella preghiera che recitano sommessamente in coro. Il viso di molte donne è rigato dalle lacrime e si sente il rumore di qualche naso soffiato. I bambini sono raggruppati negli ultimi banchi e malgrado l'atmosfera di doglio ridacchiano e parlottano. Seduta davanti all'altare coperto di fiori, una giovane donna in stato di avanzata gravidanza, singhiozza in un fazzoletto. Accanto a lei il marito le abbraccia le spalle sussultanti cercando di consolarla e le mormora: «*Calme toi cherie, je t'en prie*». Pur apparentemente concentrati nella preghiera gli uomini, ma anche diverse donne, sembrano spiare di sottecchi i loro vicini come a scrutarne le reazioni creando in tal modo una sorta di clima teso e di sospetto.

Sulla porta della chiesa appare il Gigante grondante acqua da tutte le parti, e si ferma sconcertato a guardare tutte quelle teste chine, la Barbie stretta in mano. È uno dei bambini a scorgerlo per primo e dando di gomito al suo vicino, comincia a ridacchiare. Altri bambini si voltano a guardarlo. Il Gigante si scuote per togliersi la pioggia di dosso ma lo fa come un cane che esce dall'acqua, schizzando goccioline tutto intorno. I bambini strillano a quella doccia improvvisa e molti adulti si voltano a vedere cosa stia succedendo. Uno dei bambini comincia a deridere l'omone e intona: «Scemo… scemo…». Il Gigante come reazione gli allunga una sberla ma inciampa in un mucchio di ombrelli lasciati all'ingresso, annaspa e crolla a terra con un grande fracasso e la Barbie gli scappa dalle mani. La gente si alza dalle sedie, disturbata e incuriosita. Una bambina vede la bambola caduta a terra e la prende mentre il Gigante si rialza a fatica. Quando scorge la Barbie nelle mani della bimba, lui cerca di portargliela via urlando «Mia! Mia!». Ma i bambini come in un gioco si tirano la bambola l'un l'altro e l'omone si precipita di qua e di là nel vano tentativo di riprendersela.

Il Francese aiuta la moglie incinta dicendole: «*Cherie il vaux mieux que tu te couche*» e sostenendola per un gomito cerca di condurla fuori dalla chiesa. Proprio nell'attimo in cui il Gigante riesce ad agguantare la sua bambola, la coppia dei Francesi arriva accanto a lui e la donna in un singulto esclama: «*C'est la Barbie de Sophie!*».

Il Francese cerca di prendere la bambola dalle mani del Gigante e urla: «Dove tu hai trovata?».

L'omone stringe la Barbie al petto e protesta: «Mia! Regalo... regalo».

A lui si avvicinano minacciosi diversi uomini. Un vecchio con gli Occhi Sporgenti dichiara: «Io l'ho visto con la bambina, ma non ricordo dove».

L'Ustionato interviene: «Anch'io l'ho visto ieri e la piccola era con lui»

È quello con la Faccia d'Angelo che si precipita sul Gigante strappandogli la Barbie dalle mani e urlando: «Cosa lei hai fatto, disgraziato?!». Poi lo colpisce con un pugno. Un rantolo esce dalla bocca del Gigante. Faccia d'Angelo continua a urlare: «L'ho visto anch'io ieri allontanarsi con la piccola ! È stato lui!!».

Qualcuno grida: «Prendetelo!». La signora incinta si sente male e si accascia tra le braccia del marito. Con una reazione improvvisa mista di terrore e panico, il Gigante dà una poderosa manata sul petto di Faccia d'Angelo mandandolo a sbattere contro la porta di legno della chiesa e il sangue sgorga copioso dal capo dell'uomo. La reazione del Gigante ha creato un attimo di sconcerto tra gli astanti e lui ne approfitta per fuggire. Un tuono potentissimo seguito da un lampo squarcia il cielo illuminando la sagoma nera del Gigante che si dilegua nella pioggia. Una donna porge un fazzoletto a Faccia d'Angelo che cerca di tamponare la scalfittura alla testa mormorando: «Tanto sappiamo dove trovarlo. Lo prenderemo!».

Domenica, 16 agosto, ore 16
Nello specchio del lago si delinea, come un mostruoso volatile, la sagoma scura e silenziosa di un elicottero che vola molto basso. Il Gigante giace addormentato su un pagliericcio, ma il suo sonno è agitato da un sogno inquietante e le sue mani si muovono come a scacciarlo. Il Gigante si rigira bruscamente nel suo giaciglio e, come a cercare conforto, stringe tra le sue braccia muscolose un orsacchiotto spelacchiato e una bambola Barbie.

Il forte rumore dei rotori giunge improvviso. Il Gigante solleva il capo con occhi meravigliati e curiosi.

Le grandi eliche girano lentamente. Dal fondo della radura su cui il velivolo si è posato, giungono due uomini che portano una barella con un corpo coperto da un lenzuolo. Il Francese cammina accanto a loro tenendo una mano infantile che penzola fuori dalla barella. Nascosto dietro a un grosso cespuglio il Gigante osserva con attenzione tutta la scena. Un paio di uomini escono dal bosco portando le loro attrezzature: macchina fotografica, valigetta metallica per i rilevamenti. Fumano e scherzano tra loro mentre salgono a bordo e l'addetto richiude lo sportello alle loro spalle. L'elicottero si solleva lentamente da terra alzando una nuvola di polvere e ora si libra nell'aria. Il Gigante con un sorriso lo saluta agitando la mano, poi solleva il braccino della sua Barbie agitandolo. «Fai ciao ciao! Saluta Sofia» e segue con lo sguardo il velivolo che con un'ampia ed elegante virata punta verso il cielo dove si addensano scure nubi gravide di pioggia.

Domenica, 16 agosto, ore 7
Il sole che sorge fa risplendere le cime delle montagne che si stagliano come una corona attorno al lago. Un uomo in tenuta da jogging e con una borsa in mano entra in una delle basse case a due piani chiedendo: «Allora? Che succede Maria Rosa?»..

Lo riceve una donna anziana, con il viso rubicondo e mani nodose che hanno lavorato tanto. Ha gli occhi umidi per aver pianto e la sua voce è addolorata: «La signora Yvette si è sentita di nuovo male dottore» e fa un cenno con il capo per indicare la scala che porta alle camere del piano di sopra.

Il Dottore annuisce commentando «Mi state rovinando le vacanze!» e sale rapidamente le scale mentre la donna sospirando raggiunge i fornelli.

Il Francese entra precipitosamente in casa mentre Maria Rosa sta posando sul tavolo della cucina una tazza fumante di caffè. Chiede: «Allora?». Il Francese senza quasi fermarsi: «*Rien*! Da ieri non l'ha più vista nessuno!».

Maria Rosa scuote la testa sconsolata. Il Dottore appare scendendo dal piano superiore: «Sta bene ma è molto agitata. Le ho dato un calmante e ora dormirà per alcune ore».

Il Francese mormora un «grazie» e si avvia verso la scala dicendo: «Non so come dirglielo».

Il Dottore non capisce: «Che succede?».

Maria Rosa spinge davanti a lui la tazza di caffè e poi si lascia crollare su una sedia: «Ieri sono andati all'ospedale come lei aveva consigliato, ma sono rientrati soltanto stamattina all'alba perché si è rotta la macchina. Non hanno trovato la loro piccola Sofia qui a casa e sono venuti a cercarla da me, ma io non l'ho più vista da ieri e pensavo fosse andata con loro, così non mi sono preoccupata...». Scoppia a piangere.

Il Dottore cerca di consolarla: «Cose che succedono, non te ne devi fare una colpa. Sarà andata a giocare all'oasi e si sarà persa. Vedrai che la ritroveremo».

In quel momento il Francese scende agitato dalle scale e sente le ultime parole del medico. «*Oui c'est ça!* Dobbiamo cercarla lì».

Il Dottore con decisione: «Avvisiamo tutti e chiediamo che ci vengano a dare una mano». Il Francese annuisce riconoscente.

Il bosco è fitto e il sole alto penetrando dalle cime degli ontani crea un caleidoscopio di luci e ombre. Si sentono molte voci che chiamano «Sofia... Sofia...». L'eco si ripercuote moltiplicandole. Tutto il paese è lì a cercare la bimba scomparsa, i bambini corrono a destra e a sinistra gridando «Sofia dove sei?» come in una gara gioiosa su chi sarà il primo a trovarla... Il padre preoccupato e speranzoso: «*Sophie où est tu? Ne te cache pas... Je ne veux pas te punir! Sophie repond moi!*». L'Ustionato con atteggiamento professionale sonda con un bastone ogni minimo anfratto in cui la bambina possa essersi rifugiata. L'anziano con gli Occhi Sporgenti procede lentamente nella retroguardia quasi volesse ritardare quel ritrovamento.

Faccia d'Angelo che affianca il Dottore gli confida con timore: «Conosco questa zona perché ci venivo da bambino ed è piena di stagni pericolosi».

Il medico cerca di rassicurarlo: «I bambini hanno un grande spirito di conservazione».

Stanno avanzando tutti fra gli alberi fitti, un po' distanziati per ottimizzare la perlustrazione. Si sentono le grida dei bambini che come in un gioco si rincorrono e scherzano: «Dove ti sei nascosta? Vediamo chi fa tana!».

Poi un urlo tremendo di donna: «Mio Dio! Noooo!!!». Tutti si precipitano in quella direzione... Una delle villeggianti è in ginocchio, sconvolta e mormora: «È qui... L'ho trovata...».

La bambina giace sotto a un albero ricoperta da foglie che sembrano formare una coperta. Solo il visino cereo circondato dai capelli biondi, composti attorno al suo capo come a formare un'aureola, spicca sul rosso del sangue. Arrivano tutti ansanti e si bloccano a quella vista. Il Francese spalanca la bocca come per urlare ma, paralizzato dal dolore, nessun suono esce dalla sua gola. Fa per slanciarsi verso la figlia ma l'Ustionato lo trattiene con forza per lasciar passare il Dottore che si china sulla bambina. Le posa due dita sulla carotide... poi sulla fronte. Scuote disperatamente la testa.

Sabato, 15 agosto, ore 10
Alcune barche a vela scivolano sulla superficie a specchio del grande lago. Un vaporetto sottile come un levriero lo attraversa diretto alla sponda opposta. Due cigni reali si affrontano in un corteggiamento. Il vecchio con gli Occhi Sporgenti suona una fisarmonica accompagnando le note con bizzarre smorfie. Alcuni tavoli da picnic sono stati allestiti sotto a un albero, nel prato che degrada nel lago; fiaschi di vino in tavola, si mette mano al coltello per tagliare salame e formaggio. I bambini fanno gli scemi cercando di ballare. Il Gigante arriva correndo con un sorriso che gli spalanca la bocca un po' sbavata e balla anche lui, ciondolando qua e là. I bambini si mettono a danzargli intorno ridendo. Un paio di tedeschini biondi con taglio "nazi", una bimba francese, Sofia, molto carina con dei riccioli biondi che le incorniciano il capo e una bambola Barbie stretta al petto, spronati

dal ragazzo più grande, il Capobanda, un tredicenne che ha una voce stridente. «Scemo... scemo... scemo» cantano in coro. L'Omone si rabbuia e cerca di agguantare il Capobanda che gli sfugge facendogli degli sberleffi, ma agendo così, come in un gioco crudele, il coro degli «scemo... scemo» si fa ancora più intenso. Un'anziana brandisce con aria minacciosa un coltellaccio e urla ai ragazzini: «Basta! Lasciatelo in pace!». Agita il coltello nell'aria e quelli ridendo fuggono in direzione di una stradina che si perde tra le case affacciate sul lungolago. Il Gigante si soffia il naso con le mani per nascondere le lacrime di umiliazione.

Poco distante due coppie in tenuta da vela stanno armando una grossa barca nel porticciolo. In quel momento un'anziana paesana, Maria Rosa, chiama: «Signor Riva! Signor Riva!» Uno dei velisti si ferma e si volta. Lei lo raggiunge: «Mi hanno detto che lei è un medico».

Il Dottore è contrariato: «Sì. Ma qui sono in vacanza. Cosa c'è?» .

Maria Rosa riprende fiato e poi: «La signora Yvette che io ospito mi è svenuta in cucina! È incinta di otto mesi e non sappiamo cosa fare». Il Dottore tituba ma Maria Rosa insiste: «Sono francesi».

Il Dottore guarda la moglie e gli amici costernato: «Abbiate pazienza, mi sbrigo in un attimo e vedrete che ce la faremo ad arrivare all'Isola Bella per l'ora di pranzo».

L'amico, un tizio alto con una corona di capelli grigi, gli dice ridendo: «Era meglio se facevi l'avvocato come me!».

Mentre il Dottore segue Maria Rosa, scorge i ragazzini che corrono verso il vicolo e chiama: «Gustavo!».

Il Capobanda si ferma e si gira verso di lui: «Che c'è?».

«Non vieni con noi?».

Gustavo risponde seccato: «Papà, sai bene che odio la barca!» e corre via mentre il padre gli grida dietro: «Guarda che stasera torniamo a Milano!».

Poco dopo nella piazzetta dietro alle case giunge la coppia dei francesi. Yvette si tiene con le due mani il pancione, mentre il marito la sorregge. Li accompagna il Dottore che si raccomanda: «Guidi piano e cerchi di evitarle gli scossoni».

Il Francese annuisce: «Va bene. Grazie *docteur*».

Il Dottore si avvia a passo di corsa verso il vicolo per raggiungere il porto. I bambini che arrivano correndo devono rallentare per lasciare passare la coppia e la piccola Sophie si blocca: «*Maman va mal?*» domanda.

La donna le fa una carezza sulla testina ricciuta. Il padre le dice: «*On va à l'hopital pour un control. Allez, viens*».

La bimba protesta: «*Non, je m'amuse à la fête, je reste ici!*»

Il padre guarda la moglie con aria interrogativa. La donna cede: «*Bon. Si tu a un problème adresse toi à Maria Rosa. Nous n'allons pas tarder. Soi sage Sophie!*» e guarda la bimba correre per raggiungere i suoi compagni di giochi.

Le dita nodose si muovono veloci sui tasti della fisarmonica e il vecchio dagli Occhi Sporgenti si agita tutto come per far uscire le note dal suo corpo. Due donne arrivano con teglie fumanti e piatti di cartone. Una vecchia con le gambe storte arranca con un vassoio carico di posate ma inciampa e il vassoio si rovescia facendo cadere a terra le stoviglie. Il primo a precipitarsi a raccoglierle è il Gigante, che con la sua goffa figura ballonzola attorno alla vecchia come un orsacchiotto servizievole. «Grazie Mino», dice la donna.

Il Gigante prende il vassoio dalle sue mani: «Mino porta… Mino porta…» e si avvia ballonzolando verso i tavoli. Il vassoio viene lasciato cadere sulla tavola con un tintinnio di posate. Maria Rosa dice: «Bravo Mino!»

Il Gigante annuisce sorridendo soddisfatto. «Mino bravo… Mino bravo…», poi scorge un mezzo salame che attende di essere affettato e con un gesto rapido lo agguanta e scappa a nascondersi dietro l'albero. Una grassa tedesca ride sguaiata, imitata da altri. Faccia d'Angelo commenta infastidito: «In Germania dove lavoro, quelli come lui li rinchiudono in manicomio».

L'Ustionato borbotta: «Giacomino non fa male a nessuno ed è sempre pronto ad aiutare tutti».

Acquattato dietro all'albero il Gigante sta addentando felice il grosso pezzo di salame. Si sentono le voci che provengono dalla tavolata. Una donna sta chiedendo: «Ha famiglia?».

Risponde una voce di anziana: «Solo sua nonna ma è paralizzata poveretta».

Un'altra voce femminile, quasi in un sussurro: «Alla nascita è mancata l'ossigenazione al suo cervello e lo sviluppo psicologico si è arrestato così, a detta dei medici, in quel corpo gigantesco c'è un bambino di appena tre anni!»

Si fa un silenzio imbarazzato rotto solo dal tintinnio dei bicchieri. Ma ora da oltre le case giungono nitide le grida e le risa dei ragazzini e il Gigante rizza le orecchie, si illumina e si alza per correre verso quel richiamo al gioco.

I bambini stanno giocando a mosca cieca nella piazzetta tra le case. La piccola Sofia è bendata e con le mani protese in avanti cerca di agguantare qualcuno dei partecipanti. Il Gigante corre in mezzo a loro, ma i ragazzini cercano di allontanarlo: «Va via scemo!». E lo spingono per scacciarlo… così il Gigante finisce tra le mani tese di Sofia che grida felice:

«Preso!» La piccola si toglie la benda ma rimane sconcertata vedendo l'omone che incombe su di lei. Poi, dopo un attimo di esitazione, gli porge la benda dicendo: «*Maintenant c'est à toi*».

Il Gigante non capisce e resta fermo a guardare incantato la bambina e soprattutto la Barbie che lei stringe in mano… Gustavo il Capobanda fa una smorfia e con un sorriso cattivo prende la benda dalle mani di Sofia e sentenzia: «Sì, ora tocca a te!». Poi strizzando l'occhio a un altro bambino benda gli occhi all'omone che lo lascia fare tutto contento. Sussurra agli amici: «Ora ci divertiamo…!» Poi prendendolo per le mani lo fa girare su se stesso come una trottola urlando: «Prendici se sei capace!».

Il Gigante con un sorriso ebete stampato sulle labbra agita le mani davanti a sé cercando di agguantare qualcuno dei compagni di gioco. I bambini strepitano scappando da lui, ma il Capobanda si porta un dito davanti alle labbra per invitarli al silenzio e dà una violenta spinta alle spalle dell'omone che barcolla e si gira di scatto per cercare di agguantarlo… Ma il gioco ormai è chiaro a tutti: in silenzio lo colpiscono… lo spingono… e invano lui cerca di prendere uno di loro. In disparte la piccola Sofia guarda sconcertata quel gioco crudele stringendosi al petto la sua bambola…

Si sente una voce di donna chiamare: «*Karl!! Hans!! Kommen sie hier! Wir essen…! Schnell!*». I due tedeschini che hanno sentito il richiamo della madre con un gesto fanno cenno che «si mangia». Il Capobanda ripete il gesto agli altri e cercando di non fare rumore tutti si allontanano per scomparire nel vicolo. Il Gigante continua invano a girare su stesso nella piazzetta ormai vuota.

Sofia guarda tristemente quell'omone che agita sorridente le mani davanti a sé biascicando: «Mino prende… Mino prende…». Poi compassionevole si alza e gli si avvicina lentamente sino a farsi toccare. Il Gigante entusiasta urla: «Preso!!» e con un goffo gesto si toglie la benda. Ma vedendo la piazzetta completamente vuota e solo la piccola davanti a lui, ci resta male.

Sofia gli prende una mano cercando di condurlo con sé: «*Viens, on va manger*».

Ma l'attenzione del Gigante viene attratta dalla Barbie di Sofia e tenta di prendergliela; la piccola evita di farsela togliere dalle mani nascondendola dietro la schiena. Lo sguardo di Mino si incupisce. Contrariato cerca in tutti i modi di prenderle la Barbie strepitando: «Bambola… mia… bambola Mino!»

In quel momento da una delle case esce l'Ustionato portando a fatica una damigiana di vino e vede Sofia che respinge con grazia ma anche con decisione i tentativi di Mino, e prosegue verso il vicolo dove Occhi Sporgenti, un po' alticcio, si sbottona freneticamente la braga e scarica rumorosamente la vescica appoggiandosi con una mano al muro per non barcollare. Gli grida: «Guarda di non pisciarti nelle braghe!» Mentre il vecchio solleva la testa sospirando soddisfatto, scorge il Gigante che piange seduto su un gradino mentre dice qualcosa alla bambina. Sofia gli dà un bacio sulla guancia ispida. Fa una smorfia per il prurito e ride. Ride anche Mino e le fa una carezza sulla testa bionda, dicendole qualcosa. Quel viso da bambino barbuto per un attimo viene colpito dal bagliore del vetro di una finestra. Come visto dalla finestra, Sofia che bacia Mino. Il Gigante che le mormora qualcosa e poi prende la bimba per mano e la trascina con sé, correndo come un matto. Sofia inciampa e lui la solleva facendole fare dei piccoli voli.

Un leggero alito di vento fa vibrare le alte canne della palude, e risuonano i gracidii delle rane. Un'anatra protegge i suoi pulcini con le ali. La manona di Mino evitando una beccata del germano agguanta un pulcino per posarlo delicatamente tra le mani della piccola Sofia, che lo accarezza emozionata. Il Gigante sorride felice dicendole: «Regalo Mino».

Sofia con un impeto di generosità gli porge la sua Barbie: «Regalo Sophie». Mino radioso stringe al suo petto la bambola.

Le grosse mani di Mino scostano degli sterpi che nascondono un piccolo casotto di legno. Sofia con un mazzetto di fiori di campo in mano, scruta l'antro oscuro che ha davanti ed esita quando Mino la invita: «Entra». Sofia scuote la testa poco convinta ma Mino le dà una spinta da dietro: «Entra!». Sofia ha un po' di paura in quella oscurità e trattiene a stento le lacrime. Mino accende una candela e al chiarore della fiamma Sofia scorge un pagliericcio, scarpe spaiate, pentole arrugginite, giocattoli rotti, indumenti sudici, scatole vuote di dolciumi. In un angolo, una specie di altarino con la fotografia ormai sbiadita di una giovane donna in abito da sposa. Mino accarezza la vecchia foto. «Mia mammina».

Sofia si commuove. «*Est ta maman morte*?».

Mino annuisce tristemente: «Volata in cielo. Bella come Sofia... mia mammina... molto bella...».Poi guarda la Barbie che Sofia gli ha dato e la mette ai piedi dell'altarino. «Anche bambola bella... Per mammina...».

Sofia è molto turbata dalla strana atmosfera in quell'antro scuro, sporco, caotico e per la prima volta sembra rendersi conto di essersi cacciata in una situazione incresciosa. All'improvviso agguanta la sua Barbie e cerca di fuggire ma Mino furioso la blocca e cerca di strapparle dalle mani la bambola, urlando: «Mia! Mia! Regalo!» I due lottano un po' in modo assai violento, e la bambina graffia l'omone sulla mano facendogli mollare la presa. In tal modo riesce a divincolarsi e a fuggire, lasciando la Barbie nelle mani di Mino.

Il Gigante piagnucola un po' leccandosi la mano insanguinata. Poi all'improvviso, dimentico di tutto, si distrae attratto da un vecchio orsacchiotto spelacchiato, lo prende e gli presenta la bambola. «Vedi Gnocco... Sofia...». Poi scorge il mazzo di fiori caduto alla bambina e dice all'orsacchiotto: «Fiori Sofia... Mino porta. Mino bravo...».

Sofia corre lungo il sentiero. I rovi le fanno piccoli strappi ai vestiti quando vi si impiglia... È incerta sulla strada da seguire per tornare al paese... Poi sente una voce che le chiede: «Ti sei persa?».

Pensando sia Mino urla tra le lacrime: «Lasciami in pace e dammi la mia bambola!».

Una figura con un parka scuro, il cappuccio sulla testa, si profila di spalle e lei lo guarda perplessa prima di scoppiare a piangere. La voce consolatoria: «Non ti preoccupare Sofia, ora ti riporto a casa». Poi allunga una mano carezzandole i capelli: «Come sei bella! Non piangere».

L'abbraccia e la piccola cerca di divincolarsi urlando e lui stringendola le tappa la bocca con un bacio. La piccola riesce ad agguantare un rovo spinoso e gli sfregia la guancia. Il cappuccio vola via dalla testa dell'aggressore: è Gustavo, il tredicenne Capobanda, che si porta una mano alla gota insanguinata e urla furioso: «Allo scemo l'hai baciato! Vi ho visti!» e preso da un raptus di rabbiosa violenza le sbatte la testa sul terreno sassoso, una, due, tre volte. Una larga macchia di sangue si allarga dietro al capo della piccola Sofia.

Mino vaga nel bosco con in mano il mazzetto di fiori. Borbotta: «Fiori Sofia...». Poi sente come un grido sordo che finisce in un gorgoglio. Chiama forte: «Sofia? Mino ha fiori Sofia». Ma ora nel bosco si è fatto un silenzio assoluto come se tutta la flora e la fauna e persino gli insetti si fossero immobilizzati. Poi un rumore di rami spezzati e passi affrettati come di qualcuno che fugge lo fanno dirigere verso il punto da cui il suono è arrivato. Scorge Sofia a terra, il vestito rialzato in una pozza di sangue rosso come un'aureola purpurea. La bambina è immobile e Mino si china su di lei chiedendo «Dormi?». Poi scuote la testa incredulo e borbotta: «Prenderai freddo». Raccoglie delle foglie e ricomponendola la ricopre come a metterle addosso una coperta. Soddisfatto, la guarda: «Bella Sofia». Le sistema i capelli attorno al capo, e si siede accanto a lei in attesa che la bambina si svegli.

Il cielo si fa scuro per la notte imminente e Mino si rende conto che Sofia non si sveglierà più. Posa i fiori accanto al corpicino immoto e mormora alla Barbie: «Sofia volata in cielo come mammina» e grosse lacrime cominciano a scendere sul suo viso ispido contratto dal dolore.

Delitto alla Bemberg

di Giorgio Maimone

6 febbraio 1968 (martedì) – ore 6:15

L'onda sbatte sul bordo della barca. La prora la fende e la poppa, a poco a poco, la ricuce. Come fosse una cerniera di sicurezza: una *Ykk*, come suggerisce il tabellone luminoso su palazzo Carminati a Milano. I miei amici, al sabato, scendono a Milano per andare al cinema o a ballare: io mi fermo sulle scalinate del Duomo e guardo i tabelloni luminosi dall'altra parte: è meglio che un film. Una finestra aperta sul mondo: come farei a sapere che esistono le cerniere *Ykk* e che sono giapponesi? O il lucido *Brill*? O *Cademartori*, il formaggio che sa di montagna. Peraltro mai mangiato un formaggio che sa di mare…

Stamattina la corriera è partita dalla Madonna del Sasso che era avvolta nella nebbia. Ogni tornante era un tornante sul nulla, ogni nulla era un'occasione persa per un balzo verso l'infinito. Come si fa a sapere se esiste un aldilà se facciamo tutto il possibile per restare di qua? In questo la dottrina mi pare monca. Non dovrebbe essere nostro scopo e aspirazione l'unità col Dio? Se siamo simili a lui, ma simili davvero, a lui dovremmo tendere. Sono le onde, è questa bruma sottile, che si scioglie in bollicine minute, sono questi brividi che sento sotto il cappotto, sotto la sciarpa e il cappello di lapin, sono i gorghi che si formano sotto il traghetto che mi fanno pensare. Questo lago morto in cui non si vede un pesce, questo lago che puzza di zolfo e che si apre per accoglierci, come se fossero le porte dell'inferno, questo lago che di sicuro è pieno di creature abissali che si celano nella melma del fondo.

Forse è solo l'inizio turno alla Bemberg che mi deprime in questa maniera. Ancora dieci minuti di traghetto fino a Pettenasco, poi la salita verso la stazione e un quarto d'ora scarso di treno. Piccolissime distanze che diventano voragini in cui perdersi, quando le si affronta tutti i giorni. E che dispendio di mezzi! La bicicletta fino alla corriera, poi il traghetto, i piedi, il treno e il pulmino della ditta alla stazione di Gozzano. Sì, lo so, sono poche centinaia di metri, ma in mezzo al fango e al ghiaccio rimasto sulla strada non è divertente. Almeno finché viaggio posso pensare. Non sono neanche obbligato a parlare. I colleghi... colleghi si dice, ma cosa ci collega? Il fatto di stare nella stessa fabbrica? Ma siamo quasi un paio di migliaia ed è gente che viene giù da tutte le montagne attorno. Non possiamo neanche trovarci la sera, tanto lontani sono i nostri paesi. Qualcuno ha la macchina, ma non è mai un operaio. Stiamo assieme otto ore nel fragore assordante delle macchine e possiamo parlare solo gridando. In mensa c'è l'unico momento di calma, se si può parlare di calma quando 2100 cucchiai si abbattono, famelici, sulle gamelle. L'unica è andare via, ma via lontano davvero! L'America... perché mica voglio andare in Belgio a spalar carbone o in Francia a fare la fame.

Siamo quasi al molo, ci prepariamo a scendere quando lo sguardo mi scappa ancora una volta al pelo dell'onda ed è lì che la vedo. Sembra che mi stia guardando. È bellissima. Ne ho già sentito parlare nelle favole che si raccontano le sere d'inverno davanti al camino. Lei è un'*anguana*, una creatura d'acqua, un misto tra una donna, una lontra e una sirena. Mi perdo nei suoi occhi forse troppo a lungo prima di accorgermi che non è un mito, non è una visione: è una donna affogata. I momenti successivi si accavallano: io che grido indicando il cadavere, tutti che guardano, donne che urlano, uomini che corrono, due marinai si buttano per recuperarla, il traghetto attracca, arriva la polizia. La conosco. Non la polizia, la donna. Lavora con me alla Bemberg.

6 febbraio 1968 (martedì) – ore 9:30
Poi le voci si infittiscono. Tutti parlano. Ognuno ha da dare la sua versione.

«L'hanno uccisa». «Ma no, si è affogata. Aveva una pena d'amore». «Bella com'era?». «E che ne sai tu? Forse aspettava un bambino... E poi tutta questa bellezza...». «No, no, lasciati servire, bella era bella. E anche brava. Lavorava e i soldi li passava tutti in casa». «Sarà morta annegata». «Ma se quando l'hanno tirata fuori sembrava una seppia! Guarda che quella ha tutte le ossa rotte. Secondo me l'hanno buttata giù da un aereo». «E cadendo in acqua ti spacchi tutto? Ma va!». «Certo che sì, se vieni giù dall'alto il lago è duro come il cemento. Hai presente quando sbagli il tuffo e ti prendi una spanciata? Fa male o no». «Fa male, fa male, ma all'aereo non ci credo». «Forse una macchina?». «Ma da dove? Le strade sono tutte lontane...». «Circolate, su circolate. Non avete da andare a lavorare oggi? Cos'è? Hanno chiuso tutte le fabbriche per ferie? Guardate che l'è mica agosto, *neh*». «Oh, Stefano, e non devi andare a lavorare anche tu?» «Io sono il vigile del paese e devo stare sul posto quando succede un incidente». «Va là, dillo che sei curioso anche te». «Ma di dove era lei?» «Di Crabbia, proprio qua sopra». «E che ci fa al lago?». «Doveva andare al lavoro, alla Bemberg». «Ma allora doveva essere su alla stazione! Che bisogno aveva di venire al lago? Forse aspettava qualcuno». «Magari l'assassino!». «Ma quando è morta?». «E chi lo sa? Il medico non ha detto niente».

Parole, parole, parole. Parole che si inseguono, si intrecciano e confondono, parole che non vogliono dire niente o che, forse, sono piccoli pezzetti di un rompicapo difficile da comporre. Io la conoscevo: aveva un nome soffice come un mélange, un nome dal sapore francese: Marianna. Non dava confidenza a nessuno e nessuno aveva il coraggio di andarla a infastidire. Bella, altera e fiera. Una piccola divinità in fabbrica. Una merce rara in un posto dove se non si parla si è perduti. Il rumore dei telai... *zwang, twang, fraaamm*... o quel sottile sibilo che fa la centrale termica... *fiiiiiiii*... e che non finisce mai. Passavo davanti alla filatura quando andavo dalla roccatura alla tintoria. Allungavo un po' la strada per vederla, ma poi recuperavo lavorando più sodo. Così anche in mensa: le filatrici andavano prima e io smettevo in anticipo rispetto alla sirena per poter essere lì quando arrivava.

6 febbraio 1968 (martedì) – ore 12

Ero innamorato di Marianna? Non lo so. Le ho parlato troppo poco... Qualche frase in treno... qualcosa sui ritardi e sul tempo... qualche piccolo accenno a cosa fai sabato, ma lei di qua e io di là del lago, era impossibile vedersi per caso. Così tiravo in lungo il sabato sera a giocare a briscola e a scopa d'assi al bar di Centonara, aspettando che qualcuno proponesse di andare in vita a Omegna: al cinema-teatro sociale o in sala da ballo nella speranza di poterla incontrare. Ma non è mai successo. Marianna non usciva mai. Allora ho iniziato a chiedere: «Ma è fidanzata? Ha amici? Amiche?» e nessuno era in grado di rispondermi. Fidanzati si tendeva a escluderli, amiche forse qualcuno alla filatura... Luigia o Matilde... «Ma Matilde quale? Quella che va con tutti?». «Quella». «E che c'entra con Marianna? Il diavolo e l'acqua santa». «E che ne so io? Sta di fatto che sono sempre insieme. D'altra parte anche Matilde è di Crabbia, ma un po' più giù verso il lago, in faccia a Ronco». «E se fosse andata a trovare Matilde e avessero pensato quella mattina di fare il lungo lago? Poi magari hanno incontrato qualcuno e Matilde se n'è andata...». Ma Matilde non parla. Non dice niente. Neanche se ha visto o meno Marianna la mattina in cui è affogata. Matilde ha paura. Si è chiusa in casa e non parla più con nessuno. Allora lo sa... O è sotto shock?

6 febbraio 1968 (martedì) – ore 19:30
Matilde cammina nella sera di Crabbia. Solo pochi passi: deve andare nella stalla a prendere la legna per il fuoco. Lo fa tutte le sere, ma stasera non ne ha voglia. Fuori c'è nebbia, umido di lago e freddo di gennaio. La radio ha già trasmesso *Ascolta si fa sera* e tra poco si mangia. Poi Matilde ha già il posto prenotato in poltrona per ascoltare *Luisa*, romanzo musicale in quattro atti. Cerca di fare in fretta, il freddo le si gela nelle ossa e poi non trova pace da quando Marianna è stata uccisa. Se solo avesse il coraggio di dire quello che ha visto... Ma poi è proprio sicura di avere visto qualcosa? Certo Marianna le parlava. Le aveva anche detto che... ma da lì a pensare che finisse male, no, veramente non era cosa. Con le mani intorpidite raccoglie un ciocco qua e uno là. Li

mette nel bigoncio che poi si posiziona sul fianco. Ha fianchi abbondanti Matilde, fianchi da madre o da fattrice, come le dicono gli uomini con cui è stata. Matilde ha frequentato tanti uomini e sempre senza pentirsene. Se devi scegliere è meglio provare bene prima, che poi non si può cambiare. Oddio, dicono che non si può cambiare, ma la Giannina anche dopo sposata ha continuato a battere la cavallina. Certo con quel tozzo di pane che si ritrova per marito... buono è buono il Giulio, ma è moscio da morire. Viene anche da chiedersi come faccia a farlo il mestiere quello. Ecco, il Giulio a Matilde non è venuto neanche in mente di provarlo. Sorride quando lo pensa ed è quasi l'unico sorriso della giornata, ma la ventata che fa sbattere la porta della stalla le spegne all'istante il sorriso. Eppure era calmo il vento. C'è nebbia! Non c'è mai il vento quando c'è la nebbia. E allora cosa è stato a far sbattere la porta? Nella stalla di colpo scende il buio quando la lanterna che aveva portato con sé prima fa ballare la fiamma e poi si smorza totalmente. Matilde lascia cadere la legna e corre verso la porta, ma a metà strada viene afferrata forte per il braccio. Un amante clandestino? Un pretendente che non riusciva più a tenersi? La speranza è l'ultima a morire. Matilde muore prima. Un attimo dopo aver visto in faccia il suo assassino e aver pensato: *È lui. Sono finita*. Piano piano il fuoco nel camino inizia a spegnersi e la radio trasmette invano la quarta puntata di *Luisa*.

7 febbraio 1968 (mercoledì) – ore 10

Non lo so. Non so cosa succede. Sento solo queste voci che continuano a rincorrersi nella mia testa e il rumore dei telai che insiste e che prende il sopravvento su qualsiasi altro suono: *zwang, twang, fraaamm*. A volte cambia, *trrram wang bang*. Colpi sordi, tonfi di fine corsa dei telai, il rumore dei rulli che trasportano i filati e quell'odore, quell'odore forte di ammoniaca e rame dove si scioglie il cotone destinato a diventare cupro rayon. «Nasce dal cotone, splende come la seta», dice il nostro slogan. Invece un altro slogan, ma l'ho inventato io, sostiene che ogni giorno dal lago nasce un mostro. Potrebbe essere un coccodrillo, una lampreda o un biscione enorme; o potrebbe anche essere solo il nero che portiamo nel cuore e che nel fondo del lago si scioglie a sua volta tra ammoniaca e rame e diventa il cuore malvagio di una terra bruciata, con un lago che non è più un lago, ma una provetta chimica, ripiena di reagenti che trasformano ogni Dottor Jekyll nei Mister Hyde che abitano in noi. Dopo Marianna anche Matilde è stata uccisa. Non ci sono tracce. Ma che tracce vuoi trovare in una stalla? La bovazza delle mucche ci trovi. E la legna, che Matilde nella stalla la teneva per farla stare asciutta. Che se invece la metteva sotto il portico o che sì o che no, si salvava. Magari la vedevano. Certo che con tutta la nebbia che c'era giù ieri…

Track, bungt, zooot. Portoni metallici che sbattono, scarpe chiodate che corrono sui camminamenti. Un rumore continuo come di un treno che passa, passa e non si ferma mai. È inutile provare a contare i vagoni: pacco, posta, visita, partenza, pacco, posta, visita, partenza… non si finisce mai… e non si parte mai davvero. Noi sogniamo di andarcene, ma a Novara già ci piglia la nostalgia di casa e per andare a Biella ci sembra ancora di dover pagare il dazio. Dove vuoi andare senza cavallo, senza automobile, senza una lira? Il nostro posto è qua, tra questi cascami, tra i filati, i vagoni che caricano e portano in tutto il mondo il nostro prodotto.

Pare che solo i giapponesi sappiano fare le stesse cose che facciamo noi. Non tutte. Forse loro Marianna non l'avrebbero uccisa.

7 febbraio 1968 (mercoledì) – ore 20:30
Stasera sono tornato al molo di Pettenasco. C'è una corona di fiori appoggiata a un albero. Altri mazzi sparsi sul prato che fronteggia il porticciolo. Mi siedo su una panchina di pietra e guardo a lungo l'acqua scura. Così a lungo da non accorgermi che il sole era ormai calato e che l'ultimo traghetto se n'era andato. Sono da solo di fronte al lago a pensare ai fatti di questi giorni, alla Bemberg, al suo rumore incessante, a quel *fiiii* della centrale termica che mi perfora il cervello, al *track* della fine corsa del carrello, allo *sbamm* dei portoni, al *twang twang* della filatura, agli strepitii delle ciminiere, agli *swarn* della sigillatura, al *tu-tump-tu-tum-tu-tump* degli assali del treno sulle traversine, quando di botto, dal centro del lago, si alza un'onda. Un'onda alta ma rossa, di sangue, che man mano cresce e corre verso riva. Mi viene a cercare. Punta verso di me, sempre più veloce e sempre più alta. Forse non è un'onda, forse dentro c'è il serpente che dorme sul fondo del Cusio. O le anguane incattivite che vogliono vendicarsi perché noi, della fabbrica, abbiamo ucciso il loro lago. Sono scappato. Corro più forte dell'onda; corro fino alla provinciale senza mai fermarmi. E una volta arrivato lì continuo fino alla stazione, prendo il treno per Omegna e da Omegna c'è ancora una corriera che arriva fino a casa mia.

Questa notte, come tante altre, non riuscirò a dormire. Mi stendo, spengo la luce, ma nelle orecchie ho ancora i suoni della fabbrica... *zwang, twang, fraaamm*... e il suono delle voci dei colleghi: «Com'era bella!». «Ma com'era buona anche!». «Un angelo. Certo che chi l'ha uccisa è un brutto demonio». «Lo hanno visto, sai?». «Era mattino molto presto e lei arrivava con Matilde. Poi ha incontrato un uomo ed è andata con lui». «Si fidava». «Ma si fidava male. Lui l'ha strozzata, le ha rotto le ossa a bastonate e poi l'ha gettata nel lago». «L'hanno visto che saliva sul primo traghetto per Pella». «Ma chi l'ha visto?». «Un'operaia. E quella dell'edicola. Hanno detto che saprebbero riconoscerlo». «Un angelo!». «Lui?». «Lei! Lui un demonio! Ma Belzebù sta andando a prenderlo». «Vedrai che non arriva a domani». «Morirà nel suo letto»... *zwang, twang, fraaamm... zwang, twang, fraaamm.*

8 febbraio 1968 (giovedì) – ore 6

Mi affaccio alla finestra la mattina dopo. Ho dormito poco e male. Ho sognato. Così non va bene. Cade pioggerella che sembra, momento per momento, prendere lo spessore della neve. Non attraverso il lago. Non dopo ieri sera. Il giro da Omegna è di un'ora più lungo, ma più sicuro. Il lago nasconde un mistero, il lago copre un assassino che ora è in giro, sul mio stesso treno, nella mia stessa sala mensa, forse nella mia stessa ritorcitura. Mi guardo attorno con sospetto. Non accetto caffè o scampoli di conversazione, perché ho dentro questo rumore continuo delle macchine. *zwang, twang, fraaamm ... fiiiiiiii... zwang, twang, fraaamm... fiiiiii...*

8 febbraio 1968 (giovedì) – ore 11:30

Cammino col piombo nelle scarpe, non mi fido di nessuno. Se solo tacessero queste voci! Se solo la gente stesse zitta, se solo le macchine si fermassero per un secondo... Ma non c'è niente da fare. Il rumore continua... *zwang, twang, fraaamm... zwang, twang, fraaamm... zwang, twang, fraaamm.* Otto ore di rimbombi, di rintocchi e di rimorsi.

Il soffitto della ritorcitura è alto dieci metri almeno, ma la passerella in ferro sale fino a sei-sette metri. Salgo anch'io. Lego la cintura di sicurezza alla ringhiera. Poi me la lego al collo e salto. Il volo è brevissimo. Lo strappo è istantaneo. Sono morto prima ancora di capirlo. Marianna scusa. Matilde scusa. E le macchine finalmente tacciono.

Il vaso di Pandora

di Alessandro Marchetti Guasparini

Tutto era immobile nella placida notte. Le piccole luci del litorale di Pallanza, le stelle lontane. Tutto, tranne la scura superficie del lago, che il Mergozzo faceva increspare violentemente. Solo un piccolo motoscafo solcava le acque del Lago Maggiore. Era lanciato a tutta velocità, sfidando i flutti lacustri, verso l'Eremo di Santa Caterina del Sasso. Enrico Malastrada, uno degli occupanti, era inquieto. Rivolgeva continue occhiate al suo orologio, calcolando il tempo della traversata. Non vedeva l'ora di arrivare. Sapeva che all'Eremo avrebbe trovato la soluzione a quell'intricato mistero. Osservò i suoi compagni di viaggio: oltre a Gustavo, pilota improvvisato, vi erano il dottor Luzzati, primario di ginecologia del Sant'Anna di Torino; l'avvocato Monticelli, noto penalista del foro di Verbania; il conte Brovich, collezionista d'arte; e infine la dottoressa Leofreddi, sindaco del comune di Orta. E uno di loro era un assassino. Ma Enrico Malastrada ancora non sapeva chi. Era certo che la risposta l'avrebbe trovata all'Eremo. Sempre che vi fossero arrivati.

«Ehi tu, ferma la barca!» ordinò una voce decisa al pilota che, minacciato con una pistola, spense il motore. «Signor Malastrada, so bene a che gioco sta giocando! Adesso, la prego di rendere la situazione più facile e buttarsi in acqua!».

Enrico osservò le espressioni sui volti dei suoi compagni di viaggio e sorrise, non appena la soluzione di quel mistero gli si prospettò davanti. Ma fu subito costretto a reprimere quel sorriso: si trovava in balia delle onde e del volere di una persona armata. Si chiese come diavolo avesse fatto a cacciarsi in una situazione così spinosa...

Tutto era cominciato in una luminosa sera di primavera, al ricevimento che l'avvocato Panazzoli aveva dato al Grand Hotel des Iles Borromees, lussuoso hotel di Stresa, per festeggiare i suoi ottant'anni. Enrico, postino in pensione che abitava in un piccolo paese della Garfagnana, aveva accettato di malavoglia l'invito dell'avvocato, suo amico di vecchia data, nonché suo difensore in un processo penale risalente a due anni prima. Aveva trascorso l'intera serata in disparte, subissato dai titoli e dalle onorificenze che gli venivano sciorinate addosso, non appena il suo amico gli presentava qualcuno dei suoi invitati. Lui, a differenza di tutti i medici, gli avvocati e i politici che affollavano i saloni liberty del Grand Hotel, era un signor nessuno. Perciò aveva deciso di sparire e rifugiarsi in un piccolo angolo del giardino dell'hotel: era una magnifica serata e i raggi dell'ultimo sole baciavano la liscia superficie delle divinità greche che ornavano il parco. La sagoma dell'Isola Bella, che appariva al di là della lucente superficie del lago, era già avvolta da una calda semioscurità. Enrico passeggiava, immerso nei suoi pensieri e quasi non si accorse di essersi allontanato dal corpo centrale dell'albergo. A risvegliare la sua attenzione fu una sagoma vestita con una tuta catarifrangente che, con aria furtiva, si allontanava verso la parte posteriore del parco. Era ancora disorientato da quell'improvvisa apparizione, quando sentì alcune grida provenire dalla piscina. Iniziò a correre e, in brevissimo tempo, fu nella radura dei Pavoni, dove incontrò un uomo che correva in direzione della piscina. Alto, capelli brizzolati...doveva trattarsi di quel famoso primario, pensò Enrico, ma come si chiamava? Ah sì, dottor Fabiano Luzzati.

«Che cosa è successo, dottor Luzzati?».

«Qualcuno deve aver trovato un cadavere!» gli rispose trafelato il primario, che corse verso la fonte del vociare.

A bordo della grande piscina un capannello di curiosi si era già radunato attorno a un corpo riverso, appartenente a una giovane. Enrico la riconobbe subito: era Carolina, la nipote dell'avvocato Panazzoli. Una densa chiazza scura macchiava il bordo della piscina. Mentre il dottor Luzzati, chino sulla donna, si accertava di una morte più che evidente, causata da un vistoso colpo alla nuca, Enrico si sentì trascinare per un braccio: era l'avvocato Panazzoli, che gli faceva cenno di allontanarsi dalla folla.

«Enrico, devo dirti una cosa in privato. Prima che qui si scateni la tempesta...».

I due si allontanarono in silenzio. Richiamato anch'egli da un cenno, li seguì l'avvocato Monticelli, un uomo sulla settantina, noto come "il principe del Foro" di Verbania. Era l'amico più intimo di Panazzoli. La loro silenziosa marcia fu interrotta dall'arrivo di una ridanciana signora sulla cinquantina, in clamoroso ritardo per la festa. Era la dottoressa Leofreddi, «una che certamente non si impegna per passare inosservata» osservò gelido il Monticelli. Ed Enrico, esaminandone i cortissimi capelli scuri, il trucco pesante e l'insopportabile sorriso da giornalista televisiva, non poté che dargli ragione.

«Diavolo, avete già cominciato senza di me?» chiese, accompagnando le sue parole con una risata sguaiata. «E che sono quei musi lunghi? Sembra sia morto qualcuno!».

«Enrico, penso che sia venuto il momento di dirti perché ho voluto che tu venissi qui» esordì l'avvocato Panazzoli, passeggiando nervosamente nella Sala degli Specchi. «Oltre che per festeggiare i miei ottant'anni s'intende. Vedi, a questo punto della vita, ho capito che le persone di cui posso fidarmi sono ben poche. Una di queste è qui con noi» – Monticelli fece un piccolo cenno di ringraziamento – «l'altra sei tu. Ti conosco da molto tempo e, in un momento per te difficile, ho avuto modo di ammirare la tua fermezza e lealtà. E poi so che hai una grande passione per i misteri!».

Quella passione, pensò Enrico, che lo aveva spinto ad aiutare un amico, il maresciallo Zandonai, nella risoluzione di alcuni casi di omicidio. Quella passione che lo aveva quasi portato in carcere.

«Quello che è accaduto stasera, ne sono certo, è il tragico epilogo di una vicenda che ormai va avanti da alcuni mesi, su cui ti avrei comunque chiesto di fare luce».

«Di cosa si tratta?» chiese Enrico, sulle spine.

«Mia nipote Carolina è sempre stata una ragazza aperta, solare. Ma, nell'ultimo periodo, era diventata strana, taciturna, quasi scontrosa. Teneva una specie di diario da cui non si separava mai. Aveva iniziato ad andare in chiesa. Penso che avesse scoperto qualcosa. Ho provato a parlarle, ma mi ha risposto che la verità mi avrebbe fatto troppo male. E come avrebbe potuto farmi più male dopo…?». A questo punto, l'avvocato liberò le lacrime troppo a lungo represse.

«Deve sapere» si introdusse il collega, fino a quel momento rimasto in silenzio, «che la madre di Carolina, la figlia dell'avvocato, è morta diversi anni fa. Era incinta di un altro figlio ed ebbe un travaglio difficile. Non ce l'hanno fatta né la madre, né il bambino».

Enrico rimase in silenzio, poiché era a conoscenza dell'episodio. Panazzoli gliene aveva vagamente parlato una volta, ma quello non era certamente uno degli argomenti di conversazione preferiti dal suo amico. Dopo interminabili secondi, riuscì a dire: «Mi dispiace moltissimo. Se potessi fare qualcosa, qualunque cosa, per aiutarti la farei...». Queste parole destarono l'avvocato dal suo stato di disperazione.

«Davvero?».

«Davvero».

«Allora... fai come se Carolina fosse ancora viva. Scopri il suo segreto, ciò che l'ha fatta soffrire così tanto e che l'ha uccisa».

Enrico rimase senza parole. Gli si chiedeva di indagare. Di nuovo. Erano passati quasi due anni da quella maledetta, ultima indagine. E da allora aveva giurato di farsi gli affari suoi. Ma, stavolta, aveva promesso di aiutare il suo amico.

«Scusa un attimo» disse, colpito da un improvviso pensiero. «Carolina è stata uccisa durante la tua festa ed è molto probabile che il colpevole sia uno dei tuoi invitati... altrimenti chi avrebbe potuto introdursi superando la sicurezza dell'hotel?».

«Esatto, Enrico. Non mi stupirei per niente se l'assassino di mia nipote appartenesse alla cerchia dei miei amici: come ti ho detto, ho imparato a non fidarmi di molti di loro».

«Questo restringe notevolmente il campo dei sospetti.

Alla festa erano presenti circa centoventi persone e inoltre...»

«Io non ho detto di aver accettato...» affermò Enrico, sempre più titubante. Era certo che un'indagine del genere gli avrebbe procurato solo guai.

«Ovviamente, se vuoi, posso darti un indennizzo per il tempo che perderai. E risiederai nella mia villa».

«Io ho numerose conoscenze nelle forze dell'ordine e potrei procurarle informazioni riservate...» aggiunse Monticelli.

«Non so, ho paura di trovarmi di nuovo nei guai...».

«In tal caso, sarai difeso dai due migliori avvocati del foro di Verbania...» rincarò Panazzoli.

«Perché non ti affidi alle indagini ufficiali?». Ad Enrico la domanda sorse spontanea.

«Sono troppo vecchio, i metodi d'indagine ufficiale richiedono anni. Io ho bisogno di una risposta rapida, non ho tempo per aspettare...».

Enrico comprese il grande dolore dell'amico e si ricordò della promessa di aiutarlo fatta solo pochi minuti prima. Inoltre, era rimasto lontano dai misteri per quasi due anni. E quel mondo, a essere sinceri, gli mancava non poco.

«Accetto» disse Enrico e le labbra di Panazzoli si incresparono in un sorriso, «ma a tre condizioni: primo, non voglio assolutamente essere pagato. Poi preferirei mantenere una certa indipendenza: la camera all'albergo Primavera, dove alloggio adesso, andrà benissimo. Terzo: non voglio, per nessun motivo al mondo, aver a che fare con le forze dell'ordine. Ne ho già avuto abbastanza e tu lo sai. Verrò interrogato come tuo ospite alla festa, poi non voglio più vederli». Il silenzio che seguì le sue parole durò pochissimo.

«Perfetto, quando intendi cominciare?».

Stava sorseggiando un caffè al Gigi Bar di Stresa, storico locale della cittadina, quando il segretario dell'avvocato Monticelli gli consegnò un fascicolo giallo. La prima tranche di informazioni dell'indagine che gli avevano promesso. «Stasera l'aspettano a cena a Villa Panazzoli. Alle otto» furono le uniche parole dell'uomo.

A Enrico sembrò di trovarsi coinvolto in un caso di spionaggio internazionale. E, vista la sua passione per gli intrighi, la cosa non gli dispiacque per niente. Iniziò a sfogliare il fascicolo. Era impressionante la mole di informazioni che, solamente due giorni dopo, erano già in possesso delle forze dell'ordine. Ed era ancora più impressionante che quelle informazioni fossero già transitate sulla scrivania di mogano del Monticelli. Carolina Martini, 26 anni, era morta in seguito al trauma provocato da un colpo sferratole alla nuca con un corpo contundente che non era stato trovato. Nessuno dei presenti l'aveva sentita gridare: se ne deduceva che doveva essere stata colta di sorpresa. Solo due persone, l'avvocato Monticelli e il conte Brovich, che stavano giocando a bridge in terrazza, avevano visto la giovane uscire dal salone, pochi minuti prima che venisse scoperto il cadavere. Probabilmente aveva un appuntamento con qualcuno, che poi l'ha colta di sorpresa e uccisa. Ma nessun altro era stato visto allontanarsi in quella direzione. Inoltre, sugli abiti della giovane erano state trovate delle macchie di sangue, che il laboratorio di Torino stava analizzando nella speranza di trovare qualche traccia dell'omicida. Vi erano infine due allegati. Un'accurata descrizione dei vestiti della giovane: a Enrico saltò subito all'occhio la descrizione di una collanina con una medaglietta di una santa. Un lungo elenco degli invitati, corredato di tutti i dati personali. Accanto a ogni nome era stata inoltre riportata una sintesi della loro deposizione. Enrico sapeva che era da quell'elenco che doveva partire. Ma di esaminare da solo 123 deposizioni proprio non se la sentiva. Per quello, pensò, si sarebbe fatto aiutare dai due avvocati.

«Ho analizzato il materiale che mi avete fatto avere e devo ammettere che non ho mai avuto tra le mani un quadro così dettagliato degli eventi» esordì Enrico, «ma non capisco come si possa risolvere un caso con così tanti sospettati».

«Per quanto riguarda la lista, posso darti una mano. Nonostante ti abbia detto di non fidarmi dei miei ospiti, ce ne sono alcuni che considero al di sopra di ogni sospetto. Il notaio Graziani, per esempio. Maggini, il farmacista; la contessa Morganti Bisceglie; il dottor Luzzati; il mio amico Monticelli ovviamente; l'onorevole De Carlo…».

Enrico, con una matita, spuntava i nomi indicatigli dall'avvocato. Ma l'elenco si esaurì ben presto: rimanevano comunque 101 sospettati. Troppi per un'analisi dettagliata di ognuno. Enrico allora chiese di vedere la stanza che la giovane occupava quando risiedeva alla villa. Panazzoli lo guidò su per una lunga scalinata di marmo.

«Questa è la camera di Carolina quando dormiva qui. Una volta veniva spesso, odiava abitare da sola. Ma, da quando era cambiata, l'ho vista raramente. I carabinieri sono già venuti, ma del diario di cui ti ho parlato, nessuna traccia».

«Altri indizi?».

«Niente di che. I carabinieri hanno sequestrato alcuni suoi effetti personali, ma non erano molto fiduciosi».

«E il suo computer?».

«Non aveva un computer. Quando veniva qui, utilizzava quello del mio ufficio. Per questo ho impedito ai carabinieri di prenderlo, c'è tutto il mio lavoro lì sopra. Vieni, te lo faccio vedere».

Scesero nello studio dell'avvocato. «Ecco a te» disse, accendendo il suo laptop.

Nella cartella personale della ragazza c'erano alcuni documenti di alcuni mesi prima. A Enrico saltò subito all'occhio un file, intitolato *Il vaso di Pandora*, che conteneva una raccolta di titoli di giornale che accusavano la Leofreddi di aver vinto le elezioni comunali grazie a brogli elettorali.

«Il fatto risale ad alcuni anni fa. La Leofreddi vinse per cinque voti e le opposizioni misero in giro strane dicerie. Io e Monticelli la difendemmo e vincemmo la causa. Non capisco perché mia nipote abbia ritirato fuori quella storia».

«Forse aveva scoperto qualcosa di nuovo al riguardo...».

«Non credo. Guarda, l'ultima modifica del file risale ad alcuni mesi fa. E ormai è passato tanto tempo: la Leofreddi è stata recentemente confermata sindaco e gode di enorme popolarità. Due settimane fa ha persino inaugurato una galleria d'arte moderna!».

Enrico passò poi a scandagliare la cronologia online: non trovarono nulla di interessante finché...

«Alfonso, guarda qui!».

«Non è possibile...» sussurrò Panazzoli sconcertato.

Nelle ultime ricerche effettuate dalla ragazza ricorrevano i termini «gravidanza», «aborto spontaneo» e «morte di parto». Panazzoli ebbe bisogno di essere sorretto per non svenire. Fu in quel momento che Enrico decise di nascondergli l'ultima, sconcertante, scoperta che aveva fatto. Si appuntò un nome sul suo taccuino. Un nome che era comparso molto spesso nelle ricerche di Carolina: conte Aldemar Brovich.

Enrico si sarebbe congedato a breve, se l'amico non avesse insistito per continuare a discutere dell'indagine.

«Per quello che riguarda un'eventuale gravidanza, temo dovremo aspettare l'esito dell'autopsia. Io intanto continuo a scandagliare la lista degli invitati, ma sembra un lavoro lungo».

«Mia nipote era in cura dal dottor Luzzati. È un vecchio amico di famiglia, sono sicuro che, se avesse avuto qualche grosso problema, me lo avrebbe detto».

«Vedrai che è così...» cercò di rassicurarlo Enrico.

«E quell'uomo con la tuta catarifrangente che dicevi di aver visto?» chiese Panazzoli.

«Ho controllato, sono l'unico ad averlo visto».

«Hanno sottovalutato la sua testimonianza a quanto so, degradandola a semplice suggestione. Anche perché gli ingressi dell'hotel erano presidiati dalla sicurezza...» affermò Monticelli.

«E stanno commettendo un grandissimo errore, secondo me. Quell'uomo deve essere coinvolto nella vicenda, altrimenti come mai si trovava lì?».

«Ma perché vestito così?» chiese Monticelli. «Se avesse voluto dare meno nell'occhio avrebbe indossato lo smoking!».

«Ma un uomo in smoking che traffica vicino a un ingresso secondario di un hotel avrebbe dato più nell'occhio di un operaio, no?».

«Potresti avere ragione, Enrico. Ma... come lo scopriamo?».

«Avete per caso una tuta da operaio?».

Dallo smoking alla tuta il salto era notevole. Ed Enrico, dopo averli indossati entrambi, non sapeva quale dei due lo facesse sembrare più ridicolo. Aveva scoperto che l'hotel aveva un accesso secondario, ai più sconosciuto, in una stretta strada che circondava il retro della struttura. Lungo la strada c'erano alcune palazzine residenziali. Le possibilità che qualcuno avesse notato qualcosa di strano erano molto basse, ma Enrico decise di tentare.

«Buongiorno. Sono un operaio dell'Enel. Stiamo effettuando alcuni lavori alla rete. Se ogni tanto salta la corrente, non preoccupatevi». Era la storia che raccontava a tutti quelli che rispondevano al citofono. E se alcuni lo ignorarono, maledicendo la società elettrica, e altri, credendolo un malintenzionato, minacciarono di chiamare la polizia, vi fu un'anziana signora che lo apostrofò, dicendo:

«Di nuovo? Pure sabato siete venuti!».

«Di sabato non lavoriamo, signora!» improvvisò Enrico.

«Ma se lavoravate a quel lampione laggiù!». Enrico si guardò intorno e sorrise: l'unico lampione nei dintorni si trovava proprio lì, di fronte all'ingresso secondario dell'hotel.

Dopo l'interessante scoperta, tornò all'albergo Primavera e si fece una rapida doccia. Era assorto nei suoi pensieri, quando ricevette una telefonata. Era Barbara, la migliore amica di Carolina.

«Buonasera, è stato l'avvocato a darmi il suo numero. Mi ha detto che lei sta indagando sulla morte di Carolina...».

«Ci sto provando, per lo meno. Ma è uno dei casi più complessi che mi siano capitati».

«Le volevo dire che sono a sua disposizione. Ma non so quanto potrò esserle d'aiuto...».

«Ogni informazione è preziosa, in casi come questi».

«L'unica cosa che ho notato è che, ultimamente, Carolina era diventata strana. Aveva iniziato ad andare in chiesa... Tutte le domeniche andava alla messa a Santa Caterina del Sasso. Penso che fosse legato a quello che le stava accadendo, ma non ho mai capito perché. Carolina non era credente. Aveva rifiutato di confidarsi con chiunque, me compresa. Temeva che avrei detto tutto a suo nonno. Disse che aveva scoperto qualcosa che riguardava persone molto legate a lui...». Nulla di nuovo, pensò Enrico.

«Ah, mi sono scordata!» aggiunse. «L'ultima volta che l'ho sentita, Carolina mi ha detto una cosa strana: ho scoperto un sacco di cose, mi sembra di aver aperto il vaso di Pandora!».

Ancora, pensò Enrico. *Il vaso di Pandora*: il mitologico contenitore di tutti i mali.

Il giorno seguente Enrico andò al palazzo comunale di Orta, dove aveva appuntamento con il sindaco, la dottoressa Leofreddi. Stavolta, aveva pensato di spacciarsi per un esperto d'arte, con la collaborazione dell'amico avvocato: fu per questo che il sindaco decise di riceverlo direttamente nella galleria d'arte appena inaugurata.

«Buongiorno, signor Malastrada. L'avvocato Panazzoli mi ha parlato di lei, è venuto qui per scrivere un articolo sulla nostra galleria, vero?».

«Più o meno» glissò Enrico, cercando di pilotare la conversazione. «Se non sbaglio, ci siamo già visti alla festa dell'avvocato...».

«Oh sì, adesso la ricordo! Che brutta occasione! E poi io ho fatto una figuraccia, le sarò sembrata davvero sciocca!». In effetti, pensò Enrico, che però disse...

«Mi spiace che lei, arrivando in ritardo, si sia persa tutta la parte piacevole della serata!».

«Dovevo firmare dei contratti, purtroppo… E la mia segretaria, due mesi fa, si è licenziata. Ho un sacco di appalti in giro, sto rinnovando la città! E tra le innovazioni che ho portato, c'è anche questa galleria d'arte. E, visto che è qui per questo, le vorrei mostrare alcuni pezzi molto pregiati che abbiamo esposto…».

Il resto della conversazione riguardò opere d'arte che nessuno dei due aveva le competenze per giudicare. Enrico si era già pentito di quella visita e stava meditando sul modo di congedarsi con eleganza, quando la figura del conte Brovich apparve dal nulla.

«Buonasera Giordana. E buonasera a lei, signor Malastrada, piacere di rivederla!».

Poteva anche far girare la testa alle donne, ma non c'era nulla, nella persona del conte Brovich, che a Enrico risultasse gradevole: dal goffo tentativo di mascherare la sua età tingendosi i capelli, all'insopportabile untuosità della voce, fino al vistoso modo di vestire. Enrico osservò con sguardo accigliato le scarpe a punta e il bastone da passeggio in stile liberty, con il manico aureo a forma di becco d'oca.

«Il piacere è tutto mio» rispose Enrico, con malcelata ironia.

«Il signor Malastrada è un grande amico di Panazzoli, nonché un critico d'arte che intende scrivere un articolo sulla nostra galleria».

«Quando si dice il caso…» sibilò il conte.

Ed Enrico ebbe il forte sospetto di essere stato smascherato. Tuttavia non riuscì a tenere a freno la sua curiosità: «La vostra galleria…?».

«Esatto! Buona parte dei pezzi qui esposti provengono dalla collezione privata del conte Brovich, che li ha gentilmente concessi alla cittadinanza! A proposito, mi sono scordata di farle vedere quest'opera di un artista spagnolo che raffigura, mediante il contrasto del bianco e del nero, la fusione dei corpi durante il rapporto amoroso».

«Un'idea geniale dell'artista, nonché uno dei pezzi più pregiati della mia collezione» aggiunse Brovich increspando le labbra in un accenno di sorriso.

Enrico si chiese come fosse possibile immaginare un amplesso in quelle vaghe chiazze di bianco e di nero.

«Ah l'amore!» continuò il conte. «Ciò che di più bello e, al tempo stesso, più semplice vi è al mondo!».

«E lei ne sa qualcosa, eh?». Una voce rauca, appartenente a un anziano signore, li colse alle spalle.

«Ovvio, caro Gustavo. Signor Malastrada, lui è il custode della galleria, Gustavo Sangiorgi».

«Quanto si è divertito lei con le donne, lo sa solo Dio!» ridacchiò il vecchio uomo.

«Gustavo, per favore, siamo con un ospite» intervenne la Leofreddi.

Le risate e i commenti maliziosi del vecchio furono interrotti dallo squillare del telefono del conte. Dopo una decina di secondi, attaccò, scuro in volto.

«Scusatemi, ma ho un impegno improvviso! Giordana, poi ci sentiamo per il prossimo *briefing*!». E scappò via.

La Leofreddi rispose allo sguardo obliquo di Enrico: «Una partita di bridge. Vede, io e il conte siamo degli accaniti giocatori». Poi, come colpita da un pensiero improvviso: «Oh mamma, alle quattro ho il consiglio comunale! Mi dispiace, ma devo lasciarla, a presto!».

«Sempre in ritardo la signora, eh?» chiese Enrico all'anziano custode, cercando di attaccare bottone.

«Ma quando deve un favore a qualche amico è sempre in orario!» sghignazzò il vecchio Gustavo.

«Cosa intende?».

«Oh, niente di che. Cose che tutti sanno ma nessuno ha il coraggio di dire: lo vede il bendidio esposto qui?».

«A quanto ho capito sono opere donate dal conte Brovich...».

«Col cavolo! Erano sì del conte, ma lei le ha comprate, anzi noi le abbiamo comprate! Tre milioni di fondi pubblici! E, a sentire qualcuno, alcuni dei quadri sono delle autentiche croste!».

Enrico, appena fuori dal palazzo comunale, notò il piccolo furgone di un'impresa edile che stava lavorando sulla strada. Ad attirarlo non fu la divisa catarifrangente, che tutti gli operai impegnati in lavori stradali sono obbligati a indossare, bensì il nome dell'azienda: «Impresa Edile Monticelli». Ridacchiò tra sé, chiedendosi se in quelle zone potesse accadere qualcosa senza che la cricca di Panazzoli ne fosse coinvolta. Un taxi lo riportò all'albergo Primavera, dove un giovane uomo gli consegnò un secondo fascicolo giallo. Decise allora di rifugiarsi al caldo del Gigi Bar e, in compagnia di una tazza di tisana di Stresa fumante, scoprì gli ultimi sviluppi del caso. Carolina Martini era stata uccisa con un corpo contundente con inserzioni dorate, come testimoniavano alcune scaglie presenti nella ferita. Le macchie di sangue rinvenute sugli abiti non appartenevano alla vittima: erano in corso controlli nella banca dati del DNA della Polizia. La ragazza non era in stato interessante. O almeno, non lo era da alcuni giorni, pensò l'ex postino corrugando la fronte. Tutti i conoscenti interrogati, circa un'ottantina di persone, avevano categoricamente escluso che la ragazza avesse una relazione e nessuno era stato in grado di individuare un solo possibile colpevole. Tutte le deposizioni erano in allegato, compresa quella del custode dell'Eremo di Santa Caterina del Sasso, che affermava di aver visto diverse volte la ragazza, anche il giorno prima della sua morte. Ancora l'improvvisa devozione della ragazza, pensò Enrico. Ma perché quest'affezione a Santa Caterina? Erano allegati anche i movimenti bancari della ragazza, da cui non emergeva niente di interessante, e i tabulati telefonici. A Enrico bastò leggere due nomi per alzarsi di scatto, pagare la consumazione in fretta e scappare fuori dal locale digitando sul telefono il numero dell'avvocato Panazzoli. Perché, se la presenza del dottor Luzzati tra le ultime telefonate della ragazza poteva essere giustificata con una gravidanza indesiderata, inspiegabile era quella del conte Aldemar Brovich.

«Pronto, Enrico! Stavo per chiamarti io, ho alcune novità...».

«Aspetta Alfonso, hai visto chi sono le ultime persone a cui Carolina ha telefonato?».

«Sì, ho visto Enrico, ma...».

«E c'è una cosa che non ti ho detto!». Enrico era euforico. «Tra le ricerche online della ragazza, insieme a quelle sui brogli della Leofreddi, c'era anche il nome del conte! E a Orta tutti sanno che le opere della galleria...».

«Va bene, Enrico. Lascia che ti spieghi. Il dottore e il conte sono già stati convocati. Il dottore ha ammesso di aver somministrato a Carolina la pillola del giorno dopo. Il conte si trova al momento sotto interrogatorio, ma non credo che servirà a niente ormai...».

«Perché? È palese che il colpevole sia lui! Carolina aveva scoperto un qualche intrallazzo tra lui e il sindaco. Probabilmente favori elettorali in cambio dell'acquisto di opere d'arte per la galleria…».

«Enrico, ascolta». Panazzoli sembrava veramente irritato dalla concitazione dell'amico. «Devi sapere che questa storia mi sta procurando solo dolori. Anni fa, alcuni mesi prima della tragedia, mia figlia ebbe una relazione extraconiugale con il conte. Una relazione che solo la nascita del suo secondo figlio avrebbe troncato. Ovviamente se non fosse successa la disgrazia… Sono anni che invito il conte alle mie feste solo per convenienza e per salvare l'onore della famiglia…».

«Non capisci che lo abbiamo finalmente incastrato, allora?».

«No, Enrico» rispose secco l'avvocato. «L'assassino di mia nipote si chiama Francesco Azzoli. È un commercialista di Torino. Il sangue che hanno trovato sul corpo di Carolina è suo, il suo DNA è stato riconosciuto nel database della Polizia: è stato schedato perché coinvolto in un'inchiesta precedente da cui è uscito pulito. Non era tra i miei invitati, non ho idea di chi sia. Probabilmente è l'uomo con la tuta catarifrangente che hai visto tu. Mi dispiace, ma è possibile che i carabinieri ti convochino per un riconoscimento».

«Ma perché lo avrebbe fatto?».

«Non ne ho idea, ma non mi interessa più. Volevo una soluzione e l'ho avuta. Ti prego di non dare ulteriore dolore a un povero vecchio» concluse e, con la voce rotta, attaccò. Anche Enrico stava per mettersi a piangere: una soluzione di un caso non gli era mai andata così poco a genio.

Da quel momento, l'avvocato si rifiutò di rispondere al telefono e non volle più incontrarlo. Il conto all'albergo Primavera fu saldato dal suo segretario. Enrico fu convocato dai carabinieri, ma la sua testimonianza riguardo all'uomo con la tuta catarifrangente era così poco precisa che non fu ritenuta prova utile. Azzoli, dal canto suo, non sembrava propenso a una confessione e anzi sosteneva di aver guardato la finale degli *Australian Open*; nessuno però poteva confermare il suo alibi. I carabinieri decisero di trattenerlo, convinti che, di fronte a una prova schiacciante come quella del DNA, prima o poi sarebbe crollato. La mattina seguente, Enrico era pronto per partire. Il suo sesto senso gli diceva che il commercialista di Torino non aveva niente a che vedere con la faccenda: non vi era alcun legame con la ragazza, né con Panazzoli, che aveva ammesso di non conoscerlo. Ma la presenza di quella traccia era, al momento, inspiegabile...

Enrico, nonostante fosse in collera con l'avvocato per la maniera in cui lo aveva liquidato, riusciva, in parte, a capirne le ragioni: nel loro primo incontro, nel salotto del Grand Hotel, gli aveva detto che, a causa della sua età avanzata, aveva bisogno di una soluzione rapida. Non di quella giusta, rifletté Enrico, ordinando il suo ultimo caffè al Gigi Bar. E quella che incriminava Azzoli era la soluzione più rapida e più facile, poiché lasciava all'anziano avvocato la speranza che nessuno dei suoi amici fosse coinvolto. A questo punto, concluse mentalmente Enrico, ogni suo intervento gli avrebbe provocato solo dolore. Doveva, il più rapidamente possibile, andarsene da Stresa e dimenticare quella faccenda. Mai aveva abbandonato una delle sue indagini, senza portarla a conclusione: tuttavia era sicuro di avere in mano tutti gli elementi per risolverla. Ma, a seconda del punto di vista da cui esaminava i dati in suo possesso, appariva colpevole una persona diversa. Tutte le risposte, egli ne era certo, stavano nel misterioso diario della ragazza, che nessuno era stato capace di trovare. La sua aria pensierosa attirò l'attenzione di un uomo, probabilmente suo coetaneo, che gli chiese gentilmente di sedersi al suo tavolo.

«Brutta faccenda, eh?» domandò, ammiccando alla margheritina che Enrico stava disintegrando nel cappuccino.

«Cosa?» chiese Enrico che continuava a mescolare la poltiglia con il cucchiaino, incurante di quello che stesse avvenendo nella sua tazza.

«La margheritina, dico. Io non riuscirei a berlo un cappuccino così...».

«Ah, la margheritina...» fece Enrico, immerso nei suoi pensieri.

«Certo, ammetto che ci sono problemi più gravi. Tipo mia nipote Anna che, dal nulla, ha deciso di andare a vivere con suo zio, il custode dell'eremo di Santa Caterina del Sasso. Lavorava come segretaria del sindaco, aveva una vita tranquilla e... *puff*! Si è licenziata e si è ritirata a Santa Caterina del Sasso!».

Enrico, a quelle parole, si svegliò di botto. «Cosa ha detto?».

«Eh, lo so, è dura a credersi. Dev'esser stato per colpa di qualche relazione finita male. Ma valli a capire i giovani...». L'uomo non aveva neppure finito di pronunciare la frase che Enrico era schizzato fuori dal locale. Sapeva dove trovare il diario di Carolina.

Non fu facile convincere il custode a farsi passare al telefono la giovane nipote. Quando vi riuscì, sapendo di avere poco tempo a disposizione, decise di andare subito al sodo. La risposta di Anna lo spiazzò:

«Sapevo che prima o poi qualcuno mi avrebbe chiesto di quel diario. Mi aspettavo lo avrebbero fatto i carabinieri però...».

«Ci sono cose che i carabinieri non sanno... mentre io sì. È stato l'avvocato Panazzoli in persona a incaricarmi dell'indagine».

«Come faccio a fidarmi di lei? Non la conosco, non l'ho mai vista. Quel diario è l'unica prova di quello che Carolina ha scoperto. Oltre a me, ovviamente».

«Tu sai...?».

«Tutte le vicende che hanno turbato Carolina negli ultimi mesi. Anzi, è colpa mia se si è cacciata in questo guaio. L'ho incontrata in un pub di Stresa alcune sere prima di ritirarmi qui. Ero uscita da una relazione con un uomo violento, molto violento. E mi sono sfogata con lei. Ma mai avrei immaginato che Carolina sarebbe arrivata a scoprire così tanto. A far venire alla luce anche delle circostanze del suo passato...».

«Ho bisogno di quel diario, ti prego. Un uomo innocente rischia la prigione!».

«E se lei fosse solo un mandante di qualcun altro? Che agisce per distruggere quel diario?».

«Hai una fotocopiatrice lì in foresteria? Puoi farmene una fotocopia? Ti prego, fidati di me. Ho sempre voluto la giustizia e, adesso, sto andando contro tutto e tutti per ottenerla...».

«Io non voglio uscire dall'eremo. Troverà quello che vuole dalle undici di stasera, qui all'approdo delle barche, dentro una busta. Lo porti ai carabinieri, dica che l'ha trovato per caso. Non mi metta in mezzo, la prego. Io e la mia famiglia abbiamo già sofferto anche troppo. E non voglio causare problemi a mio zio...».

«Grazie Anna, farò come dici».

«Lei sembra un uomo dall'animo generoso. Stia attento, perché quelli dall'animo generoso ci rimettono sempre nella vita». Ed Enrico Malastrada, guardando un camioncino dell'Avis che sfrecciava sul lungolago, non poté che darle ragione.

Enrico aveva trascorso il pomeriggio a organizzare il finale perfetto per quella storia. Aveva preso a noleggio un motoscafo fino alla mattina seguente, aveva assoldato Gustavo come pilota e aveva telefonato all'avvocato Monticelli, chiedendogli di presentarsi alle undici di sera all'imbarcadero.

«Ho in mano la soluzione del caso, avvocato!».

«Mi pare che Panazzoli le abbia detto che il suo compito è finito! E poi il colpevole è già stato arrestato!» lo gelò l'avvocato.

«Ma io sto per smascherare il vero colpevole...».

«Cosa glielo fa pensare?».

«So dov'è il diario di Carolina. Questa sera andremo a prenderlo».

Al che l'avvocato ebbe un sussulto: «L'ha trovato? Veramente? Questo cambia le carte in tavola, signor Malastrada, decisamente... Alle undici, ha detto?». Enrico, intenzionato a costruire la messinscena perfetta, gli chiese di portare all'appuntamento anche i tre sospettati per la morte di Carolina: il conte Brovich, la dottoressa Leofreddi e, visti gli ultimi sviluppi, il dottor Luzzati. Era infatti convinto che uno di loro fosse il vero colpevole e che, di fronte all'evidenza, avrebbe confessato.

Così si era trovato in quella maledetta trappola in mezzo al lago. E non poté che maledire la sua ingenuità, osservando il dottor Luzzati puntare la pistola contro Gustavo e il conte Brovich che lo minacciava con un bastone con l'impugnatura dorata a forma di becco d'oca. Fu un attimo e a Enrico tornò in mente un'immagine della festa dell'avvocato: il cadavere di Carolina circondato dai curiosi, la figura del conte, in prima fila... senza bastone...

«Vedo che le piace come arma per un delitto, quel bastone! Il referto del medico legale parla di oggetto contundente con inserzioni dorate. Un apparentemente innocuo bastone da passeggio...chi l'avrebbe mai detto?».

«Le piace giocare, eh Malastrada? Ma devo contraddirla: non ho ucciso io Carolina, o almeno non personalmente...».

«Beh, allora devo presumere che sia stato lei a invitarla alla piscina... La ragazza stava diventando un problema, vero? Dai tabulati telefonici emerge che vi siete sentiti molto spesso nei giorni precedenti la sua morte. E io ho scoperto che la ragazza aveva fatto molte ricerche online su di lei e sulla Leofreddi. Sui vostri, diciamo, affarucci privati: dai brogli elettorali con cui il sindaco ha vinto le elezioni sette anni fa, fino alla galleria d'arte appena inaugurata... tre milioni per qualche opera di scarso valore: un bell'affare, conte, no?».

«Io sono stata assolta...».

«Lascialo parlare, vediamo dove va a parare!» esclamò il conte.

«Solo che, caro conte, con le donne dovrebbe andarci piano! È riuscito a sedurre pure la segretaria del sindaco. E, a quanto mi risulta, non è stato un amante molto premuroso, visto che è andata a vivere all'eremo, portando con sé tutti i segreti che aveva scoperto in sette anni di collaborazione con la Leofreddi. Pensavate fosse innocua... e invece ha incontrato Carolina, una ragazza sveglia e curiosa che ha iniziato a scavare nel vostro passato e ha scoperto, forse, molto di più di quanto avesse mai immaginato!».

«Lei si sta inventando una bella storia, signor Malastrada!» strillò la Leofreddi.

«Una bella storia, come quella dell'uomo con la divisa catarifrangente, vero? Ho dubitato a lungo se si fosse trattato di un frutto della mia immaginazione, ma adesso... era lei, dottoressa, vero? Ha avuto tutto il tempo di uccidere Carolina, scappare dall'uscita sul retro del Grand Hotel dove era entrata travestita da operaio, togliersi la tuta e presentarsi in ritardo alla festa: che astuto stratagemma! E ha anche avuto l'occasione di far sparire l'arma del delitto, cosa che chiunque altro non avrebbe potuto fare, visto che gli invitati sono stati tutti perquisiti!».

«Potrei anche darle ragione sull'arma, ma di certo non ho ucciso io quell'impicciona!».

L'attenzione di Enrico si rivolse allora al dottore.

«Dottore, pure lei? E pensare che l'avvocato Panazzoli mi aveva detto di considerarla al di sopra di ogni sospetto! Il medico, amico da una vita, colui che aveva tentato, in ogni modo, di salvarne la figlia... Carolina aveva telefonato spesso anche a lei, ultimamente. Ma non certo per una gravidanza indesiderata, come tutti pensano. E devo ammettere che anch'io, per un certo momento, l'ho pensato, quando ho visto le sue ricerche online. Ma la ragazza non si riferiva a una sua gravidanza. E lei ne sa qualcosa, vero conte?».

Il conte ridacchiò nervoso. Era certo di avere la situazione in pugno, ma non si aspettava che Enrico sarebbe arrivato a scoprire tanto...

«L'avvocato Panazzoli mi ha parlato di una relazione tra sua figlia Giulia e il conte Brovich. Una relazione che la nascita del secondogenito sembrava destinata a troncare, ha aggiunto. E tutti, io compreso fino a non molto tempo fa, abbiamo ignorato una circostanza: e se il secondogenito fosse stato figlio del conte? Un bel problema, vero Brovich? Un grande scandalo, un diverbio legale con la famiglia Panazzoli, anche un bel problema economico, visto che allora non c'erano sindaci disposti a comprare le sue croste a prezzi milionari! Ma qui entra in scena il nostro dottore: primario di ginecologia, al di sopra di ogni sospetto... quanto deve essere stato facile pilotare l'intervento, in modo da farlo finire male! E poi l'amicizia con Panazzoli le ha evitato qualunque problema di natura legale!».

Il dottore vacillò: «Non era previsto che andasse così... doveva morire solo il bambino» disse con tono soffocato.

«In ogni caso, Carolina aveva dei forti sospetti anche su di lei e nel diario troveremo le prove. E lei, d'accordo con i suoi amici, l'ha uccisa! E pensare che avrei potuto capirlo sin dal primo momento: quando fu trovato il cadavere della ragazza, io arrivai alla piscina dal retro del giardino, mentre lei arrivava dai saloni. Tuttavia, quando le chiesi cos'era successo, non esitò a dirmi che era stato trovato un cadavere: ma come faceva a saperlo, se prima non era stato alla piscina? Infine, il tocco di classe: le tracce di sangue sul corpo di Carolina. La prova inoppugnabile, quella che ha portato all'incriminazione di un innocente. Fino a stamani mi sono chiesto come fosse possibile che delle tracce di sangue di un perfetto sconosciuto fossero finite sul corpo della vittima. La risposta me l'ha data un camioncino rosso che ho visto sfrecciare sulle strade di Stresa, un camioncino dell'Avis. E lei, dottore, nei suoi interventi, ha modo di maneggiare sangue messo a disposizione dai donatori, esatto? Non dev'essere stato difficile sottrarne una provetta...».

«Malastrada, lei... lei è andato molto vicino alla soluzione» disse, mentre stringeva la pistola con mano tremante. «Ma ha commesso solo un errore: non sono stato io a uccidere Carolina, non ne avrei avuto le forze...».

A quel punto Enrico si chiese chi dei tre stesse mentendo. Un pensiero improvviso lo colpì e, con immenso orrore, capì che tutti e tre stavano dicendo la verità. Il vero colpevole dell'omicidio era un altro: colui che affermava di aver visto Carolina allontanarsi dai saloni, ma che aveva costituito l'alibi per il conte Brovich; colui che aveva a disposizione attrezzature edili; colui che aveva sempre avuto accesso ai documenti dell'indagine; colui che godeva della fiducia incondizionata di Panazzoli; colui che, appena aveva saputo che aveva scoperto dov'era il diario di Carolina, aveva assecondato il suo piano. Proprio *lui*.

Ma rimaneva una domanda: «Perché, avvocato?».

«Caro Malastrada, sa cosa vuol dire costruirsi passo dopo passo un'immagine, una rispettabilità? E sa cosa si prova quando una persona arriva e vuole distruggerla? Io non sono come Panazzoli, che è cresciuto a pane ed etica. Io ho capito che, a volte, per fare carriera, bisogna ricorrere all'inganno e al compromesso. E a questo, alla mia carriera, ho pensato quando ho messo in contatto il conte Brovich e il dottor Luzzati, più di vent'anni fa. A questo, quando ho aiutato la dottoressa Leofreddi a vincere le elezioni con i brogli e quando l'ho difesa in tribunale, pur sapendo che era colpevole. A questo quando concordavo il contenuto delle gare d'appalto con la

Leofreddi, in modo che fossero vinte dalla mia impresa edile. A questo e niente altro, quando ho sferrato quel colpo alla testa di Carolina, quella ragazza ficcanaso che aveva scoperto i miei intrighi e intendeva rivelarli al caro nonno, provocando la mia rovina. A questo, quando ho deciso di giocare con lei, Malastrada, e corrompere un appuntato per farmi consegnare tutte le informazioni relative al caso. Ero certo che l'incriminazione di Azzoli avrebbe posto fine alla vicenda. E, soprattutto, mai avrei pensato che lei sarebbe arrivato fino a questo punto e avrebbe scoperto una cosa che neppure io ero riuscito a sapere: dov'era nascosto il diario di Carolina. Mi ha sorpreso, profondamente sorpreso. Ma questo non mi tratterrà dall'ucciderla, se il mio caro amico dottore non ne avesse le forze...». Mentre finiva di parlare, sfilò la pistola dalle mani titubanti del medico e la impugnò con presa ferma.

«Ho chiamato i carabinieri, anche loro stanno venendo a prendere il diario. Non la passerete liscia!».

«Non bluffi, Malastrada. Qui siamo tutti ottimi giocatori di bridge. Nessuno andrà a Santa Caterina del Sasso e non ci andrà neppure lei...».

Quando Enrico pensava che ormai fosse troppo tardi e che avrebbe pagato definitivamente la sua superficialità, una barca con i lampeggianti blu spuntò dai flutti, andando loro incontro. Approfittando del panico causato dall'apparizione, Gustavo accese il motore e scartò bruscamente. Il motoscafo si rovesciò nelle fredde acque.

Il dio a tre teste

di Antonella Mecenero

Lorenzo aveva sempre desiderato vivere sotto un cielo mai offuscato dall'afa, tra il monte e il lago, dove boschi e pascoli ancora convivevano con gli uomini. Vedere il mattino salutato dal volo delle rondini intorno all'alto campanile della chiesa romanica, in un paesaggio dove il male non sembrava esistere.

Con soddisfazione guardò la ruspa entrare nel terreno dove sarebbe sorta la casa. Un paio d'anni e i suoi nipoti sarebbero usciti correndo dal sentiero in mezzo al prato.

La ruspa si fermò e l'operaio scese a controllare qualcosa. Poco dopo Lorenzo lo vide avvicinarsi a grandi passi. Continuava a passarsi una mano sulla faccia, come a voler allontanare qualcosa dagli occhi.

«Venite a vedere!» gridò.

***

L'avevano chiamata Alisea perché volevano che fosse libera, in grado di ignorare le ottuse barriere degli uomini. Lei pensava che quel nome l'avesse resa differente. Maldestra nei confronti delle convenzioni come una raffica di vento troppo forte. Non adattata alla vita civile. Era felice che fosse qualcun altro a presentarli, a giustificarne l'aspetto scarmigliato, quasi selvatico.

«La dottoressa Alisea Sogni, antropologa forense» disse infatti la voce del maresciallo Remigio Salvi.

Dietro la figura massiccia del carabiniere, stava un uomo alto. Doveva essere un po' più vecchio di lei, sulla quarantina. Biondo e longilineo, era bello, ma non aveva la postura di chi sa di esserlo. Gli uomini belli tendono a presentarsi con sorrisi troppo aperti e a farsi subito avanti, tendendo la mano in strette arroganti. Lui invece rimaneva indietro, con fare incerto. Vestiva con abiti da lavoro, pantaloni robusti con molte tasche e una camicia stinta a maniche corte, che aveva però un colletto rigido e una spilla a forma di croce.

Aveva chiesto un archeologo e le avevano portato un prete. Fantastico.

«Padre Marco Siracide» lo presentò il maresciallo. «È parroco dall'altra parte del lago e mi ha già aiutato un paio di volte».

«Non ne dubito. Qui però dobbiamo recuperare resti scheletrici. Non ha sentito il Gruppo Archeologico di Castelletto Ticino, se ha qualche volontario esperto?» replicò la donna. Poi si bloccò, colpita da un dubbio. «Aspetti... Siracide... È possibile che abbia già sentito il suo nome?».

«Ho insegnato per cinque anni Storia del Vicino Oriente antico in Cattolica, a Milano» disse il prete. Aveva la voce calma, con la cadenza lenta tipica della categoria. «Sono uno storico, ma da studente ho partecipato a qualche campagna di scavo e ho seguito dei seminari con Mallegni, dell'università di Pisa».

«Ah, e faceva il parroco?' Allora ok. Il maresciallo le ha già spiegato?».

«Mi ha detto che un milanese ha comprato un terreno per costruirci una casa. Al primo colpo di ruspa sono venute fuori le ossa di una gamba».

«Sì, ma ci sono almeno tre scheletri qua. Una sepoltura intenzionale, a quanto sembra. Per questo ho chiesto aiuto, da sola non me la cavo più».

«Sa già dirci qualcosa?» chiese Salvi. «Forse ci siamo imbattuti in una tomba vecchia di qualche secolo? Mi hanno detto che c'era una necropoli, da qualche parte».

«Maresciallo, qui il terreno è acido. Ottimo per le azalee e pessimo per i cadaveri. Normalmente un cadavere interrato si scheletrizza in una decina d'anni; qui, data l'umidità e l'acidità, in un po' di meno. Il processo di scheletrizzazione è in atto, ma non è completo. Non sono quaggiù da più di tre o quattro anni. Adesso venga, don. Puzza un po' di più che un cantiere archeologico, ma penso che si possa reggere».

«Non ho l'attrezzatura» disse il prete.

«Se ha braccia e cervello, il resto lo fornisco io».

L'area dello scavo era delimitata dal nastro bianco e rosso in un terreno appena disboscato in una zona pianeggiante, tra l'abitato di Armeno e i boschi veri e propri, che salivano lungo le pendici del Mottarone. Un ottimo punto per costruire una casa. Dal secondo piano, probabilmente, si sarebbe potuto vedere anche il Lago d'Orta, più in basso, con la piccola isola nel mezzo.

Adesso si individuava con facilità il punto dove la ruspa aveva portato via la terra e poi lo scavo più ordinato dell'antropologa. Vi iniziavano a emergere i contorni di tre corpi quasi del tutto decomposti, di cui uno privo di arti inferiori. Si individuavano senza difficoltà le ossa, sotto i resti dei tendini e le cartilagini. Si intravedevano porzioni di cuoio capelluto, mentre i tratti dei visi erano già scomparsi del tutto.

«Non dovrebbero esserci tracce dei vestiti?» chiese il prete.

«Dovrebbero. Li hanno seppelliti nudi, ma si intravede un braccialetto, là, e i resti di una collana... Mettiamoci al lavoro... Possiamo darci del tu?».

L'uomo annuì, ma era a disagio con l'idea che i corpi fossero stati seppelliti nudi o, forse, e ad Alisea piacque di più, solo con l'idea che fossero stati seppelliti.

Si vedeva che il prete non era più abituato a quel tipo di cantiere. Continuava a cambiare posizione cercandone una comoda. Alisea sapeva che il trucco era accettare che non ce ne fosse nessuna. E portarsi delle ginocchiere da piastrellista. Si vedeva, però, che sapeva anche cosa fare. Passava dalla cazzuola al pennello a seconda di quanto fosse vicino ai resti, senza che gli si dovessero dare indicazioni.

All'inizio lavorarono in silenzio, ma era un compito lungo e, quando uno si abituava all'idea e all'odore, che era principalmente di terra ma con un retrogusto dolciastro, noioso.

«Com'è che uno storico è finito a fare il parroco sul Lago d'Orta?» chiese Alisea.

«Ero già prete» precisò lui. «Il gregge è numeroso e i pastori scarseggiano».

«E non ti manca lo studio?».

«Collaboro ancora con l'università. Insegno religione al liceo, faccio il parroco, corro sulle colline. Non mi annoio mai».

«E risolvi delitti col maresciallo?».

«No. È goloso e sua moglie è sempre a dieta. Ogni tanto condividiamo dei peccati di gola e chiacchieriamo. Tu invece? Vivi di questo?».

«Improbabile, vero? Faccio l'antropologa forense per lavoro e l'archeologa per piacere, d'estate».

«Non hai pensato alla carriera universitaria?».

«Sono allergica ai nepotismi e mal sopporto i convegni».

Per mezzogiorno avevano ottenuto uno sguardo d'insieme. Erano tre corpi, abbracciati. Le mani dei due laterali andavano a sfiorarsi su quello centrale. Una sepoltura intenzionale. Qualcuno li aveva spogliati, aveva scavato una fossa, delimitata da dei grossi ciottoli di fiume, e li aveva deposti con attenzione. Questo cosa indicava, pensò Alisea, rispetto? Rimorso? O un rituale?

Il prete osservava e non diceva niente. Alisea aveva l'impressione che fosse un uomo di poche parole e molti pensieri.

«Sta arrivando l'appuntato di Salvi. Andiamo a mangiare qualcosa?» chiese, quando vide un carabiniere che si avvicinava in moto.

Era la prima settimana di agosto e tutto era al minimo, l'energia e gli uomini. Normalmente la Scientifica di Novara le avrebbe dato un paio di aiutanti, ci sarebbe stato per tutto il tempo almeno un carabiniere a controllare e qualche giornalista avrebbe fiutato lo *scoop*. Invece tutto si muoveva a rilento, in economia. Solo un milanese, pensò Alisea, avrebbe pensato di far iniziare un cantiere per la prima settimana di agosto.

«Ci sarà un bar in paese?» chiese.

Il prete annuì. «Prima vorrei farti vedere una cosa, in chiesa».

«Posso venirci così?». Alisea si sentiva la terra fin dentro i capelli, ricci, neri e selvatici da far invidia a una Medusa infuriata. Indossava una canotta verde che su un corpo più prosperoso sarebbe stata sexy, pantaloni macchiati d'erba e di terra e vetusti scarponi a cui quel cantiere avrebbe dato il colpo di grazia.

Padre Marco le diede uno sguardo veloce. «Secondo me, in chiesa ci si può entrare sempre».

La chiesa aveva un'imponenza spropositata alle dimensioni dell'abitato. Era all'ingresso del borgo, non in centro, sulla strada che veniva dal Lago d'Orta. Un austero edificio romanico in pietra grigia, con un campanile alto e stretto, ingentilito da trifore dagli archi bianchi.

Alisea non frequentava molto le chiese, se non per turismo, e si scoprì quasi ad invidiare il rispetto senza timidezza di padre Marco, che in quella frescura odorosa d'incenso era di casa. La guidò lungo una navata, fino a una colonna, dove era ben conservato un affresco medioevale. Rappresentava, con tratti e colori semplici, una figura umana con tre teste, uno strano mostro sorridente dal triplice sguardo gentile.

«Cosa rappresenta?» chiese Alisea.

«È una trinità tricefala. Una rappresentazione della trinità usata nel medioevo e dichiarata eretica dal Concilio di Trento. Ne sono rimaste pochissime, una è questa».

«Pensi che abbia a che fare con i corpi?».

«Non ne ho idea, ma mi sembrava il caso che tu la vedessi».

La rappresentazione eretica di una divinità a tre teste a cento metri da tre corpi abbracciati, come se fossero uno. Sì, pensò Alisea, era proprio il caso che la vedesse.

Nel pomeriggio si dedicarono alla parte più lenta del lavoro: ripulire i resti col pennello, asportando i residui di terra. Era un compito snervante, ma era anche quello che svelava più particolari. Emerse con più chiarezza il braccialetto di cuoio su uno dei corpi laterali e i resti di molti orecchini, quei sottili cerchietti d'argento che si portano su tutto il lobo auricolare, in quello centrale.

Alisea non aveva mai passato tanto tempo con un prete e non sapeva come condurre la conversazione. Non poteva certo chiedergli se era sposato o fidanzato e aveva paura di commettere gaffe parlando di cinema o di musica, era certa che molte delle cose che amava potessero apparire moralmente riprovevoli, almeno agli occhi di un intransigente. E non si poteva certo chiedere a un prete quanto fosse integralista.

Padre Marco, però, la fece parlare di scavi archeologici e di storia, territori in cui lei si sentiva a suo agio, anche se trasalì quando l'uomo si lasciò sfuggire l'età in cui era entrato in seminario.

«Come si fa a decidere della propria vita a quindici anni?» chiese, d'istinto.

«Quando hai deciso che ti saresti dedicata a questo?».

«A otto anni, quando ho visto Indiana Jones».

«Vedi?».

«Ma non è paragonabile. È una scelta meno drastica, coinvolge meno… tutto il resto».

Padre Marco aveva un sorriso quasi divertito. «Davvero?».

E Alisea ragionò che dedicarsi alla terra e alle ossa precludeva certi rapporti sociali quasi quanto la vita monastica. Gli uomini tendevano a fuggire quando scoprivano di cosa si occupava. A meno che non fossero dell'ambiente. In quel caso diventavano competitivi e aggressivi. E allora fuggiva lei.

Tornò a pensare allo scavo.

«Da dove credi che vengano i ciottoli che circondano la sepoltura?».

«C'è un torrente nel bosco, non è troppo lontano. Se possiamo fare una pausa ti porto a vederlo».

«Copriamo tutto col telo e andiamo».

Percorsero forse duecento metri prima di trovarsi in un prato circondato da un bosco di castagni ben tenuto. Al limite del prato correva un torrente. Pigre, coppie di libellule dalle ali iridescenti sorvolavano l'acqua. Non sembrava il luogo adatto a un delitto. Ma i sassi su cui si posavano le libellule erano proprio simili a quelli della sepoltura. Si chinò, notando qualcosa nel prato. Con cautela estrasse i frammenti di una lattina dalla superficie ormai scolorita. La pulì dal terriccio, cercando di indovinarne il disegno.

«Credo sia di birra» sentenziò.

«Pensi sia importante?» chiese padre Marco.

«Non credo. Ma la terra porta memoria di tutto. Noi ci illudiamo di passare senza traccia o di poterci nascondere, ma siamo nudi di fronte alla terra. Conserva, non dimentica e qualche volta restituisce. Qualcuno ha bevuto birra qua, gettando la lattina, più o meno nel periodo in cui quei tre venivano seppelliti. Probabilmente non ha niente a che fare col delitto, ma ne è rimasta traccia».

Padre Marco osservò il prato pianeggiante, isolato dal paese da qualche centinaio di metri di bosco.

«Non è un posto dove si viene a bere birra per caso» disse. «Credo che adesso ci convenga tornare. Salvi deve passarmi a prendere. Alle cinque e mezza devo dire messa e volevo pregare anche per loro. Domani ti servo ancora?».

«Ci sarà da fare le foto e poi tirare su tutto. Una mano mi sarebbe utile, sì».

Quando tornarono al cantiere, Salvi li stava aspettando, osservando i resti.

Alisea aveva imparato che ci sono molti modi per guardare i morti. Con curiosità morbosa. Con insofferenza, perché significavano più indagini e più lavoro. Con rabbia e impazienza. Padre Marco li aveva guardati con la pacatezza che hanno i sacerdoti di fronte alla morte. Salvi li esaminava con tristezza, non come la causa delle sue ferie saltate all'ultimo momento.

«Sa già dirci qualcosa?» le chiese

«Domani, dopo i rilievi, rimuoverò i resti e prenderò tutte le misure. Allora potrò essere più precisa. Adesso le posso dire che sono qui dai tre ai cinque anni. I due ai lati sono maschi, in mezzo c'è una femmina. Addosso è rimasto solo un braccialetto di cuoio al maschio a destra e gli orecchini e la collana alla femmina. Erano ragazzi, tra i sedici e i ventun anni».

Sia il prete che il maresciallo trasalirono, quando sentirono l'età.

«Ne è sicura?» chiese Salvi.

«Si vede dai femori. La saldatura alla diafesi superiore è iniziata, ma non è completa e questo colloca l'età della morte nella tarda adolescenza. La saldatura inferiore, che avviene tra i venti e i venticinque anni non è ancora iniziata. Uno dei ragazzi, quello col bracciale, era un po' più giovane, la ragazza forse un po' più grande, ma al massimo ventuno o ventidue anni».

«La causa della morte?».

«Per il momento non si vede nulla, ma magari domani emerge qualcosa... Marco, ho detto qualcosa che non va?».

«No. È solo che... finché ci lavoravamo sopra erano... resti. Era più facile mantenere il distacco. Adesso sono ragazzi».

Alisea notò nel prete un po' di virile imbarazzo per aver palesato il proprio turbamento e la cosa le piacque. Sia perché non era rimasto impassibile, sia per quella reazione così genuinamente mascolina.

Per tutta la notte Alisea pensò ai tre ragazzi morti, seppelliti con cura sotto gli alberi, vicino a una chiesa dove stava dipinto un dio a tre teste.

Alloggiava in un piccolo bed & breakfast con vista sulla chiesa, ma ormai con un buon computer e una connessione internet si poteva fare quasi tutto. Tuttavia non trovò nessuna corrispondenza degna di nota. E poi questi tre giovani, perché non erano stati cercati? O erano stati cercati altrove? Qualcuno, di certo, ancora li aspettava e aveva diritto almeno a sapere com'erano morti.

Non trovò nulla neppure sulla trinità tricefala. Era il retaggio di un tempo più antico, quando spiritualità pagana e cristianesimo si mescolavano senza troppi pudori, in una promiscuità teologica che in quella terra doveva essere stata piuttosto forte. L'affresco oggi era considerato una stranezza, una curiosità e non era in relazione con alcunché di esoterico.

Quei tre corpi continuavano a sembrare del tutto estranei nel contesto del borgo sereno, famoso – gli rivelò internet – per i cuochi e la sagra delle mucche. Ma la sua sfera di influenza erano proprio i fatti oscuri e insoliti e i lamenti senza voce degli scheletri, che toccava a lei interpretare.

In momenti come quelli, quando si sentiva il carico della responsabilità di una verità negata, rimpiangeva di non essere stata colta da una vocazione diversa, un lavoro senza retrogusto di dolore.

Padre Marco arrivò alle nove e un quarto, accompagnato ancora dal maresciallo Salvi.

«Ho controllato le denunce di scomparsa» disse questi. «Il ragazzo con il braccialetto potrebbe essere Mirko Talleri. Un adolescente difficile, era in affido a una famiglia di Borgomanero, è scomparso tre anni fa, d'estate. Aveva sedici anni e un braccialetto di cuoio».

«Borgomanero è il paese che c'è all'uscita dell'autostrada?» si informò Alisea.

«Sì, con i suoi ventimila abitanti, per noi è una città».

«E non l'avete cercato?» chiese il prete.

«Noi di Gozzano poco. Veniva da una casa famiglia di Milano e tutti hanno dato per scontato che si fosse diretto là. C'era stata anche una testimonianza, una signora credeva di averlo riconosciuto alla Stazione Centrale».

Alisea scosse il capo. Immaginava l'identikit: adolescente, un metro e settanta, vestiti trasandati e una pettinatura ribelle. Quanti ne giravano così nelle stazioni in estate?

Marco estrasse il cellulare. «Ci serve un'ulteriore consulenza» disse. «Il tam tam degli adolescenti spesso arriva dove gli adulti non possono vedere».

«Chi chiami?» chiese Alisea.

«La mia nemesi» sorrise il prete. «Il mio studente più brillante, appassionato di scienza, razionalista e ovviamente ateo».

«È più o meno il suo figlioccio, figlio di amici di famiglia» spiegò Salvi.

Padre Marco si era allontanato per parlare e dopo poco fu di ritorno.

«Gabriele all'epoca aveva tredici anni. Per noi tre anni sono niente, da ragazzi sono una vita, ma ho messo in moto il meccanismo. Parlerà con Marta, che parlerà con suo cugino, che abita qua sotto, sul lago, a Orta, e ha diciotto anni».

«Quello delle messe nere?» si informò Salvi con una naturalezza che fece trasalire Alisea.

«È saltato fuori che i ragazzi della zona si divertivano ad andare in giro nei boschi, di notte, recitando frasi a caso in un celtico inventato, per bere, fumare e inneggiare alla trasgressione» spiegò padre Marco. «Nulla di davvero grave, consumo di erba, alcolici e blasfemia spiccia, ma mi ha fatto capire che a volte, del mondo dei ragazzi vediamo solo la superficie».

«In effetti ci sono parecchie cose di me adolescente che non credo nessun adulto sappia» interloquì Salvi.

Alisea sorrise. «I miei sono dei "figli dei fiori *new age*". In caso contrario non mi avrebbero chiamata Alisea. Era molto più probabile che io scoprissi loro a farsi una canna che non viceversa».

Padre Marco rise, ma fu richiamato all'ordine dalla suoneria del cellulare e si allontanò per rispondere.

«Tre anni fa anche il cugino stava lontano dai guai» disse, quando ebbe terminato la telefonata. «Però sa per certo che c'è stato un *rave party* in questa zona che ha fatto arrivare ragazzi da fuori. Ci deve un favore per non averlo messo nei guai per la storia delle messe nere e ha promesso che ci farà sapere chi l'ha organizzato. Tu ne sai qualcosa, Remigio?».

Il carabiniere scosse il capo. «Al massimo sarà rimasta qualche denuncia per il rumore. Sembra però il tipo di ritrovo da interessare uno sbandato come Mirko».

La donna e il prete si misero al lavoro, mentre il carabiniere andava a seguire la sua linea di indagine. Di nuovo nessun carabiniere di guardia e nessun giornalista. Le rondini sopra di loro nel cielo terso. Dividere un angusto spazio di terra, passandosi pennelli e bottiglie d'acqua, crea inevitabilmente intimità. Alisea e Marco si trovarono di nuovo a parlare. Lui era più spigliato del giorno precedente, le raccontò delle sue difficoltà di insegnante e delle sue dodici fedeli, le ottantenni presenti alla messa delle otto e a quella delle diciassette e trenta, che scandivano le sue giornate. A sentirlo raccontare con tanta naturalezza, quello di prete sembrava un lavoro come un altro e glielo disse.

«A sentirtelo raccontare, anche quello che fai tu sembra un lavoro come un altro» ribatté lui, con un sorriso.

E lei si scoprì a pensare che un uomo così spiazzante e calmo non lo aveva incontrato mai.

Durante la pausa pranzo, Marco ricevette un'altra telefonata.

«La mia squadra di adolescenti ha trovato un ragazzo che ha partecipato al *rave* di tre anni fa. Ce lo portano su per le quattro e mezza, quando arriverà anche Salvi» relazionò. Poi guardò i resti.

Era una delle ultime occasioni per guardarli così com'erano stati trovati. Ben presto ogni parte sarebbe stata raccolta e catalogata per il medico legale. Infine, se fossero stati identificati, sarebbero approdati a una vera bara e a una vera tomba, con una lapide con un nome sopra.

«Cosa ne pensi della sepoltura? Quanto ci sarà voluto a farla?» chiese il prete.

«Meno che a noi scavarla. Qualche ora, credo» rispose Alisea.

Era comunque un lavoro che aveva richiesto pazienza. Due ragazzi che si stringevano intorno a una ragazza. Tre corpi che si univano in uno.

«Questi tre erano uniti. Nella morte, almeno, se non nella vita» disse infine.

«Potrebbe essere che chi li ha sepolti non sia l'assassino? Un suicidio premeditato?».

«Sì, ma... coppie di suicidi ce ne sono, a volte. Ragazzi innamorati che si credono Romeo e Giulietta, senza futuro. O gruppi omologhi. Appartenenti a una setta. Amici. Amiche. Due ragazzi e una ragazza escludono la storia d'amore, immagino. E anche se si è trattato di omicidio, non capisco. Lei è più grande, al centro... come una dea madre, una sacerdotessa antica. Non mi viene in mente nessuna simbologia più recente...».

Marco si chinò a sfiorare il teschio di quello che si pensava fosse Mirko. «Perché ne hanno cercato solo uno?».

«Ci sono ragazzi che sono quasi evanescenti. Clandestini. Punk bestia. Tossici».

«I giovani non dovrebbero essere la cosa più preziosa di una società?».

«Forse li hanno cercati nei posti sbagliati» rispose Alisea.

Non era il suo lavoro, investigare. Lei doveva limitarsi a scavare le ossa, una sorta di Caronte al contrario che dall'oblio della morte, riportava il defunto verso l'attenzione dei vivi. Doveva recuperare i resti, catalogarli, fare le indagini preliminari, stendere una relazione e passare il testimone. Tuttavia era a lei che i morti tendevano le loro mani scheletriche. Era difficile considerarli un lavoro e non una responsabilità.

«Marco, puoi andare su internet col tuo cellulare?» chiese, d'istinto. «Guarda se il profilo *Facebook* di Mirko è ancora attivo».

Il prete annuì ed eseguì in silenzio. «L'ultimo aggiornamento è dell'estate di tre anni fa».

«Cosa dice?».

«Ci sono degli appelli perché torni a casa... prima... Parla di una notte magica, in cui i desideri si avverano».

«Riesci a vedere i profili di chi ha cliccato "mi piace"?» chiese Alisea.

«Sono ventidue. Cosa cerco, un altro che non aggiorna da tre anni? Possibile che gli inquirenti non l'abbiano già fatto all'epoca?».

«Ti stupiresti a scoprire quante volte logica e investigazione non vanno a braccetto» rispose lei.

Si avvicinò, per scrutare lo schermo. Tre profili risultavano disattivati. Uno in effetti non aveva più aggiornamenti più o meno da quel periodo.

«Ma dubito che stiamo cercando un "Luke Jedi" che risiede a Tatooine» commentò il prete.

Alisea si era appoggiata al suo braccio, in una vicinanza fisica che le era insolita e, cosa strana, piacevole. Marco aveva un sentore di terra e sudore e una totale inconsapevolezza dei capelli di lei sulla sua spalla. Un uomo a cui ci si può aggrappare, pensò Alisea, senza paura di trovarsi in trappola. Si staccò, infastidita dai suoi stessi pensieri.

«Cos'hanno in comune Mirko, il ragazzo scomparso, e Luke di *Guerre stellari*?» chiese.

Marco scosse il capo. «Non mi intendo di fantascienza» ammise, quasi fosse una colpa.

«Sono orfani, non conoscono i propri genitori. Luke viene cresciuto dagli zii».

«Potrebbero essersi conosciuti nella stessa casa famiglia?».

«Non so... Lo avrebbero detto a Salvi se due ragazzi che sono stati insieme nella stessa struttura sono scomparsi nello stesso periodo... Guarda se avevano amici in comune».

«No, nessuno. Gli amici di Luke abitano per lo più in Veneto. Quelli di Mirko in questa zona o a Milano» sospirò il prete. «A cosa stai pensando?».

Alisea non sapeva se fosse il caso di rispondere. Le intuizioni non vanno spaventate, quando si manifestano. Se insegui troppo da vicino un'idea sfuggente, ne parli prima del tempo, può fuggire, proprio come una preda di fronte a un cacciatore frettoloso. Inoltre le idee vanno passate al setaccio della scienza, perché da fantasie assurgano al rango di ipotesi.

Guardò ancora i tre scheletri. Potevano esserci solo alcuni anni di differenza tra uno e l'altro. Abbracciati. Uniti.

Distruggere quell'abbraccio sembrava quasi un sacrilegio.

Erano seduti sull'erba, a qualche metro dallo scavo che Alisea non si rassegnava a completare, lei, padre Marco e Salvi, con le gambe incrociate, come in un consiglio di guerra indiano.

«La madre naturale di Mirko aveva altri due figli, avuti da uomini diversi» disse Alisea.

Lei e il prete avevano scavalcato Salvi che, però, invece di arrabbiarsi, era seduto di fronte a loro, concentrato.

«Ho sentito un mio compagno di seminario, che lavora con i servizi sociali a Milano» si inserì Marco.

Alisea aveva potuto constatare che avere un prete dalla sua parte era quasi come potersi affidare ai servizi segreti.

«Roberto aveva tre anni più di Mirko, era stato affidato agli zii paterni, dei viticoltori veneti» riassunse Marco. «Si era diplomato e era partito per una vacanza. Era sua abitudine non telefonare, quindi la denuncia di scomparsa è avvenuta in ritardo, quasi tre settimane dopo quella di Mirko».

«Due cognomi diversi, due regioni diverse, due momenti diversi. Chi indagava non ha pensato di mettere in relazione Roberto con Mirko» disse Salvi.

«La ragazza, Vanessa, è stata col padre per un po', un uomo che viveva di espedienti. Poi di lei si sono perse le tracce. L'ultima notizia che si ha è che stava in una casa occupata, quattro anni fa» concluse Marco.

«Lei pensa che possano essere loro?» chiese Salvi.

Alisea gettò uno sguardo allo scavo. «Bisogna vedere il DNA. I due maschi hanno corporatura e altezza simile, ma non è molto indicativo».

«Dunque, suicidio?».

«E chi li avrebbe seppelliti? Se si scopre un suicidio, non lo si nasconde».

«Quindi?» chiese il maresciallo.

«Quindi lui ci dirà la verità» rispose padre Marco.

Una figura si stava avvicinando in bicicletta, ansimando sotto il sole d'agosto. Il ragazzo individuato dalla sua rete di adolescenti. Quello che aveva partecipato al *rave party*.

Si chiamava Enrico Stecchi e non sembrava in possesso del tipico curriculum da sbandato. Aveva un taglio di capelli ordinato, un abbigliamento sobrio e un libretto universitario pieno di trenta e lode. Appena vide gli scheletri, gli occhi gli si riempirono di lacrime.

«Cosa volete che vi dica?» sussurrò.

Alisea lanciò uno sguardo a Marco, per essere sicura che stesse seguendo il suo stesso pensiero. Nessuno aveva obbligato il ragazzo a venire fin lì. Certi segreti, si desidera solo che vengano scoperti.

«Li conoscevi?» chiese Marco. Era un prete, abituato ai confessionali. Praticamente un esperto di interrogatori.

«Solo Mirko» rispose Enrico. «Lo avevo aiutato a cercare i suoi fratelli, su internet. Vanessa non sapeva neppure che esistesse, prima di mettersi in contatto con Roberto, quello che stava in Veneto. È stata mia l'idea di invitarli al *rave*. *La notte dei miracoli* lo chiamavamo e, quindi, cosa di più adatto?».

«Perché sono nudi?» chiese Marco.

«Lo eravamo tutti. Abbiamo ballato nudi schizzandoci con l'acqua del torrente... laggiù, da qualche parte».

«Dove c'era la lattina» mormorò Alisea.

«Alla fine, rivestirli sembrava il minore dei problemi» disse Enrico.

«Cos'avevate preso?» chiese Marco, che si era accollato fino in fondo il ruolo di inquisitore.

«Pasticche, cocaina... non so. C'era un tipo da fuori che spacciava, prezzi stracciati. Qualcosa non andava. Siamo stati male in tanti. Vomito, un mal di testa boia... Pensavamo che dormissero... Abbracciati insieme, finalmente tutti e tre uniti... Sono andato per svegliarli. Albeggiava ed era ora di sgomberare... Non si sono svegliati».

Tutti gli sguardi conversero su Alisea, in quanto scienziata del gruppo.

«Non so. Può essere» disse. «Un'allergia, un problema congenito, una particolare sensibilità. Non so se si potranno fare delle analisi, a tre anni di distanza... Anche la madre è morta dopo aver assunto droghe, ma loro non lo sapevano...».

Ci sono verità che, quando emergono, hanno il sapore forte della giustizia. Altre sanno solo di tristezza. Memorie dolorose che la terra conserva, senza dimenticarle mai.

«Non sapevamo cosa fare» stava continuando Enrico. Adesso, era quasi un problema farlo smettere di parlare. «Molti di noi erano nel panico, volevano solo lasciarli lì. Ma io ho pensato che loro volevano solo stare insieme. Non potevo fare altro, per loro… Così li abbiamo seppelliti, insieme… Che ne sarà di me?».

Salvi si passò una mano tra i capelli. «Occultamento di cadaveri. Non è una sciocchezza. Ma eri minorenne, tre anni fa, e certo non li hai portati e seppelliti da solo…».

«Ma l'idea è stata mia».

«Sì, ma questo lo dirai al tuo avvocato che ti dirà cosa devi dire a me».

Più tardi, Alisea e Marco andarono di nuovo in chiesa.

Il prete era più avanti, davanti all'altare maggiore. Pregava per i tre ragazzi, per i quali nessuno per tre anni aveva pregato.

Alisea lo guardava da lontano e non sapeva cosa pensare a proposito. Le preghiere le erano sempre sembrate solo parole, effimere vibrazioni nel silenzio. Si chiese se ci fosse davvero qualcosa, o qualcuno che le ascoltava e le conservava, come la terra ascolta e conserva tutto ciò che le accade sopra.

Lei si era fermata più indietro, davanti all'affresco della trinità tricefala.

Il dio a tre teste.

Non aveva una relazione diretta con quanto accaduto, anche se Enrico aveva aggiunto che l'idea di seppellirli abbracciati, come un corpo con tre teste, gli fosse venuta ricordando l'affresco.

Di certo, Alisea se lo sentiva più affine di qualsiasi altra rappresentazione di divinità. Non conforme, spontaneo, quasi eretico. Come lei, che aveva il nome di un vento. Le era stato dato perché potesse ignorare le ottuse barriere degli uomini, era cresciuta selvatica, senza gentilezza. Quasi eretica.

Come il suo pensare che forse quei ragazzi avrebbero dovuto rimanere dove stavano. Abbracciati, coperti dall'erba, protetti dalla terra, non sfrattati per far posto a una villa e rinchiusi in bare differenti. Quasi eretica.

Lanciò uno sguardo a padre Marco, ancora inginocchiato davanti all'altare, intento a pronunciare preghiere in cui davvero credeva e pensò che era solo un bell'uomo.

Lo sguardo di Jake

di Jessica Moro

C'è tranquillità, finalmente. Affondo nella sabbia, mi piace, sento fresco. L'acqua si avvicina e poi si ritrae. Lo guardo per chiedere un permesso che so già esser mio. Lui sorride, ma è nervoso. Guarda laggiù oltre le montagne, e so che vorrebbe esser lontano da quella voce che ci sta raggiungendo. Mi siedo accanto lui, l'acqua ci lambisce appena. Le vibrazioni che sento mi regalano la certezza che mi porterà con sé. Ovunque.

Mattino
Cerro è sempre stata una calamita per me. La sua baia mi accoglie in un abbraccio sicuro, stretto. Una via d'entrata e una di uscita, un lungolago breve, ma intenso, una piccola spiaggia in cui se perdi qualcosa hai sempre una vaga speranza di ritrovarla e un molo di cemento e natura, che sembra un isolotto su cui fingere di essere sperduti, anche se in realtà è saldamente ancorato alla terra ferma. Da quando ci vivo mi sento meglio, la resa del caos.

Ho fatto una bella corsa: lungolago, pezzo di provinciale, di nuovo pezzo di provinciale, lungolago. Mi fermo, guardo il cronometro, non male. Mi appoggio alla ringhiera e guardo il panorama. A quell'ora del mattino è semplicemente perfetto. L'odore dell'acqua mi riempie i polmoni e mi sento invasa da quella speciale quiete che solo lì riesco a trovare.

Sto per andare verso casa, a pochi passi, quando lo vedo. È fermo vicino alla riva. Guarda lontano, verso le montagne che segnano il punto da cui è solito arrivare il vento di Mergozzo. Il suo sguardo vaga sull'acqua. Mi viene d'istinto, uso uno di quei richiami che attirano la loro attenzione, ma non sembra nemmeno essersi accorto di me, il che è molto strano. È una figura possente, con il pelo nero, lucido e lungo, appena mosso da un alito di vento.

Faccio qualche passo, senza perderlo di vista. Mi chiedo di chi sia, cosa stia aspettando. Sono alle sue spalle, ci divide solo il parapetto e qualche metro di sabbia. Lui è seduto, statuario. C'è una nota stonata: non sta solo ammirando qualcosa, sta fissando qualcuno. A rallentatore, traccio una linea con lo sguardo mentre sto già camminando fino all'apertura della ringhiera dove una rampa in cemento permette di raggiungere la spiaggia.

Improvvisamente questo giorno di sole e profumo di fiori si trasforma in qualcosa di orribile. Sento le gambe tremare, la testa pulsare e il cuore esplodere di paura. Ora l'aria intorno a me sembra essere più pesante, più fredda: è cambiata. L'unico a non muovere un muscolo è il cane nero.

Pomeriggio

Sono frastornata, sudata, piena di voci e rumori nella testa. I flash delle macchine fotografiche della polizia scientifica, le domande dei carabinieri, le grida, i curiosi che accorrono e si scambiano moventi, opinioni e identità possibili della vittima, vorrei che fossero una radio per poterli spegnere. Vorrei che questa rivincita del caos fosse breve e mi abbandonasse di nuovo al silenzio.

Quando arrivano loro, i giornalisti, capisco che è finita, che tutta questa triste storia diverrà un fenomeno da baraccone, di quelli che senti in continuazione in ogni dannata edizione dei telegiornali. Ne faranno un caso nazionale, i reporter si contenderanno i testimoni del ritrovamento, cercheranno me. Mi sento male. Vorrei vomitare, andare via, dire che non ero io ad aver chiamato la caserma, che non ho visto nulla a parte il cane.

Mi hanno fatto sedere su una panchina, lontano dagli abitanti, dai turisti e dai giornalisti accorsi con le loro piccole auto adatte a sgattaiolare fuori dal traffico.

Guardo l'appuntato che mi sta a fianco, è decisamente agitato. Da queste parti trovare un cadavere nell'acqua non è roba da tutti i giorni, anche se gli incidenti capitano. Il punto è che lui è molto giovane, sicuramente più di me.

«Signora, le chiedo di tenersi a disposizione» dice il maresciallo.

«Vorrei solo che mi permetteste di allontanarlo da lì» rispondo, rivolgendo lo sguardo al cane. «Lasciate che me ne occupi io» aggiungo.

L'appuntato fissa il maresciallo che a sua volta mi guarda perplesso.

«Lei abita qui?» mi chiede.

Mi volto di mezzo giro e indico la mia casetta, dietro la siepe.

«Maresciallo, quell'uomo era il suo padrone».

«Mura, accompagnala a casa» ordina all'appuntato, senza prestarmi attenzione.

«Adesso cosa succederà?» azzardo.

«Abbiamo trascritto tutte le sue dichiarazioni. Dovrà solo confermare e aggiungere quello che le verrà in mente. Queste sono cose che nessuno dovrebbe mai vedere. Per cui già da ora le mettiamo a disposizione un sostegno psicologico. Io glielo consiglio, perché solitamente nei giorni successivi possono presentarsi dei problemi legati allo choc».

Stava divagando.

«Parlavo del cane» preciso.

Mi volto, il cane nero è vicino al corpo del suo padrone che giace sulla sabbia, coperto da un telo.

«L'accompagno, signora» mi dice l'appuntato.

«La prego, mi tenga informata» dico, rivolgendo uno sguardo apprensivo al maresciallo.

Il comandante dei carabinieri di Laveno si allontana. È un uomo un po' in sovrappeso, dall'andatura incerta. Sto per superare il cancello di casa, quando vedo partire il furgoncino scuro degli addetti alle pompe funebri, mentre fila via sento un lamento che mi trapassa il cuore.

Lei arriva, furiosa come il vento che ora tormenta le chiome dei platani. I suoi passi non sono aggraziati, gravano sul terreno e poi affondano con violenza nella sabbia. Lui si sposta, si dimena. La sua agitazione è come se fosse anche la mia: mi accartoccia le viscere. Camminano poi si fermano e ricominciano. La luna riflette i suoi raggi bianchi su qualcosa che cade a terra nella sabbia. Intanto, urla soffocate per non disturbare il lago si contendono la ragione.

Sera

Le voci corrono, specialmente nei piccoli paesi di provincia. Si sparpagliano e si ingrandiscono: per avere notizie aggiornate basta andare al bar. Per questo motivo ho deciso di sospendere la mia abitudine di fare colazione al chiosco. Inoltre è troppo vicino al luogo dove ho visto il cane e… il suo padrone. La verità è che mi sembra di impazzire. Tutti sanno che l'ho visto per prima, infatti mi suonano il campanello con la scusa banale di sapere come sto, quando invece vorrebbero solo farsi raccontare i particolari. Mi sembra un incubo, un *flashback* infinito in cui rivedo il cadavere, con la sua maglietta rossa, la schiena arcuata, la testa sotto, piena di ciocche bionde appena più scure per colpa dell'acqua. Non farò mai più il morto a galla, niente più scherzi idioti.

Esco in giardino per dare da bere alle rose bianche che danno bella mostra di sé insieme alle peonie e agli iris, e anche per guardare oltre la siepe: c'è una tale confusione. Voglio distrarmi dal crescente senso di angoscia che preme proprio dietro gli occhi.

Sento delle voci, sono i vicini stranieri, inglesi per la precisione. Parlano con qualcuno che sta passando per strada. Pare che la fidanzata di quell'uomo, che era rimasta a Milano per impegni lavorativi, abbia identificato *entrambi*. Forse nel loro pessimo italiano, è un modo per dire che ha riconosciuto sia il compagno che il cane. Non so se sentirmi sollevata.

«Aveva grossi problemi, lui. Tipo depressione, forse».

Sono già saltati alle conclusioni. Sento che è tutto un errore, che la depressione verrà a me se non faccio qualcosa. Mi sposto verso il cancello, ficco la mano nella siepe e mi apro un varco per la vista. Le transenne racchiudono quasi tutta la spiaggia, bloccando il passaggio. La testa comincia a girare, chiudo gli occhi e mi vedo lì, vicina all'acqua. Sottopelle sento strisciare una sensazione che riconduce all'inganno.

Notte

È un tormento continuo. Ogni brivido è una scossa, ogni scossa un lamento. Non riesco nemmeno a guardarmi allo specchio senza vedere il cadavere dietro la mia figura riflessa. Nei pochi momenti di sonno mi ritrovo sulla spiaggia. Sono lo sguardo di quel cane, che cambia direzione solo per percorrere la passeggiata fino al molo, come a indicare un percorso che conosce bene. Improvvisamente mi volto e mi vedo, appoggiata alla ringhiera. Indosso una maglietta rossa.

C'è un messaggio subliminale in tutto ciò, qualcosa che sfugge alle voci, alla coscienza e anche a chi dovrebbe considerare le cose con più attenzione. L'ho rivista tutta la notte l'ultima scena del mio incubo e finiva sempre con me sulla spiaggia e me appoggiata alla ringhiera, che si guardavano dopo aver scoperto che una delle due indossava una maglietta rossa zuppa d'acqua.

Comincio a essere ossessionata da tutto, tanto che cerco nell'armadio quella dannata maglietta. Sono consapevole di non averla, eppure continuo a frugare tra i vestiti. Ho la testa piena di domande. Una più assurda dell'altra.

Cerco le risposte e non le trovo. Non è mio compito farlo, eppure c'è una parte di me che non è d'accordo.

Perché il cane non ha aiutato il suo padrone a salvarsi?

Perché non ha abbaiato?

Perché continuo a pensare che la maglietta sia un elemento così importante?

Mi prendo la testa fra le mani, nel pieno dello sconforto. Sono stanca, allo stremo delle forze, come se avessi tentato di tutto per una causa che invece è già persa. Mi viene anche un forte mal di testa, dietro, vicino alla cervicale, come se fossi stata colpita senza neanche il tempo di rendermene conto.

Li seguo. Le vibrazioni sono simili al terremoto, ora. Lei per un attimo mi rivolge un gesto di stizza. Sento che non mi vuole fra i piedi, ma non posso andarmene, sono fedele. Sempre. Come quando nuotiamo fianco a fianco, prima verso il largo, poi lungo la costa. Quando lui si ferma, io mi fermo con lui. Non mi dimentico che dobbiamo andarcene laggiù in mezzo alle montagne, dove ci sono solo boschi e dove il lago si vede da un'altra prospettiva. Forse, se tornerà serena, verrà anche lei.

Mattina
Mi occorre davvero molto coraggio per uscire ed evitare il luogo del ritrovamento. Prima di salire sulla volante dei carabinieri che è venuta a prendermi, riesco a vedere il chiosco pieno di gente. Sono tutti curiosi, è gente che non vive a Cerro. Ovviamente poi ci sono i giornalisti, uno di loro è in collegamento e sta parlando al microfono.

«Dal bellissimo borgo di Cerro, sul Lago Maggiore, non ci sono aggiornamenti. Per ora è tutto. A voi la linea».

Il maresciallo mi aspettava, mi fa cenno di sedermi di fronte a lui, sulla sedia più a destra verso la finestra.

«Signora Ricci, come sta?».

Deve proprio vedersi che non sono in gran forma, ed è solo passato un giorno dal ritrovamento. Un giorno e qualche ora, ecco.

«Mi chiami Giulia, la prego».

Lui annuisce. «Al telefono sembrava parecchio... agitata. Si è ricordata qualche particolare che possa essere rilevante?»

«Corre la voce che lui non stesse bene» dico.

«Paese piccolo, la gente mormora».

Sospira, poi si appoggia allo schienale della sedia. Non sa dove voglio arrivare e ha ragione, perché non lo so nemmeno io. Procedo per inerzia, senza una meta, ma se avessi ragionato prima di chiamare la caserma, non sarei qui.

«Se pensate che sia annegamento, beh, non è così» dico, e la voce si incrina un po'.

«Era depresso, faceva uso di antidepressivi da qualche mese. Dall'autopsia forse se ne saprà di più».

Sto per andarmene, lo giuro. Vorrei, ma sono inchiodata alla sedia.

«Il suo cane avrebbe fatto il diavolo a quattro, l'avrei sentito abbaiare, la mia camera dà sul lago. È primavera, la temperatura non è ancora delle migliori, ma io tengo sempre la finestra semiaperta. Insomma, maresciallo, io credo che non sia possibile tutto ciò. Sento che c'è un'altra spiegazione».

«L'ipotesi dell'incidente è la più ragionevole, visti i fatti. Non capisco perché sia venuta qui a dirmi queste cose. Lo conosceva?».

Mi si annebbia la vista. Il cuore batte forte. *Mi sto cacciando nei guai?*

«No, ma...». E poi la vedo: rossa, un rosso così forte e vivo che non ho più dubbi.

«La maglietta rossa! La danno solo ai professionisti di nuoto, quella. C'è uno stemma in alto a sinistra. Era un nuotatore professionista, soggetto a esami forse mensili, io non me ne intendo ma sono certa che non poteva prendere antidepressivi senza che uscisse la sua dipendenza in ambito sportivo. Sono anche certa che qualcuno l'avrà visto nuotare, io sono qui da poco, ma gli altri? Nei paesi come questo ci si ferma sempre alla spiegazione più comoda. La prego, non dia per scontato che sia un incidente. Il cane avrebbe fatto qualcosa, altrimenti».

Mi esce tutto così, sicuro, preciso.

«Un momento, lei mi sta dicendo che la fidanzata ci ha mentito? Conosceva o no Simone Luchi?»

«No, non lo conoscevo. Ma la maglietta… Insomma maresciallo, le persone mentono!».

Mi affloscio sulla sedia. Sto combattendo una battaglia strana, non è mia, ma è come se lo fosse. Potrei essere altrove, vorrei, ma so che il mio posto è qui.

«Lei è scioccata, Giulia. La faccio riaccompagnare a casa».

«Non mi può liquidare così. Esamini quella maledetta maglietta e verifichi quello che le ho detto. Simone era un nuotatore professionista. Mi creda, è come se lo avessi visto nuotare nel lago».

Pomeriggio

Quando un sentimento si insinua dentro, non importa di che tipo sia, importa che c'è. Esco di casa, mi sembra di impazzire. Mi dico che non sono io quella che senza una spiegazione valida si sta dirigendo verso la casa di Simone, laddove ora, probabilmente, attende i risvolti del caso la sua fidanzata. So solo, per sentito dire, che è milanese, che questa era la loro casa relax. Quella della resa del caos, ecco.

Capisco che c'è perché su un lungo filo al primo piano e stesi al sole, ci sono un reggiseno e una gonna ancora gocciolanti. Lei è bionda, si è accorta di me e del mio sguardo che striscia lungo la sua proprietà. Le faccio un cenno del capo, un saluto forse, non so. Lei fa mezzo sorriso e scende. Scompare per un attimo dalla mia vista, per poi riapparire sbucando da dietro la siepe di gelsomino. Più o meno abbiamo la stessa età e anche gli stessi solchi sotto gli occhi.

«Desidera?». L'accento milanese si sente forte e chiaro.

«Scusi se le capito qui così, avevo bisogno di vederla. Mi chiamo Giulia».

Il suo viso cambia espressione. Si irrigidisce di colpo, le sue labbra ora sembrano scolpite nella roccia, nei suoi occhi passa un lampo di dolore misto a qualcosa che non riesco a definire.

«Ho sentito parlare di lei, in merito al ritrovamento del mio Simone».

Mi prende un colpo, sa chi sono. Le hanno parlato di me. *Due a uno* per il caos. Sto per risponderle, per inventarmi qualcosa, quando il cane, quel cane, arriva di corsa dal retro. Le passa accanto e si frappone tra noi. Mi scruta con i suoi profondi occhi scuri, poi studia lei. Sono diventata un pezzo di ghiaccio, gelida e rigida. Sento l'acqua scorrermi sui piedi, mi guardo ma non c'è niente, l'asfalto è asciutto. Il cane se ne va, sparisce così come è arrivato: in fretta. Lei non sembra nemmeno essersi accorta di lui.

«Pensa che sia stato un incidente?». Me ne esco così, senza pensarci, come se i filtri fra bocca e mente si fossero dissolti.

«Il mio fidanzato stava passando un momento difficile. Non dovevo lasciarlo solo».

«Forse se avesse saputo nuotare…».

«Non so cosa gli sia venuto in mente. Lui non era un gran nuotatore già di suo e per di più stava assumendo antidepressivi. In cuor mio penso che forse volesse far giocare Jake, ma che qualcosa sia andato storto».

Penso al cane nero: sapere il suo nome me lo fa sentire ancora più vicino. Ora di me ha quella metà di cui si è già impossessato, più qualcos'altro.

«Se non le dispiace… mi sto preparando, devo rientrare a Milano per alcune commissioni di lavoro, e poi tornare qui e ricominciare daccapo».

«Mi scusi se l'ho disturbata. Immagino siano momenti difficili».

«Non si preoccupi. Questa tragedia ci ha scosso tutti. Cerro è troppo piccola per contenere tutto questo disagio» dice, scuotendo la testa e facendo tintinnare gli orecchini color ametista.

Le sue parole suonano strane, vuote. Come se avessero preso un binario diverso. Sono staccate, vanno ognuna in una direzione differente. Non le puoi leggere da entrambi i versi come un palindromo, no. Cerca di dire una cosa, ma la nota stridula nella sua voce ne suggerisce un'altra.

Notte

Il sonno rincorre la veglia, la veglia segue il sonno. Non so più che ore sono, quanto tempo è passato da quando ho visto per la prima volta Jake. Mi sembra di conoscerlo da sempre, quasi fossimo la stessa cosa. Una fusione, una sola anima.

La finestra è aperta a metà, come sempre da quando la primavera è arrivata, anche se un po' incerta. Entra il profumo del glicine e quello lacustre. In lontananza sento dei lamenti, è Jake. Non so come riesca sempre a sgattaiolarle via. Il fatto è che a lei di Jake non importa nulla. Se ne è dimenticata come si è dimenticata di restare *fedele* a Simone.

Ora navighiamo tutti nelle sue bugie.

Non so come mi devo comportare. Per me sono il mondo, lui di più, ma anche lei. Le voci si sono quietate, ora resta solo l'ama-

rezza e il disprezzo striscia ovunque. Lui si sposta, io lo seguo. Sono fedele. È fedele anche lei perché ci imita. Il lago si apre e il cielo è ampio da qui. È come se non ci fosse altro. Per un attimo sento che andrà tutto bene. Le luci si rincorrono sulla costa opposta, l'acqua è muta, ferma, piatta, sotto di noi. Quando la guardo, vedo che sta afferrando qualcosa. Lui invece si gira e osserva quel punto lontano, ancora lì, dove nasce il vento.

Mattina

Un velo di sudore mi ricopre il corpo, come se avessi lottato, come se avessi cercato la salvezza in fondo a un pozzo pieno d'acqua. Mi alzo e mi faccio una doccia veloce. Non voglio restare troppo sotto il getto, sembra che mi soffochi.

Esco, ho bisogno di fare qualcosa. Quando apro, trovo Jake davanti alla porta. Mi accuccio, l'istinto è quello di toccarlo, la mente però mi blocca. Resto ferma in attesa di un cenno.

Jake è strano. Assorto in se stesso. Si tiene a distanza, mi fissa. Sento lo spazio vuoto dentro di me contrarsi, non so se si sta allargando o restringendo, so che si muove. È come se Jake e io fossimo legati da un filo sottile, invisibile: seppur distanti, ci percepiamo. So cosa vuole. Mi infilo le scarpe e lo seguo.

Jake è sulla spiaggia. Stavolta però, sembra concentrato su qualcosa che si nasconde nella sabbia. Mi avvicino lenta, guardandomi attorno. L'esitazione è breve, poi supero le transenne e lo raggiungo. Vicino al suo nasone nero c'è una piccola perlina: è color ametista ed è brillante.

La rigiro fra il pollice e l'indice. Guardarla mi fa venire in mente la fidanzata di Simone. Non era vero quello che aveva dichiarato. Lei sulla spiaggia c'era stata.

«È una prova Jake, bravo» sussurro, ma lui si è già dileguato.

Pomeriggio

Esco di casa diretta alla caserma, la perlina preziosa è con me, nel pugno chiuso nella tasca dei pantaloni. So che sarà difficile spiegare le circostanze che mi hanno permesso di trovare quella piccola ma importante prova. Ancor più complicato sarà spiegare al maresciallo come so che la fidanzata di Simone porta un paio di orecchini con quelle stesse perline e che, ora che ci penso bene, a uno dei due manca una parte di pendente.

Ci devo comunque provare. Jake è stato bravo. Lui c'era, aveva visto. Ora tocca a me fare giustizia.

«Giulia!»

Mi volto di scatto. È lei che, agitata, sventola la mano. Ha appena parcheggiato la macchina lungo la strada. Mi sento male mentre mi si avvicina, mi infastidisce, vorrei ringhiare.

«Salve» le dico, mentre stringo forte la perlina.

«Volevo salutarla, torno a Milano questa sera. Non c'è più nulla che io possa fare qui. Voglio solo andare via e dimenticare questa tragedia».

Dimenticare? Penso che il maresciallo non abbia nemmeno tentato di verificare la mia tesi sulla maglietta. Questa consapevolezza è come una stilettata al cuore.

«Hanno chiuso le indagini?».

«In verità è una decisione mia. Queste cose vanno per le lunghe, non posso restare qui in eterno, devo lavorare per tirare avanti. Stare qui mi uccide».

Eh già… So che è lei l'artefice di tutto quello sconvolgimento. È colpevole. L'ha seguito, era furiosa. Lei c'era. Stava… *afferrando qualcosa*.

Quando i carabinieri arrivano, cercano di placarmi. Non so cosa mi sia successo, mi sono messa a urlare. Il maresciallo è accanto a me, mi ha fatto portare un bicchiere d'acqua direttamente dal chiosco. A distanza, la gente mi guarda. Sì, guarda me, non lei che è colpevole di averlo ucciso.

«Si è calmata?».

«Maresciallo mi deve ascoltare un attimo».

Lei ci sta guardando, come me tiene un bicchiere fra le mani. È seduta su una panchina qualche metro più in là. Due carabinieri la tengono d'occhio.

«Lei ha ragione. Siamo qui per questo» mi sussurra, poco dopo.

«La maglietta?». Lui annuisce e io inizio a sentirmi un po' meglio. «C'è anche un'altra cosa» dico, porgendogli la perlina color ametista.

«E questa?». La prende fra le dita, la osserva.

«Non mi chieda come, mi chieda dove, maresciallo».

«Lei mi sta rendendo questa indagine un vero problema, lo sa?».

«Sulla spiaggia, nella sabbia. Il resto sono certa che lo vedrà da sé» dico seria, guardando la donna.

Il maresciallo mette la perlina in una bustina trasparente, poi sospira e va verso di lei. Non sento cosa si dicono, ma avverto un senso di quiete surreale. La gente intorno a me quasi scompare. Lei viene caricata sulla volante, i suoi orecchini tintinnano e riflettono la luce del sole.

Alzo lo sguardo, verso la strada. Jake è laggiù. Mi guarda e si dirige verso il molo. So che vuole stare solo. In fondo sento lo stesso bisogno anch'io.

Sera
Cerro è deserta, come mai in questa stagione. La notizia ha fatto strada, spingendosi ovunque nella provincia. La troupe che ha presidiato quasi sempre il paese in attesa di uno *scoop* è sparita, quando si è saputo che dopo altri vari accertamenti e indagini, la donna ha confessato ed è stata arrestata. Le transenne sarebbero state portate via a breve, sarebbe tornato tutto, o quasi, alla normalità.

Mi sento un po' più leggera, libera dalle catene che l'inganno mi aveva attorcigliato attorno. Sto quasi per addormentarmi sul divano, quando sento un rantolo. So che è Jake, così esco subito in strada e vado al lago.

Cerro cambia volto al buio. È suggestiva, fresca. I suoi numerosi abitanti felini ne diventano padroni indiscussi e in mezzo alle loro figure sinuose, vedo quella scura e temeraria di Jake.

È un cane schivo, ma attento. Fedele, sempre. Dà tutto se stesso e non tradisce mai. Caparbio, pronto a tutto pur di non disattendere quella fedeltà. Questo è ciò che sento, ciò che so di lui. Restiamo a lungo l'uno vicino all'altra senza mai guardarci. I nostri sguardi sono rivolti nello stesso punto da un po', per Jake sembra essere molto importante.

Quando si allontana capisco che è ora di tornare a casa. Non mi chiedo dove sia diretto, ma ho un desiderio nel cuore e spero che si avveri presto. Gli sorrido e anche se non mi sta guardando so che mi vede.

«Ce l'hai fatta, Jake» sussurro, non appena sparisce dietro la curva.

Mattina
Dopo quello che mi è sembrato un tempo infinito, esco per fare colazione al chiosco. Cerro è tornata quella di

una volta, stamattina presto hanno sistemato tutto. Non c'è più niente che faccia pensare a un evento così orribile, se non i ricordi.

Mentre sorseggio il mio succo di frutta chiudo gli occhi. Lascio che il sole scorra sulla mia pelle e che i sensi si alleggeriscano di quel peso che nei giorni precedenti ha saputo impossessarsi di me con tanta violenza.

«Posso?».

Apro gli occhi, è il maresciallo. Niente divisa, la stanchezza aleggia sul suo volto. «Nottataccia?» chiedo.

Ordina un caffè, poi si siede. Guardiamo entrambi verso il lago e ascoltiamo per un attimo l'andirivieni delle sue onde.

«Maresciallo, le devo dire una cosa».

«Sa che quando lei mi dice così, io inizio a sentirmi male?».

Sorrido e so che erano troppi giorni che non lo facevo.

«Lei ha detto che avevo ragione, ma non è merito mio».

Arriva il caffè, lui rimanda indietro chiedendo la correzione.

«È finita, io la chiuderei così» replica.

«Se non fosse stato per Jake, io non avrei capito…». Sono titubante, ma voglio arrivare al dunque. Lui però sembra interdetto.

«Jake?».

«Sì. È grazie a lui che ho trovato la perlina nella sabbia, che ho visto Simone quella mattina, che ho ragionato su quella maglietta. Mi ha spronata, voleva giustizia per il suo padrone».

«Giulia, aspetti. Si fermi un attimo».

Arriva il caffè, lo beve in un sorso. Aspetta che la cameriera sia lontana, poi si sistema nervosamente sulla sedia per guardarmi negli occhi.

«Maresciallo, vorrei solo chiederle se Jake può restare con me. Dopo tutto quello che è successo, credo sia una buona sistemazione per lui».

«Giulia, mi ascolti». È visibilmente scosso e preoccupato.

«Non mi dica di no, la prego. Se non ci sono parenti di Simone che lo vogliono, io sono disposta a tenerlo con me. Mi farebbe molto piacere, davvero».

«Giulia, Jake è *morto* quella stessa notte insieme a Simone».

Nessuno dei due osa più parlare. Si alza un vento forte, quello che arriva dal Sempione, si incanala nella Val d'Ossola e si alza sopra il lago di Mergozzo. Ricade dall'alto, verso di noi. Prima che le onde possano diventare quasi l'equivalente di quelle marine, corro verso casa.

Penso che il lago abbia sempre saputo tutto, e che se loro non sono potuti andare dall'altra parte in cerca del vento, il vento è venuto a salutare loro.

Amarti è facile, o mio caro lago,
sei la parte di me che è capace di sostituire il rumore del mondo
con quello straordinario del silenzio.
Quel lato del cuore capace di sottrarsi alla realtà,
per librarsi nella fantasia.
Sei quella quiete da cui scaturiscono tutte le mie parole,
quello sguardo che spiega la profondità dell'essere.

In fuga

di Cristina Origone

Caterina si stava sistemando i capelli. Aveva quarantanove anni e mentre si guardava nello specchio del bagno, stava constatando che da quando si era trasferita in quell'appartamento a Mergozzo, un piccolo paese sul lago omonimo che una volta era tutt'uno con il Lago Maggiore, come per magia gli ultimi anni erano spariti dal suo viso. Ne dimostrava parecchi di meno ed era sempre bella. Sorrise all'immagine riflessa nello specchio e si passò il burro di cacao sulle labbra. Aveva capelli ricci e scuri che le incorniciavano il viso lungo e magro, e il fisico era sempre secco come un'*acciuga salata*, così diceva sempre sua nonna. Ma non odorava più di *selvatico* come a sedici anni e non si chiamava più Caterina o *Titì*, un nomignolo che usavano i suoi parenti, adesso si chiamava Lidia.

Gli occhi neri si spostarono sulla catenina che portava al collo e le dita scivolarono sul piccolo ciondolo a forma di C.

Caterina viveva sempre in lei ma da quando Lidia aveva cambiato per l'ennesima volta abitazione e si era trasferita sulle sponde di quell'incantevole lago fra le montagne, per la prima volta nella vita, si era sentita al sicuro. Anche se viveva ancora isolata perché una vita costruita su bugie l'aveva costretta a vivere in solitudine e la paura di contraddirsi l'aveva fatta diventare una donna di poche parole; ma adesso la solitudine non le faceva più paura e il senso di vuoto che aveva provato prima di trasferirsi, era sparito. Era rimasta solo la diffidenza, per questo evitava i posti affollati e controllava sempre che la porta di casa fosse chiusa a chiave prima di andare a dormire. Cosa che fece immediatamente appena uscita dal bagno mentre indossava la vestaglia. Poi si diresse in cucina.

Era fine giugno, la stagione delle finestre aperte, dei fiori sui balconi e dei temporali rinfrescanti. Uscì sul terrazzo e prese l'innaffiatoio, appoggiato su un tavolino di ferro battuto al centro del balcone, intenzionata a bagnare le sue petunie bianche in vasi di terracotta avvitati l'uno sull'altro.

Quei vasi erano l'unica cosa che aveva scelto lei, la casa era già arredata con mobili bianchi quando era arrivata da Torino. Era scappata dopo aver ricevuto l'ennesima minaccia di morte.

A Torino si chiamava Gabriella, faceva la maestra d'asilo e un giorno, all'uscita del lavoro, aveva trovato le ruote della macchina tagliate e un bigliettino sotto i tergicristalli: *Titì, ma dove scappi?*

Fece spallucce per scrollarsi il pensiero mentre sentì friggere una leggera tensione alla base della nuca. Non ci voleva pensare e quando aprì il rubinetto dell'acqua per riempire l'innaffiatoio, sentì alle sue spalle una voce sussurrare il suo nome.

L'innaffiatoio scivolò dalle mani e cadde a terra. Lidia si girò di scatto, si allacciò la vestaglia, come in segno di protezione e strinse la cintura così forte da toglierle il fiato. Si guardò intorno e una leggera brezzolina le gelò il sudore sul collo. Non vide nessuno, non poteva esserci nessuno sul balcone, pensò.

«Caterina...». Questa volta sentì chiaramente una voce maschile chiamare il suo nome e in preda al panico si rifugiò dentro casa. Chiuse la finestra, accostò le persiane e tirò la tenda che dalla foga si strappò.

Iniziò a tremare quando si appoggiò al bancone della cucina. *Non è possibile. Mi hanno trovato.*

Corse in camera, prese una valigia dall'armadio, la buttò sul letto e iniziò a svuotare i cassetti direttamente nel bagaglio; ma non aveva fatto caso alla porta-finestra aperta che affacciava sul terrazzo e quando sentì, con un forte accento siciliano, «Ma si può sapere dove ti sei cacciata, Titì?». E subito dopo, «Sono qui, Vito», fece un balzo all'indietro, si avvicinò alla porta-finestra e restò in ascolto. Sentì il rumore dell'acqua e i battiti del cuore pulsare dietro le orecchie. Aveva lasciato il rubinetto aperto e quando sporse cautamente la testa per guardare fuori, sentì ancora delle voci e delle risate.

Uscì sul terrazzo, chiuse il rubinetto e timorosa si affacciò per sbirciare il giardino di sotto. Il suo appartamento si trovava al primo piano di una villetta in pietra nel *Sasso*, e l'abitazione al piano terra era sempre vuota. Il proprietario era un avvocato di Milano e spesso l'affittava per l'estate, evidentemente le persone che in quel momento ridevano e parlavano in quella casa che per tutto l'inverno era stata disabitata, erano i suoi nuovi vicini e c'era una donna che si chiamava come lei.

Lidia alzò lo sguardo e fece un profondo respiro. Osservò il lago, in cerca della placida serenità che le aveva sempre trasmesso. Poi guardò il cielo perché si sentiva osservata. Era come se qualcuno dall'alto la stesse spiando. Deglutì perché avvertiva qualcosa in gola e quando guardò il lago, si vide dentro quell'acqua che tanto amava e inerme si stava lasciando trascinare a fondo. Diede un colpo di tosse e un conato di vomito fece uscire dalla bocca solo acqua.

Entrò in camera e si barricò in casa. La paura era tornata.

I giorni successivi passarono lenti. Lidia non era più uscita, si era limitata a spiare i nuovi vicini dal terrazzo. Sembrava che amassero cenare in giardino, sotto il gazebo, mentre di giorno uscivano sempre. La villetta non era lontana dalla spiaggia della Quartina e Lidia aveva immaginato quella numerosa e rumorosa famiglia invadere la spiaggia, come se fossero i padroni del mondo. Conosceva quel genere di famiglia, era cresciuta in una famiglia simile e simile erano i parenti di suo marito, Gaetano Mancuso. Quando andavano al mare, si radunavano tutti: cugini, cognate, fratelli con figli al seguito. Urlavano, si chiamavano per nome, a volte litigavano con rabbia per poi fare pace subito dopo in modo amorevole. Nella stessa maniera si comportavano i vicini di casa. Spesso li aveva sentiti litigare e ci avrebbe scommesso che anche in spiaggia avevano lo stesso atteggiamento.

Da quello che aveva capito, la ragazza che si chiamava Caterina era in vacanza con la suocera, una donna grassa dai modi bruschi, i cognati, Vito e Isabella, insieme ai loro tre figli, e un ragazzo che forse era un cugino, Lidia non aveva capito chi fosse. Lei si era concentrata su Caterina.

Caterina era sposata con un uomo, Alfredo, che li avrebbe raggiunti nel weekend, lo nominava spesso nelle conversazioni con la cognata. Era una ragazza alta, aveva lunghi capelli ricci e neri, ed era incinta. Non era riuscita a vedere il suo viso e nonostante il visibile pancione, si muoveva con grazia. A Lidia era sembrata diversa da tutti gli altri. Sebbene avesse la stessa cadenza dialettale nel parlare, che lei trovava sgradevole per i ricordi che le suscitava, nella bocca di quella ragazza sembrava una cantilena, una dolce musica che la cullava ed era piacevole restare ad ascoltarla. Caterina parlava con dolcezza e si rivolgeva in modo affettuoso con tutti, soprattutto con i bambini.

Sua madre non si era mai rivolta in quel modo con lei. Nella sua bocca quel dialetto si era sempre trasformato in veleno per il modo in cui la voleva comandare e per come le urlava. Lo stesso trattamento le aveva riservato suo marito, e questo l'aveva portata a fuggire e a fare quello che aveva fatto.

Aveva passato giorni a fantasticare su quella famiglia, ma tutto ciò che aveva immaginato altro non era che ricordi delle estati trascorse in spiaggia con i suoi parenti.

Lei, invece, da quando si era trasferita a Mergozzo, aveva sempre evitato la spiaggia. La montagna vicina permetteva lunghe passeggiate ed era l'unica vita all'aperto che si concedeva. Trovava rilassante partire dalla piazza del paese e camminare lungo una mulattiera medievale per poi giungere al borgo di Montorfano, immerso nei boschi di castagni. Solo da poco tempo aveva deciso di esplorare la zona dei laghi, aveva raggiunto Stresa in macchina e aveva preso il battello per visitare le Isole Borromee.

La sicurezza che aveva trovato negli ultimi mesi e la sensazione di aver recuperato le forze, sembravano sparite ed era precipitata di nuovo in uno stato di allerta che non avrebbe mai più voluto provare. Quella famiglia portava a galla ricordi dolorosi del passato e del matrimonio con Gaetano, e lei aveva bisogno di ritornare al più presto nello stato di serenità che con fatica aveva conquistato negli ultimi mesi.

Era seduta in terrazza, stava fumando una sigaretta mentre ascoltava il chiacchiericcio dei vicini a tavola. Non aveva cenato, ultimamente faceva solo un pasto e le piaceva stare seduta e guardare la sera scendere sul lago.

Spense la sigaretta nel posacenere a forma di fiore appoggiato sul tavolo e si alzò in piedi. Era scalza, indossava un vestito a canotta blu e aveva raccolto i capelli in uno chignon. A giorni era prevista un'ondata di caldo e forse quello che avrebbe potuto fare, era trasferirsi in un albergo per ritrovare un po' di serenità.

Un'altra fuga, pensò. Prese l'innaffiatoio per bagnare i fiori, lo riempì d'acqua e iniziò dai vasi inferiori.

«Titì, hai cucinato tu, stasera?».

«Sì, Vito, ho fatto io la pasta. Ti piace?».

«È uscita buona, brava. Quando torna Alfredo, gli dico che si è sposato una buona moglie. Anche se manca *nu poco* di sale...».

«*Ca mancu haju sali di salera!*». aggiunse in modo sgarbato la suocera.

Lidia, ascoltando quell'inutile conversazione e il tono della suocera, le venne in mente che anche lei aveva cucinato per Gaetano e spesso lui non aveva mai trovato buono quello che gli preparava. «*Titì, hai messo troppo sale*», «*Titì, e chi schifiu è, di sta menera?*», «*Titì, arrimìnati*», «*Titì, il sugo devi farlo cuocere di più*». «*Titì, Titì, Titì... Titì t'ammazzu...*». Le venne un'improvvisa ansia ma la reazione non fu la solita che aveva quando le succedeva, e cioè andare in bagno e prendere qualche goccia di *Lexotan*, no, questa volta seguì l'istinto: sporse l'innaffiatoio dal terrazzo e fece scendere l'acqua nel giardino.

Le urla stizzose non tardarono ad arrivare e Lidia, spaventata della sua reazione, ritirò immediatamente il braccio, si scusò senza farsi vedere e ritornò in casa.

Che cosa aveva fatto? Non fece in tempo a trovare una risposta razionale alla domanda che il campanello suonò.

Lidia ci mise un po' ad aprire. Prima aveva controllato dallo spioncino chi fosse la persona incaricata dalla famiglia che doveva mostrarle il disappunto per il torto subìto e dopo averla vista, da una parte era contenta che avessero mandato lei. *Ma non devo abbassare la guardia*, pensò mentre il campanello suonò un'altra volta. Lidia inserì la catenella, aprì la porta di pochi centimetri e Caterina parlò.

Ma quello che disse sorprese Lidia. Si stava scusando a nome della sua famiglia perché erano stati maleducati a non essersi presentati.

Lidia non pronunciò una parola e si limitò a guardare il suo volto, mentre lei disse il suo nome e continuò a scusarsi per il fracasso che facevano i bambini.

Caterina aveva occhi rotondi talmente azzurri che sembravano trasparenti e il viso leggermente paffuto; le era sembrato di scorgere una leggera somiglianza con qualcuno di familiare, ma non ricordava chi.

Chi mi ricorda? si domandò mentre Caterina disse: «E ci farebbe piacere invitarla a mangiare una fetta di torta con noi». E aggiunse sorridendo: «Mia suocera ci terrebbe proprio».

Lidia chiuse la porta, tolse la catenella e la riaprì subito dopo. «Ringrazi tanto sua suocera e la sua famiglia, ma come vede, non sono presentabile».

Lidia si aspettava tutt'altra reazione, invece Caterina rise, indicò con la mano il vestito stretto sulla pancia prominente ed esclamò: «E guardi a me! Su, signora, non si faccia pregare. Scenda. La torta è buona, deve solo infilarsi un paio di scarpe».

La risata della ragazza fu contagiosa, Lidia anche questa volta seguì l'istinto, calzò i sandali di cuoio, tolse le chiavi nella toppa e disse: «Mi chiamo Lidia e puoi darmi del tu».

«Anche tu, Lidia» rispose Caterina mentre scendevano le scale.

Aveva fatto bene ad accettare l'invito, perché adesso la paura si era allontanata. Lidia era seduta sul letto, si sciolse i capelli e appoggiò il fermaglio sul comodino. Prima di andare dalla famiglia Rizzo, così si chiamavano, si era fatta accompagnare in cantina da Caterina e aveva preso una bottiglia di vino.

Lidia si era sentita in imbarazzo, seduta composta sulla sedia a tavola in giardino, a mangiare una fetta di torta perché non era più abituata a stare in famiglia e non era più abituata ai modi di quella gente che lei conosceva bene. E poi l'avevano scrutata e lei conosceva gli sguardi interrogativi di chi voleva chiedere, fare domande e sapere, ma che non osava farlo per mancanza di confidenza.

La suocera di Caterina si chiamava Grazia, che a differenza del suo nome era una donna prepotente, anche nella cordialità. Le ricordava sua madre, una donna ben vestita che all'occorrenza sapeva essere volgare e violenta. Indossava una maschera, come il resto della famiglia e questo l'aveva infastidita molto. Aveva mani nodose e capelli corti cotonati sulla nuca, e indossava un vestito a fiori, molto simile a quello che portava Isabella, la nuora. Ma Isabella aveva un taglio di capelli moderno, rasato sulla nuca e con un ciuffo laterale rosso fuoco.

L'unica che le era sembrata vera, era Caterina, avvolta nel suo vestito verde che, nonostante il peso preso in gravidanza, aveva volteggiato come una farfalla mentre serviva la torta in piatti di carta colorata.

Vito, il cognato di Caterina, era un uomo tarchiato, sui quarant'anni, che aveva braccia grosse e occhi indagatori. L'aveva osservata mentre mangiava il dolce e aveva bevuto un bicchiere del vino di Lidia in un modo che lei aveva trovato disgustoso: lo aveva ingurgitato tutto di un fiato e aveva riempito il bicchiere subito dopo. «Sapevo che qui c'è il vino buono. Terapeutico», aveva aggiunto ridendo in modo sguaiato.

La conversazione era ruotata tutta intorno alla bottiglia di vino che aveva portato lei e Vito le aveva domandato se in paese c'era qualche degustazione cui poter partecipare. Lidia sapeva che alcuni giorni dopo ci sarebbe stata la Festa della birra nelle piazze del borgo e di sera il centro del paese sarebbe diventato isola pedonale.

«Anche la birra è buona», avevo risposto lui dopo aver ingurgitato un altro bicchiere di vino, strizzando l'occhio al ragazzo che Lidia pensava fosse un cugino ma che invece era il figlio di Alfredo, il marito di Caterina.

Alfredo era divorziato, il ragazzo si chiamava Luigi e aveva diciasette anni, pochi in meno di Caterina. Era un ragazzo taciturno, biondo e riccio, e aveva giocato per tutto il tempo a tagliuzzare del pane con un coltello. Quando Lidia aveva capito che il coltello che teneva fra le mani non era un coltellino che si portava di solito nelle escursioni in montagna, aveva sussultato e aveva indicato con il dito la lama, farfugliando sottovoce: «Ma a cosa gli serve quel coltello?».

La domanda aveva fatto sbottare Grazia. Aveva rimproverato Luigi, dicendogli di metterlo via. Lui si era alzato di scatto, guardando in malo modo Lidia, ed era entrato in casa. «Non dovevi regalarglielo», aveva aggiunto stizzita guardando Vito. E Vito aveva fatto spallucce ed era scoppiato a ridere.

Quando Lidia se n'era andata, Caterina le aveva fatto promettere che l'avrebbe accompagnata alla festa.

Adesso non ci voleva pensare. Spense la luce della lampada sul comodino e si sdraiò sul letto, sopra le lenzuola. Aprì le gambe e le braccia, e le sembrò di sentire la voce di sua sorella bambina. *«Sembri una stella marina, Titì».*

La paura era passata ma il senso di oppressione che le aveva trasmesso quella famiglia, la fece sentire in trappola, come quando stava con Gaetano, e la vista di quella lama aveva portato a galla ricordi orrendi. Una volta, Gaetano, o Tanino, come lo chiamavano in famiglia, le aveva puntato alla gola un coltello simile a quello e le aveva sussurrato: «*Titì, tu m'appartieni, u capisti? Di cca num ti nni vai*».

La tensione adesso le fece *friggere* il viso. Chiuse gli occhi e si coprì il volto con le mani. *Quel formicolio*… iniziò a strofinarsi la faccia, sempre più forte finché non iniziò a bruciare. Avrebbe voluto strapparsi la pelle o cancellare i suoi tratti, come si fa quando si usa una gomma per cancellare i segni di matita su un foglio.

Forse non doveva abbandonare l'idea di trasferirsi in un albergo, pensò passando le mani sulla testa, accarezzandosi i capelli. Poteva andare a Verbania. Una volta c'era stata con un uomo. Lidia aveva avuto una breve relazione con il proprietario di un negozio di scarpe in centro. Si chiamava Giovanni, l'aveva portata nei giardini botanici di Villa Taranto, nelle stradine meno visitate dai turisti e poi a osservare alcuni artisti che dipingevano all'aperto. Le aveva anche regalato un quadro, che lei aveva riposto in cantina.

Il ricordo di Giovanni le strappò un sorriso. Era sposato, più basso di lei, non particolarmente bello né affascinante, con un difetto alla gamba che lo costringeva a zoppicare ma Lidia aveva pensato che fosse perfetto per lei, perché era convinta che non meritasse niente dalla vita, l'amore non lo sognava nemmeno più.

Dopo la visita a Verbania, Lidia lo aveva invitato a salire in casa, ma non era riuscita a fare l'amore con lui. Si era spogliati, si erano sdraiati sul letto ma quando aveva iniziato a toccarla in mezzo alle gambe, Lidia non aveva provato niente. Lei sembrava un involucro vuoto, non provava emozioni, non ne era più capace.

Lui se n'era accorto ma non si era arrabbiato, l'aveva stretta, abbracciata, baciata e lei gli era stata grata, perché per qualche ora quell'uomo l'aveva fatta sentire viva. Non si erano più rivisti.

Sì, forse non è una cattiva idea andare a Verbania, pensò. E all'improvviso le venne in mente Caterina e al modo in cui le aveva sorriso. Le ricordò sua sorella.

Sabato arrivò Alfredo. Lidia se ne accorse perché la confusione in giardino era cresciuta in pochi minuti. Erano le due del pomeriggio, aveva passato gli ultimi giorni a pulire casa. Aveva anche preparato la valigia che adesso si trovava nell'ingresso. Non sapeva ancora cosa fare, se scappare o andare alla Festa della birra. Stava cucendo la tenda della cucina che aveva strappato qualche sera prima e incuriosita dagli schiamazzi dei vicini, appoggiò il tessuto sul tavolo, andò sul terrazzo e sbirciò nel giardino. Tutti erano intorno ad Alfredo, i bambini correvano, urlavano e Caterina gli aveva buttato le braccia al collo. Aveva portato regali per tutti, sul tavolo c'erano dei dolci e delle bottiglie, sembrava una festa di compleanno.

Quando Caterina vide Lidia, iniziò ad agitarsi e a chiamarla.

«Vieni giù, vieni vieni… ti presento a mio marito…». Le sorrise complice, come se fossero amiche da sempre. In realtà si erano viste solo una volta ma anche Lidia sentiva complicità con quella ragazza e le faceva tenerezza.

Alfredo si voltò, accennò un saluto con la mano e appena la guardò negli occhi, il braccio rimase fermo a mezz'aria. Lidia, angosciata, si ritirò dal terrazzo.

Quello che aveva visto, le era bastato. Quell'uomo le ricordava Gaetano. Indossava una camicia con le maniche lunghe arrotolate fino ai gomiti e pantaloni eleganti scuri, aveva capelli brizzolati e occhialini quadrati, simili a quelli del suo ex marito. Il fisico era tozzo, uguale al fratello Vito e dal suo sguardo aveva colto la stessa arroganza di Gaetano.

Provò pena per Caterina e si rivide in lei. Caterina era contenta di aver sposato un uomo d'onore, di rispettarlo e di portare in grembo suo figlio. Sapeva che quello che la attendeva erano botte, che avrebbe dovuto passare il resto della sua vita in silenzio e che doveva custodire i suoi segreti senza fare domande, tutte le *fimmine* erano educate a questo. Le sembrò di sentire la voce di sua madre nella stanza. «E se lui dovesse finire in galera, figlia mia, dovrai aspettare il suo ritorno, farlo sentire amato e crescere i suoi figli con la sua stessa mentalità».

Ma Lidia si era ribellata, Lidia era una *fimmina sarvaggia*, come diceva sua nonna, e in galera, Tanino, ce lo aveva fatto finire lei.

E Caterina che fine avrebbe fatto? si domandò. Per un attimo immaginò che quell'uomo le facesse tutto quello che Gaetano aveva fatto a lei. Ebbe un cedimento e si dovette sedere sulla sedia in cucina.

Lei si era ribellata e Caterina era in grado di ribellarsi? Provò un dolore al ventre che la obbligò a piegarsi in due. Inizio a sudare, cercò di alzarsi per bere un bicchiere d'acqua e appoggiò una mano sul tavolo per aiutarsi, ma una fitta ancora più forte la fece gemere. Era come se qualcuno stesse strappando un figlio dalla sua pancia con artigli roventi. Fece un profondo respiro e rimase seduta.

Forse si sbagliava su Alfredo. Forse i ricordi la confondevano e la somiglianza fisica di quell'uomo con il suo ex marito la stava trascinando in un vortice di emozioni che non voleva più rivivere ma che in quel momento la costringeva a ricordare.

Si accarezzò il ventre. Lei non voleva ricordare, lei aveva dimenticato a che cosa aveva dovuto rinunciare scappando, solo così era riuscita a sopravvivere perché quell'uomo le aveva tolto tutto.

Dimentica, sussurrò. Ma non poté fare a meno di pensare a Caterina e provò un senso di protezione per quella ragazza che le provocò un altro crampo allo stomaco. Chi le ricordava quella ragazza? Perché sentiva di dover proteggere un'estranea?

Forse provava un sentimento di pena per Caterina, senza una ragione, come le succedeva da piccola che a volte era colta da sentimenti di tenerezza per tutto, anche per un insetto schiacciato da sua sorella o per una pianta seccata dal sole. *Sì, è l'unica risposta razionale*, pensò. In realtà, quella ragazza la faceva sentire viva, come l'aveva fatta sentire viva Giovanni. E lei non si sentiva più in quel modo da tanto tempo.

Decise che non sarebbe partita. Stasera l'avrebbe raggiunta alla festa.

Era sera. Il caldo era arrivato e sembrava volesse cuocere ogni cosa. Lidia e Caterina si erano accordate di vedersi verso le ventuno e trenta sotto l'olmo secolare. Lidia aveva evitato di passare tutto il pomeriggio con loro e, nonostante l'insistenza della ragazza, aveva schivato anche la cena, inventandosi un impegno con un'amica.

Caterina aveva indossato un vestito della taglia giusta. Era rosso, le arrivava alle caviglie e portava i capelli raccolti in una coda, e quando Lidia la vide, le sembrò ancora più giovane della sua età. Sembrava una ragazzina indifesa, *una tartaruga senza guscio*, pensò.

«Ti piace? Me l'ha comprato Alfredo» sussurrò appena vide Lidia.

«Sei molto bella» disse Lidia mentre si baciavano le guance.

«In questo ci entro». Si accarezzò la pancia. «Chissà se piace anche a lei» aggiunse.

«È una femmina?» chiese Lidia, appoggiando la mano sulla pancia di Caterina.

«Sì!»

«Sei contenta?».

«Alfredo è uscito pazzo! Lui ha già il maschio».

«L'ho chiesto a te, *Titì*».

«Sì, sì, pure io sono contenta».

Caterina le raccontò che erano stati alla spiaggia e nel pomeriggio avevano preso una multa per colpa di Vito e Luigi, perché ieri avevano noleggiato delle biciclette e non le avevano restituite. Alfredo si era arrabbiato molto soprattutto con il fratello, poi avevano fatto pace bevendo birra e mangiando salamella.

«Anche per questo si è arrabbiato» fece Caterina infilando una mano nella borsa. Le mostrò il coltello a scatto. «Mi ha detto di sbarazzarmene» aggiunse pensierosa.

Lidia fu contenta di averli raggiunti dopo cena, non avrebbe sopportato di assistere a una lite. «E adesso dove sono andati?» chiese guardandosi intorno. Vide Alfredo che si stava avvicinando. Da come camminava, sembrava ancora arrabbiato. Aveva un passo scattante, pestava di più i piedi e fletteva i gomiti. Ebbe un brutto presentimento. «Mettilo via, Caterina» disse agitata.

La ragazza si voltò e subito dopo si rigirò di scatto. La coda le colpì il viso e pronunciò scossa: «Prendilo tu, Lidia!». Le passò il coltello nelle mani. «Se vede che ce l'ho ancora, *pigghiari petri a muzzicuna*».

Era la prima volta che parlava in dialetto con lei e Lidia, presa dal panico, afferrò il coltello e lo cacciò nella borsa che teneva a tracolla.

Quando Alfredo arrivò, Caterina gli diede un bacio sulle labbra. «Amo', dove sono tutti? È arrivata Lidia...».

«La vedo» rispose Alfredo fissando gli occhi di Lidia. «Ti cercavo. Gli altri sono sparsi fra la folla, vai verso la spiaggia e cerca Isabella».

«Ma c'è Lidia...».

Lui la interruppe subito e si voltò verso di lei: «Sto io con Lidia. Va', Titì, va'... Noi facciamo un giro in barca. Va'...».

Alfredo aveva un atteggiamento da maschio padrone che irritò Lidia. Caterina non c'entrava nulla con lui, lei doveva stare con un ragazzo della sua età, che l'amasse e la rispettasse. Osservò allontanarsi la ragazza che si muoveva con grazia. Lei si voltò una sola volta e la salutò con la mano, Lidia contraccambiò e non poté fare a meno di pensare che adesso la sua pancia era abitata da un'altra creatura, la creatura di quell'uomo disgustoso. Questo la nauseò.

Continuò a guardarla e cercò di immaginarsela prima che rimanesse incinta. Non aveva sicuramente quel seno e aveva una corporatura minuta, si capiva dai polsi e dalle caviglie sottili. Per un attimo vide la bocca di Alfredo che baciava Caterina, con avidità, come per mangiarsela tutta. Questo le provocò una vertigine e un conato di vomito che controllò a fatica.

«Ti senti bene?».

«Sì, è il caldo» rispose agitando la mano a ventaglio, cercando di riprendersi. Poi si toccò il viso. Era convinta che adesso Alfredo le facesse le solite domande, quelle che tutti le facevano sempre quando la conoscevano ed entravano in confidenza con lei, e invece lui le chiese: «Ce la vogliamo fare questa gitarella in barca?».

«In barca?» ripeté Lidia guardandosi intorno. «E per andare dove?» aggiunse preoccupata. Nell'acqua galleggiavano delle piccole barche private, sembravano disegnate sull'acqua blu e profonda, e lei non aveva nessuna intenzione di salire su una barca con lui.

Lui afferrò il suo braccio e Lidia, colta alla sprovvista, si lasciò trascinare poco lontano, vicino a una piccola imbarcazione. Prima che si rendesse conto di quello che stava accadendo, salì sulla barca con lui.

«Ti ho riconosciuto sai? Tu sei quella zoccola che ha fregato Mancuso». Le afferrò il viso con la mano stringendo le guance in una morsa. «È questo quello che ti ha fatto? Ritieniti fortunata... *Nu poco* di acido... te la sei cavata con niente».

Lidia era sconvolta. La paura l'aveva bloccata, non aveva la forza per reagire. Chi era quell'uomo?

«Sei amico di Tanino? Lui mi vuole uccidere, ti manda lui?».

Lui rise, mollò il suo viso e fece scivolare la mano sul collo. «Lo so che ti vuole uccidere. Sei una *fimmina* spiona! *Fusti brava, nun ciu dicu a nuddu cu si...*» prese fra le dita la catenina con il ciondolo a forma di C e aggiunse: «*Caterina... Titì*». Rise sguaiatamente e le baciò le labbra. Rimase immobile e non si oppose.

«Brava *fimmina*, così si fa. Ah, un'ultima cosa... sai di chi è figlia Caterina? Lo sai? La mia bella moglie, lo sai di chi è figlia? Ma sì che lo sai...».

Lidia sentì crescere la stessa rabbia che l'aveva spinta a scappare da Gaetano e a denunciarlo per tutti i suoi *affari*. Quando l'aveva lasciato ed era scappata dai suoi genitori, lui l'aveva aggredita sotto casa buttandole dall'acido sul volto e lei era riuscita a salvarsi, ma il prezzo che aveva pagato era stato troppo alto. Aveva perso il rispetto di tutti e aveva lasciato per sempre una parte di sé a Gaetano. La parte più bella.

Mai labbra avevano baciato un amore così grande. Gli occhi si riempirono di lacrime. Non avrebbe permesso a quell'uomo di farle del male e non avrebbe permesso che ne facesse a Caterina. Prese il coltello dalla borsa, fece scattare la lama e sussurrò al suo orecchio: «*L'haia ffari, mu sentu*». Trafisse il suo collo con un colpo rapido e Alfredo cacciò un grido, allontanandosi da lei, cercando di parlare con il coltello conficcato nella gola, ma dalla sua bocca uscirono solo rantoli.

Lidia indietreggiò e non disse nulla. Sapeva cos'altro

doveva fare: lo spinse con tutta la forza che aveva giù dalla barca e Alfredo cadde in acqua. Lei scese dalla barca e poi iniziò a correre e a correre senza ricordarsi che era venuta in bicicletta.

Quando arrivò a casa, era senza fiato. Attraversò il giardino e salì le scale, le mani tremavano mentre apriva la porta e il cuore sembrava scoppiare ma non aveva pensieri. Quando fuggiva, i pensieri sparivano sempre per poi tornare dopo a tormentarla.

Al buio, afferrò la valigia nell'ingresso pronta a filarsela per l'ennesima volta ma le mani tremavano troppo, aveva bisogno di prendere del *Lexotan*, altrimenti non sarebbe riuscita a guidare. Corse in bagno e quando arrivò davanti allo specchio, non poté fare a meno di guardarsi. La magia del lago era sparita e adesso non si sentiva più bella e ringiovanita, adesso vedeva nuovamente cosa le aveva fatto Gaetano. Osservò la cicatrice che l'acido le aveva lasciato sulla cute e sentì di nuovo la pelle friggere. Si passò le mani sulla faccia ma questa volta dolcemente, come se stesse usando del cotone, tenendo gli occhi aperti, e le sembrò che a ogni carezza la cicatrice scomparisse. Continuò su tutto il volto e su una parte del collo, fino a quando nello specchio poté vedere finalmente di nuovo il suo viso.

Sorrise. *Ecco a cu sumigghia Titì.*

Le valigie del sindaco

di Alberto Pizzi

«È una brutta faccenda» disse il maresciallo Calarco alla moglie per giustificare il ritardo con cui era rientrato a casa.

E la «brutta faccenda» era il cadavere di un ragazzo dell'apparente età tra i venti e i venticinque anni, brutalmente ammazzato dietro un chiosco sul lungolago di Stresa. All'imbrunire un passante l'aveva trovato rannicchiato a terra in posizione fetale, in una pozza di sangue e con il cranio spaccato a metà. Respirava ancora all'arrivo dei soccorsi, ma aveva avuto giusto il tempo per un ultimo rantolo prima di salutare per sempre questo mondo.

Non gli avevano trovato documenti addosso e neppure un qualunque indizio da cui far partire le indagini, se non una falange dell'indice destro amputata di recente e un vecchio numero di «Topolino» dimenticato in una tasca della giacca. Anche i posti di blocco prontamente predisposti dai carabinieri di Verbania non avevano sortito alcun risultato.

Insomma: un vero rompicapo, tanto che Calarco trascorse una notte insonne, con le sgradevoli immagini di quel corpo deturpato che continuavano a scorrergli davanti agli occhi.

Poco dopo le cinque del mattino, lo squillo del campanello di casa lo richiamò bruscamente alla realtà. Si guardò attorno chiedendosi chi potesse essere ad aver bisogno di lui a quell'ora, prima di voltarsi fiducioso verso sua moglie nella speranza si offrisse volontaria per andare alla porta. Ma le sue attese andarono deluse: la moglie era immersa nel mondo dei sogni. Controvoglia, si infilò ai piedi un vecchio paio di pantofole e si avviò ciondolante lungo il corridoio.

«Chi è?».

«Per favore mi apra, sono il sindaco!».

Calarco restò inebetito. Che ci faceva il sindaco lì all'alba?

Lo scatto secco della serratura fu seguito dall'ingresso in casa dell'ospite, pallido e sconvolto.

«Non mi dica che c'è stato un altro omicidio!» esclamò preoccupato Calarco.

Il sindaco scosse la testa. «No. Peggio!».

«Sta andando a fuoco il comune?».

«Peggio, peggio!».

Calarco non sapeva più cosa inventarsi.

«È affondato un battello? Ci sono dispersi nel lago?».

«No. È ancora peggio!».

Le risposte del sindaco lo stavano irritando.

«Si vuol decidere a parlare? Ho dormito poco e ho un omicidio a cui pensare».

Il sindaco finalmente si fece più loquace.

«Prima mi faccia sedere. Ho le gambe che non mi reggono più in piedi e la testa che gira».

Calarco gli fece strada in salotto e lui si lasciò cadere su una delle due poltrone in pelle, con la testa tra le mani e gli occhi rivolti al pavimento.

«Mi raccomando, ciò che le sto per dire resti un segreto tra noi, altrimenti la mia carriera politica sarà distrutta».

Il maresciallo assunse allora un'aria rassicurante.

«Si rilassi e mi racconti cos'è accaduto. Non l'ho mai vista in queste condizioni».

Dopo una pausa che a entrambi sembrò eterna, il sindaco trovò il coraggio per confidarsi.

«Mia moglie mi ha buttato fuori di casa!».

Calarco tirò un sospiro di sollievo. Per fortuna non c'era un altro morto di mezzo!

«Porca miseria! Per lei è veramente un gran casino!».

«Come no! S'immagini in che situazione mi trovo. Sono rovinato! Lei deve aiutarmi: vada da mia moglie e le dica che non può cacciarmi così, dopo anni di matrimonio».

Calarco restò in silenzio, non sapendo se lasciarsi andare a una sonora risata o fingere di essere preoccupato quanto lui.

«Se l'ha messa fuori di casa è perché le ha combinato qualcosa di grave. Sua moglie non mi sembra il tipo per queste cose».

«È vero, è colpa mia».

«E allora, se la colpa è sua, mi racconti».

Calarco se la rideva sotto i baffi che non si era mai fatto crescere, mentre il sindaco, ancor più pallido, aveva le labbra impastate di saliva.

«Ieri sera c'è stato il consiglio comunale e abbiamo affrontato il problema della casa. È stato verso la fine che una delle consigliere mi si è avvicinata e ha chiesto di parlarmi, voleva avere delle spiegazioni. Così io e lei siamo rimasti soli e si è fatto tardi. Una parola tira l'altra e siamo finiti a casa sua per un caffè. Poi, quasi senza volerlo, maresciallo glielo giuro io proprio non lo volevo fare, siamo finiti a letto!».

Calarco era esterefatto: «Non ci posso credere. Lei a letto con una componente del consiglio comunale!».

«Ci siamo addormentati e, quando mi sono risvegliato, saranno state le quattro del mattino, sono corso a casa. Ma mia moglie deve aver scoperto il tradimento e mi ha fatto trovare le valigie davanti alla porta. Quando le ho viste, mi è caduto il mondo addosso. Ho pensato che l'unica persona che mi potesse aiutare era lei. E allora sono corso qui».

La curiosità di Calarco era al massimo, anche perché le faccende di corna da sempre lo facevano ammattire.

Parlò con calma e, visto che c'era, ci mise pure un pizzico di ironia, che in queste situazioni non guasta mai.

«Posso sapere chi è la signora con cui ha trascorso la notte... discorrendo dei problemi di Stresa?».

«È la... la...».

Il sindaco era sul punto di piangere, ma al maresciallo non gliene fregava nulla: voleva quel nome!

«Insomma, si vuol decidere a dirmi chi è? Immagino io la conosca bene».

«Certo che la conosce! Maresciallo mi raccomando... resti tra noi... ne va della mia carriera...».

Mentre il sindaco tentennava, nella testa di Calarco passarono almeno due ipotesi su chi potesse essere la misteriosa amante e giurò a se stesso che l'ospite non se ne sarebbe andato via senza prima averglielo rivelato.

«Se devo aiutarla, me lo deve dire. Stia tranquillo, sarò muto come un pesce».

Finalmente il nome fu svelato. «È la... la... Brambilla Passoni».

Calarco restò di stucco. Non aveva neppure lontanamente immaginato fosse lei la donna con cui il sindaco aveva trascorso la notte di sesso.

«Ma come? La Brambilla Passoni? Proprio lei? Ma quella è dell'opposizione!».

Il sindaco assentì. «Ha ragione, maresciallo. Ma le confesso che di opposizione ne ha fatta davvero poca... per non dire nessuna. Ah, se ne avesse fatta almeno un pochino di opposizione... forse non sarebbe successo nulla».

«Ma proprio con quella doveva combinarmi il pasticcio? Quando l'incontro per strada mi pare una donna riservata. Solo di politica l'ho sentita discutere».

«Maresciallo, non creda alle apparenze. Grande donna! Le dico soltanto che dopo stanotte alle prossime elezioni la voterei anch'io!».

«Dice davvero?» chiese Calarco incuriosito.

«Almeno in questo, me lo lasci dire, è stata una sorpresa!».

Il maresciallo, seppur eccitato dal racconto, cominciò a pensare a come trovare una via d'uscita.

«Mi sa dire come ha fatto sua moglie a venirlo a sapere? Dev'esserci stato lo zampino di qualcuno».

«Sarà stato il vicesindaco! Quello non aspetta altro che io mi faccia da parte per prendere il mio posto. Non so come, ma stanotte deve avermi visto entrare in casa della Brambilla Passoni. Ha colto al volo l'occasione e ha avvertito mia moglie. Così ora mi trovo sbattuto fuori di casa. Quando la gente lo verrà a sapere, dovrò dimettermi!».

Calarco si lasciò cadere sull'altra poltrona.

«Certo che è in un bel pasticcio... non vorrei essere nei suoi panni».

«Maresciallo, mi deve aiutare».

«Veramente prima avrei un delitto a cui dedicare il mio tempo. Ha saputo di quel giovane ammazzato?».

«Sì, mi hanno informato. Ma quello può attendere, ormai è morto e per lui non possiamo fare più nulla».

«Ma io devo scoprire l'assassino».

«Avrà tutto il tempo per farlo dopo. La prego, prima pensi alla mia di vita. Vada da mia moglie e la convinca a riprendermi in casa. Le prometta che non accadrà mai più. Le giuri che è stata la prima volta!».

«Per la verità a giurarle fedeltà dovrebbe essere lei. Io stanotte me ne stavo a casa mia, non certo a divertirmi con l'opposizione».

«Maresciallo ha ragione. Le dica che sono pronto a chiederle scusa. Troverò il modo di farmi perdonare».

«Ci proverò. Lei resti qui e cerchi di riposare, non può farsi vedere in giro così conciato. Chiunque capirebbe che le è accaduto qualcosa di grave».

Calarco andò in bagno, si rase la barba e si vestì. Di lì a dieci minuti salì sulla sua Fiat Palio e si diresse alla villa del sindaco, poco sopra il centro di Stresa, in direzione dell'autostrada.

Lo aspettava un compito difficile. Come avrebbe reagito la signora?

Standо attento a non farsi notare, parcheggiò l'auto a poca distanza dall'abitazione. La prima cosa che gli balzò agli occhi furono le due valigie davanti alla porta di casa. Non si poteva non notarle tanto erano grandi!

Convenne che non era un bello spettacolo agli occhi della gente che tra poco sarebbe passata di lì diretta al lavoro. In molti avrebbero riso dell'incresciosa vicenda capitata al loro sindaco. Per cui, se voleva essergli d'aiuto, per prima cosa avrebbe dovuto farle sparire. Con circospezione aprì il baule dell'auto e le ripose dentro, così che nessuno le avrebbe viste. Poco dopo si diresse al citofono.

Passarono cinque minuti prima che Giorgia, la figlia diciassettenne del sindaco, aprisse la porta. Restò sorpresa nel trovarsi davanti il maresciallo, tanto da non riuscire neppure a chiedergli il motivo della visita. Fu allora Calarco, che la conosceva bene per essere stato spesso ospite alla villa, a spiegarsi.

«Giorgia, scusami se ti ho svegliata, ma ho bisogno di parlare con tua madre. Le chiedi se può ricevermi?».

Senza proferire parola, la figlia si inabissò nel buio del corridoio. Preoccupato che qualcuno potesse equivocare sulla sua visita, Calarco entrò e richiuse la porta alle spalle.

Fu la voce imperiosa, ma nello stesso tempo dolce, della moglie del sindaco a interrompere i tanti pensieri che gli frullavano in testa.

«A cosa devo la sua visita? È capitato qualcosa di male a mio marito? Spero non sia così».

«Stia tranquilla, va tutto bene. Semplicemente passavo di qui e volevo scambiare due parole con lei».

«A quest'ora del mattino? Ma è impazzito? Le confesso che mi ha spaventata. Comunque non mi chieda dov'è lui! Quando c'è consiglio comunale si dimentica di avere una famiglia!».

Una volta rotto il ghiaccio, ora Calarco doveva affrontare il motivo della visita, anche se la signora non gli sembrava affatto turbata, come invece aveva immaginato di trovarla. La prese alla larga, ma ugualmente non riuscì a trovare le frasi adatte.

«Devo confessarle che il motivo per cui sono qui... deve sapere che dopo il consiglio comunale di ieri sera...». Accidenti, non gli riusciva di spiaccicare una frase compiuta! «Tenga presente che reputo suo marito una brava persona... ho stima di lui... le giuro che l'ho sempre votato... morissi adesso, se c'è stata una volta che non l'ho fatto».

Era in difficoltà e si parlava addosso senza arrivare al dunque. Per fortuna fu lei a venirgli in soccorso, altrimenti sarebbe rimasto lì per ore.

«Ha ragione maresciallo. Gli dico sempre che dedica troppe ore al comune e al partito, e non ne vale la pena. La sua famiglia deve venire prima di tutto».

Calarco annuì e riconobbe che, per essere una donna che aveva appena cacciato il marito, recitava assai bene e non lasciava trasparire nulla.

Anzi, fu lei ad andargli ancor più in aiuto: «Sa cosa le dico: è colpa dell'opposizione se mio marito spesso trascorre le notti fuori casa. Ce l'hanno con lui perché è amato dalla gente e non appena possono gli mettono i bastoni fra le ruote! Se mio marito è sempre impegnato è colpa dell'opposizione!»

Su questo Calarco non poteva che essere d'accordo: «Signora, sono in sintonia con lei! È colpa dell'opposizione!».

La moglie del sindaco si stava infervorando. «Lo vede che ho ragione. Quelli dell'opposizione non li posso sopportare. Se ne stanno a letto a casa loro mentre mio marito deve lavorare».

Calarco, pensando alla notte di sesso trascorsa dal marito con la Brambilla Passoni, sorrise, ma a labbra serrate.

«Se vuole parlargli, penso lo possa trovare al Gigi Bar a far colazione. Quando il consiglio comunale va per le lunghe, lui, poverino, riposa qualche ora in ufficio e non torna a casa. Le confesso che a volte mi fa pena. In ogni caso potrà trovarlo qui all'ora di pranzo. Se vuole apparecchio anche per lei, è da tempo che non viene a trovarci».

La signora accompagnò l'invito con un sorriso e Calarco non ci capì più nulla: era venuto a casa del sindaco per riportare alla ragione la moglie e questa, invece, appariva calma e per nulla arrabbiata. Anzi, lo stava invitando a pranzo. Probabilmente le era sbollita la collera e tutto doveva tornare alla normalità, specialmente agli occhi della gente. Era fin troppo facile dedurre che avrebbe dimenticato in fretta la faccenda delle valigie e non ne avrebbe parlato mai più. Forse si era già pentita di averlo cacciato di casa.

Visto che la situazione stava volgendo al bello, Calarco non vedeva l'ora di portare la buona novella al sindaco. Nel congedarsi si lasciò andare in un inchino alquanto impacciato.

«La ringrazio per l'invito a pranzo, ma non posso. Penso abbia saputo dell'omicidio».

«Certo che l'ho saputo! Una vera disgrazia. Si sa già cos'è successo?».

«Sappiamo solo che è stato colpito con un oggetto di metallo, forse un martello o una chiave inglese, probabilmente dopo una lite. Chi l'ha fatto si è preoccupato di far sparire ogni traccia».

«Chi è la vittima?».

«Ancora non lo sappiamo. Non aveva documenti addosso e neppure il cellulare o, se ce l'aveva, l'omicida l'ha portato via».

«Qualcuno ha assistito all'omicidio?».

«Purtroppo non ci sono stati testimoni. Nessuno ha visto o sentito nulla. Vorrà dire che riterrò valido l'invito per la settimana prossima. Buona giornata».

La signora ricambiò il saluto e Calarco, più sollevato rispetto a prima, risalì di corsa in auto. Che la moglie avesse perdonato per davvero il marito o che, invece, quella a cui aveva assistito era stata soltanto una recita, in fondo a lui non gliene fregava nulla. La carriera politica del sindaco era salva e questo grazie al suo intervento. Quanto prima avrebbe dovuto ricambiargli il favore, magari mandando gli operai del comune a ridipingere la caserma, che ne aveva un disperato bisogno.

A riportarlo alla realtà ci pensò la radio. La prima notizia del giornale radio regionale era il misterioso omicidio di Stresa, che toccava a lui risolvere. Scosse la testa quando sentì il cronista parlare di un regolamento di conti tra piccoli spacciatori, visto che gli esami tossicologici avevano dato esito negativo.

Di lì a pochi minuti parcheggiò l'auto nel garage di casa e ritornò in salotto annunciando pomposamente al sindaco di aver sistemato la faccenda.

«Ho supplicato sua moglie, mi sono messo in ginocchio e lei alla fine l'ha perdonato. Mi raccomando, quando torna a casa non faccia il minimo accenno alle valigie e, tantomeno, alla Brambilla Passoni. Per sua moglie tutto è dimenticato. Si comporti normalmente».

«Davvero mi ha perdonato? Oggi stesso le comprerò un regalo, magari un anello...».

Calarco alzò la voce. «Nessun regalo. Le ho detto di comportarsi come tutti i giorni».

«Nemmeno un regalino? Magari dei fiori...».

«Niente di niente! Ha capito?».

L'ordine fu tale che il sindaco non aggiunse altro. Si tirò in piedi, ringraziò il maresciallo e se ne andò via, prendendo la direzione del municipio. Fu in quel momento che a Calarco tornarono in mente le valigie rimaste in auto. Cercò di richiamarlo indietro ma quello, felice come una pasqua dopo la notte di sesso e il successivo perdono della moglie, non sentì nulla e tantomeno tornò indietro. Calarco decise che le avrebbe riportate indietro lui stesso, ma l'indomani. Per quel giorno aveva altro a cui pensare.

In compagnia dei tecnici della scientifica trascorse la mattinata a perlustrare il luogo dell'omicidio, purtroppo senza ricavare nulla d'importante se non alcune impronte di pneumatici riconducibili a un vecchio furgone Ford, non più in produzione. Chi aveva commesso l'omicidio era stato bravo, o forse fortunato, nel far sparire ogni indizio.

Anche le indagini dei colleghi sguinzagliati in città non avevano sortito molto: solo l'edicolante del lungolago si ricordava di aver visto due ragazzi discutere animatamente accanto a un vecchio furgone, e poi uno di loro allontanarsi in fretta. Aggiunse però che non li aveva mai visti prima e tantomeno si era annotato il numero di targa. Neppure si ricordava con certezza il modello e il colore del furgone.

Nel pomeriggio fu convocata in caserma una riunione per fare il punto della situazione e, poco prima di andarsene a casa, Calarco fu costretto a dettare un breve comunicato per la stampa. Così per tutta la giornata non pensò alla faccenda capitata tra il sindaco e la Brambilla Passoni e alla sera, dopo cena, era stanco morto e si coricò presto. Fece bene a farlo.

Alle sei del mattino fu ancora una volta il suono del campanello di casa a risvegliarlo. Come il giorno precedente, si diresse con aria incazzata al citofono.

«Chi è?».

«Mi apra, sono il sindaco».

Calarco impallidì. «Ancora lei? Se sua moglie l'ha cacciata un'altra volta di casa, si cerchi un avvocato, io quel che potevo fare l'ho fatto».

«Non si tratta di mia moglie. È accaduto di peggio! Mi apra».

«Peggio di sua moglie che ha scoperto un tradimento?».

«È peggio. Mi faccia entrare».

Di lì a poco la figura del sindaco si materializzò in casa e, visto che già conosceva la strada, si diresse in salotto e si lasciò cadere sulla stessa poltrona del giorno prima.

Calarco lo seguì, contrariato. «Si vuol decidere a parlare. Ho sonno e sono due notti che non dormo per colpa sua».

Il sindaco rispose in modo strascicato, balbettando come solo gli era capitato davanti al prefetto il giorno del giuramento.

«Siamo stati derubati! Ha inteso? Ci hanno rubato l'argenteria che i miei suoceri ci avevano regalato per il matrimonio».

«Quand'è accaduto?»

«Non lo so con esattezza. Oggi avremmo avuto ospiti a casa, così ieri sera mia moglie ha iniziato a preparare la tavola, voleva fare bella figura. Quando ha aperto il mobile della sala si è accorta che l'argenteria era sparita. Ha inveito contro di me, dicendo che la colpa dei furti in città è mia. Secondo lei dovrei mettere telecamere in ogni angolo. È andata avanti tutta notte a insultarmi. Non ne potevo più e allora, appena si è fatto giorno, sono corso da lei. Voglio che scopra in fretta chi è stato a derubarci».

«Avete controllato se qualche porta è stata forzata?».

«Non ci sono segni di scasso e nemmeno vetri rotti, neppure in garage o in cantina. Forse i ladri avevano una copia delle chiavi, visto che mia moglie le lascia sempre in giro!».

Le domande del maresciallo si fecero incalzanti. C'era qualcosa di strano in quella faccenda, anche perché era tempo che in città non accadevano furti.

«Quand'è stata l'ultima volta che avete visto l'argenteria?».

«La settimana scorsa, quando ho organizzato una cena per il festival della musica».

«Chi altro frequenta la casa oltre a voi?».

«La donna di servizio, ma è una persona fidata».

«Posso saperne il nome?».

«È moldava. Ma le assicuro che non centra nulla».

Calarco abbozzò un sorriso. «Mica ho detto che voglio arrestarla! Le ho chiesto il nome. Mi creda, un controllo non guasta mai».

«Si chiama Irina Kunova».

«Chi altro ha le chiavi?».

«Il giardiniere, ma anche per lui vale lo stesso discorso».

Calarco scosse la testa pensieroso, andando avanti di questo passo non avrebbe ricevuto nessuna dritta. Per il sindaco erano tutte brave persone. Tentò allora di abbozzare un piano d'azione.

«Per ora non parlate del furto con nessuno, soprattutto a Irina e al giardiniere. Fate come se non vi foste accorti di nulla. Passi oggi pomeriggio in caserma per firmare la denuncia. Una volta risolto il caso di omicidio, avrò più tempo per occuparmi del furto. Nel frattempo mi prepari un elenco di cosa manca».

Il sindaco se ne andò via e Calarco tornò a letto, nella speranza di riprendere sonno, ma non ci riuscì. Prima l'omicidio e ora il furto lo rendevano irrequieto. Il nome di Irina Kunova gli ricordava qualcosa? Più ci pensava e più era confuso.

Alle sette decise che ciò di cui aveva bisogno non era stare a letto ma un caffè doppio e allora, per non svegliare la moglie, decise che avrebbe fatto colazione al bar dell'imbarcadero. In auto percorse a bassa velocità via Duchessa di Genova, voltò a destra e imboccò il lungolago. Al semaforo si preparò a immettersi nel piazzale dell'imbarcadero.

Fu in quel momento che si ricordò delle valigie nel baule e all'improvviso la sua mente si illuminò. Arrestò l'auto nel mezzo della strada, tanto da rischiare di essere tamponato. Calarco, senza scomporsi, si scusò e a gesti invitò le altre auto a superarlo. Scese dall'auto, spalancò il bagagliaio e con frenesia aprì le valigie.

Restò di stucco. Le richiuse e parcheggiò senza pagare, tanto la sua auto la conoscevano tutti. Si avviò al bar e ordinò un caffè, che si fece servire sulla balconata a lago. Lo sorseggiò con calma, così assorto nei suoi pensieri da nemmeno ricambiare il saluto degli amici battellieri. Quando pagò la consumazione comprò un «gratta e vinci» da due euro. Non vinse nulla, ma l'aveva già messo in preventivo e non se la prese.

Una volta in caserma chiese di non essere disturbato. Si mise al computer, si collegò al sito del ministero e fece scorrere diverse pagine prima di avere conferma di ciò che pensava. Era forse quella la soluzione? Spense il computer, uscì e di lì a dieci minuti si ritrovò a percorrere la stessa strada in salita del giorno precedente. Stavolta però aveva le idee più chiare, per cui parcheggiò l'auto di fronte alla casa del sindaco, fregandosene se qualcuno stavolta la vedeva.

Ad aprigli fu, come per il giorno precedente, Giorgia. Apparve infastidita nel ritrovarsi davanti il maresciallo e parlò senza levarsi dalle orecchie le cuffie dell'Ipod, tanto che Calarco non capì bene se stava masticando un chewingum o se era seccata.

«Se è qui per i miei genitori, la informo che non ci sono. Mio padre è in comune, mentre mia madre è andata a cercare una ditta che installi un nuovo sistema d'allarme, visto che quello che abbiamo non è servito e nessuno fa niente per arrestare i ladri». Era una stoccata per il maresciallo, ma lui non ci fece caso.

«Pensi che i tuoi genitori rientreranno presto?».

«Non lo so e non me ne importa. Mia madre è fuori di testa e mio padre, che è stordito quanto lei, le lascia fare tutto ciò che le passa per la mente. Secondo mia madre la colpa del furto è di mio padre, che non sa amministrare».

«Non sono qui per i tuoi genitori. Mi fai entrare?».

«In casa ci siamo solo io e Irina. E lei non centra nulla con il furto, glielo assicuro».

«Lo so. Ho controllato nei nostri archivi: il suo permesso di soggiorno è regolare e non ha alcuna segnalazione nel casellario. Infatti non sono qui per Irina».

Giorgia rimase ferma sulla porta, risolutamente decisa a non farlo entrare.

«Mi dispiace, ma dovrà tornare più tardi. Magari all'ora di pranzo, così li troverà tutti e due qui a litigare».

Calarco non rispose. Le diede le spalle e andò verso l'auto. Aprì il bagagliaio e prelevò le valigie, che posò a pochi centimetri dalle Nike bianche di Giorgia, rischiando quasi di schiacciarle i piedi. La fissò dritta negli occhi e la vide impallidire.

«Pensi siano sufficienti queste valigie per farmi entrare?».

La porta si aprì, lentamente.

«Ma come? Queste valigie sono di Pluto. Com'è possibile che le abbia lei? Non è possibile...».

Calarco intanto teneva le valigie strette tra le mani, come un viaggiatore alla stazione dei treni in coda per il biglietto.

«Mi vuoi dire chi è questo Pluto e che cosa c'entra un cartone animato con le valigie?».

«È una storia lunga e non mi va di parlarne. A lei non deve interessare nulla di Pluto. E poi lui non fa più parte della mia vita, non si è fatto più sentire».

«Mi dispiace, ma a me Pluto interessa, e molto. Voglio sapere tutto di lui, ammesso che esista per davvero e non soltanto nei cartoni animati».

«Le giuro maresciallo che anch'io non ci capisco più nulla. Queste valigie le doveva portare via lui l'altra notte. Dove le ha prese?».

Ora era Calarco a non capirci più nulla. Chi era Pluto e perché le valigie erano sue? Era dalla mattina del giorno precedente che quelle se ne stavano chiuse nel bagagliaio della sua Fiat Palio.

«Che ne dici Giorgia se ci sediamo e mi racconti tutto dall'inizio?».

Lei si rannicchiò sul divano con le ginocchia al petto, tanto da sembrare ancor più minuta di quanto già non fosse. Parlò con gli occhi chiusi, per isolarsi dal mondo e da quel maresciallo dei carabinieri che, seppure in borghese, stazionava minaccioso di fronte a lei.

«Sono stata io a rubare l'argenteria e a metterla nelle valigie. Volevo aiutare Pluto e poi fuggire con lui. L'avrei fatto tra pochi mesi, appena maggiorenne».

«Volevi fuggire con un cartone animato?».

«Non rida. In realtà Pluto è Ivan. Abita a Laveno, ha ventitré anni e tutti lo conoscono con quel soprannome perché ama i cartoni animati».

Calarco strabuzzò gli occhi e pensò al «Topolino» trovato due giorni prima accanto al cadavere. C'era forse un legame tra le due cose?

«Stavamo insieme da tre mesi, anche se i miei genitori non lo hanno mai saputo. Il suo sogno era di aprire con un amico un bar in Spagna. Io lo volevo aiutare e l'argenteria doveva servire a trovare i soldi per il bar. Io poi lo avrei raggiunto».

«Posso chiederti chi è questo suo amico?».

«Si chiama Marco Giusti. Ha la stessa età di Pluto e si sono conosciuti frequentando la scuola alberghiera. Erano sempre insieme, anche se a me lui non piaceva».

«Per cui l'altra sera, stando attenta a non farti scoprire, hai messo l'argenteria e qualche tuo vestito nelle valigie. Poi le hai lasciate fuori di casa perché Pluto, o meglio Ivan, sarebbe passato a prenderle».

E, se è esatto ciò che penso, Pluto non è passato perché è stato ammazzato, avrebbe voluto aggiungere.

«Come d'accordo le ho lasciate davanti a casa alle quattro di notte, e alla mattina non c'erano più. Più tardi l'ho cercato al cellulare per sapere dov'era, ma lui non mi ha risposto. Così le altre volte. Ho lasciato dei messaggi in segreteria, ma non mi ha richiamato. Allora ho capito che non lo avrei più sentito. Si è servito di me per rubare l'argenteria».

Nella testa di Calarco stava prendendo forma un'altra idea, ma di certo non poteva spiegarla a Giorgia, anche perché avrebbe dovuto parlarle non solo dell'omicidio ma anche della scappatella del padre. A questo punto, per chiudere il cerchio, al maresciallo mancava solo una domanda:

«A Ivan, o Pluto, mancava forse una falange all'indice destro?».

Giorgia rimase stupefatta. «Sì. Come fa a saperlo?».

«Intuito, solo intuito di noi carabinieri», si schernì il maresciallo.

Tutto ora gli era chiaro: Giorgia aveva rubato l'argenteria per darla a Pluto, alias Ivan, che però nel frattempo era stato ammazzato. Così che il sindaco, rincasando dopo la notte di sesso a casa della Brambilla Passoni, vedendo le valigie davanti a casa aveva pensato che a metterle fosse stata la moglie tradita. Ora Calarco aveva tra le mani qualcosa di più di un indizio per risolvere l'omicidio, anche se restava il problema della denuncia di furto che il sindaco sarebbe passato a firmare nel pomeriggio.

Nel frattempo Giorgia stava prendendo coscienza della gravità di ciò che aveva combinato.

«Che farà adesso maresciallo? Mi arresta?».

Calarco si alzò in piedi.

«Assolutamente no. Chi alla tua età non ha combinato una stupidaggine per amore della persona sbagliata? Sbrigati a rimettere i tuoi vestiti a posto, prima che torni tua madre. Dopo nascondi l'argenteria da qualche parte, così sembrerà che lei l'ha spostata senza poi ricordarsene».

Prima di andarsene si rivolse ancora una volta a Giorgia.

«Mi raccomando: se si presenta un altro Pluto, stanne alla larga, altrimenti la prossima volta ti arresto per davvero».

In auto chiamò al cellulare i colleghi di Laveno per sapere tutto di Ivan e delle sue frequentazioni. Ricevute le informazioni che desiderava, diede ordine a Pallotta di cercare un tale Marco Giusti e di condurlo quanto prima in caserma come indiziato dell'omicidio. Nei registri della scuola alberghiera avrebbe trovato le sue generalità. Ora non gli restava che tornare in ufficio e attendere.

La telefonata di Pallotta giunse nel primo pomeriggio.

«Maresciallo, ci sono importanti novità!».

«Dimmi».

«Non appena io e i colleghi l'abbiamo fermato, il Giusti ha confessato. Lui e la vittima erano amici e si erano specializzati nel commettere furti tradendo la fiducia delle loro occasionali fidanzate. Con i soldi ricavati progettavano di fuggire in Spagna e aprire un bar. Ma ieri hanno litigato su come dividere la refurtiva e lui, ancora non sa darsi pace, in un impeto d'ira l'ha ucciso colpendolo alla testa con un martello. Ha delle ferite alle mani. Tra poco arrivo in caserma e stendo il verbale».

«Ti aspetto».

Calarco aveva riattaccato da poco, quando il telefono risquillò. Era il sindaco.

«Maresciallo, devo chiederle scusa. Non ci crederà ma abbiamo ritrovato l'argenteria. Mia moglie deve averla spostata e poi se n'è dimenticata».

«Son cose che succedono...», minimizzò lui.

«Non so come fare a sdebitarmi».

«Se proprio vuole, la caserma avrebbe bisogno di una rinfrescata».

«Allora domattina le mando due operai del comune!».

Calarco ebbe un sussulto. «Mi raccomando, non troppo presto, sono due giorni che vengo svegliato all'alba...».

Il sindaco rise e riattaccò.

Calarco, più rilassato, si avvicinò alla finestra. Guardò fuori e scorse la Brambilla Passoni camminare sul marciapiede dall'altra parte della strada. Era davvero un gran pezzo di donna, soprattutto ora che la vedeva con occhi diversi da prima.

Decise che alle prossime elezioni l'avrebbe votata anche lui. Anzi: le avrebbe fatto pure campagna elettorale! Alla faccia del sindaco e di Pluto, che quel cartone non gli era mai piaciuto nemmeno quando da bambino lo guardava al cinema.

La vita della morte

di Sergej Roic

Notte. Sulla strada che costeggia il lago, sibilo di ruote di biciclette. Giù dal campeggio, parole e risate in lingue straniere. Sto sul balcone della casa di Brissago, seduto, i piedi toccano il freddo del ferro battuto della ringhiera, dall'altra parte del lago le luci di Dirinella, il rumore di un treno vicinissimo annulla ogni distanza dall'acqua. Mio padre si affaccia e poggia i gomiti sulla ringhiera, si accende una sigaretta. Mi racconta una vecchia storia di guerra.

***

La compagnia marcia da giorni lungo l'altipiano. Il caldo prende corpo sotto le uniformi, si materializza nel sottobosco degli altissimi pini e larici. Il fucile mitragliatore sulla spalla, un picchio annuncia la sua presenza, gli alberi sono disposti su file larghe, c'è spazio per calpestare pigne, raccogliere mirtilli, c'è tempo per restare indietro, al di là del limite di una bassa valle, per poi rimontare, sentire di nuovo i piedi, dimenticare la spalla, per chiudere la fila. Il medico della compagnia sta sempre in coda alla colonna. Mile dice che proprio adesso, ora, siamo in Bosnia; conosce le montagne e le ragazze che abitano in case su pendii di colline e dove ci sono greggi e di chi ci si può fidare. Cento metri più avanti Mirsad, il nostro comandante musulmano, ferma la colonna. Si allontana, scompare fra gli alberi; dal sacco estrarrà una stuoia, pregherà rivolto alla Mecca.

Siamo ai margini di una radura – racconta mio padre – che fuma appoggiato alla ringhiera. Ci sparpagliamo nell'erba alta. Si mangia. Vorrei andare da Mirsad che è un uomo magro, col volto segnato da rughe verticali, con un'espressione di chi sta per parlare e finisce per non dire niente. Ha un grosso naso, le guance incavate e spesse labbra e due mesi fa, attraversando il suo villaggio bruciato, abbiamo trovato la sua famiglia massacrata. Poi lo lascio perdere perché sdraiato nell'erba osservo nuvole, lische di pesce sventrato, penso che magari in qualche altro emisfero c'è chi si annoda la cravatta sopra una camicia bianca per andare a ballare con la ragazza. Vedo un falco girare in larghe volute e non riesco a cogliere il momento in cui scompare. Come non riesco a capire quando, da quanto tempo ho un ronzio nelle orecchie. Il ronzio sale e sulla scacchiera del cielo mi aspetto di vedere calabroni, cervi volanti, cavallette. Mile, Vinko, Grgin sono in piedi. Il ronzio è ora quello di una segheria persa chissà dove nella foresta. Nessuno parla. L'ombra avanza discreta nella radura. Fracasso compatto di fabbrica. Sono aerei, già, ma quando cominciano ad apparire è passata più di un'ora.

«Vengono da Foggia» commenta Mile che sa tutto, «vanno in Romania».

E come se un lenzuolo di ferro fosse stato tirato sopra le nostre teste, gli aerei ci tolgono il sole, la luce, restringono, annullano il cielo. Ci lasciano al buio. Dieci minuti per un'eclissi di sole.

Butta via la sigaretta. Soffre di insonnia e d'estate esce sul balcone a raccontare vecchie storie di cui nessuno sembra aver scritto la fine. Fra un minuto se ne andrà in camera sua lasciandomi qui a immaginare, i piedi che toccano il ferro battuto della ringhiera, le volute di quel falco che ha disegnato i suoi ricordi di guerra.

Ma stavolta è diverso, a mezza voce mi chiede: «Lo sai quali erano i compiti di un medico militare?».

«No».

«Hanno sparato a Mirsad, stava disertando, e io ho dovuto accertarne la morte».

I grilli scatenano il sibilo del loro canto incessante. Le onde che il vento fa correre sul lago sono più grosse. Sono abbagliato dai fari di un'automobile. Il nostro gatto che si avvia circospetto verso casa, si ferma e retrocede.

«Perché?».

«Il nostro commissario politico...». Alza un braccio in un gesto vago. «Mirsad aveva ordinato di gettare via le armi, di arrenderci».

«Perché?».

«Aveva detto che la guerra era finita. Che stava arrivando la fine del mondo».

«Non capisco».

«Ho letto il Corano. Dopo. Per i musulmani l'eclissi è un segno che preannuncia la fine del mondo».

«Ma erano aerei, no?».

Non risponde. Il gatto è accanto a noi sul balcone.

«Era pazzo?».

«Non credo» dice mio padre, «mentre si spegneva mi disse che stava guardando in faccia la morte».

Mio padre morì alcuni anni dopo. Si era ritirato a vivere in una stanza spartana dove fumava e vaneggiava. Quando varcavo la soglia con in mano il vassoio della colazione o un giornale, mi ripeteva di badare alla barca giù nel porticciolo, di darle un'occhiata, ripararla e pulirla, presto mi sarebbe servita. Il giorno che trovai mio padre morto nel letto della sua camera, uno, due, tre vaporetti diretti a Locarno o in Italia avevano azionato a lungo la sirena. La terza volta scesi al porto di Brissago: una donna vestita di nero, sorridente, agitò il braccio dal ponte della nave. Mi voltai, ma dietro di me nessuno rispose a quel saluto cortese.

Al pari di mio padre, sono un medico. Curo le persone gravemente ammalate, veglio su di loro. Ho uno studio privato, mi chiamano per le urgenze, per un consulto disperato, per assistere alla dipartita delle anime. Questa mia dubbia celebrità di Caronte mi accompagna sulle due sponde del lago: quando la superficie dell'acqua è calma mi è già capitato di fiondarmi in barca fin sull'altra sponda.

E allora, quasi ogni giorno, indosso pantaloni di tela scalpicciando nel fresco buio della cantina che dà sul lago. C'è da versare la benzina, diluire l'olio, prendere i remi e il serbatoio. Tolgo il motore dal cavalletto di legno. Lo appoggio su uno straccio di camicia dal colletto gigantesco. Con lentezza esasperata svito i bulloni, controllo il meccanismo – non permetterò che il vecchio «Seagull» tradisca proprio adesso. Ora il motore, inerme, è sdraiato su un fianco. Gli parlo, lo accarezzo, faccio schioccare *go*, la magica levetta. Funzionerà? Quindi riassumo il rosario del marinaio: starter, candele e la minuscola (inutile?) chiave inglese. Sollevo e prendo in braccio il motore. Finalmente, tutto piegato, trotto rapido scalando il primo, secondo, terzo, quarto scalino gelido e, pronto, evitando di incespicare nel secchio che non è al suo posto, butto il mio passo elastico oltre il bacio del sole nonostante sia ormai sera e, calcolo, il battello proveniente da Locarno abbia già doppiato la punta delle isole di Brissago.

Una, due, tre rondini virano, accelerano, fuggono velocissime perdendo le proprie ombre nella balugínante realtà a una dimensione, la realtà scintillante. Il rito dell'ancora – è una rossa croce incrostata e subito dopo giace di profilo, piatta, sul fondo della barca – affascina il piccolo Pietro, figlio della signora Rosa. Slegati i lacci, Pietro getta la cima e, purpureo nella rotonda luce del sole-aureola, saluta, saluta la lenta virata della barca. «La prossima volta» mimano le mie mani. «Non ci credo» nega la nera testa dalla riva. Ora accelero stringendo la manopola nella mano. Il paziente che soffre mi aspetta dall'altra parte del lago.

Ora, oggi, qui mi capita di pensare: ma esiste, ma che cos'è *la vita della morte*? C'è un attimo, magari un attimo solo, in cui essa è più viva e presente della vita che è venuta a cogliere? Non lo so, non lo so, so solo che il vento strapazza i miei capelli, le onde gorgogliano ai miei piedi, la barca vola come un angelo vendicatore: la morte è vivace, svelta, pronta, non si stanca mai, lei, sì, non cessa mai di esistere. L'anno scorso, in un bar della sponda italiana, un uomo che indossava un vecchio cappotto, un poeta, mi aveva passato un foglietto stropicciato sorridendo debolmente. «È un acronimo» aveva detto, «l'ho scritto in tre giorni, bevendo». Sul foglietto era vergato un nome di donna, Michelle, e una frase:

Morte Immortale Come Hai Eluso La Legge Eterna?

Dapprima la riva è un punto, poi un ragno, è il solito pontile di Dirinella che si staglia fra le ombre della sera. Sul molo mi accoglie Maria, ha un chiosco sulla riva del lago, mentre metto piede a terra mi porge la mano.

«La accompagno io, dottore» dice, «la casa di mio padre è in fondo alla baia di Luino». Viriamo verso un violaceo banco di nuvole – Maria con l'indice fa segno «cirri, cirri» – che sta per dissolversi. Ora il lago urla raffiche di spuma sopra la sponda della barca. Compio un largo cerchio svelando il segreto della baia di Luino: dal suo grembo, nascosto, ammicca un porto sepolto. La luce di una lucciola ci guida fino all'osteria. No, è la lampada a olio che Maria tiene in mano: senza chiedere nulla, porta prosciutto, formaggio e una bottiglia di rosso. Scalpicciando a piedi nudi sul pavimento di pietra della locanda, sfavillando di bianchi denti nella semioscurità, Maria, che è una donna alta e prosperosa, mi dice, per nulla turbata, che il momento di suo padre è venuto e che la morte va accolta con rispetto. «Ora metto in tavola» dice allineando le posate. Beviamo. Con la mano cerco e trovo le ginocchia della donna seduta di fronte a me. Lei dice della sua camera sul retro dell'osteria. Facciamo l'amore urlando di piacere. Il padre di Maria è morto da un'ora.

Nel cielo – nel cielo di Luino – una nuvola nera. Il mio taccuino, su cui segno l'ora del decesso e la causa della morte, piomba nell'ombra. Alzo la testa e vedo il cielo coperto dalla nuvola-vela nera che annuncia una disgrazia. Il sole – è tardissimo, sta tramontando – incendia l'orlo della nuvola funesta. Non completerò – è tardissimo! – il viaggio di questo giorno. Maria è pallida, butta sangue dalla bocca, non sa se trattenermi o cacciarmi via. In un parossismo di gesti disperati mi accompagna alla porta. Poso la mano sulla sua spalla: «La prossima volta» sussurro, «la prossima volta...».

Ormai si è fatto buio. Scendo lungo il sentiero nero, attraverso il paese dietro il quale si erge il cimitero. In un angolo del camposanto una quadrifora gotica recita una frase dello scrittore Borges che parla di me: «*Sapeva le forme delle nuvole australi dell'alba del 30 aprile 1882, e poteva confrontarle, nel ricordo, con la copertina marmorizzata d'un libro che aveva visto una sola volta, o con la spuma che sollevò un remo, nel Rio Negro, la vigilia della battaglia di Quebracho*». Ricordo un frate cistercense in una cella della Certosa del Galluzzo sopra Firenze, non voleva morire; ricordo una ragazza seguita e carpita nel chiostro della cattedrale di Aix-en-Provence; gatti neri ammiccanti al sole sul parapetto alto sul mare di Tarragona; un Cristo, non quello vero, schizzato sulla copertina di un tascabile di Kurt Vonnegut che parla del bombardamento di Dresda. Ricordo tutto questo e so di poter crescere ancora, di poter sconfiggere persino *me stessa*, come in quella poesia-acronimo del poeta che scrive bevendo nel bar della sponda italiana del lago, intabarrato nel suo vecchio cappotto.

Un'ora dopo, correndo sul lago increspato dalle onde nere, ricordo persino il racconto che mio padre non mi ha mai raccontato, una storia che ha vissuto a Graz, in Austria, mentre imparava il mestiere del medico e trionfava – era il 1939 – sul fare di una nuova guerra. La storia è quella della ragazza trovata "imbalsamata" fra le radici sommerse di una grande quercia. Il medico primario Jankowski aveva sezionato la ragazza. Mio padre si era attardato nella sala incisoria e vi era rimasto rinchiuso. L'avevano trovato il mattino dopo, con i capelli ritti e mezzo pazzo. Una certa Rosi che abitava nella casa di fronte lo aveva portato fino alla quercia sul fiume, balbettava tremando mio padre. Poi era scomparsa. L'aveva cercata, cercata. «Rosi, non scherzare» aveva gridato prima di andarsene. «Qui non abita nessuna Rosi» aveva detto agli investigatori, senza nemmeno aprire la porta, l'ombra di una vecchia signora abitante nella casa di fronte. Lui, che non conosceva nessuno, si era precipitato a casa del primario. «Se tu sei un assassino io sono Giulio Cesare» gli aveva detto Jankowski ridendo. A Graz Jankowski era un'autorità. «Il mio studente slavo? Quello non sarebbe capace di far del male nemmeno a se stesso» aveva detto interrogato dalla polizia. La Rosi imbalsamata (non somigliava poi molto alla ragazza che ricordava) aveva la pelle bianca di un fantasma. Lunghe ciglia-farfalla. Era alta, bionda, magra. Il serico ventre annegava in una casta peluria. I seni, frutti di una natura morta. Se fosse stata dipinta da un Dürer sarebbe stata un capolavoro dell'arte germanica. Jankowski l'aveva ricucita. «Riaprila» aveva detto con noncuranza allo studente che lo fissava a bocca aperta. Al commissario Ograbek, suo amico, aveva detto: «La ragazza in questione non si chiama Rosi e il mio studente non l'ha mai vista da viva. Come faccio a dirlo? Aiutandomi a sezionarla il suo polso era fermo quanto il mio"». «Rossi?» aveva sibilato il laconico Ograbek sdentato volendo significare «ma questa Rosi, una volta per tutte, esiste o non esiste?». «Rossi!» era trasalito rabbrividendo nella cameretta-soffitta dello studente facilmente violata dal suo passepartout. La nera gatta accovacciata un attimo prima sul letto ora, sul letto, non c'era più. Non era sotto il letto né sull'armadio. La porta era chiusa e – orrore! – proprio in quel momento bussò alla finestra il bianco becco di un grosso albatro! *Miao*! miagolò l'uccello mostruoso.

Correndo a perdifiato, nell'ingresso Ograbek si scontrò con la morte. Incrociando mio padre il commissario ormai isterico urlò: «Sei assolto, sei assolto, qualsiasi cosa tu abbia fatto». Quella sera stessa costrinse la moglie a sbarazzarsi del loro gatto Otto. «Con le cattive» ringhiò in risposta al «Come pensi di costringermi a fare una cosa simile?» della moglie. Nel breve volgere di una settimana Ograbek vendette la casa, diede le dimissioni da capo della polizia e con la moglie fuggì in Patagonia. All'amico Jankowski il commissario lasciò un biglietto con una frase che il primario non tardò a ritrovare, nel dopoguerra, in un labirintico libro sulla morte edito nel '44 a Buenos Aires. «*Riflettei che ogni cosa, a ognuno accade precisamente, precisamente ora. Secoli e secoli, e solamente nel presente accadono i fatti; innumerevoli uomini nell'aria, sulla terra o sul mare, e tutto ciò che realmente accade, accade a me*».

Il tenente Drago ne aveva abbastanza di quella storia. L'uomo che stava interrogando da ore nella caserma di Luino – in quella storia tenebrosa di morti consecutive sulle due sponde del lago era stato richiesto l'intervento dell'esercito italiano – sfuggiva a ogni capacità di giudizio razionale e logico. Il medico che aveva di fronte era un assassino, un mitomane o un pazzo? Da ore raccontava storie sconnesse che avevano per protagonista ora la morte, ora suo padre. Non aveva nessun indizio concreto per accusare il dottore di Brissago: nessuno dei morti accertati era stato ucciso. Certo, il medico li aveva visitati, era andato a trovarli. Le autopsie sui cadaveri avevano dimostrato che nessuno di essi era stato "aiutato" nel trapasso.

Esasperato, Drago chiamò il soldato semplice Sgalbazzi. I due militari si misero ai due lati della sedia su cui era seduto il medico pazzo. Ordinò a Sgalbazzi di lasciare una pistola nella sua fondina e di appenderla proprio davanti all'accusato. Confidava nella sua prontezza di riflessi. Se il medico faceva una mossa gli si sarebbe gettato addosso in tempo per disarmarlo. Lo sfidò: «Se tu sei la morte, come dici, non avrai problemi per liberarti di noi. Impugnerai la pistola...». Non ebbe il tempo di terminare la frase, un turbine di pensieri lo trapassò da parte a parte – uomini e donne che imploravano pietà; leoni liberi di scorrazzare fra i cadaveri di un'arena; un aereo che sganciava un fungo di polvere e morte – mentre si gettava sulla pistola, sparava dapprima al medico e poi a Sgalbazzi, si precipitava fuori dalla stanza, dalla caserma, dalla propria vita per ritrovarsi in quell'altra, senza tempo senza fondo senza storia, la vita della morte, eterna, gloriosa, mai compiuta del tutto, che a molti, moltissimi, accade precisamente, precisamente ora, una vita senza fine e rimpianti, fino al momento in cui quel povero corpo di tenente, nemmeno un minuto dopo, fu sacrificato anch'esso sull'altare dell'ennesimo suo trionfo – gli spararono in testa una raffica di mitra da distanza ravvicinata.

Vendetta

di Massimo Tassistro

Erano quasi le otto di sera, quando Silvia Ottolini scese dall'autobus in piazza Marconi, a Stresa, e imboccò via Mazzini verso casa sua.

Sospirò, pensando alle vacanze estive. Ancora un paio di mesi e finalmente avrebbe potuto godersi un po' di meritato riposo. Il suo lavoro le piaceva, ma era pesante. Era il mestiere che aveva scelto e ne era soddisfatta, ma c'erano dei momenti in cui si domandava se avesse fatto la scelta giusta. Eppure la specializzazione oncologica era stata decisa senza indugi, dopo la morte della madre a causa di un tumore.

Bionda, capelli corti, sguardo deciso, Silvia era una trentenne *single* e molto corteggiata. Nelle ultime due settimane aveva dovuto rifiutare ben due inviti. Non aveva voglia di pensare a una relazione seria, non in quel momento. Magari più avanti.

Giunta sotto casa, cercò le chiavi. Sbuffò constatando per l'ennesima volta la necessità di un metodo più veloce per trovarle all'interno della borsa. Rabbrividì al venticello ancora fresco nonostante fosse giugno inoltrato. Infilò la chiave nella toppa e aprì il portoncino. Non era ancora entrata che si sentì spingere all'interno.

«Ma che...?», urlò d'istinto perdendo l'equilibrio e finendo per terra. La borsa le scappò di mano rovesciando tutto il contenuto poco più in là.

Dopo il primo attimo di smarrimento, Silvia cercò di voltarsi per vedere il suo aggressore, ma non ci riuscì. Qualcosa di pesante le piombò sulla testa e tutto si fece buio.

L'ispettore Marco Colombo stava guidando e sbadigliando contemporaneamente. Non sopportava di essere tirato giù dal letto a quell'ora. Era mezzanotte, si era addormentato da poco quando il cellulare, con la musica di *007*, l'aveva svegliato brutalmente. Si era subito messo in viaggio verso Stresa, agognando un indispensabile caffè.

Giunto sul posto notò alcune transenne improvvisate. Un paio di agenti cercavano di tenere a bada i curiosi, mentre un terzo stava parlando con un'anziana signora che aveva le lacrime agli occhi. Quando vide avvicinarsi il superiore, l'agente gli andò incontro.

«Buonasera ispettore Colombo».

«Non mi pare una buona serata, Tadini, che è successo?», chiese cercando di trattenere l'ennesimo sbadiglio.

«Un omicidio, purtroppo, ispettore», disse l'agente infervorato, dirigendosi verso il portoncino d'ingresso al palazzo.

«La vittima?», chiese Colombo andandogli dietro.

«Una certa Silvia Ottolini. Lavorava come infermiera al reparto oncologico dell'ospedale Castelli».

Colombo ebbe un sussulto. «Ho capito bene? Silvia Ottolini?» disse alzando un po' troppo la voce.

L'agente lo guardò attonito. «Sì, ispettore, ha capito bene. La conosceva per caso?».

Colombo era in *trance*. Lentamente entrò nello stabile e si bloccò di fronte al lenzuolo bianco che ricopriva la vittima. Si chinò ed ebbe un attimo di esitazione prima di sollevare il lembo che gli permise di vedere il volto.

Lo ricoprì scrollando la testa. Chiunque fosse stato l'avrebbe pagata, a ogni costo.

Uscì dal palazzo e notò distrattamente un pacchetto di sigarette a terra qualche metro più in là. Chiamò Tadini.

«La signora?», disse indicando l'anziana che si stava ancora asciugando le lacrime.

«È la portinaia», rispose il poliziotto, «ha detto di aver sentito del trambusto nell'atrio e di essere scesa a controllare, trovando la vittima riversa in un mare di sangue».

Colombo le si avvicinò. «Buonasera signora, ispettore Colombo».

«Buonasera ispettore, ma chi è che ha avuto il coraggio di far male a una così brava ragazza?».

Colombo le mise una mano sulla spalla.

«Ha voglia di raccontarmi cosa è successo?».

La donna annuì. «Ho sentito aprire il portone verso le otto e ho capito subito che potesse essere Silvia. Conosco i suoi orari e so che arriva a quell'ora quando ha il turno pomeridiano in ospedale. Non sono neanche uscita per controllare. Poi ho sentito un urlo e un colpo come di un bastone e mi sono precipitata giù dalle scale. E l'ho vista riversa con tutto quel sangue».

La donna scoppiò a piangere.

«Va bene signora, la ringrazio. Tadini, accompagnala nel suo appartamento».

«D'accordo, ispettore», rispose l'agente prendendo la donna sottobraccio.

Colombo prese il telefono e chiamò la Scientifica. Doveva avere tutti i dettagli al più presto, le tracce erano ancora fresche.

Il reparto di oncologia dell'ospedale Castelli di Verbania era già in fermento al mattino presto. L'ispettore Colombo, entrando, provò una stretta al petto. La scena che vide nell'enorme stanza era la stessa di un anno prima, purtroppo ancora viva dentro di lui. Le infermiere si muovevano veloci da una parte all'altra della stanza con flebo, carrelli, siringhe. Le sedie erano già tutte occupate da persone con sguardi più o meno spenti. C'era chi tentava di sorridere, chi non riusciva a farlo, chi parlava con un amico o un'amica di percorso raccontandogli gli effetti della terapia. Sulla sinistra, una stanza era adibita ai prelievi.

Rimase fermo sulla porta un tempo che gli parve interminabile, fino a quando si sentì chiamare e si scosse.

«Ispettore Colombo, che piacere vederla qua».

Colombo si voltò e sorrise riconoscendo Titta, una delle infermiere più anziane del reparto, ma non per età. Sempre uguale, coi suoi capelli rosso scarlatto, un paio di occhiali in tinta e lo sguardo malizioso.

«Salve Titta, non le nascondo che tornare qua faccia un certo effetto».

L'infermiera lo prese sottobraccio e lo condusse verso una piccola stanza che fungeva da ufficio.

«Mi dica, ispettore, come sta Elisabetta?».

«Bene, grazie, ora decisamente meglio».

«Sono contenta, ma le dica di venirci a trovare ogni tanto», sorrise la donna.

«Salve ispettore»... «Buongiorno Ispettore»... Colombo salutava e sorrideva a tutte le infermiere che incontrava. Giovanna, Daniela, Lina. Le ricordava tutte, così dolci, così disponibili e pazienti.

Sua moglie Elisabetta era stata colpita da un carcinoma al seno due anni prima e lui aveva vissuto assieme a lei il percorso, partito da due operazioni, per proseguire poi con la chemioterapia. Quasi un anno di paure, angosce, dolori, incubi. Quelle persone in qualche modo avevano contribuito a rendere meno amara la situazione.

«Mi dica ispettore, come mai da queste parti senza la moglie?», sorrise Titta facendogli cenno di accomodarsi.

Colombo s'incupì. «Purtroppo non sono latore di buone notizie». Guardò negli occhi l'infermiera cercando le parole giuste e scorgendo in lei un po' di preoccupazione. «Ieri qualcuno ha ucciso Silvia Ottolini».

Titta sgranò gli occhi portandosi le mani alla bocca. «Mio Dio! Ma chi può avere fatto una cosa simile?»

«È quello che devo scoprire a tutti i costi».

Dopo il primo attimo di sorpresa, Titta non riuscì a trattenere le lacrime.

«Lavoravamo assieme da cinque anni, era molto in gamba».

«Lo siete tutte», disse Colombo.

Titta si passò un fazzoletto sugli occhi e guardò fisso l'Ispettore.

«La prego, trovi chi è stato».

Colombo annuì.

Lasciò il reparto con un magone enorme. Portare cattive notizie in un luogo come quello era desolante. Sua moglie aveva passato la notte dalla sorella e quando sarebbe rientrata a casa avrebbe dovuto dare la brutta notizia anche a lei.

Mancavano ancora un paio d'ore all'ora di pranzo e decise di fare un salto a Stresa. Quando giunse dove abitava Silvia, la portinaia stava spazzando davanti l'ingresso.

«Buongiorno signora, posso disturbarla un momento?».

«Oh, ispettore, mi dica», disse la donna smettendo il suo lavoro.

«Che lei sappia, Silvia, aveva per caso litigato con qualcuno di recente, che so, con un ragazzo?».

La donna scrollò la testa. «No, Silvia non aveva nessun ragazzo. Era molto corteggiata, ma mi diceva spesso che non aveva tempo per una relazione».

«Capisco. E negli ultimi giorni, ha mica notato qualcosa di sospetto, magari qua attorno?».

«No, non mi pare», rispose la donna.

«D'accordo, la ringrazio».

«Si figuri, ispettore, mi spiace tanto per quella povera ragazza», disse la portinaia tornando al suo lavoro.

Colombo si diresse verso il lago. Amava la sua calma, le sue minuscole ondine che pareva tentassero di trasformarlo in mare, le sue spiagge, piccole ma bellissime. Passeggiando lungo la riva, riordinò le idee su come iniziare le indagini. Dopo poco capì che non aveva scelta. Doveva partire dal luogo in cui Silvia aveva lavorato.

Dare la notizia di Silvia a sua moglie fu come ricevere un pugno nello stomaco. Elisabetta pianse lacrime sincere. Silvia era tra le infermiere che l'avevano seguita di più e le si era affezionata. Era dolce, comprensiva e sapeva tirarle su il morale quando non era in forma. Colombo si sentì chiedere per l'ennesima volta che doveva trovare l'assassino e lui, per l'ennesima volta annuì, promettendo che avrebbe fatto l'impossibile.

Il giorno dopo vennero celebrati i funerali e una folla immensa riempì la chiesa dei Santi Ambrogio e Teodulo di Stresa, accalcandosi anche nel piazzale antistante. Silvia era conosciuta da tutti e oltre alle colleghe del reparto oncologico, vi erano anche numerosi pazienti che non avevano voluto mancare. Colombo e sua moglie erano nei primi banchi a fianco alle infermiere. La tristezza e la desolazione per una giovane vita strappata al mondo per chissà quale assurdo motivo fu ben rimarcata dal parroco nell'omelia.

Finito il rito funebre, Colombo si avvicinò a Titta che stava parlando con alcune colleghe.

«Domani dovrò venire in reparto a fare qualche domanda. Mi spiace, non posso farne a meno».

Titta annuì, «Non c'è problema, farò in modo che ciascuna delle infermiere di turno le possa dedicare qualche minuto».

«È probabile che debba fare qualche domanda anche ai pazienti».

Titta lo fissò in silenzio per qualche secondo, poi annuì.

Dopo aver fatto le condoglianze all'unico parente, uno zio che abitava a Intra e che non parlava più con la nipote da quasi tre anni, l'ispettore si allontanò con la moglie sottobraccio, deducendo che poteva lasciare per ultima la pista parentale.

La mattina dopo, nel reparto oncologico, le persone sembravano addirittura decuplicate, rispetto a due giorni prima. Colombo si ricordava che in alcuni giorni i pazienti rischiavano di rimanere in ospedale fino alle sette di sera. I dottori si facevano in quattro per visitare quante più persone nel più breve tempo possibile, ciononostante vi erano pazienti che iniziavano la terapia all'una del pomeriggio. Le terapie erano di tipi diversi e alcune duravano anche quattro ore.

Colombo ripensò ai pomeriggi passati ad aspettare che sua moglie finisse la terapia. Prima aveva dovuto fare "la rossa", la terapia più forte, quella che ti lascia i segni più devastanti. Poi era passata al *taxolo*, definito "blando", ma che blando non è affatto. Può portare problemi al fegato, ai reni, e una neuro tossicità elevata. Sua moglie aveva dovuto interromperla proprio per quest'ultimo problema.

Anche se era lì per un altro motivo, si sentiva comunque ancora coinvolto in prima persona.

«Salve ispettore».

Colombo sorrise a Titta che gli stava venendo incontro.

«Venga con me», disse l'infermiera portandolo nell'ufficio.

«Oggi è uno di quei giorni *full*, come ricorderà. Cercheremo comunque di collaborare il più possibile. Abbiamo tutte voglia di trovare il bastardo che l'ha uccisa».

«Non vi porterò via troppo tempo, lo prometto», disse Colombo. Sapeva perfettamente quanto correvano quelle donne e non aveva nessuna intenzione di far loro perdere tempo prezioso.

Daniela fu la prima che entrò.

«Buongiorno ispettore», disse sedendosi di fronte al poliziotto.

«Salve Daniela».

«Come sta Elisabetta?».

«Bene, grazie, dovrebbe venire la prossima settimana dall'oncologa», disse Colombo.

«Spero di essere in turno, così la rivedo», sorrise l'infermiera.

«Lei in che rapporti era con Silvia?».

«La conoscevo come tutte le altre colleghe. Eravamo amiche, ogni tanto uscivamo, ma nulla di più», disse Daniela scrollando la testa.

«Quindi non sa nulla circa la sua vita al di fuori del lavoro?».

«No», rispose Daniela, «sapevo che era restia a fidanzarsi, ma null'altro. Non era una persona molto loquace e non amava confidarsi. In più, c'era il fatto che abitasse a Stresa e dopo il lavoro scappava subito a prendere la corriera. Noi altre, invece, a volte ci fermiamo a chiacchierare al bar qua fuori, prima di tornare a casa».

«Capisco. D'accordo, può bastare. Grazie Daniela», disse Colombo salutando la donna che si alzò per uscire e si bloccò sulla porta, voltandosi.

«Era una brava ragazza e sapeva fare il suo mestiere».

«Lo so, come tutte voi, del resto», disse Colombo sorridendo.

La donna ricambiò il sorriso e tornò al suo lavoro.

Una a una, le infermiere si alternarono a colloquio con Colombo, ma tutte conoscevano poco la vittima. Non sapevano se avesse nemici o se avesse problemi con qualcuno. Era sempre felice, spensierata e dedita al suo lavoro. Colombo tentò anche con le oncologhe, ma fece un buco nell'acqua. Alcune, addirittura, non si ricordavano nemmeno chi fosse.

Quando uscì dall'ufficio del reparto erano quasi le due del pomeriggio. La sala si era un po' svuotata, ma c'era ancora qualcuno che stava attendendo di essere attaccato alla flebo della terapia. Osservando la sala, notò un vecchietto seduto su una sedia con lo sguardo perso nel vuoto. Era magrolino e senza capelli. Pareva tremasse.

Colombo si avvicinò, sedendosi accanto.

«Buongiorno», disse rivolto all'uomo che si voltò verso di lui dopo un minuto abbondante fissandolo come in *trance*. «Sta attendendo la terapia?».

L'uomo annuì.

«Non ho provato in prima persona, ma ho seguito mia moglie nel suo percorso e so quanto ha sofferto», disse l'ispettore.

«Mi chiamo Gilberto. Non sono triste per la terapia», disse l'uomo quasi risentito. «Qua sono seguito bene, le infermiere sono così carine e non ho paura di morire. Ora, però, qualcosa mi rattrista».

«Posso chiederle cosa?», s'incuriosì Colombo.

«La povera Silvia. Era la mia preferita. Mi coccolava sempre più delle altre. Ora chi lo farà?»., disse l'uomo con le lacrime agli occhi guardando Colombo.

«Non si preoccupi, vedrà che anche le altre sapranno coccolarla».

«Lei è un poliziotto, vero?», disse l'uomo soffiandosi il naso.

«Si vede così tanto?», sorrise Colombo.

L'uomo annuì sorridendo a sua volta. «Allora le chiedo un favore: prenda il figlio di puttana che l'ha uccisa».

Colombo annuì ancora una volta.

La Scientifica aveva svolto il proprio lavoro in tempi rapidi. Silvia era stata uccisa con una coltellata alla gola, dopo essere stata tramortita con un colpo alla nuca. I segni erano evidenti e non vi era possibilità di errori. Colombo, uscito dall'obitorio di Verbania, sentì il bisogno di una boccata d'aria in riva al lago. Si diresse verso il porto, dove partivano i traghetti per Laveno e Intra.

Parcheggiata l'auto passeggiò sul lungo lago per una mezz'ora cercando di capire dove poter dirigere le indagini. Nel reparto nessuno conosceva bene la vittima, nonostante lavorasse lì da tempo. Ma in fondo le infermiere e i medici non potevano essere coinvolti. Non era un reparto dove potessero nascere problemi o rivalità tra colleghi. C'era lavoro per tutti e tutti avevano la possibilità di distinguersi.

Il suono della sirena di un traghetto in partenza lo fece voltare. Vide le persone sul ponte che salutavano parenti e amici rimasti a riva. Erano quasi le sette di sera e una brezza piacevole gli accarezzava il viso. A un tratto tornò all'auto di corsa. Aveva voglia di vedere sua moglie.

Dopo cena, seduto sul divano, Colombo stringeva a sé sua moglie.

«Novità circa le indagini, amore?», le chiese la donna vedendolo pensieroso.

«Purtroppo no, tesoro, e la cosa mi rattrista molto».

«Lo vedo», disse lei accarezzandolo.

«Oggi ho fatto qualche domanda alle infermiere e alle oncologhe, ma non è servito a nulla. La cosa strana è che nessuna delle sue colleghe la conoscesse bene».

«Non è strano, amore. Silvia era molto riservata. Io stessa, più volte, ho tentato di farmi raccontare qualcosa della sua vita privata senza successo. Non si sbottonava per nulla».

«Già, così pare. Probabilmente dovrò ripartire da Stresa e non dal reparto dove lavorava. Anche la portinaia non mi è stata d'aiuto, ma in fondo chi la poteva voler morta? O qualcuno che era stato rifiutato o qualcuno a cui lei avesse fatto uno sgarbo».

«Aveva rifiutato qualche *avance* che tu sappia?».

«La portinaia, così come le sue colleghe, mi hanno solo detto che non voleva fidanzarsi, ma questo non vuol dire che qualcuno non la corteggiasse».

«Forse conviene approfondire quella pista, che dici amore?».

«Farò così, tesoro», disse Colombo posandole un bacio sulla testa ancora senza capelli e passando contemporaneamente la mano per sentire la peluria in crescita.

«Stanno crescendo, a quanto vedo».

«Sì, ma troppo lentamente. Non so se riuscirò a togliere la parrucca per agosto» sospirò sua moglie.

«Vedrai che qualcosa cambierà prima di allora», le disse Colombo stringendola più forte a sé.

Giugno era già un mese pieno di turisti per Stresa e Colombo fece fatica a trovare parcheggio vicino al lago. Erano solo le otto e trenta di mattino e già una fila considerevole di persone attendeva l'imbarco per le Isole Borromee. Colombo si diresse al Gigi Bar sul lungo lago per fare colazione.

«Lei è l'ispettore Colombo, vero?», gli chiese il barista mentre preparava la sua ordinazione a base di cappuccino e brioche.

«Sì, sono io, perché?».

«Ero al funerale di Silvia. Ero suo amico. Lei faceva sempre colazione qui, ogni mattina, prima di prendere il treno per Verbania».

Colombo prese la palla al balzo. «Capisco, e cosa sa di Silvia?», disse addentando la brioche.

«A dire il vero, poco o nulla. Era una ragazza molto riservata. Però un giorno si è lasciata sfuggire una confidenza», disse il barista avvicinandosi a Colombo.

«Ossia?».

«Beh, probabilmente era stufa di essere corteggiata da un ragazzo e si lamentò con me di come le stesse addosso».

«E mi sa dire chi è questo tizio?», chiese Colombo trangugiando il residuo della brioche.

«Non so il nome, ma dalla descrizione penso di aver capito chi sia».

Un quarto d'ora più tardi, Colombo era davanti all'ingresso di un'officina di riparazione automobili. Tre meccanici stavano lavorando ad altrettante auto, mentre un tizio, che doveva essere il padrone, era chiuso in un gabbiotto che fungeva da ufficio.

Colombo si diresse verso l'ufficio. Il tizio, che portava un berretto da baseball per nascondere la propria calvizie, stava compilando un registro, quando sentì bussare al vetro della porta.

«Avanti», disse senza nemmeno alzare gli occhi dalla scrivania.

Colombo entrò e fu assalito da un forte odore di sigaro misto a sudore.

L'uomo alzò la testa e studiò il poliziotto masticando una cicca. «Mi dica».

«Buongiorno, sono l'ispettore Colombo».

L'uomo ebbe un piccolo, ma visibile, sussulto. «Non ho fatto nulla ispettore, glielo giuro», piagnucolò l'uomo.

«Vorrei parlare con quel ragazzo laggiù», disse Colombo indicando il più minuto dei tre.

«Ah, Giorgio? Non c'è problema, glielo chiamo subito».

Il ragazzo, richiamato dal padrone, si lavò le mani e mentre se le asciugava si diresse verso l'ispettore.

«Conoscevi una certa Silvia Ottolini?», chiese Colombo.

«Le giuro ispettore che non c'entro niente», rispose il ragazzo iniziando a piangere.

Di ritorno a Verbania, Colombo aveva lo sguardo perso nel vuoto. Anche la pista del corteggiatore era da scartare. Dopo che il ragazzo si era sfogato piangendo, Colombo gli aveva chiesto se fosse vero che aveva fatto numerose *avance* alla vittima e lui aveva annuito. Disse che aveva tentato più volte di farsi avanti, ma lei lo aveva sempre rifiutato. Lui però si era sempre comportato da signore e aveva atteso un'altra occasione. Poi, quando aveva capito che non ci sarebbe stato nulla da fare, aveva lasciato perdere, a malincuore. Appena Colombo se ne fu andato, il ragazzo era scoppiato nuovamente in lacrime.

Rientrato a casa, trovò sua moglie sul divano che consultava il suo tablet.

«Cosa leggi, cara?», le chiese togliendosi le scarpe.

«Sto leggendo qualche forum sulla ricrescita dei capelli. Tutte dicono che ci vuole almeno un paio di mesi affinché si possa vedere qualcosa. Le ciglia e le sopracciglia, invece, dovrebbero crescere più velocemente».

Colombo le si avvicinò accarezzandole la nuca.

«Pazienza, amore mio, devi avere pazienza».

«Tu parli bene, ma io non ce la faccio più. Vorrei averli già lunghi e poter buttare questa dannata parrucca», sbuffò la donna.

Colombo la guardò con tenerezza e si abbassò per darle un bacio sulla testa.

«Hai ragione, cara, posso solo provare a immaginare come tu ti possa sentire, e già sto male così».

Lei lo guardò sorridendo. «Ti amo».

«Anch'io», rispose lui.

Il mattino seguente, Colombo era nuovamente in reparto. C'erano infermiere diverse, ma Titta era sempre attiva.

«Buongiorno ispettore, qualche novità?».

«Purtroppo no, Titta», rispose Colombo amareggiato.

«Vuole venire in ufficio?».

«No, grazie, rimango solo un attimo e poi vado».

Titta lo salutò e tornò al suo lavoro. Colombo si sedette su una sedia a osservare le persone presenti. Non conosceva nessuno. Le persone che aveva conosciuto durante la terapia di sua moglie, ora fortunatamente non c'erano più. Avevano anche loro finito il calvario. Vide il vecchietto del giorno prima particolarmente agitato e nervoso. Gli si avvicinò.

«Buongiorno Gilberto».

«Buongiorno ispettore».

«Qualcosa non va?», chiese Colombo.

«Solo qualcosa? Tutto, direi!», disse il vecchietto ancora più adirato.

«Posso esserle d'aiuto in qualche modo?».

«Non credo», scrollò la testa Gilberto, «dovrebbe potermi dare la possibilità di prendere a bastonate una persona».

Colombo, incuriosito, si sedette accanto all'uomo che sembrava non riuscire a stare fermo sulla sedia.

«Cosa le ha fatto questa persona?», domandò Colombo.

«A me nulla, ma non ha neanche rispetto per i morti».

«Mi sa che se non si spiega meglio, non riesco proprio a capire».

Gilberto lo guardò negli occhi intensamente come a valutare se fosse il caso di dire o meno ciò per cui si dava pena, poi cedette.

«Poco fa c'era una donna, qua, l'ha vista? Capelli chiari, occhiali da sole e un cappello di paglia in testa».

«Credo di non averla notata», fece l'ispettore.

«Non si è perso nulla, mi creda. Comunque, non è questo il problema. Il problema è che quella donna dovrebbe avere più rispetto per chi non c'è più».

Colombo intuì che si trattasse di Silvia e incitò l'uomo a continuare.

«Vada avanti», disse.

Un'infermiera chiamò ad alta voce il nome di Gilberto e lo fece distrarre.

«Arrivo, Giulia», rispose l'uomo. «Devo andare ispettore, è arrivata la mia terapia».

«D'accordo, vada pure, ma quando avrà finito sarò qua ad aspettarla», disse Colombo.

Gilberto sorrise e si avviò verso l'infermiera che lo aveva chiamato.

Quattro ore più tardi, Gilberto spalancò gli occhi quando, avviandosi verso l'uscita del reparto, vide l'ispettore Colombo ancora seduto ad attenderlo.

«Ispettore, ma è ancora qui davvero?», disse contento.

«Come le avevo promesso», sorrise Colombo. Vide l'uomo esitare e si alzò avvicinandosi. «Andiamo a prenderci qualcosa al bar?».

Visibilmente soddisfatto, Gilberto annuì. Colombo sapeva che dopo aver fatto la terapia, i pazienti avevano voglia di andarsene subito dall'ospedale.

«Proprio buono questo caffè», disse Gilberto posando

la tazzina e tirando un profondo respiro. «Bella la vita, eh, ispettore?».

«Già», annuì Colombo terminando la sua gazzosa. Voleva dare il tempo necessario all'uomo, anche se pareva aver fretta di parlare.

«Vuole conoscere la storia che avevo da raccontarle?».

«Sono pronto».

«Vede, Silvia, come tutte le infermiere, seguiva i pazienti del giorno, ma alcuni erano fissi sotto la sua cura. Tra questi c'era un uomo, che io ho avuto modo di conoscere, una brava persona. Si chiamava Enio».

«Perché ne parla al passato?», lo interruppe Colombo.

«Ora ci arrivo», rispose Gilberto facendo cenno con la mano di aver pazienza. «Enio veniva tutti i giorni in terapia. Purtroppo lui aveva un tumore al polmone non operabile e doveva fare la chemio ogni giorno. Era sempre accompagnato da sua moglie, una vipera compresa di veleno. Invece di capire lo sforzo che le infermiere fanno, considerato l'alto numero di pazienti, aveva sempre da ridire su come seguivano suo marito».

«Capisco, la classica scontenta e burbera», disse Colombo.

«Lei è troppo buono con le parole, ispettore, io la definirei peggio», sorrise Gilberto. «Comunque, puntualmente bisticciava con tutte, specialmente con Silvia, che seguiva nello specifico suo marito. Un giorno è arrivata perfino a insultarla davanti a tutti. Mi ricordo che la povera Silvia che aveva temperamento, ma sapeva rispettare le persone, si mise perfino a piangere. Il primario in quel frangente invitò l'arpia a uscire dal reparto».

«E il marito che diceva?», chiese Colombo.

«Enio era succube della moglie e poi quel brutto male l'aveva distrutto. Poverino», disse Gilberto. «Non durò molto. Dopo un paio di mesi se ne andò consumato dalla malattia».

«Mi spiace», disse Colombo avvertendo un brivido lungo la schiena. «Quindi era la moglie contro la quale oggi inveiva?».

«Già, da quando suo marito non c'è più, ogni giorno appare, dà un'occhiata in giro e poi scompare, come a voler controllare qualcosa. Oggi però era diversa. Sembrava quasi sorridere malignamente», disse il vecchio con rabbia. «È per quello che ho detto che dovrebbe aver più rispetto per chi non c'è più. Non ha manco fatto vedere che le è dispiaciuta la morte di Silvia».

Colombo avvertì come una lieve scossa, cosa che gli capitava tutte le volte che aveva un intuito su un caso che seguiva.

«Grazie Gilberto, è stato di grande aiuto».

«Aiuto? Per cosa ispettore?», domandò il vecchio sorpreso.

«Se tutto va come penso io, lo capirà presto», disse Colombo pagando il conto e salutando l'uomo ancora seduto e perplesso.

Tornato in questura, Colombo esaminò nuovamente il referto della Scientifica, cercando freneticamente un particolare che aveva in mente e che non aveva visto durante la prima lettura del rapporto. Dopo un paio d'ore di lettura e rilettura, trovò quello che cercava. Si alzò di scatto e corse in ospedale.

Quando giunse al reparto, erano quasi le sette di sera e solo un paio di infermiere stavano sistemando le ultime cose prima di andarsene. Una di quelle era Titta.

«Ispettore, non è un po' tardi per essere qua e non a casa da Elisabetta?», sorrise Titta.

«Ha perfettamente ragione e infatti sto per andarci. Ho bisogno solo di un'informazione».

«Se posso aiutarla...».,

«Credo di sì», disse Colombo prendendola sottobraccio e dirigendosi verso l'ufficio.

Una ventina di minuti più tardi, Colombo era davanti alla porta di casa di Sandra ed Enio Pastore.

«Chi è?», chiese una voce quasi seccata, dopo che Colombo aveva premuto per quattro volte il campanello.

«Ispettore Colombo, signora Pastore, mi può aprire?».

Si sentì armeggiare con le chiavi e la porta si aprì lentamente lasciando intravedere un volto dallo sguardo severo.

Colombo mostrò il tesserino.

«Che vuole a quest'ora la polizia da me?», disse la donna in modo scortese.

«Solo farle qualche domanda», rispose paziente Colombo.

«E su cosa?».

«Silvia Ottolini».

La donna ebbe un lieve sussulto che non sfuggì a Colombo. Richiuse la porta, fece scattare una sicura e aprì.

«Prego si accomodi», disse burbera, lasciandolo all'ingresso e correndo in sala.

Colombo chiuse la porta e rimase fermo all'ingresso.

«Venga!», sentì urlare.

Scrollando la testa, si avviò verso la voce e si ritrovò in un salone enorme ben arredato, ma non curato.

«Si sieda dove vuole», disse la donna già accomodata sul divano e con una sigaretta accesa.

«La ringrazio, cercherò di non rubarle troppo tempo».

La donna alzò le spalle.

«Lei conosceva Silvia Ottolini, vero?».

La donna annuì tirando una boccata di fumo. «Certo, aveva in cura mio marito».

«Sì, lo so», disse Colombo, «sa che è morta?».

«Sì, l'ho sentito», disse abbassando lo sguardo.

«In che rapporti era con Silvia?».

La donna lo guardò stupita. «Cosa significa "in che rapporti!?! Era l'infermiera di mio marito e la conoscevo solo per quello. Poi mio marito è morto e il rapporto è finito lì».

«Mi risulta che, anche dopo la morte di suo marito, lei abbia continuato ad andare in reparto, per quale motivo?».

La donna sembrò agitarsi. «Ci deve essere un motivo per forza? Era il reparto che aveva in cura mio marito e conoscevo tutte le infermiere».

«Facciamo così: glielo dico io il motivo. Lei, da quando è morto suo marito, è tornata in quel reparto tutti i giorni per imparare a memoria gli orari di Silvia», azzardò Colombo.

«Ma che sta dicendo?», si alterò la donna. «Per quale motivo avrebbero dovuto interessarmi gli orari di quella p…», la donna si bloccò capendo di essersi tradita.

Colombo sorrise amaramente.

«Vede, signora Pastore, lei ce l'aveva a morte con Silvia perché la riteneva responsabile della morte di suo marito. Ha imparato i suoi orari in modo da trovarsi una sera sotto casa sua e ucciderla, portando a compimento la sua paranoica vendetta», disse Colombo.

«Ma lei è pazzo! Ma cosa dice? Io non ho ucciso nessuno, non ha una prova e il fatto che andassi tutti i giorni in ospedale non vuol dire nulla».

«La prova ce l'ho, il pacchetto di sigarette che è stato trovato sul luogo dell'omicidio è uguale al suo. Ora lei gentilmente me lo darà così potrò verificare le sue impronte con quelle che abbiamo già rilevato sull'altro pacchetto».

La donna iniziò a tremare, spense la sigaretta e scoppiò in lacrime.

«Doveva fare in modo che guarisse, non che morisse. Doveva pagare».

«Mi creda», disse Colombo, «so cosa si prova quando un tuo caro viene colpito da quel tipo di malattia. Ho seguito mia moglie per un anno durante la sua terapia, ma non ho mai pensato nemmeno per un secondo che le infermiere e i dottori potessero essere responsabili di una eventuale conseguenza. Loro sono là per guarire le persone, non per ammazzarle. E lei ha ucciso una di loro solo per la sua cattiveria».

Il giorno dopo, Colombo arrivò in reparto con sua moglie.

Tutte le infermiere le corsero incontro salutandola contente di vederla. Era lì per la visita di controllo dall'oncologa. Quando venne chiamata dalla dottoressa, Titta si avvicinò a Colombo.

«Grazie ispettore, a nome di tutto il reparto».

«Non dovete ringraziare me», rispose Colombo, «ma lui». Indicò Gilberto seduto su una sedia che attendeva la sua terapia e che sorrise alzando l'indice e il medio in segno di vittoria.

Non doveva andare così

di Gianluca Veltri

«Ecco il suo mojito».

«Grazie, molto gentile. L'aspetto è davvero invitante».

«Vedrà, anche la sostanza non la deluderà. Il nostro barman, modestamente, è il migliore di tutta Stresa».

Sorrido. Questa cameriera mi piace, mi sembra una brava ragazza, è simpatica e molto carina, il che non guasta mai. Si vede che il suo lavoro le piace.

Cosa c'è di meglio nella vita, che gustarsi un buon cocktail davanti a un tramonto suggestivo? Non pensavo che il Lago Maggiore potesse essere così seducente. Certo, la terrazza di questo albergo aiuta, e non poco, ma in tutta sincerità, per uno come me che ha sempre pensato che il lago fosse roba da pensionati, è davvero una gran bella sorpresa. Il sole è quasi rosso, buon segno. Significa che domani, probabilmente, potrò concedermi un altro aperitivo in terrazza, e un altro mojito. E poi, me lo merito.

Mi hanno scaricato, così, senza una vera motivazione. Una mail, un gelido incontro con il capo del personale, e le solite frasi fatte da copione di *b-movie*: lei è un ottimo professionista, ma purtroppo dobbiamo ridurre il personale... si metta nei nostri panni, questa congiuntura economica non aiuta... uno come lei, con la sua sagacia e la sua professionalità non farà fatica a trovare un altro impiego soddisfacente... e poi la chicca: non sottovaluti la possibilità che le viene offerta di rivedere e rivalutare la sua vita professionale e privata. Maledetti, a me la mia vita professionale e privata piaceva da morire! Mi avete fatto fuori, come fossi un ramo secco da tagliare. Nessun rispetto per la mia persona, nessun rispetto per la mia professionalità e fedeltà. Vent'anni. Vi ho dato vent'anni della mia vita. Senza sabati né domeniche, sempre disposto a fare straordinari, perché per me il bene dell'azienda era la cosa più importante, e vederla crescere era una soddisfazione impagabile, che andava ben oltre lo stipendio.

E poi non è così facile ricollocarsi. Sono già nove mesi che invio curriculum e incontro selezionatori e cacciatori di teste, per sentirmi dire la solita cosa: «lei ha un curriculum troppo pesante per noi, e in questo periodo non possiamo permetterci uno stipendio adeguato alle sue qualità». Cazzate! Sarà la crisi, che a molti dà alla testa, o l'inettitudine di questi nuovi manager, o peggio la loro paura, spesso malcelata, di confrontarsi con colleghi di grado inferiore, più bravi e preparati di loro, ma prima non era così. Le aziende puntavano ad avere degli ottimi elementi nel loro organico, e cercavano di accaparrarseli in tutti i modi, e senza badare a spese. Non come ora, che fai strada solo se sei un misero *yes-man*. E poi si lamentano che la crisi non passa, e che le aziende italiane faticano a essere competitive con quelle straniere. Per forza, se non puntate a far crescere le persone, premiando i migliori, ma anzi, sembra che vogliate solo svilirle, e demotivarle perché scomode e potenzialmente pericolose, secondo voi, dove diavolo credete di andare?

Certo che è davvero buono questo mojito. Non so se è il migliore di Stresa, ma sicuramente questo barman è bravo.

«Come le sembra il cocktail?».

«Davvero buono, aveva ragione. Lo dica al suo collega. Io sono un vero fan del mojito, e le assicuro che questo non ha nulla da invidiare a quelli che preparano nei locali milanesi».

«Grazie, riferirò subito, gli farà piacere». Arrossisce. Che carina.

«Le confesso un segreto: il barman è il mio fidanzato, e gli piace molto il suo lavoro».

Le sorrido, è davvero una brava ragazza.

«Mi tolga una curiosità, che isola è quella di fronte a noi?».

«La prima che vede è l'Isola Bella, mentre quella dietro è l'Isola Maggiore. Insieme all'Isola Madre, costituiscono l'arcipelago delle Isole Borromee».

«Interessante, continui».

«Se si ferma anche domani, le consiglio di prendere il traghetto e visitarle. Sono molto diverse tra loro ma tutte meravigliose, anche se io, sinceramente, preferisco l'Isola Bella».

«La ringrazio del consiglio, le visiterò senz'altro. Perché le piace di più l'Isola Bella? Mi scusi, ma sono curioso.»

Sorride ancora. «Sono laureata in Scienze Agrarie, e amo la botanica, e all'Isola Bella c'è uno tra i giardini all'italiana più belli d'Italia. Fiorisce quasi tutto l'anno. Non so quante volte l'ho visitato. Da bambina, tutte le domeniche, pretendevo che i miei genitori mi ci portassero. È il parco che circonda la Villa Borromeo. Se ci andrà, le assicuro che non rimarrà deluso, e non si dimentichi di visitare anche la residenza. È un vero capolavoro. Pensi che arrivano da tutto il mondo per visitarla».

«Complimenti, oltre a essere un'ottima cameriera, gentile e simpatica, è anche una brava guida turistica. Mi ha fatto venire voglia di visitare l'isola».

«Troppo buono, è che noi di Stresa siamo molto legati alla nostra città e al nostro lago, e non perdiamo mai l'occasione di parlarne».

Che bel sorriso che hai. Ti auguro tanta fortuna, te la meriti. Sei motivata e professionale, si vede. Ho sempre avuto un certo *occhio* nel riconoscere le persone che valgono. Fai in modo che nessuno spenga il tuo entusiasmo, difendi sempre le tue idee, e soprattutto non fidarti troppo delle persone. Potresti rimanerci male, molto male. A me è successo, mi hanno tradito e umiliato. Per questo ho deciso di vendicarmi.

Cosa darei per vedere la faccia che farà, quando il suo affare andrà a monte. Perderanno un mucchio di soldi, e se lo meritano. Mi avete fatto fuori, e volevate anche attribuirvi i meriti della mia *creatura*. Mi avete proposto una buona uscita, ma in realtà non era una proposta, ma un *diktat*, accettare o accettare. Prendi i soldi e fatti da parte. Che poi siete degli spilorci, potevate anche riconoscermi qualche mensilità in più, chissà, forse mi sarei rassegnato alla modernità di questo nuovo mondo del lavoro sempre più inumano, asfittico e scellerato, e mi sarei fatto da parte senza troppi rimpianti.

Adelmo Schintrecchia, che cazzo di nome per un amministratore delegato da qualche milione di euro all'anno. È stato più facile di quanto pensassi. Mi aspettavo un po' più di accortezza da uno che ha il potere di decidere dalla sera alla mattina di fare fuori oltre duecento dipendenti, tra i quali me. Del resto è risaputo, certa gente è così convinta di essere al di sopra degli altri, che non rispetta neppure le più semplici e rudimentali nozioni di sicurezza sociale. Pensano che nessuno sia così audace da volerli fregare. E invece…

Avrei potuto fare tutto da casa, in remoto, del resto quel prototipo di appartamento governato dalla domotica, l'ho interamente progettato io. Mesi e mesi chiuso in ufficio a lavorare sul quel software, e poi in cantiere, per seguire i lavori da vicino, passo dopo passo, come fosse un figlio da accudire con amore durante la crescita. Per mesi ho vissuto a stretto contatto con tecnici, progettisti e artigiani. Desideravo con tutto me stesso che il *progetto* andasse a buon fine. E voi che fate?

Così ho voluto umiliarlo. Volevo vederlo in faccia, l'Adelmo. Portarlo al mio livello. Lui che decide di tagliare il personale e lo comunica al mio diretto superiore, che mi convoca con una mail, per scaricarmi. L'Adelmo non sa neppure chi siano, e che faccia abbiano le persone che lascia a casa, i rami secchi che taglia. Non gli importa se hanno famiglia o meno. Io sono *single*, e tutto sommato non me la cavo male, ma ad altri colleghi e amici è andata peggio. Basta stipendio, basta straordinari, basta pacche sulle spalle, sorrisi e caffè alla macchinetta, così, dalla sera alla mattina. Ma loro hanno mogli e figli, e la vita non si ferma, e vivere costa. Eccome se costa. Numeri, siamo solo numeri, e i numeri, in una grande società devono tornare, sempre. A qualunque costo.

Qualche giorno di appostamento, e poi l'idea. Metodico, sei così noioso e metodico Adelmo, e io quella sera, alle diciannove in punto, mi sono presentato davanti all'appartamento prototipo, dove ti rechi tutte le sere, finito il lavoro in ufficio. Ero sicuro di trovarti. Vuoi essere certo di come procedano le cose, e non vuoi assolutamente perdere quella commessa milionaria per qualche centinaio di appartamenti, gestiti da una nuova concezione di domotica. La mia concezione. Ne va della tua carriera, e sai che i cinesi, negli affari, non offrono una seconda *chance*. E io, vestito da operaio del gas, munito di falsa tessera che non mi hai neppure chiesto di vedere, mi sono presentato al citofono. Una scusa banale: «hanno chiamato in centrale perché alcuni passanti hanno sentito odore di gas provenire da questo appartamento». E mi hai fatto entrare. Una breve visita all'interno, un finto sopralluogo, e poi le foto. È bastata una microcamera posizionata sui miei occhiali e avevo la foto della tua iride. Certo, perché non vi bastava il riconoscimento dell'indice: *già visto*… mi avete detto. Volevate qualcosa di più innovativo, e futurista. *Vogliamo puntare più in alto*, mi diceva il mio capo, *offrire il top della tecnologia a un prezzo accessibile.* E così, caro Adelmo, ti ho fotografato l'iride, ne ho fatto la scansione e l'ho riportata su una minuscola pellicola fotosensibile, che ho appoggiato alla fotocellula di riconoscimento, e la sera stessa, quando tu probabilmente eri in qualche ristorante per ricchi a spassartela, sono entrato nel *tuo* appartamento, che in realtà era il *mio* progetto. Non è buffo Adelmo? Sono entrato nell'appartamento con la scansione della tua iride. Così, dovrai anche spiegare ai soci dell'azienda cosa ci facevi a quell'ora all'interno del *prototipo*.

«Mi scusi signorina, posso averne un altro?».

«Certamente, vuole altri stuzzichini?».

«Perché no?».

Il rum di questo mojito è piuttosto forte, meglio mettere qualcosa in pancia se non voglio barcollare quando me ne andrò.

Sono stato davvero geniale. Conosco il prototipo così bene, che mi è bastato entrare nell'appartamento, aprire la centralina e cambiare la programmazione del software. Un'oretta, non ci ho messo di più. Certo è stato un po' rischioso, ma farlo da casa non sarebbe stato così emozionante. Tra una mezz'ora scarsa, alle ventuno in punto, quando entrerai nel *prototipo*, avrai proprio una bella sorpresa, Adelmo. E sarai davanti ai tuoi fedelissimi, a una commissione di giornalisti, e ai tre soci dell'azienda, quelli che a quanto mi dicono sono così solerti nell'impartirti gli ordini da eseguire, come fossi il loro fido cagnolino, ma soprattutto sarai davanti alla delegazione dei cinesi. Ti ho dato solo cinque minuti. Accenderai il quadro elettrico, il software della domotica farà una rapida verifica delle funzionalità, e quando scoprirà il *bug* andrà in *loop*, e cinque minuti dopo: *boom*! Il forno a microonde farà un bel botto.

E io sarò qui a godermi il mio terzo mojito, mentre la vostra maledetta commessa andrà a farsi fottere. Non vorranno più avere nulla a che fare con voi, i cinesi sono così negli affari, non perdonano gli errori. Ti ho curato, sai, e ho scoperto che tutti i weekend d'estate vai con la tua mogliettina a Livigno, perché non amate né il caldo né il mare. Che sfigati. Il venerdì partite e rientrate il lunedì mattina. Una doccia e alle nove in punto sei in ufficio. E io mi sono introdotto nell'appartamento sabato sera, due giorni fa, e stasera avrò finalmente la mia rivincita. Alla tua salute Adelmo!

Ecco ci siamo, mancano solo dieci minuti alle nove. Immagino che sarete già tutti trepidanti fuori dal prototipo, in attesa del solito giornalista ritardatario.

«Mi scusi signorina, è possibile avere un altro mojito?».

«Certamente, ma non saranno troppi?».

Si vede che non mi conosci. Ho una bella resistenza all'alcool, io.

«Non si preoccupi, ho una bella tempra. Piuttosto, non avete un quotidiano? Anche se ormai è sera, e le notizie di ieri sono già stravecchie, adoro leggere davanti al tramonto e a un buon cocktail».

«Certo, arrivo subito».

Sorridi sempre. Quanto sei bella.

«Ecco a lei il giornale, ma non trascuri lo spettacolo. I tramonti di giugno, a Stresa, sono unici».

«Infatti, confesso che non credevo potesse essere tanto bello, il lago. Posso chiederle come si chiama? Non fraintenda, non voglio fare il cascamorto, e poi lei è così giovane, potrei essere quasi suo padre».

Arrossisce ancora, che carina.

«Anita, mi chiamo Anita».

«E io sono Renato. Piacere».

«Piacere mio, spero venga ancora a trovarci».

Mi sorride e se ne va. La seguo con lo sguardo, è proprio bella. Dolce e solare. Non sono mai stato un dongiovanni, ma anche se lo fossi, non cercherei mai di sedurti, Anita. Sei una persona troppo bella per accontentarti di un meschino seduttore.

Sarà meglio dedicarsi al quotidiano. Che noia le prime pagine, meglio passare alla cronaca. Anche la politica, in estate, assume i toni del gossip, e intanto la barca va a fondo. Ecco la mia pagina preferita: cronaca italiana.

Ma come? Non posso crederci. Ma no, non è possibile. Non può essere lui. Oddio, ditemi che non è lui! Sarà di certo il mojito, questo rum è davvero forte, troppo forte. Deve essere uno di quelli invecchiati. Si sa, l'alcool a volte gioca brutti scherzi. E poi dovevi essere a Livigno ieri. Tu sei così abitudinario Adelmo!

... ieri mattina Adelmo Schintrecchia, amministratore delegato della NET-society, è rimasto vittima di un tragico incidente. Secondo la ricostruzione della moglie, si era recato di buon mattino a effettuare un sopralluogo in un appartamento prototipo, gestito interamente da una nuova tecnologia di domotica, orgoglio della NET-society, che domani avrebbe dovuto essere presentato a un gruppo di giornalisti e di addetti ai lavori, con una conferenza stampa organizzata nello stesso appartamento. Sembrerebbe che pochi minuti dopo che Schintrecchia ha varcato la soglia e attivato il software per l'ultimo controllo prima della presentazione, il forno a microonde sia esploso facendo incendiare il tavolo hi-tech su cui era collocato. Le fiamme, in pochissimo tempo, avrebbero fatto diventare incandescente una bombola del gas collegata a un tubo flessibile, che alcuni operai avevano lasciato nell'appartamento, per eventuali ritocchi dell'ultimo minuto all'impianto idraulico. La vittima è stata investita dall'esplosione e non ha avuto scampo...

Sarebbe stata la sua ultima collaborazione con la NET-society, poi si sarebbe dimesso. Adelmo Schintrecchia era infatti in forti disaccordi con la società, a causa della politica adottata di recente, che prevedeva forti tagli del personale, e che stando alla ricostruzione della moglie, lo avevano fatto sprofondare in una crisi profonda, che da diversi mesi gli aveva tolto il sonno...

Gli inquirenti non escludono nessuna pista, neppure il sabotaggio. Il settore tecnologico è infatti molto competitivo e la concorrenza è molto agguerrita...

Sto sudando. Non doveva andare così! E adesso che faccio? E se mi scoprono? No, questo lo escludo, ho usato tutte le precauzioni del caso. Non mi sono mai tolto i guanti, neppure quel giorno. Quel maledetto giorno del sopralluogo. No, non è possibile. Sono stato uno scellerato. Io non sono un assassino, volevo solo dargli una lezione, mi avevano umiliato e volevo restituirgli il favore. Che poi forse non è stata neppure colpa sua. Forse anche lui ha dovuto eseguire degli ordini. Queste maledette gerarchie...

«Tutto bene Renato? Mi sembra un po' agitato, vuole che le porti un bicchiere d'acqua?».

«No, no grazie, sto benissimo. Non si preoccupi. Anzi... sì, sì dai, va bene, un bicchiere d'acqua gasata è quello che ci vuole».

Mi trema la voce, cosa mi sta succedendo? Forse è meglio che me ne vada. Ma dove? Sono sottosopra, non riesco a pensare a niente. Adelmo, accidenti a te, dovevi essere a Livigno! E adesso? Cos'è questa sirena? No maledizione, sto diventando anche paranoico. Cosa vuoi che sia Renato, è solo una sirena, sarà un'ambulanza. E poi hai preso tutte le precauzioni.

«Ah grazie l'acqua, grazie davvero».

«Sicuro che è tutto ok?».

«Certo, certo, sono solo un po' accaldato, sarà questa estate torrida».

Si allontana Anita, meno male, forse l'ha bevuta. Devo darmi una calmata e cercare di pensare a una soluzione. Respirare, devo respirare lentamente. Fosse facile accidenti. Non doveva finire così!

Ancora quella maledetta sirena, sembra sempre più vicina. Ecco, ecco, non la sento più. Meno male. Basta Renato, questa è paranoia. Ma sembra essersi fermata sotto l'albergo. Forse Anita ha chiamato un'ambulanza temendo che stessi male. Che premurosa che sei, forse un po' troppo. Potevi farti gli affari tuoi, no? Ti ho detto che stavo bene. E se non fosse un'ambulanza? No, non può essere, ho preso tutte le precauzioni. Non riusciranno mai a risalire a me. Sì, ma io so di averlo fatto! Niente sarà più come prima. Oddio.

Le telecamere! Cazzo, mi sono dimenticato di quelle maledette telecamere a circuito chiuso. L'appartamento ne è pieno. E le ho anche progettate io. Efficaci ma ben nascoste per non mettere in imbarazzo gli ospiti. *Dobbiamo offrire il top della tecnologia a prezzi accessibili.* Ecco perché non mi ha chiesto di vedere il cartellino, non ne aveva bisogno. Tutto veniva registrato. Ho bisogno del mio computer. Se riesco ad accedere al software prima di loro, riuscirò a cancellare tutti i filmati. Devo andare in camera, e subito. Mi tremano le gambe, non so se riesco ad alzarmi tanto facilmente. Ci manca pure di cadere davanti a tutti. Ma quanta gente c'è? Non mi sono neppure accorto che il locale si stava riempiendo.

«È lei il signor Renato Curziotto?» .

Chi è che mi chiama? Cosa faccio, mi volto? Ma sì, sarà il portantino. Respirare, devo respirare lentamente.

«Sì sono io». Cazzo è un poliziotto, anzi due!

«Il magistrato vuole interrogarla riguardo l'incidente in cui ha perso la vita il signor Adelmo Schintrecchia. Ha diritto a un avvocato. Le chiedo di alzarsi lentamente e di seguirci. La portiamo in questura a Milano».

Mi stanno portando via, sono spacciato. Saluto Anita con un sorriso goffo. Buona fortuna ragazza. Mi avvicino a uno dei poliziotti e scoppio a piangere.

«Non sono un assassino». gli sussurro all'orecchio. «Volevo solo dargli una lezione. Non doveva finire così!».

Diverse acque

di Elena Vesnaver

Luino, 1910

Come si potesse vivere in quel posto lì, Malvina non lo capiva.

Certo, lei ci abitava da più di un anno, ma per lavorare, non sicuramente per scelta; se avesse potuto, avrebbe impacchettato i suoi quattro stracci e se ne sarebbe tornata a casa, dove c'erano il mare e il vento e non quella nebbia che veniva su come un sudario dall'acqua morta.

Morta, acqua morta, lo aveva pensato subito, non appena si era affacciata dalla finestrella della sua stanza, nell'abbaino di Villa Ebe, prima ancora di aver indossato la divisa di fantesca dei conti Sartori e le si era stretto il cuore.

Con un brivido si strinse nello scialle pesante e si allontanò dall'imbarcadero.

L'autunno si stava rapidamente trasformando in un inverno rigido e il giardino che circondava la villa aveva un'aria abbandonata nonostante le cure del giardiniere e i vialetti di ghiaia candida che venivano accuratamente ripuliti dalle foglie che continuavano a cadere, molli e lente, morte pure loro, come l'acqua, l'aria e la nebbia.

Da dietro un cespuglio di sterpi che, nella bella stagione sfoggiava una gloriosa fioritura di rose gialle, comparve un vecchio vestito di scuro.

«La contessa Valeria si è svegliata» le disse, con un'ombra di rimprovero.

«Vado» rispose Malvina e allungò il passo, ma non si mise a correre come faceva il resto della servitù quando Aristide, il maggiordomo, parlava; non per altro, sarà stato anche un'istituzione in quella casa, ma era solo un servo come lei, né più, né meno.

Non salì la scalinata imponente che portava all'entrata principale, ma girò l'angolo e spinse una porta seminascosta dall'edera che portava direttamente in cucina.

«Il vassoio per la contessa?» chiese alla cuoca, appendendo lo scialle a un chiodo.

«Vuole mangiare in sala, oggi, e io avevo già preparato tutto» brontolò l'altra. «Avrà voglia di pavoneggiarsi con gli ospiti».

Malvina ridacchiò e si affrettò su per la scala di servizio che l'avrebbe portata al piano delle stanze padronali. Il grande atrio era silenzioso e, come sempre, lei restò incantata dalle grandi finestre velate con tende leggere come spuma e dal ricco tappeto che nascondeva completamente il pavimento di legno biondo, poi si diresse rapida verso una porta foderata di raso color malva e bussò con discrezione. Non attese risposta, tanto non ci sarebbe stata, girò la maniglia ed entrò.

«Ce ne hai messo».

«Buon giorno, signora contessa».

La stanza era buia, satura di aria viziata e troppi profumi; Malvina, trattenendo il fiato, si affrettò a spalancare la finestra, senza badare troppo alle proteste della donna ancora distesa nel grande letto.

«Fa freddo!».

«Vi porto una vestaglia».

«Quella azzurra».

Malvina accostò i vetri e andò ad aprire l'armadio. Accarezzò con una certa voluttà le sete e i velluti appesi alle grucce e ne tolse una veste da camera celeste scuro, poi si volse e si accorse che la contessa, nonostante l'aria fredda, si era levata e la guardava con gli occhi ancora torbidi di sonno.

«Muoviti».

«Ecco, signora contessa».

La veste, ricca come una toilette da sera, scivolò sulle belle spalle della donna e Malvina si diede da fare con i nastri che la chiudevano in vita.

«Lascia» sbuffò l'altra, spazientita, «faccio da me».

Malvina rimase ferma, le mani dietro alla schiena come le avevano insegnato, a guardare la padrona che si ravviava la chioma rossa davanti allo specchio e accarezzava le trine che le ornavano il petto.

«Chi c'è a colazione?».

«Gli ospiti di ieri a cena sono usciti a caccia con il signor conte» cominciò Malvina.

«Penso, quindi, di dover essere gentile con le mogli», storse la bocca la contessa. «Mia madre c'è?».

«Sì, signora».

«Almeno lei sa come comportarsi».

«E vostro fratello».

«Lui invece no, ma delizierà tutte quelle cagne».

La ragazza nascose un sorriso. Effettivamente Federico Tollot era un gran pendaglio da forca, ma sapeva come comportarsi con le donne, a qualunque ceto sociale appartenessero.

«Andiamo, va, non restare lì come un pezzo di legno, lo sai che mi dà sui nervi».

Valeria Sartori infilò le babbucce dal tacco dorato e uscì dalla stanza, già annoiata dalla nuova giornata che le si stendeva davanti, ma prima ancora di arrivare in fondo allo scalone, si era dipinta sul viso il sorriso ammaliante che riservava agli estranei e Malvina immaginò la voce allegra che avrebbe usato per salutare chi stava godendo della ricca tavola dei conti Sartori.

La ragazza fece spallucce e tornò nella stanza della contessa, dove raccolse le vesti sparse in giro e rivoltò le lenzuola affinché prendessero aria; la pulizia a fondo sarebbe toccata alle due sguattere, per cui, dopo aver riposto i gioielli abbandonati sul comodino nel cofanetto d'argento, tornò veloce in cucina.

«Più sono ricchi, più sono mangioni» stava brontolando la cuoca, «è la terza volta che chiedono altro caffè e i panini dolci sono quasi finiti».

«La noia fa venire appetito» mormorò Malvina, raddrizzando i polsini del suo grembiule. «Vado in guardaroba, se la contessa chiama per me».

Mentre entrava nella stanza ampia e luminosa, ringraziò mentalmente sua madre che le aveva insegnato a cucire di fino e a ricamare. Era grazie alla sua abilità che non si era vista costretta a rovinarsi le mani, lavando piatti e panni ed era stata destinata subito al corredo di casa; punzecchiarsi le dita con l'ago era sempre meglio che lasciarle macerare nella saponata estate e inverno, senza contare che la contessa le faceva sistemare i ricami dei suoi abiti da sera e la sola idea di maneggiare stoffe preziose, giaietto e perline la rendeva felice.

No, la vita non era stata così cattiva con lei, sospirò, facendo volare una camicia da notte dalle maniche ampie come ali di farfalla.

Si avvicinò alla finestra per controllare una cucitura allentata e con la coda dell'occhio vide qualcosa di scuro vicino alla macchia dei rododendri.

La donna bruna che se ne stava lì, immobile, Malvina non l'aveva mai vista. Poteva essere in cerca di lavoro, pensò, ma l'atteggiamento non era quello giusto, non si guardava intorno nervosa e soprattutto non aveva l'aria esitante di chi non sa come comportarsi per farsi dare il posto. Malvina sapeva bene come ci si sente e poteva mettere la mano sul fuoco che nella testa di quella donna c'erano ben altri pensieri.

Rimase a fissare la figura fosca per qualche minuto, poi la sconosciuta alzò la testa e un paio di occhi neri incontrarono i suoi, prima che la ragazza potesse ritrarsi. Era giovane, solo qualche anno più di lei, ma c'era qualcosa di dolente in quegli occhi senza luce, qualcosa di talmente amaro e desolato, che a Malvina parve che tutto il peso del mondo dovesse essere sostenuto dalle spalle magre che si indovinavano sotto le vesti scure.

Restarono a fissarsi per un tempo indefinibile, poi la donna indietreggiò di un passo e sparì, mangiata dai cespugli e dalla nebbia che si era alzata ancora di più. Malvina lasciò cadere la tenda, scosse le spalle e tornò a interessarsi alla cucitura che no, non era strappata.

«E a che cosa ti servirebbero i soldi, di grazia? Sempre che non sia eccessivo da parte mia volerlo sapere. In fondo dovrei solo darteli e alla svelta, se non sbaglio».

Valeria Sartori aveva abbandonato i languori della vestaglia per il fulgore di un abito color vino che rivelava con garbo la vita sottile e il seno alto, e sembrava che anche il suo umore si fosse adattato al colore del vestito, mentre fissava, con un misto di scherno e rabbia, il fratello.

«Dio mio, Valeria, non ti basta la mia parola? Se te li chiedo, ne ho bisogno».

«Come le altre volte?».

«È peggio, stavolta».

«Un peccato, dunque, che io non abbia nessuna intenzione di cedere».

Federico Tollot scagliò con stizza il pettine con il quale stava giocherellando.

«Non puoi farmi questo, Valeria!».

«Valeria, è tuo fratello!» piagnucolò senza troppa convinzione la signora Tollot, ben sapendo che contro le impuntature della figlia c'era poco da combattere, per cui si limitò a quella lieve protesta e riprese a ingozzarsi di cioccolatini, scrutando con un malcelato orgoglio materno i due figli. Se solo a Federico, oltre alla bellezza, la natura avesse donato un po' della testa di Valeria, la situazione sarebbe stata molto più equilibrata.

«Sono nei guai» mormorò lui, roco, «non riesci nemmeno a immaginare quanto».

«Mio caro, tu sei sempre in un guaio e immagino benissimo che possa essere grave, sei abituato a fare le cose in grande, con i miei soldi, ma in grande», rise Valeria. «Gioco o donne? O forse entrambi?».

«Vai al diavolo» sibilò Federico e si sedette cupo su una poltroncina dalla quale, con una manata, aveva fatto rovinare a terra una pila di sottovesti.

Malvina si chinò a raccogliere gli indumenti di seta. Non le piaceva essere presente quando i padroni discutevano, ma quei tre non erano nobili come il signor conte e non avevano problemi a lavare i loro panni sporchi in pubblico, figuriamoci davanti alla servitù.

«Se hai tanto bisogno di soldi, adorato fratello» aveva ripreso la contessa, «sai benissimo che ci sono pronte due ottime soluzioni».

«Non vedo perché dovrei lavorare, visto che tu te ne stai tutto il giorno a fare niente» borbottò l'altro. Malvina sentì che la stava guardando e come tutte le volte che Federico Tollot la fissava, la ragazza sentiva un brivido non proprio spiacevole che le correva sotto la pelle.

«Mi godo i soldi di mio marito, caro, e mantengo la mamma, visto che su di te non si può far conto, ma se il signore non ha voglia di faticare, ci sarebbe la seconda soluzione: una moglie ricca e stupida. La Biolcati è entrambe le cose e non aspetta altro che tu ti dichiari in un impeto di folle passione».

«È vedova».

«E senza figli. Situazione ideale, direi. Oppure la marchesina de Vittis e la sua cospicua dote».

«È brutta».

Valeria guardò con compassione il bel viso imbronciato del fratello.

«Massimo è un farabutto, eppure l'ho sposato».

«Siamo in molti a sapere che sei di bocca buona».

La contessa scoppiò a ridere, ma Malvina arrossì per lei. Se qualcuno le avesse mai detto una cosa del genere, sarebbe morta di vergogna, ne era sicura, e forse Federico intuì il suo imbarazzo perché, sempre brontolando contro l'ingiustizia del mondo, abbandonò la stanza della sorella.

«Avresti dovuto educarlo meglio», sbadigliò Valeria, fissando la porta che lui aveva sbattuto senza riguardi.

«I più fortunati dovrebbero aiutare i meno fortunati» farfugliò la signora Tollot, con la bocca piena.

«Non ho nessuna intenzione di foraggiare l'inettitudine» tagliò corto la figlia, «e questo vale anche per te, mamma».

Amelia Tollot abbassò lo sguardo e concluse che le conveniva tacere.

Malvina, che aveva richiuso la porta sull'ultima frase della contessa, con le braccia piene di biancheria si diresse a passo svelto verso il guardaroba. Che storie, si ritrovò a pensare, in fondo questa gente si vestiva bene, mangiava meglio dei principi, magari aveva, come il conte, antenati vecchi come il cucco e pieni di medaglie, ma quando parlavano di soldi erano uguali ai disgraziati, tutti là, pronti a portarsi via la lira da sotto al maso, sputati a sua mamma che non mollava un soldino neppure se a chiederglielo era il figlio maschio prediletto e metteva sotto il materasso il misero gruzzolo che la figlia le mandava. Povera mamma, aveva tanta soddisfazione a dormirci sopra.

La risata che aveva iniziato a nascerle in gola, morì di paura quando una mano nervosa le calò su un braccio per trascinarla in un angolo riparato da una grande pianta verde.

«Diavolo, signore» ansimò Malvina con il poco fiato che le era rimasto, «ce l'avete con le sottane di vostra sorella».

Federico diede un'occhiata al mucchio serico che stava ai loro piedi e ridacchiò, continuando a stringere il braccio tornito della ragazza; Malvina provò a liberarsi, ma l'unico risultato che ottenne fu quello di sentire la carezza dell'altra mano dell'uomo sul fianco.

«Vi state comportando come un ragazzino vizioso» tentò, mentre un calore traditore la invadeva tutta e le ginocchia diventavano ogni istante meno sicure.

«Io sono un ragazzino vizioso, bella mia» le sussurrò lui all'orecchio, prima di iniziare a mordicchiarglielo, per poi scendere con le labbra bollenti lungo la gola e bearsi del battito impazzito del cuore di lei.

Si accorse che l'uomo le aveva sbottonato il vestito

solo quando avvertì la bocca di lui succhiarle con foga un capezzolo attraverso la camiciola leggera.

«Oh, no!» protestò, cercando di respingerlo.

«Stai zitta» disse lui, imprigionandole le labbra in un bacio invadente.

Una porta sbattuta e una risata in fondo allo scalone li fece sussultare entrambi, Federico la spinse via e sparì, mentre lei si riabbottonava in fretta il corpetto, nonostante le dita tremanti, poi si chinò a raccogliere i panni sparsi sul pavimento e fu allora che le parve di vedere…

Non che ne fosse del tutto sicura, ma le parve che una figura vestita di scuro, quasi sicuramente una donna, attraversasse silenziosamente l'atrio, per poi infilarsi nella scala di servizio, lasciandosi alle spalle un ultimo svolazzo di sottana grigia. Per nessuna ragione le tornò alla mente la donna che aveva visto dalla finestra, la sconosciuta dagli occhi neri con la quale si era scambiata uno sguardo; poi decise che aveva già problemi a sufficienza e che la cosa migliore era tornare alle sue incombenze, cercando di dimenticare il turbamento che le mani e la bocca del giovane le avevano provocato.

Maledetti uomini. Aveva ragione sua mamma quando diceva che facevano tutti schifo.

Il turbamento la accompagnò per buona parte della giornata. Senza contare che, nonostante le mille incombenze che la tenevano impegnata e che le avrebbero dovuto far dimenticare in fretta le attenzioni pericolosamente piacevoli di Federico, grazie a un destino baro e a molta sfortuna, continuò a incrociarlo dovunque andasse: nel salotto della sorella, in giardino, dove Malvina corse a recuperare il cestino da lavoro della contessa, addirittura nello studio del conte, luogo che Federico frequentava con grande parsimonia e solo se doveva chiedere qualcosa di davvero importante al cognato.

Battendo in rapida ritirata con il libro che la contessa le aveva chiesto, Malvina riuscì solo a capire che aveva intavolato un discorso di soldi anche con il conte Massimo e questo lo stava umiliando dall'alto del suo titolo e della sua statura imponente.

Quella notte faticò ad addormentarsi e non solo a causa dei begli occhi e della bocca sapiente di Federico Tollot, ma anche della sconosciuta vestita di scuro, che fece capolino nel dormiveglia agitato di Malvina, come se cercasse di svelarle un segreto pesante e fatale. Sì, un segreto per il quale si poteva morire.

Il mal di testa non l'abbandonava da giorni, come lo sguardo rapace di Federico che, frustrato dal rifiuto di un prestito anche da parte del conte, non faceva altro che girare per casa con aria disgustata, cercando, senza riuscirci, di far sentire in colpa la sorella. E di mettere le mani addosso a lei – e neppure in quello aveva molto successo.

Non che Malvina si considerasse una santa vergine, ma sapeva bene che un uomo demoralizzato è un amante senza gusto e se decideva di cedere, voleva avere anche lei la sua parte di divertimento.

Ma forse era anche il tempo. Pioveva senza interruzioni e la superficie del lago, solitamente immobile, sembrava ribollire per le gocce che si schiantavano sull'acqua con un rumore continuo, noioso, che dava la nausea. Il mare era un'altra cosa, il mare era diverso.

Proprio per respirare un po' d'aria libera, Malvina aveva accolto con sollievo il compito che la contessa le aveva affidato, andare a ritirare i nastri che aveva ordinato dalla modista e ora attraversava il giardino di buon passo, per vincere l'umido che la nebbia le appiccicava agli abiti e alle ossa. Quasi sbatté addosso a Federico e cercò di sgusciare via, evitando di guardarlo negli occhi che ogni giorno si facevano più arrabbiati.

«La signora contessa ti manda a spasso?» le chiese, prima che lei riuscisse a superare il cancello.

«Sì» e, al diavolo, alzò lo sguardo. Non le piaceva l'idea di sembrare una bestiolina spaventata.

«Stupida idiota. I soldi per i suoi sfizi ci sono sempre, ma rinunciare a un ninnolo per aiutare il fratello, non se ne parla. Ti pare giusto?».

«Non lo so. Io i soldi me li sono sempre guadagnati, uno dopo l'altro».

Federico si era messo a ridere. «Ragazza impertinente. E come ti chiameresti?».

«Malvina» rispose in fretta, un po' perché l'aveva presa alla sprovvista, un po' perché le faceva piacere che lui sapesse il suo nome.

«Ma se le cose vanno come penso, tra un po' glieli farò ingoiare i suoi sporchi soldi» continuò l'uomo, riprendendo l'argomento che gli era caro.

«Vado, o faccio tardi» sussurrò Malvina e scappò via, prima che lui potesse aggiungere altro.

La pioggia si era trasformata in nebbia acquosa e ostinata, pesante come un sudario. Malvina fu felice di rifugiarsi vicino alla stufa che riscaldava allegramente il negozio della modista e di aspettare che i nastri e le gale venissero accuratamente avvolti in strati e strati di bella carta velina; anche il chiacchiericcio delle lavoranti e delle commesse era piacevole e fu con un sospiro rassegnato che la ragazza tornò all'aperto e riprese la via di casa.

Sollevò una cocca dello scialle sul viso e vi ficcò dentro la punta del naso. Se non voleva inzupparsi tutta, doveva sbrigarsi, perciò allungò il passo e decise di accorciare la strada, passando per il lungolago, anche se la riempiva di malinconia.

Camminava a testa bassa e forse non si sarebbe accorta di nulla, se non avesse sentito delle voci concitate e degli strilli di donna. Poco più avanti notò che si era raccolta una piccola folla che indicava qualcosa; del tutto incurante della pioggia sempre più fitta e presa da una strana angoscia, Malvina, invece di tirare dritto come faceva sempre in quei casi, si avvicinò e allungò il collo per vedere meglio quello che gli altri sembravano aspettare con trepidazione.

Una barca con tre persone a bordo stava accostando.

Niente di strano, pensò, due erano pescatori, la terza era un gendarme, però, e questo no che non era normale. Accostarono con una lentezza esasperante, poi due uomini si staccarono dalla folla e si fecero avanti per ricevere dalle braccia di chi stava a bordo un fagotto di stracci, o perlomeno lo sembrava.

«Oddio, povera anima» singhiozzò piano la vecchia che le stava di fianco.

Solo quando ne vide uno, due, tre che si facevano il segno della croce, Malvina capì che quello che sembrava un grumo di vestiti era il corpo di un annegato e automaticamente si segnò pure lei, che a Dio credeva poco, quasi niente, ma non conosceva altri modi per esprimere la sua pietà davanti alla morte.

Avrebbe voluto andarsene e invece rimase lì, ipnotizzata dai movimenti quasi rituali degli uomini che deponevano il corpo a terra e quando il gendarme, lui sì troppo bruscamente, scostò i capelli dal viso del cadavere, Malvina si trovò a fissare per la seconda volta gli occhi neri della sconosciuta.

«Qualcuno la conosce?» gracchiò l'uomo.

Qualcuno scosse la testa, altri allargarono le braccia; Malvina, che qualcosa avrebbe potuto dire, restò a guardare il corpo abbandonato, le mani strette a pugno e le ciocche che listavano a lutto le guance livide. Avrebbe potuto dire cosa, che l'aveva vista nel parco di Villa Ebe e se l'era sognata che andava su e giù per le scale dei conti Sartori?

«Viene da fuori» mormorò una donna. «È venuta tre giorni fa all'osteria e voleva un letto, ha detto che non era di qui ed era stanca. Guarda là se una deve fare i chilometri per ammazzarsi».

«Se voleva ammazzarsi, non so» si intromise uno dei due pescatori, «ma qualcuno, morta, la voleva di sicuro».

Con due dita aveva scostato il colletto che chiudeva l'abito e tutti poterono vedere i brutti segni che la donna aveva sul collo, segni di mani forti e cattive, che avevano stretto molto e a lungo.

«Bene, su, avanti, non c'è niente da vedere, niente di niente!».

La guardia cominciò a spingere via i presenti e a dare ordini ai due pescatori, perché da quelle parti gli assassinii erano rari e c'erano delle procedure da seguire, ma chi se le ricordava?

«Tornate alle vostre faccende, qui non c'è più nulla da vedere e tu, ragazza, che fai? Forza vattene!» e afferrò Malvina che si era inginocchiata vicino alla morta, obbligandola ad alzarsi in piedi. «Non avete niente altro da fare, oltre a bighellonare?».

Malvina riprese la strada di casa, ma appena girato l'angolo si fermò a osservare il minuscolo oggetto che era scivolato dal pugno contratto della sconosciuta e che lei aveva raccolto, spinta da chissà quale impulso. Ora era sul palmo della sua mano, un minuscolo bottone di madreperla, bordato da un sottile filo d'oro, il bottone di uno sparato, ne era sicura, come era certa di averne visti di simili e ora si ricordava dove. Forse.

Il ritrovamento del cadavere con i segni sul collo fece il giro del paese e arrivò fino a Villa Ebe, dove mise in agitazione la servitù che cominciò a discutere su chi poteva essere la morta e cosa fosse venuta a fare.

«Ascoltate me, che so come va il mondo» sentenziò la cuoca, «è roba di cuore, nient'altro di cuore e di letto».

E con queste ultime parole, se ne andò a borbottare il rosario, spennando i polli per la cena.

Quello che stupì Malvina fu il nervosismo dei conti Sartori e di Federico nell'apprendere la notizia; l'unica che non si scompose fu la signora Tollot che, dopo qualche gridolino di raccapriccio, tornò agli amati dolci.

Dopo cena, mentre passava davanti alla porta del salotto della contessa, la ragazza udì uno stralcio di conversazione che la colpì.

«Non capisco perché hai voluto sporcarti le mani» diceva la padrona.

«Se tu mi avessi aiutato» aveva risposto, roco, il fratello, «bastavano quattro soldi».

«Non pago per principio, ci sono modi più spicci per soffocare lo scandalo».

Poi qualcuno accostò il battente e Malvina si allontanò in fretta.

Nemmeno il conte sembrava tranquillo. Misurava il pavimento del suo studio a grandi passi e fumava un sigaro a boccate rabbiose, lui, che era un uomo pacifico e che nemmeno le bizze della moglie riuscivano a irritare.

Non si accorse della presenza di Malvina e lei si ritirò in fretta nell'ombra.

Salì nel sottotetto con un'idea che la tormentava da ore e che avrebbe avuto bisogno di un ragionamento in più, ma davanti alla porta della sua stanza c'era Federico, in maniche di camicia e con una tale espressione di tormento sul bel viso, che Malvina non esitò neppure un istante, lo prese per mano e lo fece entrare.

Più tardi, Malvina abbandonò il letto e l'abbraccio di Federico, si mise addosso qualcosa e uscì dalla stanza. Nonostante il buio, raggiunse in fretta il guardaroba e solo quando fu dentro, dopo essersi assicurata che le tende fossero ben tirate, accese la candela che si era portata dietro. Individuò subito il cesto della biancheria da riparare che la lavandaia aveva consegnato il giorno prima e si mise a frugarci dentro; le camicie maschili erano tre ed era un peccato che non sapesse a chi appartenevano, se al conte Massimo, o a Federico, perché su una delle tre mancava un bottone e gli altri erano di madreperla, bordati da un sottile filo dorato.

«Nessuno ti ha mai detto che nella vita bisogna farsi gli affari propri?».

Malvina si riscosse e alzò il capo. Federico le stava di fronte, l'elegante soprabito ripiegato sul braccio e un'espressione di altezzoso stupore; l'immagine stessa di tutto quello che lei non avrebbe mai potuto possedere.

«Qualche volta non si riesce».

L'uomo le si sedette accanto, sulla dura panca della stazione, e diede un'occhiata alla piccola valigia che lei teneva stretta.

«Te ne vai?».

«Capita, a chi non si fa gli affari suoi. Capita di dover lasciare un sacco di posti e di gente».

«Speravi che ti credessero? Sei solo una serva».

«Ma avevo il bottone e quello conta».

«Un bottone trovato nel pugno di una puttana morta» borbottò Federico. «Io me ne sarei stato zitto».

«Voi, ma io non sono voi e il bottone non era un bottone qualunque e quella non era una puttana».

Edvige Mainardis non era una poco di buono, era solo una che si era fidata. Senza contare che aveva pure un bambino nella pancia. Bella roba, morire così, in due, per mano di un bastardo egoista, bella roba; poteva tenerselo il bambino e *amen*, aveva pure un marito, un marito vero, che cosa le costava raccontare due storie? L'imbecille ci avrebbe creduto e a quest'ora sarebbero stati vivi, lei e il bambino. Figurati se il marito non le credeva, bella com'era.

«Magari lo amava, là sta la differenza» disse Malvina, tra sé e sé.

«Amava chi?».

«Amava l'assassino e se tu ami uno, hai voglia a sentire chi ti dice "lascia perdere"».

Federico arrossì e si guardò la punta delle scarpe lucide.

«Dovevi farti gli affari tuoi» ripeté, ma anche lui sentiva che erano parole prive di senso.

«Io sono diversa da voi, da vostra sorella, dalla gente che vive qui, gente di lago. Io sono nata sul mare e magari non ci sarà mai pace, lì però l'acqua non stagna, non marcisce come qui; il vento pulisce e l'acqua si cambia, è così che vanno le cose».

«Per questo sei andata dalle guardie con quel maledetto bottone? Per cambiare l'acqua?».

«Per mettere ordine», sorrise lei, «sono una cameriera, io, e anche brava. E mi hanno ascoltato, non è andata come dite voi».

«Lo so».

Malvina passò le mani sulla sottana e ripensò a quando era andata dai gendarmi e a come l'avevano guardata, prima come una pazza, poi con sempre più attenzione, la stessa che avevano poi trasferita sul piccolo bottone. Così particolare quel bottone, così da ricchi. O da viziati.

«Te ne vai?». La voce di Federico era stranamente insicura.

«La contessa Valeria non ama molto avermi attorno, ormai, e posso capirla».

«Mia sorella odia tutto quello che può intralciare i suoi progetti» sibilò con una smorfia, Federico, «avrebbe dovuto ringraziarti, invece».

«Perché?».

«L'hai salvata, in un certo senso».

«Ma non dallo scandalo».

«Davvero hai pensato che potessi essere io?» ridacchiò lui, afferrandole la mano e non permettendo a Malvina di ritirarla.

«Avevo sentito un discorso».

«Fra me e Valeria? Parlavamo dei miei debiti di gioco, tanto per cambiare, non abbiamo fatto altro per giorni. Ero andato a supplicare certa gente, gente che presta denaro, mi ero umiliato e a lei non piaceva, mentre a me non piaceva che ficcasse il naso. Mi sono sentito stupido, un ragazzino stupido e vizioso, come dici tu».

«Vedete che avevo ragione?».

«Ma mi hai voluto lo stesso, quella notte» riprese lui, tornando serio. «Per quel che ne sapevi, ti stavi portando a letto l'assassino. E allora perché?».

«Fate domande difficili, signor Tollot».

«Chi l'avrebbe mai detto» cambiò discorso Federico, «il cognato Massimo, pacifico e tranquillo, il cognato Massimo, un fedifrago e un assassino. Roba da non crederci».

«Io penso che era la prima volta che tradiva la contessa e non ci era abituato e quando sono cominciati i problemi, il bambino, lei che pretendeva e tutto il resto, è diventato cattivo e ha perso la testa» spiegò Malvina. «Quando ho visto che la camicia non era la vostra, sono stata meglio, però».

«Grazie», sorrise l'uomo.

«Mi dispiace per vostra sorella e anche per la vostra signora madre, che ha tanto bisogno».

«Ti pare?» borbottò Federico, seccato. «Valeria farà l'inconsolabile e si troverà un pollo da spennare in quattro e quattr'otto e mia madre le starà appiccicata come un'ostrica, ma io? Non ti dispiace per me?».

«Voi avete diverse possibilità, tipo la signora Biolcati, o la marchesina de Vittis. Potreste addirittura pensare di lavorare, tanto per fare qualcosa di diverso».

Uno sferragliare di locomotiva cominciò a farsi udire e Malvina si alzò in piedi, liberando la mano che lui non aveva smesso di stringere.

«Ecco il treno».

«Dove te ne vai?».

«A casa».

«Dove c'è il mare?».

«Sì».

La guardò allontanarsi e poi, un attimo prima di montare in vettura, girarsi, guardarlo, regalargli un sorriso luminoso e salire senza esitazione.

Già, lui aveva diverse possibilità, ma avrebbe voluto che lei gliene proponesse una, una sola, tanto per provare.

Provare, perché no, in un posto dove il vento non permettesse all'acqua e ai pensieri torbidi di stagnare. Perché no.

Il treno si mosse e Federico riuscì a salire di corsa sull'ultima vettura.

Gli autori

Ambretta Sampietro scrive di cultura e spettacoli per il quotidiano La Prealpina e occasionalmente per testate web. Ha ideato e organizzato il premio "Giallostresa", che dal 2015 è diventato "Gialli sui Laghi". Ha curato le antologie di racconti gialli *Delitti d'acqua dolce* (Lampi di Stampa), *Giallolago* (Eclissi Editrice) e *Delitti di Lago* (Morellini Editore). Dal 2009 al 2014 ha organizzato il festival letterario "Stresa, un aperitivo con..." e presentazioni letterarie a Stresa, Varese e Lugano. Un suo racconto è contenuto nell'antologia *365 storie cattive* e ha scritto per Morellini Editore la guida della collana "Low Cost" *Lugano e dintorni*.

Erika Adale vive a Bodio Lomnago ed è anestesista rianimatore presso l'ospedale di Circolo di Varese. È attiva sulla piattaforma letteraria online www.minuticontati.com e presso il sito www.gliamantideilibri.it. Scrive racconti dal 2010 e ha partecipato a diversi concorsi nazionali vincendone alcuni, tra cui il "Premio Palacento" organizzato per i cento anni dell'hotel Palace in collaborazione con gli "Amici di Piero Chiara".

Cristina Bellon è nata a Somma Lombardo e vive a Varese. È opinionista e critico letterario per il settimanale "ArcipelagoMilano", per cui è responsabile della

Rubrica Libri. Si occupa di divulgazione scientifica nella sua collaborazione con "Panorama", "Donna Moderna", "Le Scienze" e "Scienza in Rete". Collabora con il CIFS (Consorzio Interuniversitario Fisica Spaziale) di Torino per la pianificazione comunicativa del progetto di divulgazione della fisica. Coordina contenuti scientifici ed educativi di festival e mostre. Per Mondadori ha pubblicato il saggio *Il futuro spiegato ai ragazzi* (2012), tradotto anche in spagnolo *El futuro explicado a los niños* (Siruela, Madrid, 2013), e, per Gruppo B Editore, il romanzo *L'ora Breve* (2014). È stata finalista di Giallostresa 2014. Il suo racconto *Il giorno del persico* è contenuto nell'antologia *Delitti di Lago* (Morellini Editore 2015).

Emiliano Bezzon è nato a Gallarate e vive a Samarate. Da oltre venticinque anni lavora nella pubblica amministrazione e da venti fa il comandante della Polizia Locale, attualmente nella città di Varese. Giornalista pubblicista, ha pubblicato il suo primo racconto noir nella raccolta *Delitti e canzoni* edita nel 2007 da Todaro; è autore di diverse pubblicazioni giuridiche e con Cristina Preti ha pubblicato il giallo *Breva di morte*, cui ha fatto seguito *Le verità di Giobbe*, entrambi pubblicati da Eclissi.

Cristina Preti è nata a Vinci, vive a Empoli e lavora a Firenze. Ha una laurea in Scienze politiche, un master post-laurea in Politiche per la sicurezza urbana, un lavoro da funzionario regionale e due grandi passioni: il canto e la scrittura. Ha esordito con il romanzo *La donna che morì bevendo caffè* (Eclissi 2011), seguito da *Ma per fortuna è una notte di luna – trilogia pucciniana con delitto* (Eclissi 2012), un giallo ambientato nel mondo del teatro d'opera. Nel febbraio 2015, sempre per Eclissi, è uscito un altro giallo, *Breva di morte*, scritto a quattro mani con Emiliano Bezzon. Nel 2015 ha inoltre pubblicato *Pomeriggio alle antiche terme,* raccolta di racconti "al femminile", per 0111 Edizioni.

Angela Borghi è medico internista e fino a pochi mesi fa dirigeva il Pronto Soccorso dell'Ospedale di Cittiglio. Vive a Buguggiate con il marito e tre cani. È una lettrice appassionata, soprattutto di gialli, noir e serial killer. È autrice dei romanzi gialli *Delitto al Sacro Monte* e *I misteri del convento di Casbeno* (Pietro Macchione Editore). Un suo racconto è contenuto nell'antologia *Delitti di lago* (Morellini Editore).

Mercedes Bresso, professore di Economia al Politecnico di Torino, ha insegnato anche a Pavia e Udine. Ha ricoperto varie cariche istituzionali ed è Grande Ufficiale Ordine al merito della Repubblica Italiana. È stata deputata europea nel 2004/2005 ed è stata rieletta nel 2014. È stata presidente dell'unione europea dei Federalisti. Dal 2005 al 2010 è stata presidente della Regione Piemonte. Ha presieduto il Comitato delle Regioni dell'Unione Europea fino alle ultime elezioni. Grande appassionata di gialli, ha pubblicato *Il profilo del tartufo* (Rizzoli), *Il lato in ombra del lago* e *Missione Last Flower* (Pietro Pintore). Suoi racconti sono contenuti nelle antologie *Delitti d'acqua dolce* (Lampi di stampa) e *Delitti di Lago* (Morellini Editore) ed è anche autrice di diversi saggi economici.

Andrea Dallapina, laureato in filosofia, vive a Verbania. Giornalista professionista, ha collaborato con i quotidiani "La Prealpina" e "Corriere della Sera" ed è stato addetto stampa del Comune di Verbania. Nel febbraio 2010 ha dato vita con sua moglie Cristina Savi al quotidiano online "Verbania News". Dall'inizio del 2012 è direttore del bisettimanale "EcoRisveglio". Ha pubblicato nel 2010 con Acco Editore il romanzo *Heidi non lo sa*, scritto con Renato Brignone, e nel 2014 la raccolta di dieci racconti *Quasi come Gauguin*. È stato vincitore del "Premio Testore – Salviamo la montagna" 2012 e di "Giallomiele" 2014. Suoi racconti sono contenuti nelle antologie *Delitti d'acqua dolce* (Lampi di Stampa), *Giallolago* e *Nudi e Crudi* (Eclissi). Collabora con il blog "Viaggiatori ignoranti".

Patrizia Fanchini Pasteris, docente di liceo, è organizzatrice di molti eventi culturali con il Comune di Chivasso ed è stata Presidente del Lions Club Chivasso Duomo. Da sempre innamorata del Lago Maggiore, ha realizzato il suo sogno quattro anni fa, acquistando casa a Lesa.

Massimiliano Govoni vive a Pieve di Cento e si occupa di nuove tecnologie in un gruppo assicurativo italiano a Bologna. Nel 2009 una sua opera è stata selezionata dal premio Roma Noir e i suoi racconti sono apparsi in numerose antologie. Nel 2011 ha vinto il torneo letterario "Io Scrittore" con il romanzo thriller *Hedge Fund*, scritto a quattro mani con Francesco Taddia. Nel 2014 ha vinto il premio "Grado Giallo" e il racconto *L'oro delle Alpi* è stato pubblicato sul Giallo Mondadori.

Alessandra Guzzonato è nata a Monza ed è cresciuta a Sesto San Giovanni. Dopo aver conseguito la Laurea in Relazioni Pubbliche e Pubblicità presso l'Università IULM di Milano, si è trasferita a Londra, dove ha cominciato a lavorare come pittrice. Nel 2009 ha conseguito un Diploma in Illustrazione di libri per bambini presso il London Art College. Nel 2012 si è trasferita in Svizzera. Vive con la famiglia a Banco di Bedigliora, nel luganese, e continua la sua attività artistica. Nei fine settimana è spesso a Stresa. Alcuni suoi lavori sono visibili sul sito www.animalartfactory.jimdo.com. Un suo racconto è contenuto nell'antologia *Delitti di Lago* (Morellini Editore).

Aldo Lado è regista, sceneggiatore, direttore di produzione e attore. I suoi thriller di culto, *L'ultimo treno della notte* e *La corta notte delle bambole di vetro*, hanno ispirato il regista americano Quentin Tarantino. Vive ad Angera, dopo aver trascorso parecchi anni tra Roma e Parigi.

Giorgio Maimone, milanese di origine varesina, vive tra Milano, Vedano Olona e Vacciago. Berchettiano irriducibile, è stato caporedattore del "Sole 24 ore" per oltre trent'anni. Ha lavorato in teatro, ha diretto la prima radio libera della sinistra milanese, Radio Canale 96, e, in seguito, Radio Regione. Ha fondato e dirige il portale della canzone d'autore "la Brigata Lolli" (www.bielle.org), ha lavorato sulle reti Mediaset come ideatore ed autore di programmi. Si occupa di recensioni librarie e discografiche per il settimanale "Gioia" e fa parte della giuria del "Premio Tenco". Insieme a Erica Arosio è autore dei romanzi *Vertigine* (Baldini & Castoldi) e *L'amour gourmet* (Mondadori). Suoi racconti sono contenuti nelle antologie *Giallolago* (Eclissi) e *Delitti di Lago* (Morellini Editore).

Alessandro Marchetti Guasparini, nato nel 1996, vive a Castelnuovo di Garfagnana e studia Giurisprudenza all'Università di Pisa. A quattordici anni vince la sezione giovani del concorso "Garfagnana in Giallo", di cui, nei tre anni successivi, risulterà finalista. Nel 2012 vince il concorso letterario "Il Treno" con il racconto *Un pacco da Tolmin*, pubblicato nell'antologia *Inchiostro su rotaia* ed è tra i vincitori del concorso "Apriamoci alla città e conosciamo meglio i personaggi che ne hanno fatto la storia", organizzato dal Rotary Club di Lucca. Nel 2013 vince il "Gran Giallo per ragazzi" del premio "Gran Giallo a Castelbrando" ed è finalista a "Giallolatino", "Giallo d'Arte" "Montevarchi in Giallo" e "Mistero in Cantina". Nel 2014 vince il "Premio giornalistico Arrigo Benedetti" nella sezione dedicata ai licei. Nel 2015 vince ancora "Il Treno", nella sezione "racconti noir", si aggiudica il premio "Gialli sui Laghi" con il racconto *Quello che le cameriere non dicono*, pubblicato sul "Giallo Mondadori", ed è finalista a "Giallo Garda".

Antonella Mecenero, nata a Busto Arsizio, vive a Briga Novarese. Laureata in Conservazione dei Beni Culturali, insegna lettere e ha frequentato la scuola Holden di Torino. Collabora con l'Ecomuseo del Lago d'Orta e del Mottarone e con le riviste online www.kultural.eu e www.sherlockmagazine.it. È la vincitrice di "Giallo Mensa-Mondadori" 2012, è stata finalista al premio Tedeschi 2013 e alle edizioni di "Giallostresa" 2013 e 2014. Nel 2015 ha vinto il premio speciale "Lucca Comics&Games" all'interno del Trofeo RiLL e si è classificata seconda al premio "Gialli sui Laghi". Ha pubblicato i romanzi *La roccia nel cuore* (Interlinea) e *Sherlock Holmes e il mistero dell'uomo meccanico* (Delos). Sempre per Delos sta pubblicando una serie di racconti in e-book dedicati a Sherlock Holmes, all'interno della collana "Sherlockiana". Suoi racconti sono contenuti nelle antologie *Delitti d'acqua dolce* (Lampi di Stampa), *Giallolago* (Eclissi) e *Delitti di Lago* (Morellini Editore).

Jessica Moro, nata in provincia di Varese, vive e lavora a Sangiano, un piccolo paese vicino al lago Maggiore. Insieme a Barbara Podetta gestisce il "Books Hunters Blog" (bookshuntersblog.blogspot.it), che le vede impegnate nel mondo letterario e culturale e nell'organizzazione di eventi e presentazioni di libri con la collaborazione dell'Assessorato alla cultura di Varese, della Biblioteca Civica della città e della libreria La Feltrinelli di Varese. Nel maggio 2015 è stato pubblicato un suo racconto per il progetto editoriale-gastronomico Exponovels, di Edizioni dEste. Che sia appassionata di lettura e scrittura è l'inizio e la conseguenza di tutto ciò.

Cristina Origone, genovese, ha frequentato la Scuola Chiavarese del Fumetto. Ha pubblicato due saggi semi-seri con la casa editrice Delos Books e, nel 2008, il thriller *Avrò i tuoi occhi* con Fratelli Frilli Editori. Suoi racconti sono presenti su diverse riviste e antologie. Ha collaborato con la rivista "Fiction TV" di Nuov@ Periodici e con il quotidiano online quigenova.com. Nel 2010 ha vinto la XXI edizione del premio "Writers Magazine Italia" con il racconto *La quarta sorella*. A gennaio 2016 ha pubblicato il thriller *Tutto brucia tranne te* e ad aprile 2016 pubblicherà il romanzo *Alice a testa in giù* con Delos Digital.

Alberto Pizzi, nato a Ramate di Casale Corte Cerro nel 1954, è libero professionista nel settore finanziario. Ha pubblicato per Edizioni Buk nel 2011 *Quell'Hotel sull'o-*

ceano e nel 2012 *Il segreto di Mila*. Finalista al premio "Giallostresa" nel 2013, due suoi racconti sono compresi nelle raccolte *Giallolago* (Eclissi) e *Delitti di Lago* (Morellini Editore). È stato finalista al premio "Gialli sui Laghi" 2015.

Sergej Roic, svizzero, originario di Hvar in Croazia, vive a Lugano. È opinionista e collabora alla pagina culturale del "Corriere del Ticino" e recensisce libri per il settimanale "Extra". È segretario generale del PEN International Club, sezione della Svizzera italiana e retoromancia. È membro di comitato di Coscienza Svizzera. È autore di alcuni romanzi, tra cui *Il gioco del mondo* (Opera-Nuova, Lugano – premio "Impronta Viola" 2012, Locarno) e *Achille nella terra di nessuno* (Zandonai), di *Omaggio a Paul Klee* (Zandonai) e di libri-intervista pubblicati da Giampiero Casagrande. Suoi racconti sono contenuti nelle antologie *Delitti d'acqua dolce* (Lampi di stampa) e *Delitti di Lago* (Morellini Editore).

Massimo Tassistro, nato ad Alessandria nel 1971, inizia a scrivere nel 2007 e scopre una passione per la narrazione, che affianca alla lettura. Ama viaggiare e conoscere nuovi orizzonti. Sposato dal 2006, divide il suo tempo tra lavoro, scrittura e le montagne della Valle d'Aosta. Nel luglio 2010 esce la sua prima pubblicazione, *Singolare quotidianità*, una raccolta di racconti pubblicata dalla Edizioni Progetto Cultura di Roma. Nel dicembre 2012 pubblica un racconto nella collana Gialli Mondadori.

Gianluca Veltri è nato a Milano, dove tuttora vive. È titolare di Anadema Haircut, prestigioso indirizzo dedicato al binomio arte e capelli. Da oltre quindici anni organizza eventi culturali nel capoluogo meneghino. Ha pubblicato una raccolta di racconti, *Amore e altri scarabocchi* (Kipple 2007), i romanzi *L'odore dell'asfalto* (Nobeer, 2011), *La dimora del Santo* (Happy Hour, 2013 e allegato nel gennaio 2014 al quotidiano "Il Sole 24"), *Mi ricordo il tuo profumo* (Piemme Mondadori e-book, 2014), e la riedizione de *L'odore dell'asfalto* (Piemme Mondadori e-book, 2014). Ha partecipato con diversi racconti a numerose antologie, tra cui *Delitti d'acqua dolce* (Lampi di stampa) e *Delitti di Lago* (Morellini Editore). Collabora con alcune riviste di Style e Fashion a distribuzione internazionale.

Elena Vesnaver è nata a Trieste e vive a San Vito al Tagliamento. Inizia a scrivere con testi originali e adattamenti per la sua compagnia teatrale. Amante della cosiddetta letteratura "di genere", scrive romance e noir, con qualche sortita nella letteratura per ragazzi. Nel 2005 conquista il terzo posto al concorso "Profondo Giallo" con *La faccia nera della luna*. Suoi racconti sono presenti in diverse antologie. Vince lo "Sherlock Magazine Award" 2008 con *Il caso dell'unicorno nero* e il racconto appare sul numero 13 della rivista dedicata agli appassionati di Sherlock Holmes. Il libro *Le ragioni dell'inverno*, un giallo dalle sfumature fosche, esce nel giugno 2009 per la A.Car Edizioni e nello stesso periodo la casa editrice Lineadaria pubblica *Cime Tempestose (odio i fantasmi)* con le belle illustrazioni di Sandro Natalini. Dal 2009 collabora con il settimanale "Confidenze", per il quale scrive novelle, romanzi brevi e a puntate. Nel 2011 esce per Edizioni di Karta la ristampa in ebook di *Sixta pixta rixa xista*. Nel 2013 esce per la casa editrice Coccole Books il libro illustrato per ragazzi *Il segreto della dire*. Nel 2014 inizia a scrivere per Delos Digital, pubblicando nella collana "Sherlockiana" i tre racconti apocrifi *Sherlock Holmes e il caso dell'unicorno nero*, *Sherlock Holmes e le ragazze di Madame Jai*, *Sherlock Holmes e l'avventura della casa di campagna*; per la collana Senza sfumature, il romance erotico *Senza scampo* e, per la collana History Crime, il giallo storico *Lo sbaglio di Winckelmann*.

Ringraziamenti

Grazie a: Franco Forte, Mariangela Camocardi, Carmen Giorgetti Cima, Alessandra Bazardi, Lilli Luini, Famiglia Conte, Lucio Alberto Maggio, Antonella Padulazzi, Elisabetta Grassi, Antonio Longo Dorni, Silvia Longo Dorni, Distretto Turistico dei Laghi, Maddalena Ramponi, Elena Leoni, Pro Loco Stresa, EWWA, Regione Lombardia, Bambi Lazzati, Ugo Marelli, Francesca Tamanini, Laura Veroni, Daniela Bonacini, Laura Spinelli, Franca e Giuseppe Russomanno, Maurizio e Fabrizio Leone, Raffaella Alberti, Blanche Cabiati, Marco Torretta, Rosanna Mismasi, Marco Torriani, Duilio Parietti, Angelo Quatrale, Marco Polillo, Lucia Borsani, Silvia Ceffa, Elena Puccinelli e Oliviero Ponte di Pino, Locanda della Pineta Trasquera, B&B Giardino degli Abeti Arizzano, B&B Casa Tomà Masera, Albergo Vecchio Scarpone Domodossola, B&B Dove Comincia la Bella Italia Beura Cardezza, Hosteria San Giulio Lagna - San Maurizio d'Opaglio, Hotel Giardinetto Pettenasco, Albergo Biglia Domodossola, Albergo Regina Bognanco, B&B La Quana Domodossola, B&B I corni di Nibbio Mergozzo, Hotel Hermitage Avigliana, Alpe Barchetto Madonna del Sasso, B&B Camera con vista San Bernardino Verbano, Bed & Breakfast Anzola Anzola d'Ossola, Rifugio CAI Capanna E. Castiglioni Alpe Devero, Hotel La Capannina Massino Visconti,

Hotel Ristorante L'Approdo Pettenasco, Hotel Astoria Stresa, Villa & Palazzo Aminta Stresa, Ristorante Vecchia Antrona Formont di Villadossola, CMA Consorzio motoscafisti Associati Stresa, Antonio Prata, Festival del Film di Locarno, #faigirarelacultura, Roberta Nicolò.

Finito di stampare nel mese di marzo 2016
presso S.G.M. – Servizi Grafici Milanesi – Milano